AF398562

Eleonora Colt ist 1986 in Minsk, Weißrussland geboren und hat ukrainische Wurzeln. In Deutschland lebt sie seit Anfang dieses Jahrtausends und schreibt schon länger Kurzgeschichten. Mit Romanen hat sie erst vor Kurzem begonnen und fühlt sich dabei in den Genres Romance und Thriller zu Hause. Ein Leben ohne Schreiben kann sie sich jetzt gar nicht mehr vorstellen.

Eleonora hat Chemie studiert, arbeitet als Entwicklerin bei einem medizintechnischen Unternehmen und lebt mit ihrem Mann und ihrer dreijährigen Tochter in Darmstadt. Wenn ihr das Leben dann noch Zeit lässt, treibt sie Sport oder malt digital.

DIE LEIDENSCHAFTLICHE BOSS ROMANCE
VOLLER PRICKELNDER ROMANTIK

ELEONORA COLT

Erstausgabe August 2024

Copyright © 2024 dp Verlag, ein Imprint der
dp DIGITAL PUBLISHERS GmbH
Made in Stuttgart with ♥
Alle Rechte vorbehalten

Don't kiss the boss

ISBN 978-3-98998-449-3
E-Book-ISBN 978-3-98998-414-1

Covergestaltung: Herzkontur – Buchcover & Mediendesign
Umschlaggestaltung: ARTC.ore Design
Unter Verwendung von Motiven von
shutterstock.com: © viktoria and anetta
depositphotos.com: © lakov
Lektorat: Manuela Tengler
Satz: dp DIGITAL PUBLISHERS GmbH
Druck und Bindung: Books on Demand GmbH, Norderstedt

Kapitel 1:
Das Kennenlernen

Sonja

Sonja warf einen Blick auf die Uhr und zündete die Kerzen an. Prüfend blickte sie um sich. Sie durfte stolz auf sich sein, denn ihr Vorhaben war ihr gelungen. Leckeres Essen wartete im Backofen, der Tisch war perfekt eingedeckt und die Duftkerzen sorgten für eine romantische, entspannte Atmosphäre. Eine wunderbare Überraschung zum Ende des Tages. Daniel arbeitete viel und hatte es verdient, zudem liebte Sonja es, ihn zu verwöhnen und für Gemütlichkeit zu Hause zu sorgen.

Sie hatte ihm gesagt, sie würde sich heute Abend mit Jenny treffen und bei ihr übernachten. Umso größer wäre die Überraschung, wenn er nach Hause käme und den gedeckten Tisch sehen würde. Ohne ihm davon zu erzählen, hatte sie sich Urlaub genommen und alles ungestört vorbereitet.

Nachdem sie in der Küche fertig geworden war, zog sie sich um. Sie schlüpfte in ein langes lachsfarbenes Sommerkleid, verlieh mit einem Glätteisen ihren Locken eine hübsche Form und schminkte sich ausgiebig.

Ihre Freundin Jenny würde ihr sagen, sie sollte sich keine Mühe für diesen Typen machen. Aus irgendeinem Grund konnte sie Daniel nicht leiden. Sonja zog die Augenbrauen zusammen. Mit Daniel war es zwar nicht immer einfach, doch er war ihre große Liebe, ihr ein und alles und er sah seine Fehler ein. Er wollte sich bessern, an sich arbeiten und sie unterstützte ihn dabei. Sie blieb geduldig mit ihm und wusste, dass er es schaffen und eines Tages alle seine Lasten loswerden würde. Zusammen hatten sie bereits einiges erreicht und würden noch mehr erreichen. Dank ihrer Liebe, die ihnen Kraft und Ausdauer verlieh.

Sonja hörte ein metallisches Klacken, dann öffnete sich die Eingangstür. Ihr Herz sprang hoch und das Blut schoss ihr ins Gesicht. Mit schnellen Schritten huschte sie in den Flur und breitete die Arme aus, bereit, Daniel mit einer herzhaften Umarmung zu begrüßen.

Wie ein Reh, das auf einer Autobahn von Scheinwerfern beleuchtet wurde, blieb sie stehen. Das, was sie sah, ließ ihren Atem stocken.

Daniel war betrunken und nicht allein.

Mit einem verblüfften Blick sah Sonja abwechselnd auf sein Gesicht und das seiner Begleiterin. Dieser Anblick hatte ihr die Sprache verschlagen und sie war sich sicher, dass ihr das ganze Blut aus dem Körper wich.

Ein Jahr war vorüber gegangen. Ein Jahr, wo sie mit sich und ihren Gefühlen gekämpft hatte.

Sonja seufzte und nippte an ihrem Wein. Heute heiratete ihre beste Freundin den Mann ihrer Träume. Jenny hatte sie gebeten, ihre Trauzeugin zu sein. Eine Ehrenaufgabe, die zeigte, wie tief ihre Freundschaft war und wie sehr Jenny ihr vertraute. Dennoch hatte Sonja nachts kaum schlafen können. Ihre fünf Wecker hatte sie nicht nötig gehabt, sie war von selbst um sechs Uhr aufgewacht. Sorgfältig hatte sie ihre Haare gestylt und sich geschminkt. Danach hatte sie ihr rotes Kleid angezogen, das sie erst zwei Tage vor der Hochzeit gekauft hatte. Ihr Traumkleid aus Seide, das nicht nur gut auf ihr aussah, sondern auch bequem war und alle Blicke auf sich zog. Es umspielte ihre Knie und hatte die perfekte Länge. Dabei bestand der kunstvoll drapierte Rock aus mehreren Stofflagen. Das Oberteil hatte einen u-förmigen Ausschnitt, welcher mit Glitzersteinchen verziert war. Ein breiter Bindegürtel trennte das Oberteil vom weich fallenden Rock. Außerdem befand sich eine große üppige Stoffrose auf dem Gürtel, die dem Ensemble eine romantische Note verlieh.

Sonja lächelte bitter, während angenehme Wärme ihren Körper füllte. Sie hätte hier zusammen mit Daniel sein sollen. Dem Mann, mit dem sie viele Träume verbunden hatte und der sie mit ihrem in Tausende Splitter zerbrochenem Herzen zurückgelassen hatte. Fast ein Jahr war es her, nachdem sie ihn aus ihrer Wohnung rausgeschmissen hatte.

Er war ihr egal geworden. Inzwischen hatte sie längst beschlossen, sich auf ihre Karriere zu konzentrieren. Sie hatte keine Lust mehr auf Beziehungen, die viel Arbeit erforderten und sich im Endeffekt als Zeitverlust entpuppten. Vielmehr hätte sie Lust auf unverbindlichen Spontansex. Verdammt, sie hatte ihre Nächte viel zu lange allein mit ihrem Vibrator und bestimmten Videos auf ihrem Handy verbracht.

Mal sehen, was der Abend bringt. Sonja leerte hastig ihr Glas, stellte es auf dem Tisch ab und streifte mit ihrem Blick über die Location. Jan und Jenny wollten ihren großen Tag in der alten Scheune feiern, die Jennys Familie gehörte. Tatkräftig hatten alle das rustikale Gebäude ausgiebig mit Lichterketten und goldenen Papierdiamanten dekoriert. Die Wände und einige Lichterketten waren mit Efeu begrünt, was dem Ganzen noch mehr Leben verlieh. Weiße Tafeldecken samt kunstvoll gefalteten Servietten schmückten die hölzernen runden Tische, auf denen Gestecke aus Eukalyptusblättern und roten Rosen platziert waren. Weiße Kerzen auf goldfarbenen Kerzenleuchtern rundeten das Gesamtbild perfekt ab. Das müde Paar hatte gerade ihren Hochzeitstanz hinter sich gebracht und viele andere Gäste tummelten sich fröhlich auf der Tanzfläche. Sonjas Blick blieb auf einem jungen Mann kleben, der bereits während der Trauung ihre Aufmerksamkeit auf sich zog. Jans Trauzeuge, sein bester Freund, dem Sonja noch nie zuvor begegnet war, sah rattenscharf aus. Schade, dass sie noch keine Gelegenheit gefunden hatte, mit ihm zu flirten.

Wie soll ich das überhaupt anstellen? Ununterbrochen kreiste dieser Gedanke in ihrem Kopf. Sollte sie den Kerl einfach ansprechen? Ihn zum Tanzen einladen? Hierbleiben und hoffen, dass er selbst auf sie zukommen wird? Er sah ständig zu ihr und ein spitzbübisches Lächeln umspielte dabei seine vollen Lippen.

Was sollte sie denn tun? So ein Mist. Sie war völlig aus der Übung!

„Sonja, Liebes! Ich hatte noch gar keine Gelegenheit, dich zu begrüßen! Bitte entschuldige!" Heike, Jennys

Mama, kam zu ihrem Tisch, umarmte sie herzlich und gab ihr ein Küsschen auf die Wange. „Bist du allein da?" Aufmerksam sah Heike zu ihr und Sonja nickte.

„Du Arme." In Heikes Augen spiegelte sich Mitleid.

Entschieden schüttelte Sonja den Kopf. „Nein, nein, alles gut! Mir geht es gut."

„Aber ... Ist wirklich alles okay?", hakte Heike vorsichtig nach und setzte ihre Brille auf die Nasenspitze.

„Na klar doch!" Sonja versuchte, ihre Stimme gleichgültig klingen zu lassen. „Ich habe meine Freiheit wieder und muss mich um keinen Kerl kümmern, der vielleicht nicht bei guter Laune ist."

Ob sie wirklich so witzig klang, wie sie es sich erhoffte?

„Richtig so, Liebe!" Heike lächelte und beugte sich näher. „Übrigens ist Jans Trauzeuge auch ohne Begleitung hier. Schau mal, da drüben! Er und seine Freunde! Halt also die Ohren steif", flüsterte sie geheimnisvoll und sah sich um.

Sonja schwieg und lächelte freundlich. Heike meinte es nur gut. Es wäre schön, wenn sie Jans Trauzeugen ihn näher kennenlernen würde. Aber wenn nicht – was soll's, sie würde es überleben. Doch nach wenigen Sekunden zögerte sie erneut. Vielleicht sollte sie es doch sein lassen, Jans Freund anzuflirten. Womöglich würde sie sich nur blamieren.

„Mache ich", flüsterte sie stattdessen und zwinkerte Heike zu. „Danke dir und nochmals herzlichen Glückwunsch!"

Mit langsamen Schritten und Traurigkeit im Herzen ging Sonja zum Getränkestand. Sie wollte sich noch Wein nehmen. Oder vielleicht doch lieber ein Glas

Wasser. Schließlich hatte sie keine Lust auf üble Kopfschmerzen am nächsten Tag.

Den hübschen Trauzeugen könnte sie sich abschminken. Der Typ war mit seinen Begleitern in den Hof gegangen. Hätte er an ihr Interesse gehabt, würde er einen Small Talk mit ihr seiner Zigarette bevorzugen.

Egal, wieso regte sie sich darüber auf? Sonja blieb unschlüssig vor dem Stand stehen und entschied sich dann für eine Apfelschorle. Scheiß drauf. Sie würde sich entspannen, den Abend genießen und Yannik ein paar witzige Instagram-Videos schicken. Ihr bester Freund hatte heute Nachtschicht, ansonsten hätte Sonja ihn mit zur Hochzeit genommen. Jenny und Jan hatten sie davor gefragt, ob sie Yannik mitbringen wollte, und er hätte mit Sicherheit nicht abgelehnt.

Sonja seufzte tief. Mit einem traurigen Lächeln schenkte sie sich Apfelschorle ein, kehrte daraufhin auf ihren Absätzen um und schrie erschrocken auf, als sie mit einem Mann zusammenstieß. „O Gott … Entschuldigung …“ Erschrocken presste sie ihre Hand auf die Brust, während der heiße Trauzeuge sie an den Schultern festhielt und sie so vor dem Fallen bewahrte. „Ich habe Sie nicht gesehen …“ Hektisch blickte sie auf sein schneeweißes und wohl ziemlich teures Hemd mit karierten Stoffkanten um den Kragen und Manschetten. „Ich … Ich hoffe, ich habe nichts auf Sie verschüttet.“ Rasch stellte sie das Glas mit der Apfelschorle auf dem Getränketisch ab und griff nach einer Serviette. „Falls ja …“

„Alles gut!“ Der junge Mann grinste freundlich. „Kein Problem, mir ist nichts passiert. Sind Sie umgeknickt?“

Sonja senkte den Kopf und blickte auf ihren Absatz, bewegte vorsichtig ihren Fuß. Nichts. Sie hatte Glück gehabt. Erneut schaute sie auf den Trauzeugen und ein angenehmer Schauer rieselte ihr über den Rücken. Ja. Tatsächlich. Der Kerl sah verdammt heiß aus.

„Nein, alles in Ordnung", stammelte sie nervös und erwiderte sein Lächeln, fragte sich dabei, ob sie gerade zerzaust war. „Tut mir leid, wirklich. Ich bin buchstäblich in Ihren Bauch reingelaufen."

Sie fragte sich gerade, was für einen Blödsinn sie da redete. Der heiße Unbekannte würde sich über sie kaputtlachen, sobald er aus ihrem Sichtfeld verschwunden wäre.

„Von diesem hübschen Anblick war auch ich abgelenkt", entgegnete der Mann unerwartet und sah ihr tiefer in die Augen. „Und noch einmal. Sie brauchen sich nicht zu entschuldigen. Übrigens. Habe ich etwa einen Bauch?" Theatralisch spannte er seine Muskeln unter dem Hemd an.

Die Art, wie er Sonja mit seinem Blick gefangen hielt, ließ eine Unruhe in ihrem Magen toben. Sie hob ihre Mundwinkel und strich sich eine Haarsträhne aus dem Gesicht. Dann schlang sie ihre Arme um sich und verlagerte ihr Gewicht von einem Bein aufs andere. Wohl sollte sie ihm zunicken und sich verabschieden, anstatt ihn so anzustarren. Und doch konnte sie ihren Blick von ihm nicht abwenden. Jetzt, wo er vor ihr stand, konnte sie nicht anders, als ihn genauer zu betrachten. Er war groß und hatte einen sportlichen Körperbau, unter seinem Hemd machten sich Andeutungen seiner durchtrainierten Brust bemerkbar. Er hatte eine längliche Gesichtsform, die von einer hohen Stirn dominiert wurde. Die Haut des Unbekannten war leicht gebräunt und bildete einen Kontrast zu seinen hellblauen Augen. Er trug einen gepflegten kurzen Bart, der seine Lippen umrandete. Sein volles langes Deckhaar war akkurat nach hinten gekämmt und bildete weiche Übergänge zu den ein bisschen kürzer geschnittenen Seiten. Klar definierte Wangenknochen, eine spitze Nase und ein schmales Kinn rundeten das Bild ab. Seine Stimme war weich und verwöhnte ihr Ohr. Er sprach ein sauberes, akzentfreies Deutsch. Nur einige Töne in seiner Aussprache ließen auf seine wohl südländische Abstammung schließen.

„Ah ... Sag ruhig Du zu mir", sagte Sonja leise und senkte ihren Blick. „Ich hasse es, wenn man mich siezt. Übrigens. Ich bin Sonja." Sie hob ihre Augen, um dem Unbekannten wieder ins Gesicht zu sehen, der noch einen Schritt näher zu ihr herangetreten war.

Der Mann lächelte sein unverschämt süßes Lächeln und streckte ihr die Hand entgegen. „Firas."

Firas. Ja, sie hatte sich nicht geirrt. Der Name ließ auf eine südländische Abstammung schließen.

„Ein schöner Name", sagte Sonja, lächelte und griff nach seiner Hand, ließ ihre kalten Finger von seiner Wärme umhüllen. „Woher kommst du, Firas?"

„Danke. Meine Familie kommt aus Syrien." Er musterte sie für ein paar Sekunden, als ob er es versuchte, etwas aus Sonjas Gesichtszügen abzulesen. „Aus Aleppo. Aber ich bin hier geboren und aufgewachsen", ergänzte er hastig, als wären ihm diese Worte unangenehm, während er ihre Hand leicht schüttelte.

Warum musste dieser Firas so verteufelt gut aussehen? Ihre Knie wurden weich und ihre Fähigkeit zu sprechen verschwand. Ihre Wangen brannten heiß. Sie straffte ihren Rücken und bemühte sich um mehr Selbstbeherrschung. Schließlich war sie achtundzwanzig und nicht sechzehn, um neben einem hübschen Kerl rot wie ein Backfisch zu werden.

„Woher kennst du Jan?", ließ sie endlich ihre Frage raus, die sie seit heute Morgen beschäftigte. „Ich meine … Ich bin mit ihm und seiner Frau gut befreundet, aber ich habe dich noch nie in unserem Freundeskreis gesehen …"

O Himmel. Was redete sie da? Was für ein Wasserfall an unnötigen Worten!

„Das wäre auch schwer möglich gewesen. Ich war drei Jahre im Ausland und kam erst vor ein paar Tagen zurück." Ein sanftes Lächeln lag auf Firas' Lippen. „Da hatte Jan mich gebeten, sein Trauzeuge zu sein. Verrückt. Ich habe nämlich noch nie bei so etwas mitgemacht. Aber das mit dem Reichen von Ringen habe ich gut hinbekommen, oder?" Jetzt grinste er breit.

Erneut verzogen sich Sonjas Lippen zu einem breiten Lächeln. „Und wo genau warst du, wenn ich fragen darf? Warst du beruflich unterwegs?"

Firas beugte sich leicht zu ihr. „In den USA", sagte er leise. „Ich habe dort promoviert."

Sonja biss sich auf der Unterlippe. „Oh, okay. Und welches Fach?"

„Pharmazie. Ich habe zusammen mit Jan studiert und bin mit ihm seit dieser Zeit befreundet. Wir sind schon immer beste Freunde gewesen. Aber wie witzig, dass auch ich dich nie getroffen habe. Anscheinend gehören wir zum selben Freundeskreis", sagte er etwas verlegen und senkte kurzzeitig den Blick. War Firas etwa schüchtern? Sie schmunzelte. Erneut kribbelte Sonjas Bauch. Nie im Leben hatte sie sich denken können, dass ein Nerd wie Jan solch' einen Typen zu seinem Freundeskreis zählte. Dieser Mann mit dem Körper eines Athleten und stylishen Klamotten eines Hollywoodstars hatte sich nicht nur durch das harte Pharmaziestudium gekämpft, sondern sogar promoviert.

„Ich kenne Jenny seit drei Jahren. Anscheinend haben wir uns knapp verpasst." Sonja nahm einen Schluck von der Apfelschorle. Ihr Blick fiel auf Jan und Jenny, die ihnen abseits des Getränkestandes wild zuwinkten. Auch Firas entging es nicht. Anscheinend sollten sie zum Brautpaar kommen.

„Ich hoffe, dass wir unser Gespräch bald fortsetzen, Sonja", sagte Firas leise, während sie gemeinsam den Saal überquerten. „Nachdem wir erfahren, was diese zwei Turteltäubchen von uns wollen, könnten wir etwas Luft schnappen. Am besten in den Garten. Dann können wir uns an noch mehrere Geschichten aus unserem Freundeskreis erinnern. Was hältst du davon?"

Sonja sah zu ihm und lächelte erneut. „Sehr gerne."

Jennys Augen funkelten, während sie mit einem schelmischen Blick über die Gesichter ihrer Freunde und Jan streifte.

„Wisst ihr, auf was ich so richtig Bock hätte?"

„Auf was denn?" Fragend sahen Jan und Firas die Braut an.

„Firas, wie hieß der Tanz, den ihr letztes Jahr auf der Hochzeit deiner Schwester vorgeführt hattet? Er war so genial! Eigentlich waren alle Tänze unglaublich toll, aber dieser ... Da musstet ihr eine harte Knochenarbeit leisten!" Jenny lehnte sich zurück und tappte Sonja auf

die Schulter. „Süße, das hättest du sehen müssen! Firas'
Schwester hat letztes Jahr geheiratet und er ist deswegen für eine Woche aus den USA angeflogen. Die Party
war so unbeschreiblich! Wie die Kerle dort getanzt haben! Das war der Hammer!", schwärmte sie.

„Ja, ich erinnere mich, du hast mir einmal davon berichtet. Jan und du, ihr seid dafür extra nach Mann-
heim gefahren, stimmt's? Witzig." Sonja lehnte sich auf
dem Stuhl zurück und wippte mit dem Fuß.

„Ich glaube, du meinst Dabke. Den Tanz habe ich deinem Mann beibringen wollen. Er ist beinahe in Ohnmacht gefallen", sagte Firas und schaute grinsend auf
Jan. „Was sagst du zum Wunsch deiner Ehefrau, Opa?
Schaffst du Dabke, ohne einen Herzinfarkt zu bekommen oder soll ich vorsichtshalber jetzt schon den Kran-
kenwagen rufen?"

„Wieso sollte ich es nicht schaffen?", brüstete sich Jan
und hob eine Augenbraue. „Ich bin in einer besseren
Form als du, Freundchen!"

„Haha. Mal sehen." Firas schaute zu Sonja. „Machst
du auch mit?"

„Äääh ..."

„Auf alle Fälle!" Jenny freute sich und klatschte.
„Sonja, mach bitte mit! Ich auch! Eigentlich sollen da
mehrere Leute tanzen. Das wird ein Spaß!"

„Ob die Ältesten da mitmachen?" Skeptisch blickte
Jan umher und Jenny schubste ihn leicht. „Es ist unsere
Hochzeit. Hauptsache, wir machen mit. Die anderen
können weiterhin ihren Wein trinken und uns dabei
zusehen."

„Aber ich kenne nicht mal die Schritte", wandte Sonja
besorgt ein. „Was soll ich da tun?"

„Keine Sorge", antwortete Jan und schenkte sich etwas Wein ein. „Firas wird führen. Seine Freunde folgen. Dann komme ich, danach Jenny, du und wer sonst auch immer will. Ihr müsst nur in dieselbe Richtung laufen wie wir. Mehr nicht."

„Toll. Du hast alles nach deiner typisch deutschen Art durchgeplant", scherzte Firas. „Ich darf die ganze Arbeit machen und du versteckst dich im Hintergrund." Daraufhin wandte er sich Sonja zu und streifte mit dem Blick über ihre Füße: „Zieh am besten deine hübschen Schuhe aus. Falls du Ballerinas hast, zieh sie an. Ansonsten geh barfuß. Meine Empfehlung."

„Zu Befehl!" Sonja sah Firas in die Augen und ihr Bauch kribbelte erneut. Ehrlich gesagt, würde sie jetzt am liebsten mit ihm alleine sein. Sich mit ihm unterhalten. Mit ihm zusammen lachen. Vielleicht würden sie sich küssen. Unauffällig betrachtete Sonja seine vollen Lippen und stellte sich für einen Moment seinen Kuss vor, der mit Sicherheit himmlisch sein musste. Womöglich würde es zu einer Fortsetzung kommen. Zu einer heißen Nacht, die sie sich gerade so ersehnte.

„Okay. Dann schließe ich mal mein Handy am Laptop an und Tobi kann die Musik abspielen. Bereitet euch schon mal vor." Firas klopfte Jan aufmunternd auf die Schulter und riss damit Sonja aus ihren Gedanken. „Und du wirst alles geben müssen, Grandpa. Ich habe dich im Blick."

Der Blick, mit dem er Sonja ansah, machte ihr deutlich, dass er auch sie liebend gern im Blick behalten wollte.

DJ Tobi kündigte den Tanz an. Orientalische Musik, zusammengesetzt aus rhythmischen Paukenschlägen und begleitet von Blockflötenklängen, ertönte aus den Lautsprechern und erfüllte den Raum. Alle Gäste sahen neugierig zu, während Firas mit leichten, graziösen Schritten über die Tanzfläche ging und seine Gruppe hinter sich führte.

„Jeder darf mitmachen!", rief der DJ und schon legte Firas los. Er schwang den freien Arm, schnippte mit den Fingern und überkreuzte blitzschnell in einem hohen Sprung die Beine. Daraufhin landete er auf den Boden und ging tief in die Hocke, verließ sie mit einem kräftigen Stoß, sich um die eigene Achse drehend und auf den Boden stampfend.

Sonja lachte vor Freude, während sie Jenny an der Hand hielt und Firas' Kumpels folgte. Karim, Jan und Mahmoud gingen hinter Firas, sich an den Händen festhaltend und diese im Takt der Musik hoch und runter schwingend. Indessen Firas sich fortbewegte, streifte er mit dem Blick über die Anwesenden, die begeistert applaudierten. So bewegten sie sich alle durch die Tanzfläche. Gäste und Gastgeber schlossen sich ihnen an und innerhalb von wenigen Minuten bildete sich ein großer Reigen.

Menschen, Farben, Kleider, Parfüms, sie alle vermischten sich, bildeten ein buntes Ganzes, das sich diesem turbulenten Tanz hingab. Firas führte lachend weiter. Mit den Schuhen stampfte er im Takt der Pauke, sein Körper drehte sich blitzartig, während er immer wieder hochsprang, auf dem Boden landete und in die Hocke ging. Sonja folgte Jenny und fühlte sich glücklich wie schon lange nicht mehr, während der Tanz jede Faser ihres Körpers ergriff. Noch eine Runde. Und noch eine. Ein leichter Sprung, ein Schritt nach rechts und drei nach links. Zum letzten Mal drehte sich Firas im Kreis, stampfte auf dem Boden und hob die Arme. Die Musik endete und ein donnernder Applaus bekundete den Begeisterungssturm aller Anwesenden.

Firas und Sonja hatten den Festsaal verlassen. Schweigend gingen sie durch den Gartenweg. Es war inzwischen dunkel geworden und der große Garten war von zahlreichen Lichterketten beleuchtet. Zusammen mit Papierdiamanten waren diese an den Bäumen angebracht worden und sorgten für eine romantische, kuschelige Atmosphäre.

Als sie sich weit genug von der Scheune entfernt hatten, lehnte Sonja sich wie selbstverständlich an Firas an. Dieser ließ ihre Hand los und umarmte sie zärtlich. Wie herrlich! Sie legte ihren Arm um seine Taille und stieß ein leichtes Seufzen aus.

Das war der Moment, auf den sie so lange gewartet hatte. Ein Wärmegefühl legte sich auf ihr Herz. Zum ersten Mal seit Monaten fühlte sie sich entspannt und glücklich. Firas strahlte eine gewisse Selbstsicherheit aus und wirkte dennoch nicht überheblich. Obwohl sie ihn kaum kannte, fühlte sie sich an seiner Seite sicher und geborgen.

„Endlich", sagte Firas und streichelte zart ihre Schulter. „Ich weiß nicht, wie es dir geht, aber ich finde es so schön, mit dir allein zu sein und ungestört zu plaudern. Ohne diesen ganzen Rummel."

„Geht mir genauso. Macht dir Spaß mit mir zu plaudern? Wirklich? Einige meine Kollegen behaupten, ich rede wie ein Wasserfall", versuchte Sonja zu witzeln und legte den Kopf schief. Sie erwartete, dass Firas anfing zu lachen. Schließlich waren solche Reaktionen immer eine Antwort auf diesen Vergleich. Doch es kam unerwartet anders.

Firas blieb stehen und sah sie aufmerksam an, dann beugte er sich leicht zu ihr und hielt sie trotz der schwachen Beleuchtung mit seinem Blick gefangen. „Ich verrate dir etwas", sprach er leise. „Ich mag es, wenn eine Frau unkompliziert und offen ist. Und das bist du. Ich weiß es, obwohl ich dich erst seit ein paar Stunden kenne. Also hör nicht auf deine Kollegen. Lieber ein Wasserfall als eine Wüste, Sonja, denn das Wasser und nicht der Sand bringt Leben mit sich."

Seine Worte nährten ihr tief gesunkenes Selbstbewusstsein und wirkten wie Balsam auf ihrer Seele. Sonja erwiderte seinen Blick und lächelte kokett, spürte gleichzeitig, wie ihre Ohren warm wurden. „Danke! Das ist sehr lieb von dir."

Firas lächelte, nahm ihre Hand und beschleunigte seine Schritte, bis sie eine Holzbank erreichten.

„Ich wollte hierher mit dir", sagte er leise. „Eine wahrlich wunderschöne Ecke. Was sagst du dazu?" Fragend sah er zu ihr und stellte sich vor sie, dann huschte sein Blick über den Garten.

Himmel. Sonjas Herz schlug so laut, dass sie es beinahe hören könnte. Dieser intensive Blick in seinem Gesicht machte sie wahnsinnig, ließ ihren Bauch kribbeln, sodass sie das Verlangen, das schon den ganzen Abend in ihr schlummerte, nicht länger unterdrücken konnte.

Ohne Worte trat sie zu ihm und legte die Arme um seine Taille. Zärtlich umfasste Firas ihr Gesicht, streichelte mit den Daumen über ihre Wangen und sie schmiegte sich an ihn. Langsam neigte er sein Gesicht zu ihr und presste seine Lippen an ihre. Während Sonja genussvoll die Augen schloss, liebkoste Firas ihre Lippen, küsste anschließend ihre Mundwinkel und hob den Kopf.

„Firas ..." Wie aus einem Traum erwachend, öffnete Sonja die Augen. „War's das?"

„Willst du mehr?", murmelte er und legte die Arme um sie, ohne auf eine Antwort zu warten. Erneut sah er tief in ihre Augen. Sein Blick war von Lust und unermesslichem Begehren erfüllt.

„Ja", stöhnte sie leise, während sie die Arme um seinen Hals schlug und die Lippen öffnete.

Seine Zungenspitze streichelte neckisch über ihre Lippen, und ihrer Kehle entkam ein lustvolles Seufzen. Entschlossen drückte sie die Finger an seinem Nacken fest und zog ihn näher an sich heran. Firas ließ kurz von ihren Lippen ab und vergrub sein Gesicht in ihrer Halsbeuge, atmete gierig ihren Duft ein, während sich ihr Unterleib angenehm zusammenzog.

„Magst du Zungenküsse?", keuchte er, als er sich wieder ihren Lippen zuwandte und zärtlich über ihren Rücken streichelte.

„Du fragst zu viel." Mit halbgeschlossenen Augen lächelte sie ihn an. „Mach einfach. Das ist wunderschön."

„Ganz wie du willst", flüsterte er. Ihre Lippen trennten sich nur wenige Zentimeter voneinander, bevor er den letzten Abstand überbrückte und ihren Mund eroberte.

Wie viele Minuten vergingen da? Sonja hatte die Zeit vergessen und fühlte sich wie in eine andere Welt versetzt. Eine Welt, wo es nur sie und diesen ihr kaum bekannten Kerl gab.

Langsam löste Firas seine Lippen von ihren und fuhr zärtlich mit der Fingerspitze über ihre Mundwinkel.

„Was hast du später vor?", flüsterte er sehnsüchtig.

Sonja öffnete die Augen, verlor sich erneut in seinem Blick.

„Nichts. Und du?"

„Ich habe auch nichts vor." Firas sah auf sein Handy. „Wenn du möchtest ... Willst du mir noch einen Tanz schenken und dann mit mir abhauen? Zu mir nach Hause?"

Blut schoss in Sonjas Wangen und sie presste ihr Unterleib gegen seinen.

„Ja", antwortete sie kurz und legte ihre Hand in seinen Nacken, um seine Lippen erneut in einem Kuss zu erobern.

Kapitel 2:
Erwachsenenleben

Firas

„Danke, Aliya." Firas nahm die Tasse des herrlich duftenden arabischen Kaffees aus ihrer zarten Hand und trank einen Schluck.

Die schlanke junge Frau schenkte ihm ein warmes Lächeln und warf ihr langes blondes Haar nach hinten, dann wandte sie sich Layla zu, um auch ihr Kaffee anzubieten. Seine Schwester nahm ihn dankend entgegen und warf Firas unauffällig einen Blick zu, den nur er deuten konnte.

Aliya ging in die Küche, stellte dort das Tablet ab und kehrte mit einer Schale voller arabischen Süßigkeiten ins Wohnzimmer. Lächelnd sah sie zu allen Anwesenden, strich dabei ihr langes hellblaues Kleid zurecht und setzte sich auf ihren Stuhl.

Firas lehnte sich entspannt zurück. Das war ein wundervoller Sonntagabend im Kreise seiner Familie und deren langjähriger Freunde. Nach seinem dreijährigen Aufenthalt in den USA war er glücklich, sie alle wieder um sich zu haben. In den USA hatte ihm das Beisammensein mit seiner Familie gefehlt, umso mehr freute er sich jetzt über jeden gemeinsamen Moment. Zwar war er jedes Jahr für zwei Wochen nach Deutschland gereist, doch das war ihm nicht genug gewesen.

Hassan, Aliyas Vater, hatte sie alle zu sich eingeladen. Aliya und ihre Mutter hatten zuvor den Esstisch im Wohnzimmer voll beladen, sodass Firas sich gefragt hatte, wie viele Fußballmannschaften sie einzuladen beabsichtigten. Auch hatten sie Käseschnecken gebacken und Pide gemacht. Dazu hatten sie allerlei Obst geschnitten und daraus wahre Kunstwerke geschnitzt. Sie aßen, sprachen und lachten zusammen. Das alles gab Firas das Gefühl, in seiner eigenen Welt zu sein, die ihm Erholung bot und ihn zu Kräften kommen ließ.

Jetzt genoss er den herrlich duftenden Kaffee und ließ die Seele baumeln.

Manchmal dachte er an Sonja. Die Nacht mit ihr war einmalig gewesen. Noch nie hatte er Sex so genossen, der im Unterschied zu seinen bisherigen Erfahrungen unbeschreiblich sinnlich gewesen war. Seltsam. Bislang hatte er nie an Frauen denken müssen, die mit ihm eine Nacht verbracht hatten, um am nächsten Morgen spurlos aus seinem Leben zu verschwinden. Wieso verhielt es bei Sonja anders? Weshalb dachte er immerzu an ihr zartes, ebenmäßiges Gesicht und ihr unverschämt süßes Grübchenlächeln?

„Na Firas." Hassans Stimme riss ihn aus seinen Gedanken.

Sofort setzte Firas sein charmantes Lächeln auf: „Ja?"

„Freust du dich schon in zwei Wochen loszulegen?" Unter Hassans Schnurrbart zeigte sich ein Lächeln und seine Augenwinkel bedeckten sich mit Fältchen, die der Mann hasste, auch wenn diese in seinem Alter völlig normal waren.

„Ich kann es kaum erwarten!" Firas hat einige Sekunden gebraucht, bis er begriff, dass es um seine Teamleiterstelle bei Bionpharma ging, einem mittelständigen Unternehmen im Herzen Saarbrückens. „Danke dir nochmals, Hassan!"

„Gott segne dich und deine Familie", sagte Mama leise und presste dabei ihre Hand an die Brust. „Wir können uns nicht genug bei dir bedanken!"

Das erneute Lächeln auf Hassans Lippen zeigte, dass sein Ego befriedigt wurde. Firas nickte ihm zu, während sein Zeigefinger am Daumen rieb. Ein seltsames Gefühl machte sich unangekündigt in seinem Herzen breit. Musste Hassan jetzt den Job erwähnen? Eigentlich freute er sich über diese neue Chance und wusste es zu schätzen, unmittelbar nach seiner Rückkehr aus den USA einen Job als Teamleiter in Hassans Abteilung bekommen zu haben. Dass er sofort eine Zusage erhalten hatte, war nicht selbstverständlich gewesen. Nicht zuletzt hatten Hassans Kontakte im Unternehmen die entscheidende Rolle gespielt und bei der aktuellen Situation auf dem Jobmarkt schätzte Firas sich glücklich, dessen Unterstützung bekommen zu haben.

Sein innerer Frieden war dennoch unerwartet nach Hassans Worten verflogen. Zum ersten Mal fragte Firas sich, ob die Zusammenarbeit mit dem alten Familienfreund wirklich gut funktionieren würde. Er hatte Jan noch nichts von dem Angebot erzählt und würde es wohl erst nach den Flitterwochen tun. Bis dahin würde er seine neue Stelle angetreten haben. Ob Jan das gutheißen würde?

Ah was. Er machte sich unnötig Sorgen. Vielleicht waren diese Umstände ein Geschenk des Schicksals. Firas vertrieb seine Gedanken und blickte zu Aliya, die ihm sofort zulächelte. Ja. Seit Jans Hochzeit dachte Firas öfter und intensiver über die eigene Familie nach. Über das eigene Zuhause. Ob die Zeit für diese wichtigen Lebensschritte bereits gekommen war? Ob er sich endlich sesshaft machen sollte?

In diesem Fall wäre Aliya mit Sicherheit die perfekte Partie für ihn. Schließlich hatten sie beide dieselben Wurzeln und kannten sich schon seit ihren Schulzeiten. Firas sah in Aliyas haselnussbraune Augen und erwiderte ihr Lächeln. Sie mochte ihn. Eindeutig.

„Also Firas, wie war denn diese Hochzeitsparty von deinem Freund?" Alya gab ein neues Gesprächsthema vor und Firas griff nach einem Stück Baklava.

Ihre Frage rief erneut Erinnerungen an Sonja in ihm hervor. Erinnerungen, die sein Herz schneller schlagen ließen und die Gedanken an seine bevorstehende Zukunft schlagartig aus dem Hirn verbannten. „War schön", antwortete er schulterzuckend und gespielt gleichgültig, als ob sie ihn über das Wetter gefragt hatte. „Es gab gutes Essen und getanzt wurde auch ausgiebig. Die Braut hat sich sogar Dabke von uns gewünscht. Ich bin total aus der Übung, meine Beine tun mir jetzt noch weh." Rasch schob er sich Baklava in den Mund und trank den mittlerweile kalt gewordenen Kaffee aus.

„War das dein deutscher Freund Jan, der geheiratet hat?" Aliyas Mama richtete ihren Blick neugierig auf ihn. „Hast du vielleicht Bilder von der Feier?"

Hatte er Bilder? Nur wenige. Ein paar Selfies mit Karim und Mahmoud, dann welche mit Jan. Das war's auch schon. Firas sah zu Layla, die ihm einen spitzbübischen Blick zuwarf.

„Ehrlich gesagt, habe ich keine Bilder gemacht. Ihr kennt mich ja. Ich lasse mein Handy immer links liegen." Er lächelte schuldig. „Ich werde Jan fragen, ob er mir welche schicken kann."

„Oh, das ist nicht nötig. Bitte mach dir und Jan keinen Aufwand." Aliyas Mutter lächelte und warf ihrem Mann einen schnellen Blick zu. „Hauptsache du hattest einen schönen Tag. Eine Hochzeit ist immer etwas Wundervolles …" Sie legte eine kurze Pause ein und fügte hinzu: „Insbesondere die eigene."

***

„Bruderherz, gibst du mir eine Zigarette?", fragte Layla, nachdem sie das Haus ihrer Eltern verlassen hatten und zu seinem Auto gingen. „Ich würde gerne eine mit dir dampfen, bevor ich wieder zu einer anständigen Ehefrau werde."
Sie grinste.
Theatralisch hob Firas seine Augenbrauen und pfiff leise.

„Oha, kannst du das Qualmen immer noch nicht lassen?" Er grinste breit und nahm aus seiner Jackentasche eine frisch angebrochene Zigarettenschachtel. „Was sagt dein Mann dazu?"
Layla prustete und nahm sich eine Zigarette. Grinsend steckte sie die Zigarette mit einer geübten Bewegung zwischen die Lippen und zündete sie mit ihrem

pinkfarbenen Feuerzeug an. „Er hat es noch nicht rausgefunden“, sagte sie grinsend und blies genussvoll den Rauch aus. „Genauso wie Mama und Papa es nicht wissen. Ich rauche aber gerne, das gebe ich zu. Und nur du weißt es. Es ist und bleibt unser kleines Geheimnis.“

„Warum sollte es ein Geheimnis bleiben? Wenn du gerne rauchst, mach das offen.“ Firas zuckte mit den Schultern und nahm sich auch eine Kippe. „Komm, du bist schon groß genug. Zumindest Hanie sollte es wissen. Schließlich ist er ja dein Ehemann und ihr wollt ja gemeinsam alt werden. Und er raucht selbst wie eine Lokomotive.“

„Du hast recht, aber irgendwie traue ich mich nicht.“ Layla hustete und hielt sich die Hand vor den Mund, legte danach den Zigarettenfilter erneut zwischen die Lippen. „Vielleicht bin ich daran gewöhnt, mich zu verstecken. Das macht das Rauchen viel spannender“, scherzte sie.

Gleichgültig hob Firas die Schultern. Layla sollte machen, wie es ihr lieb war. Seitdem sie sich von ihren Eltern und Aliya verabschiedet hatten, kreisten in seinem Kopf andere Gedanken. Erinnerungen daran, wie Sonja sich in seinen Armen angefühlt hatte. An ihre Lippen, die seinen Körper mit hingebungsvollen Küssen bedeckt hatten. An …

„Firo, bist du da?“ Layla berührte sanft seinen Unterarm und sah ihn verwundert an. „Du bist beinahe an deinem Auto vorbeigelaufen.“

„Sorry.“ Rasch holte er die Schlüssel raus. „Bitte schön.“ Layla setzte sich rein. Firas rauchte seine Zigarette zu Ende, warf den Stummel in einen Abwasserkanal und plumpste daraufhin auf den Fahrersitz.

„Träumst du etwa?" Layla drehte sich zu ihm und sah ihm eindringlich in die Augen. In ihrem Blick zeigte sich ein schelmisches Funken, dem ein breites Grinsen folgte. „Hast du etwa jemanden kennengelernt?"

Layla hielt sich nie zurück. Sie hatte einen extremen Hang zur Wahrheit und Ehrlichkeit, und er hat sie schon oft gegen Wände laufen lassen. Zudem war sie neugierig. So wie kein anderer Mensch. Für Firas war es klar: So schnell würde er seiner Schwester nicht entkommen.

„Wie kommst du darauf?", entgegnete er und schnallte sich an.

„Du bist verträumt und benimmst dich wie ein sechzehnjähriger Teenager, der zu seinem ersten Date geht. So habe ich dich noch nie gesehen. Also erzähl mal. Jetzt sind wir allein. Niemand kann uns hören. Ich bin mir ganz sicher, dass du nicht an Aliya denkst. Auch wenn sie und ihre Eltern es gerne hätten."

Gespielt zog Firas die Augenbrauen zusammen. „Und wieso nicht? Vielleicht denke ich an sie. Woher willst du das denn wissen, Sis? Außerdem darfst du ruhig netter sein. Ich bin kein sechzehnjähriger Teenager." Er startete den Motor und fuhr vom Parkplatz.

„Diplomatie ist nicht so meins. Hatte ich das schon erwähnt? Also, ich höre."

Firas seufzte und blieb an einer Ampel stehen. Er würde Laylas Befragung nicht entkommen. Er sah nachdenklich auf seine Schwester. Ihre Augen funkelten neugierig. Sie war gierig auf sein Bekenntnis. Wie ein Wolf, der das Blut eines verletzten Tieres gerochen hatte und nun seine Beute beharrlich verfolgte. Keine Sekunde ließ Layla ihn aus den Augen.

„Sag mir zuerst, wie du darauf kommst. Es ist nicht nur mein träumender Blick. Kann nicht sein."

Layla kicherte. „Brudi, in welcher Welt lebst du bitte? Wofür haben wir alle Facebook und Instagram? Aber gut, du bist wirklich ein Neandertaler, was Social Media angeht. Das lässt sich wohl nie ändern."

„Hey, es reicht." Ein verlegenes Kichern sprudelte in seiner Brust und er unterdrückte es mühevoll, sodass seiner Kehle ein komisches Gurgeln entkam. „Im Unterschied zu dir vergeude ich meine Zeit nicht, um unschuldige Menschen zu stalken und daraufhin wilde Theorien über sie aufzubauen."

„Das sind keine Theorien. Meistens stimmt alles, was ich sage. Wenn wir ankommen, zeige ich dir etwas. Es gibt ganz viele Bilder mit dir und einer jungen Schönheit, die du wie ein hungriger Wolf ansiehst."

Firas presste die Lippen zusammen. Facebook. Instagram. Mist! Wahrscheinlich hatte Jenny die Hochzeitsfotos auf ihrem Profil hochgeladen und Layla hatte sie gesehen. Schließlich waren sie alle miteinander befreundet und dadurch gut vernetzt. Verdammt. Er sollte definitiv seine Privatsphäreneinstellungen ändern. Oder vielleicht noch einen Schritt weitergehen und sein Profil komplett löschen.

„Es gab viele hübsche Frauen auf der Hochzeit, Layla. Und ich habe mich mit vielen Gästen fotografieren lassen. Diese Bilder haben nichts zu sagen, Schwesterherz. So sehr du mich zu einem Romantiker machen willst – ich bin nicht der Typ für große Gefühle und das weißt du." Seufzend blieb Firas an einer weiteren Ampel stehen. Verdammt, der sonst so kurze Heimweg kam ihm heute recht lang vor.

„Und warum reibst du an deinem Daumen?", hakte Layla nach. Firas' Blick schnellte zu seinen Händen. Mist. Layla entging nichts. Gar nichts. Nicht einmal ein Atemzug blieb ungehört, wenn sie danach lauschte.

„Ich weiß, was das bedeutet", fuhr Layla gnadenlos fort. „Du willst etwas verheimlichen. Also heraus mit der Sprache, Großer. Ich lasse nicht locker, das ist klar. Hast du die Handynummer von diesem Mädchen?"

Nein, hatte er nicht. Dafür könnte er sich am liebsten selbst ohrfeigen. Am nächsten Morgen hatte Sonja sich verabschiedet und war einfach gegangen. Sie hatte nicht mal einen Versuch unternommen, seine Nummer zu bekommen oder ihm ihre aufzuschreiben. Und er hatte nicht daran gedacht, sie danach zu fragen.

„Du musst nach Hause. Hanie wartet auf dich", unternahm Firas einen letzten Versuch, die Neugier seiner Schwester einzudämmen, doch Layla schüttelte entschlossen den Kopf.

„Erstens habe ich noch genug Zeit und zweitens kann Hanie warten. Ich habe sowieso keine Lust, mich mit seinen Freunden zu treffen. Die Frauen in dieser Clique sind so ätzend! Lieber komme ich zu dir in die Wohnung und bleibe dort hocken, bis du mir alles erzählst", sagte sie entschieden.

Firas wusste, dass seine Schwester es ernst meinte. Seufzend fuhr er fort: „Layla, es ist nichts. Es gibt keine Frau in meinem Leben." Er schwieg einige Sekunden und fuhr los. „Ich bin nicht verliebt, falls du darauf hinauswillst. Und werde es nicht sein. Gib endlich deine Hoffnungen auf. Ich bin kein Typ der großen Gefühle, Romantik und so ein Zeugs." Er bog innerlich erleichtert in eine Seitenstraße ab, die Richtung Nauwieser

Viertel führte. „Bald sind wir da. Und weißt du, was ich machen werde? Ich werde mich umziehen und eine Runde joggen. Danach rauche ich auf dem sonnigen Balkon eine Shisha und genieße meinen vierwöchigen Urlaub, während du dich in einer Shisha-Bar zu Tode langweilst." Ohne seinen Blick von der Straße abzuwenden, grinste Firas frech und streckte schnell die Zunge raus. Ob er damit Layla ärgern und das Thema wechseln könnte?

„Ja, ja, für die Liebe hast du keine Zeit. Wissen wir alle. Aber gut. Wenn du nicht darüber reden willst, ist es in Ordnung, Brudi. Wenn etwas ist, weißt du, wo du mich findest." Layla klopfte ihm auf die Schulter und lehnte sich wieder zurück.

Firas hielt mit der einen Hand das Lenkrad und rieb mit der anderen über seine Stirn. Er dachte daran, dass er Sonja wohl nie wiedersehen würde, und unerwartet durchfuhr ein Stich sein Herz.

Vielleicht war es doch eine gute Idee, mit Layla darüber zu sprechen. Schließlich hatte er noch nie Geheimnisse vor seiner Schwester gehabt. Er dachte kurz, wie dankbar er dem Universum für seine Schwester war. Layla war seine Vertraute und kannte all seine Geheimnisse, von denen nicht mal ihre Eltern wussten. Sie war immer für ihn da und stand ihm mit Rat und Tat zur Seite. Seit sie Kinder waren, erzählten sie sich alles, teilten alles, beschützten einander und hielten sich gegenseitig den Rücken frei. Bevor Layla ihren Mann geheiratet hatte, hatte sie Firas nach seiner Meinung gefragt und sein Rat war ihr wichtiger als die Meinung ihrer Eltern. Firas kannte Hanie bereits von der

Uni und er hätte sich keinen besseren Mann für seine Schwester vorstellen können.

Ja, obwohl ursprünglich anders geplant, würde er doch mit Layla reden. Sich ihr anvertrauen.

„Willst du noch eine Zigarette?", fragte er seine Schwester schließlich und sie nickte.

„Gerne. Dann können wir uns in aller Ruhe die Bilder ansehen. Jenny hatte übrigens einen tollen Fotografen engagiert. Ich bin sogar ein bisschen neidisch. Meine Hochzeitsfotos waren furchtbar."

„Dann komm mit hoch. Wir trinken noch einen Kaffee auf dem Balkon und du, Süchti, kannst dir das Gift holen, bevor du dich mit dieser nervigen Clique triffst." Firas lachte und schloss die Autotür ab.

Layla kniff ihn in den Oberarm. „Mach dich nur lustig über deine kleine Schwester. Schau dich selbst an. Du bist süchtiger als jeder, den ich kenne", sagte sie und zog gespielt die Augenbrauen zusammen.

Ja, da hatte Layla recht. Noch in der Schule hatte er mit dem Rauchen angefangen und behielt diese Angewohnheit bis heute. Nicht mal seine Liebe zum Kickboxen hatte ihm diese Abhängigkeit austreiben können.

„Vielleicht sollst du etwas weniger rauchen, Bruderherz", fügte Layla hinzu. „Versuch es mal. Denn so gesund ist es nicht."

„Du bist aber eine Frau und solltest eher damit aufhören", murmelte Firas widerspenstig und sperrte die Eingangstür auf. „Herein. Wie viel Zeit hast du noch, du Nervensäge?"

Layla sah auf ihre Armbanduhr. „Ich habe genug Zeit. Und wie gesagt. Bis du mir nicht alles erzählt hast, verlasse ich deine Wohnung nicht."

Firas lag im Bett, streckte sich und drehte sich auf die Seite.

Zwei Uhr nachts. Und er konnte immer noch nicht einschlafen. Er streckte sich erneut und legte sich auf die andere Seite. Sein Kopf erinnerte ihn an einen vollgestopften Dachboden.

Nachdem er sich Layla anvertraut hatte, wurden seine Erinnerungen an Sonja und ihre gemeinsame Nacht noch lebendiger. Layla hatte recht: Die junge Frau war ihm unter die Haut gegangen. Wieder musste er sich an ihr gemeinsames Erwachen denken. Sonja hatte ihren Kopf auf seiner Brust gelegt und ihr zerwühltes Haar ließ sie umso hinreißender erscheinen. Sie hatte noch geschlafen, während die ersten Sonnenstrahlen ihn bereits aufgeweckt hatten. So hatte er die Möglichkeit gehabt, Sonja ausgiebig zu betrachten: Ihre Schönheit und ihren friedlichen, seligen Schlaf, den er keinesfalls unterbrechen wollte.

Ein Lächeln schlich sich auf seine Lippen. Wenn er schon nicht einschlafen konnte, würde er sich noch einmal die Hochzeitsbilder ansehen. Er nahm sein Handy, entsperrte es und drehte sich wieder auf den Rücken. Schmunzelnd scrollte er über Jans und Jennys Profile. Selfies der glücklichen Frischvermählten ploppten in seiner Timeline auf. Die beiden waren heute in die Flitterwochen nach Mallorca geflogen. Jenny hatte ein Album erstellt und über hundert Bilder hochgeladen, auch die Gäste hatte sie markiert. Er öffnete sein Profil zum zweiten Mal für heute und ging die Eindrücke dieses schönen Tages nochmals durch.

Bilder von der Trauung. Vom Sektempfang. Von der Hochzeitstorte. Von der Party. Firas scrollte ungeduldig und übersprang die meisten Fotos. Nur ab und zu hielt er inne, weil er dachte, das Gesuchte gefunden zu haben. Immerhin suchte er nach Sonja. Nach den bestimmten Bildern, die Layla ihm zuvor gezeigt hatte.

Hier!

Mit ihrem auffallenden Lächeln sah Sonja direkt in die Kamera. Firas vergrößerte das Foto und betrachtete Sonjas zarte Schultern und ihre schlanke Taille, betont von ihrem roten Kleid. Ihr Gesicht mit dem verschmitzten Blick. Ihre langen Haare geschickt zur Seite gesteckt. Mit diesem Bild hatte der Fotograf ein perfektes Porträt von Sonja erschaffen.

Firas speicherte das Bild auf seinem Handy ab. Wenigstens würde seine Erinnerung an sie nicht verblassen. Darauffolgend sah er sich die weiteren Bilder an, scrollte ungeduldig darüber, bis Sonja wieder auftauchte. Hier hatten sie Dabke getanzt. Ein verschwommenes Foto, das dennoch unglaubliche Emotionen in sich trug.

Weiter ging es. Zahlreiche Bilder vom Brautpaar, Freunden und Verwandten. Er selbst mit Jennys Tante Uschi, frech in die Kamera grinsend. Das letzte Foto im Album ließ sein Herz schneller schlagen. Sein Lieblingsfoto.

Er und Sonja waren aus dem Garten zurückgekehrt und tanzten zusammen. Sofort hatte Firas die Melodie von ,*Hungry Eyes*' im Kopf. Der Fotograf hatte den perfekten Moment erwischt und sie beide während einer innigen Umarmung festgehalten. Firas hatte seine

Hand auf Sonjas Taille, indessen sie ihren Arm vertrauensvoll auf seine Schulter legte. Ihre Hände waren verschränkt, die Köpfe zueinander geneigt. Sie sahen sich tief in die Augen und ihre Blicke verrieten Innigkeit. Auch dieses Bild speicherte er ab und legte das Handy auf den Nachttisch.

„Wieso habe ich sie nicht nach ihrer Nummer gefragt?" Eine Weile starrte er an die Decke und setzte sein Selbstgespräch in der nächtlichen Stille des Schlafzimmers fort. „Vielleicht hätten wir uns nochmals getroffen. Oder mehrere Male. Ich bin ein Idiot!"

Mit diesen Gedanken versank er langsam in Schlaf.

Kapitel 3:
Das Wiedersehen

Sonja

Sonja hatte ihre Einhorntasse mit frischgebrühtem Kaffee gefüllt und ging zurück zu ihrem Arbeitsplatz. Sie stellte die heiße Tasse ab und ließ sich erschöpft auf dem gepolsterten Drehsessel nieder. Wie sollte sie heute diese Menge an Arbeit schaffen? Ein dicker Stapel von Dokumenten lag vor ihr. Berichte von Wirkstoffen, die in den Verkauf gehen sollten.

Sonja stützte sich mit den Ellenbogen auf dem Tisch ab und drückte die Finger auf ihre Schläfen. Sie war todmüde, nicht fähig, sich zu konzentrieren. Tausende Gedanken wimmelten in ihrem Kopf.

Firas. Dieses sanfte Lächeln auf seinen Lippen. Der Duft seines Aftershaves, der ihr den Verstand vernebelt hatte. Seine Küsse, seine Zunge auf ihrer, sein warmer Atem an ihren Wangen.

Verflixt. Wieso ging ihr dieser Typ nicht aus dem Kopf? Es war ein One-Night-Stand gewesen. Punkt. Aus. Sie würde ihn sowieso nie wiedersehen. Eine ein-

zige Nacht ohne Verpflichtungen und ohne Wiederholung – deshalb hatte sie ihm keine Nummer hinterlassen und nicht nach seiner gefragt.

Hm. Ein Gedanke ging durch ihren Kopf. Jan sollte
Firas' Nummer haben. Sollte sie …

Nein! Keinesfalls. Wie sollte es bitteschön aussehen?
Sie würde nie als Erste einem Typen schreiben. Schon
mal gar nicht einem One-Night-Stand. Zudem hatten
sie mit Firas abgesprochen, die Sache geheim zu halten.
Und Jan würde mit Sicherheit wissen wollen, wieso sie
Firas' Nummer benötigte.

Sonja schaute auf die Uhr und massierte erneut ihre
Schläfen. In einer halben Stunde begann die große Besprechung, bei der auch der Abteilungsleiter dabei sein
würde. Sie brauchte wohl einen doppelten Espresso.
Oder zwei. Hassan, der Abteilungsleiter, hatte eine mo-
notone Stimme und überzog diese Meetings gern mindestens um eine halbe Stunde. Sie gähnte und bedeckte
ihren Mund mit der Hand. Sie würde wegdösen, so viel
stand fest.

Das Chatfenster bei Teams blinkte. Zögernd öffnete
sie die Nachricht.

Wie geht's dir denn? Schon besser?

Yannik. Ihr bester Freund arbeitete in der Produktion
und musste heute in der Frühschicht einspringen.
Sonja lächelte und nahm einen großen Schluck von ihrem Kaffee. Danach schrieb sie zurück:

Bin todmüde. Habe schon wieder schlecht geschlafen. Ich weiß nicht, wie ich diese Besprechung überleben soll.

Es war hinreißend, wie Yannik sich um sie sorgte. Sie brauchte ihn an ihrer Seite, sonst würde sie den mittlerweile miserablen Alltag nicht durchstehen. Dennoch hatte sie ihm nichts über Firas und ihr kleines Abenteuer erzählt. Das war ihr erster One-Night-Stand und sie wollte diese Geschichte vorerst für sich behalten.

Halt durch, Süße. Schließlich wird euch heute der neue Teamleiter vorgestellt. Du kannst dich entspannt zurücklehnen und zuhören. Und dann ist schon die Mittagspause.

Yannik bekräftigte seine Worte mit einem umarmenden Smiley.

Ja. Der neue Teamleiter. Sonja runzelte nachdenklich die Stirn. Heute würde die Besprechung also noch länger als sonst dauern. Hassan würde sich nämlich richtig ins Zeug legen.

Bin gespannt.

tippte sie und fügte einen augenrollenden Smiley hinzu.

Und jetzt lass dich nicht stressen. Denk an den Feierabend. Wir bestellen eine Käsepizza und schauen uns deinen Lieblingsfilm an. Vielleicht geht es dir danach besser.

Yanniks nächste Nachricht ploppte auf und Sonja schmunzelte, während sie diese las. Käsepizza, Wein und ihre Lieblingskomödie. Ihr bester Freund wusste, was sie glücklich machen würde.

Sonja klickte auf ein Herzchen und leerte ihren Kaffee.

Ich muss jetzt weitermachen. Wollen wir zusammen in die Kantine? Dann kannst du mir alles berichten. Bin auch gespannt, wer zu euch kommt.

Sie ließ Yannik nicht lange auf Antwort warten.

Na klar. Wie immer um halb 12?

Mit einem nickenden Sonnenschein stimmte er zu und Sonja setzte ihren Status auf „beschäftigt." Danach lehnte sie sich zurück und schloss träumend die Augen.

„Sonja, kommst du mit?" Ulrike blickte durch den Türspalt, der das Büro vom Labor trennte. „In fünf Minuten haben wir die Besprechung."

Sonja zuckte hoch, denn Ulrike hatte sie völlig aus ihren Gedanken gerissen. „Äh, ja. Soll ich auf dich warten?", antwortete sie rasch und schnappte ihren Notizblock.

„Gerne. Bin schon fertig." Ulrike zog ihren Kittel aus und verließ das Labor.

Wenig später folgte sie Ulrike in den Flur und sie gingen gemeinsam ins erste Stockwerk.

„Und was denkst du, wer kommt in unsere Gruppe?", fragte Ulrike.

Sonja zuckte mit den Schultern. „Keine Ahnung. Ich denke, jemand Externes. Alle sprechen von einem Mann. Mehr habe ich nicht gehört. Aber heute Morgen habe ich Hassan gesehen. Er sieht so glücklich aus wie noch nie. Als ob sein Sohn die Stelle bekommt."

„Angeblich ist der Neue relativ jung", spekulierte Ulrike, unterdessen sie die Treppe hochliefen. „Unsere Hühner würden sich freuen."

Sonja kicherte. Ulrike fand eine triftige Bezeichnung für die vorwiegend weiblich geprägte Arbeitsgruppe.

„Ja, Männer sind bei uns willkommen", bestätigte sie lachend. Ulrike giftete weiter. „Auf einmal kommen sie alle aufgestylt und latschen an seinem Büro vorbei in der Hoffnung, seine Blicke zu ergattern. Vorausgesetzt, er sieht gut aus."

„Na hoffen wir doch, dass er gut aussieht." Sonja lachte. „Manche träumen ja regelrecht davon, etwas mit einem hübschen Chef anzufangen."

„Ja, solche gibt es." Verurteilend schüttelte Ulrike den Kopf. „Das geht meistens in die Hose. Glaub mir."

Sie waren in einen Gang abgebogen und waren endlich angekommen. Die Tür des geräumigen Besprechungsraumes stand halb offen und der Raum war voll. Einige Kolleginnen saßen bereits an einem langen Tisch, rührten in ihren mit Kaffee oder Tee gefüllten Tassen. Die anderen setzten sich näher zur Fensterbank oder warteten an der Wand. Sonja schob sich und Ulrike zwei freie Sessel zu und sie platzierten sich in einer hinteren Ecke.

Hassan war voll konzentriert. Er richtete den Beamer ein und klickte sich durch seine unendlich lange Präsentation hindurch.

Ulrike warf Sonja einen freudlosen Blick zu. „Hoffentlich überzieht er ... Hassan nicht schon wieder. Kann mir bis heute seinen Nachnamen nicht merken", flüsterte sie und beugte sich näher. „Ich muss um dreizehn Uhr los."

Sonja zog einen Mundwinkel hoch. „Mach dir keine Hoffnungen. Du kennst ihn ja", zerschmetterte sie Ulrikes Träume.

„Egal, dann gehe ich einfach. Muss meinen Sohn abholen", sagte Ulrike gleichgültig und überschlug ihre Beine.

„So. Jetzt läuft er." Hassan fühlte sich wie ein Held, nachdem er das Beamerkabel in den richtigen Anschluss gesteckt hatte. Mit einem flinken Blick streifte er über die Gruppe und legte los. „Heute will ich euch euren Teamleiter vorstellen. Wir warten auf ihn, er sollte gleich da sein. Hat wohl ein Parkplatzproblem", lenkte Hassan seine Rede ein.

„Oder er hat es sich anders überlegt", flüsterte Ulrike und Sonja prustete. Diese Vorstellung war recht witzig. Ungeduldig trommelte Hassan auf der Tischoberfläche, sah immer wieder auf sein Diensthandy. Stille füllte den Raum. Sonja blickte auf die Uhr, indessen Ulrike auf ihrem Stuhl zappelte.

„Okay ...", fuhr der Abteilungsleiter fort, „wir können erst einmal ..."

Das Geräusch der aufgehenden Tür unterbrach seine Worte. Neugierig drehten sich alle Köpfe zur sportlichen Gestalt eines Mannes, der sich im Türrahmen zeigte. Sonja stockte der Atem.

Das durfte nicht wahr sein!

Sonjas Augen weiteten sich und das Blut rauschte in den Ohren. Instinktiv griff sie nach der Armlehne ihres Sessels. Sie fühlte sich, als ob ihr das ganze Blut aus dem Körper wich und atmete tief durch, um nicht in Ohnmacht zu fallen.

„Alles okay?", erkundigte sich Ulrike besorgt und berührte Sonjas Hand. „Du bist so blass geworden, deine Hände sind eiskalt!"

Sonja nickte und rieb ihre Handflächen aneinander. „Ja, schon besser. Ich habe nicht gefrühstückt, deshalb war mir schwindelig", log sie, während ihr Blick auf dem Mann klebte, der mit festen Schritten den Raum betrat und Herrn Schubert die Hand gab.

„Darf ich vorstellen?" Mit einem theatralischen Lächeln drehte sich der Abteilungsleiter zu der Gruppe und fuhr fort, auf den Mann zeigend: „Herr Firas Allaham. Ab heute ist er euer Teamleiter."

Freundlich lächelnd streifte Firas mit seinem Blick über die Gesichter, dann hafteten seine Augen auf Sonja.

Sollen wir los?

Yannik. Mit zitternden Fingern tippte Sonja, dass er auf sie vor der Kantine warten sollte.

Sie konnte es nicht fassen, dass dieser Kerl ihr Teamleiter war. Faris. Ihr neuer Vorgesetzter, den sie ab sofort täglich bei der Arbeit sehen würde und dessen Anweisungen sie befolgen müsste. Der Mann, mit dem sie die schönste Nacht ihres Lebens verbracht hatte und der sie heute überhaupt nicht zu beachten schien.

Nachdem er sie während der Besprechung kurz betrachtet hatte, warf er ihr keinen Blick mehr zu. Als ob er sie nie zuvor gesehen hatte.

Ich meine, ein nettes Hallo hätte es auch getan!

Wütend schnappte sie ihre Jeansjacke und stürmte in den Flur. Ihr Weg führte an Firas' Büro vorbei. Durch die Glaswand seines Büros sah sie ihn an seinem Schreibtisch sitzen. Seine bloße Anwesenheit strahlte Autorität aus und bekräftigte seine Teamleiterposition. Herr Schubert saß bei ihm im Büro und die beiden Männer unterhielten sich lebhaft. Für eine Sekunde blieb sie im Flur stehen. Firas warf ihr einen emotionslosen Blick zu und setzte das Gespräch mit dem Abteilungsleiter fort.

War das derselbe Typ, der leidenschaftlich mit ihr getanzt und sie mit seinen Lippen verwöhnt hatte? War es derselbe Mann, mit dem sie die Feier verlassen hatte und der jeden Millimeter ihres Körpers in den Wahnsinn getrieben hatte?

Nur ein One-Night-Stand. Keine Verpflichtungen. Du wolltest es so.

Seit wann ließ sie sich so gedankenlos von den eigenen Gefühlen steuern und blendete ihren Verstand dabei komplett aus?

Du könntest mir wenigstens einmal zunicken! Du Arschloch, fluchte sie gedanklich und lief zum Ausgang. Das hat mir noch gefehlt! Dich hier zu haben! Sie knallte die Eingangstür hinter sich zu und verließ das Gebäude. Gedankenverloren ging sie durch den kleinen Werkspark, der auf dem Weg zur Kantine lag.

Yannik saß schon auf einer Bank und wartete auf sie. Als er sie sah, erhob er sich und begrüßte sie mit einer herzlichen Umarmung. „Na du?", fragte er breit grinsend. „Alles okay bei dir? Du siehst so aufgebracht aus."

Yannik hatte immer gute Laune. Nun musste Sonja doch lächeln, als sie ihn sah. „Alles okay", antwortete sie mit erstickter Stimme und setzte sich. „Nur etwas Stress. Aber das kennst du ja."

Mit einem aufmerksamen Blick musterte Yannik sie. Dann ließ er sich neben ihr nieder. „Du siehst unglücklich aus. Du weinst ja fast!" Er wurde ernst und legte ihr seinen Arm um die Schulter. „Sonja, was ist los? Willst du darüber reden?"

„Nein, nein." Sie schüttelte den Kopf und blinzelte die aufsteigenden Tränen weg. „Ich habe großen Hunger. Essen wir zuerst. Was gibt es heute im Angebot? Habe noch keine Zeit gehabt, ins Menü zu schauten", lenkte sie ein.

Yannik kannte das Kantinenmenü auswendig. Er war jemand, der es zu Beginn der Woche studierte und alle Speisen sowie Desserts und Getränke im Gedächtnis behielt.

„Das erste Menü ist ein Thaigericht, nämlich Hähnchen in Kokosmilchsoße mit Ingwer, Karotte und Ananas. Dazu gibt es einen Pudding. Bei dem internationalen Stand drüben wird Falafel mit Reis angeboten und bei Speisen aus der Region Kartoffelklöße mit Sauerkraut", zählte Yannik auf. „Was nimmst du?"

„Ich neige zum Thai", überlegte Sonja laut. „Und du? Sicherlich isst du wieder Kartoffelklöße, habe ich recht?", neckte sie ihn.

Yannik grinste. „Nein, Lady", erwiderte er gespielt empört. „Heute nehme ich Thai. Stell dir vor!"

„Wow! Ne!“ Sonja verzog ihr Gesicht zu einer überraschten Grimasse und sie beide brachen in Gelächter aus.

„Komm, dann beeilen wir uns. Ansonsten bekommen wir keinen Platz am Fenster“, schlug Yannik vor und Sonja nickte zustimmend.

Sie standen auf und wollten zur Kantine gehen, als Yannik Richtung Analytikgebäude blickte. „Schau mal, ist das euer neuer Teamleiter?“, wollte er wissen und ruckte mit dem Kopf Richtung zwei Männer, die das Gebäude gerade verlassen hatten.

„Ja“, antwortete sie und kaute an ihrem Fingernagel. Ein dumpfer Schmerz tauchte tief in ihrem Herzen auf. „Das ist er.“

Mehr wusste sie nicht zu sagen.

„Er sieht aber Schicki-Micki aus!“ Missbilligend runzelte Yannik die Stirn. „Und karrieregeil. Sag mal, kann es sein, dass auch er Syrer ist? Wie euer Abteilungsleiter?“

Sonja nickte.

„Verstehe. Vitamin B.“ Yannik schüttelte den Kopf. „Toll, wenn man alles auf dem goldenen Tablett serviert bekommt!“

„Gehen wir.“ Sonja berührte Yannik am Unterarm. „Hör auf, über ihn herzuziehen. Er hat ja keinem etwas getan. Vielleicht ist er ein guter Teamleiter. Wir wissen es nicht und sollten nicht voreilige Schlüsse ziehen.“

„Beschützt du ihn etwa?“ Yannik runzelte die Stirn. „Noch hat er nichts gemacht, ist ja auch sein erster Tag. Aber ich wette mit dir, für seine Karriere würde der über Leichen gehen! Sieh’ ihn dir doch mal an. Wie arrogant er ist! Sein Blick sagt, er wäre etwas Besseres. Ich

hasse eingebildete Menschen", schaukelte sich Yannik
hoch.

Sonja schwieg. Sie hatte keine Lust, weiter mit Yannik zu diskutieren. Ihr bester Freund konnte Firas bereits jetzt nicht leiden. Deshalb durfte er nie erfahren, was zwischen ihr und Firas gelaufen war.

Das sollte, das musste ihr Geheimnis bleiben.

***

„Schönen Feierabend! Ist noch jemand außer dir da?", rief ihr Lilly vom anderen Ende des Büros zu. Die sympathische Kollegin ging wie gewohnt pünktlich nach Hause.

Schon von Weitem hörte Sonja die Absätze klacken. Dieses Geräusch erinnerte sie daran, dass auch ihr Arbeitstag zu Ende war. Sie war bislang so vertieft in ihre Auswertungen und hob überrascht den Kopf, ungeduldig auf die Wanduhr blickend. Die Uhrzeit verpasste ihr einen kleinen Schock.

„Was, schon halb sechs?", rief sie überrascht und sah auf Lilly, die vor ihrem Tisch stehen geblieben war.

„Ja, es ist schon so spät", lächelte Lilly. „Willst du nicht nach Hause?"

„Doch, aber ..." Sonja zeigte auf einen dicken Papierstapel. „Alles Produkte, die spätestens morgen früh unterschrieben werden müssen." Sie legte ihren Kugelschreiber ab, hob die Arme und dehnte sich. Das lange Sitzen machte sich durch ziehende Rückenschmerzen bemerkbar.

„Verstehe … Wie findest du eigentlich den neuen Teamleiter?“, fragte Lilly und stellte ihren Einkaufskorb auf dem Boden ab.

„Keine Ahnung“, antwortete Sonja, während sie leicht auf die Tischoberfläche trommelte und anschließend die Arme vor der Brust verschränkte. „Ich kann ihn nicht einschätzen. Habe ihn bloß während der Besprechung gesehen, danach nicht mehr.“

„Ah, er sieht so gut aus!“, begann Lilly zu schwärmen. „Nach der Mittagspause kam er zu uns. Wir haben ein bisschen geplaudert und ihn näher kennengelernt. Er ist so ein Goldiger! Wieso bist du nicht gekommen, Sonja?“

„Ich hatte viel zu tun.“

„Stimmt.“ Lilly setzte eine bemitleidende Grimasse auf. „Wir haben ihn zu unserem Gruppenausflug nächste Woche eingeladen.“

Diese Nachricht sorgte für ein erneutes Ziehen im Sonjas Herzen. Verdammt.

„Ah, wie schön“, antwortete sie stattdessen entgeistert und wohl wissend, dass sie sich wohl eine Ausrede einfallen lassen würde, um nicht zu kommen. „Das wird bestimmt ganz witzig.“

Lilly sah sie aufmerksam an, hob danach ihren Korb auf und trat einen Schritt zurück. „Ich gehe dann mal. Mach nicht so lange“, verabschiedete sie sich. Sie legte die Hand auf den Türgriff, als die Tür geöffnet wurde und sie beinahe mit Firas zusammenstieß.

„O Gott, tut mir leid!“ Lilly legte ihre Hand auf die Brust. Firas lächelte. „Macht nichts. War schließlich mein Fehler.“

„Oh ... Okay, ich ... Ich bin dann mal weg." Lilly warf einen Blick zu Sonja, dann zu Firas und verließ mit hastigen Schritten das Büro.

Sonja legte den vorletzten Stapel an Unterlagen zur Seite. Dann drehte sie sich langsam zu Firas um und sah ihn eindringlich an.

„Hallo Sonja", begrüßte er sie und trat näher. „Ist noch jemand hier? Ich wollte kurz mit dir reden."

„Nein, alle sind weg." Sie drehte den Kugelschreiber zwischen den Fingern, sich fragend, um was es gehen würde.

„Ich ..." Firas verschränkte die Arme vor der Brust. Sein Knabbern an der Unterlippe verriet, dass er ein wenig aufgeregt war und nicht genau wusste, wie er anfangen sollte. „Ich wollte wegen unserer ... Na ja, unserer Begegnung nach Jans Hochzeit reden."

Sonja versuchte mühevoll, ihr Grinsen zu unterdrücken, senkte kurz den Kopf und stand auf. Gerade sah ihr Vorgesetzter total niedlich aus – wie ein Schuljunge, der beim Rauchen erwischt wurde. „Okay. Du willst wegen Sex mit mir reden. Das darf niemand erfahren. Richtig?"

Firas lächelte auch und nickte. „Ja. Genau. Du hast es erfasst. Danke, Sonja. Bitte versteh es nicht falsch. Aber in der aktuellen Situation wäre es für uns beide ungünstig, wenn diese Geschichte rauskommen würde. Beziehungen innerhalb einer Gruppe sind nämlich verboten. Und ... Hast du es zufällig jemandem erzählt?"

„Du bist ja kreidebleich geworden. Klar habe ich das mit uns erzählt. Allen. Alle Kollegen wissen Bescheid." Sie legte den Kopf zur Seite, musterte dabei Firas mit einem eindringlichen Blick. „Glaubst du wirklich, ich bin so doof und gemein, dass ich rumposaune, ich habe mit meinem Chef geschlafen? Ach, eine Frage: Wieso hast du mich nicht einmal begrüßt vorhin? Weil ich dir so eine Angst eingejagt habe?"

„Nein ... Nein, Sonja! Natürlich nicht. Ich war ... total überrascht!" Firas atmete erleichtert auf. „Ich war ins Gespräch mit Hassan vertieft. Es lag nicht in meiner Absicht, dich zu kränken. Entschuldige, wenn es so rüberkam. Und nein, ich glaube nicht, dass du das rumposaunen würdest. Aber ich wollte es dennoch klarstellen. Hättest du an meiner Stelle auch so gemacht, oder?"

Sonja schenkte ihm ein warmes Lächeln. Sie war nicht mehr sauer. Dass Firas ihren One-Night-Stand geheim halten wollte, konnte sie gut nachvollziehen und ja, an seiner Stelle hätte sie wohl genauso gehandelt.

Komisch, dass seine Anwesenheit ihren Bauch dennoch wieder zum Kribbeln brachte und ihre Erinnerungen an diese gemeinsame Nacht erneut hochsteigen ließ. Am besten wäre es, sie ginge Firas aus dem Weg, soweit es der Job zuließ. Bis ihr Kopf wieder klar war. Bis dieses unerträgliche Verlangen nach ihm verschwand.

„Ja, da hast du recht." Sonja verschränkte ihre Finger miteinander. „Von mir wird niemand etwas erfahren. Nicht einmal Jenny. Keine Sorge, Boss."

Ein Schatten huschte über sein Gesicht. „Nenne mich bitte nicht so. Ihr duzt euch hier. Habe ich heute erfahren. Und ich möchte keine Ausnahme sein. Ja, es wäre super, wenn auch unsere Freunde nichts davon erfahren würden. Lassen wir diese Nacht eine einmalige Sache zwischen uns bleiben."

„Alles klar.“ Sonja wandte sich schnell zu ihrem Tisch und stapelte die ausgewerteten Unterlagen aufeinander. „Ah warte. Wenn du schon da bist … Hier habe ich noch etwas für dich.“ Sie reichte ihm die Unterlagen. „Diese Produkte sind dringend. Du müsstest sie überprüfen und unterschreiben, bevor sie in den Verkauf können.“

Firas nahm die Mappen entgegen. „Ich weiß schon Bescheid. Danke dir.“

Sonja schoss das Blut ins Gesicht. Hatte sie gerade ihrem Teamleiter gesagt, was er zu tun hatte?

„Bitte. Tut mir leid, ich habe die Auswertungen nicht früher schaffen können“, entschuldigte sie sich und fragte sich gleichzeitig, warum.

„Kein Problem. Es ist auch sehr viel Arbeit.“ Schnell blätterte Firas die obere Mappe durch. „Danke nochmals. Und schönen Feierabend.“

Er nickte ihr zu, machte auf dem Absatz kehrt und verschwand im halbdunklen Flur.

Kapitel 4:
Der Kuss

Firas

Firas überprüfte noch einmal alle Auswertungen und setzte anschließend seine Unterschrift drunter. Er hatte den Wirkstoff freigegeben und nun durfte dieser in den Verkauf.

Er warf einen Blick auf die Wanduhr. Sechs Uhr abends. Er würde noch eine rauchen und sich dann auf den Weg nach Hause machen, dort in andere Klamotten schlüpfen und zu Jan und Jenny fahren. Die beiden hatten für heute einen Spieleabend mit dem ganzen Freundeskreis geplant. Er Firas freute sich herzlich darauf. Seitdem er diesen Job angefangen hatte, hatte er seine deutschen Freunde kaum gesehen. Fast jeden Tag blieb er bis zum Abend im Büro, prüfte sorgfältig Analysenergebnisse, die öfters Fehler enthielten und an deren Ersteller zurücksollten, ging zu gefühlt Hunderten Besprechungen oder las sich Schulungen durch. Ein wenig würde ihm Ablenkung guttun.

Firas legte den Stift weg und stand auf. Seine Körperteile waren eingeschlafen, er brauchte dringend Bewegung und etwas Sauerstoff. Sein Kopf brummte von den vielen Zahlen, Grafiken und Texten, die hohe Konzentration erforderten. Er streckte sich und dachte daran, dass er nicht drumherum kommen würde, wieder mehr Sport zu machen. Er nahm sich eine Kippe und verließ sein Büro. Auf dem Weg zum Ausgang warf er einen Blick in den halbdunklen Flur, an dessen Ende noch Licht brannte. Trotz der abendlichen Uhrzeit schien jemand im Labor zu arbeiten, was recht ungewöhnlich war. Normalerweise waren um diese Uhrzeit alle Mitarbeiter längst weg.

Firas stellte sich neben einen Standaschenbecher, betätigte das Feuerzeug und zog genussvoll an seiner Zigarette. Derweil er den Rauch ausblies, blickte er nachdenklich zum Himmel, der im Sonnenuntergang aufflammte, dann auf das große Kantinengebäude, das nur ein paar Hundert Meter entfernt lag. Gedanken, die er im Laufe des Arbeitstages erfolgreich verdrängt hatte, nahmen erneut überhand. Das Schicksal hatte ihm einen fiesen Streich gespielt, indem er unerwartet Sonjas Vorgesetzter geworden war. Seit Jans und Jennys Hochzeit verspürte er starke Sehnsucht nach Sonja, musste ständig an sie denken. Egal, wie er sich abzulenken versuchte, tauchten ihr Lächeln, ihre süßen Grübchen und ihr verschmitzter Blick vor seinem geistigen Auge auf.

Sein Handy vibrierte und er nahm es aus der Hosentasche. Eine WhatsApp-Nachricht von Aliya. Sie fragte, wie es ihm ging und wie sein Tag gewesen war. Ob er Lust hätte, mit ihr und ihrem Bruder eine Shisha rauchen zu gehen.

Ohne zu antworten, sperrte Firas das Handy und dachte nach, es immer noch in der Hand haltend. Er mochte Aliya und sah sie nach wie vor als die beste Partie für ihn. Alles an ihr sprach dafür, sie zu heiraten und den gemeinsamen Lebensweg zu betreten. Ihr Charakter war sanft und ruhig, ihr Aussehen hinreißend. Aliya war groß und schlank, hatte eine perfekte Figur, lange, blonde Haare und rehbraune Augen. Die wahre arabische Schönheit, die alle Blicke auf sich zog. Ja, er mochte sie.

Ihm fehlte jedoch etwas. Dieses Begehren, das er in Sonjas Nähe spürte. Die Lust. Dieser unerklärliche Instinkt, den ihre Anwesenheit in ihm weckte. Selbst als er mit ihr im Büro gesprochen hatte, hatte alles in ihm danach gedrängt, sie an sich zu ziehen und zu küssen.

Firas blies den Rauch aus und runzelte die Stirn. Stets sah er sie mit einem Kollegen zusammen. Sonja traf ihn regelmäßig zur Mittagszeit und ging mit ihm gemeinsam in die Kantine oder sie setzten sich draußen auf eine Bank und genossen dort lebhaft plaudernd ihr Mittagessen. Firas war sich mittlerweile sicher, dass dieser Kerl in sie verliebt war. Dafür sprachen sein Blick und seine ständigen Versuche, Sonjas Hand zu berühren oder sie zu umarmen. Lief etwas zwischen ihnen? Empfand Sonja tatsächlich Gefühle für diesen Kerl?

Ein schmerzhafter Stich durchfuhr sein Herz. Dauernd ertappte er sich dabei, dass er viel zu viel an Sonjas Privatleben dachte. Er fühlte sich daraufhin schwach und willenlos wie nie. Das sollte aufhören. Das musste aufhören.

Firas schüttelte den Kopf, als ob er so seine Gedanken verjagen wollte, und schoss den Zigarettenstummel in den Aschenbecher. Er sollte endlich sesshaft werden und sich nicht auf dieses Hormonspiel einlassen. Schließlich war er keine zwanzig mehr. Er sollte seine Schritte abwägen und dabei einen kühlen Kopf bewahren.

Das Analytiklabor war immer noch beleuchtet und er beschloss nachzusehen, ob wirklich jemand dort war oder man einfach vergessen hatte, das Licht auszuschalten. Mit flinken Schritten erreichte er das Labor und öffnete die Tür.

„Hallo, ist hier jemand?", rief er und ließ seinen Blick über den Raum streifen. „Hallo?", wiederholte er und schnappte sich von einem Wandhaken einen Kittel, den er über sein Hemd zog.

„Ich bin's", antwortete eine erstickte Frauenstimme und er hielt kurz inne. „Ich habe ein Problem mit meiner Anlage. Deshalb bin ich noch da", erklärte sie ihm.

Sonja!

Firas betrat den Innenbereich, ging rasch durch eine lange Reihe an Analytikanlagen, bis er sie sah. Erschöpft und hilflos saß sie auf einem kleinen Hocker neben einer leckenden Anlage. Auf einem Tisch stand eine Kiste voll mit Schraubenschlüsseln und Ersatzteilen. Anscheinend hatte sie selbst bereites vieles ausprobiert, um die Anlage zum Laufen zu bringen.

„Bist du alleine da?", kam ihm als Erstes in den Sinn und sie nickte. „Du darfst nicht allein im Labor arbeiten. Weißt du doch, oder?", begann er sie zu tadeln. „Warum hast du mir nichts gesagt? Was ist, wenn dir etwas passiert wäre?"

Müde sah Sonja ihn an. Sie schwieg, ihr Kittel war offen und die Haare zerzaust. Verzweiflung zeichnete sich auf ihrem Gesicht ab. „Ich ... Ich weiß nicht", sagte sie leise und zeigte auf die Anlage. „Dieses Teil macht mich wahnsinnig. Es läuft nicht. Ich habe alles versucht und sogar die Pumpe ausgetauscht. Vergeblich.“

„Warum hast du mir nichts gesagt?“, wiederholte er seine Frage und zog missbilligend die Augenbrauen zusammen. „Ich wollte eigentlich gerade nach Hause gehen. Sag mal, Sonja, kennst du denn die Regeln nicht? Muss ich dich nachschulen?“

Sie senkte den Kopf.

„Es tut mir leid“, entschuldigte sie sich. „Ich weiß, dass ich nicht allein arbeiten darf … Ich dachte aber, ich würde das schnell hinbekommen. Und wollte dich außerdem nicht stören.“

„Bitte tu so etwas nie wieder. Du weißt, in welche Gefahr du dich bringst. Und im Ernstfall werde ich meinen Kopf hinhalten müssen, falls dir etwas passiert.“

Verstohlen blickte Sonja ihn an. Sie erinnerte ihn an ein schuldiges Schulmädchen.

„Kommt nie wieder vor.“

„Hast du unserem Techniker Bescheid gegeben?“, fragte er und sah sich die Anlage an. Ein Leck hatte sich auf einer Stelle gebildet und er glaubte, dieses Problem schon einmal gesehen zu haben. In Boston. Auch dort war so eine Maschine stehen geblieben und niemand wusste, wieso. Nach tagelanger Suche war die Ursache gefunden worden. Ein kleiner verstopfter Schlauch hatte die Anlage zum Stillstand gebracht und alle schön auf Trab gehalten.

„Habe ich. Doch es kam niemand.“ Sonja strich mit einer hastigen Bewegung eine Haarsträhne aus ihrem Gesicht. „Ich habe sogar drei Mal angerufen. Beim dritten Mal ging kein Mensch dran.“

Firas schnaubte. Das durfte nicht wahr sein! Ein Mitarbeiter hatte ein technisches Problem und bekam keine Hilfe? Noch ein Punkt auf seiner To-do-Liste, den er klären musste. „Okay. Das geht natürlich nicht. Ich kümmere mich morgen um den Techniker. Kannst du auf eine andere Maschine ausweichen?"

Sonja schüttelte den Kopf. Ihre Augen glänzten feucht. „Nein. Mein Produkt darf nur auf dieser hier laufen", entgegnete sie. „Und es muss bis morgen fertig sein. Als ich alles überprüft hatte, war mir dieses Problem nicht aufgefallen. Erst als ich die Analyse gestartet habe."

Firas nahm sich die Mappe, die auf der Arbeitsplatte lag, blätterte sie durch und zog erneut die Augenbrauen zusammen.

„Das ist viel zu spät für so eine dringende Analytik. Wieso kam dieser Auftrag erst heute Nachmittag?", fragte er Sonja, die ratlos mit den Schultern zuckte.

„Kollegen aus dem Rohstofflabor haben es verfehlt. Das passiert öfters", sagte sie seufzend, indessen sie ihre Schutzbrille hochschob und mit einem erschöpften Blick zu ihm aufsah.

„Okay. Das Rohstofflabor ist ein anderes Thema." Er atmete tief durch. „Ich vermute, ich kenne dieses Problem an der Anlage. Wir müssen ein paar Teile ausbauen. Das kann aber eine halbe Stunde in Anspruch nehmen. Hast du so viel Zeit?"

Sein Blick blieb auf Sonja haften, während sie ihn verblüfft ansah.

„Ja", antwortete sie schließlich und rieb sich die Augen. „Aber ... Aber ich will dich nicht aufhalten. Schließlich ist es nicht deine Aufgabe, die Anlage zu reparieren."

Firas hielt inne und atmete tief durch. Je länger er in Sonjas Nähe war, desto unhaltbarer wurde sein Wunsch, ihr sein Herz offenzulegen. Sich endlich auszusprechen. Diese unerträgliche Anspannung ein für alle Male aus der Welt zu schaffen.

„Sonja", sagte er fest. „Ich weiß, was meine Aufgaben sind. Ich habe dir meine Hilfe selbst angeboten. Wenn du willst, helfe ich dir. Dann musst du leider Gottes eine halbe Stunde dabei sein und mich ertragen. Ist aber kein Zwang. Schließlich ist es dein Produkt und deine Deadline, die du einhalten sollst." Er war gespannt, was sie ihm antworten würde. Würde sie ablehnen mit der Begründung, sie würde das Problem schon irgendwie in den Griff bekommen? Dann sollte sie es tun. Er würde ihr nicht hinterherrennen.

Kurz senkte Sonja ihren Blick und rieb verlegen an ihrer Laborbrille, gleichzeitig wippte sie mit ihrem Bein. Dann endlich sah sie wieder auf ihn.

„Wieso leider Gottes, Firas?", fragte sie und stand vom Hocker auf. „Warum sagst du so etwas?"

Firas verschränkte die Arme vor seiner Brust und lehnte sich gegen den Arbeitstisch, betrachtete aufmerksam ihr Gesicht, das ohne Make-up umso jünger wirkte.

„Weil du nach unserem letzten Gespräch nicht gerne in meiner Nähe bist", erklärte er ihr ehrlich und legte den Kopf schief. „Oder besser gesagt, weil du mich meidest. Denkst du, ich bin blind und sehe es nicht?" Endlich sprach er aus, was ihm auf der Seele lag. Besser gesagt, es platzte aus ihm raus.

Müde lächelnd schüttelte sie leicht den Kopf. „Das hat nichts mit dir zu tun. Ich ... Ich muss mich daran gewöhnen, dass du mein Vorgesetzter bist. Es ist aber schwieriger, als ich dachte. Wenn ich dich sehe, denke ich an Jans und Jennys Hochzeit zurück. Und, ähm, an das, was danach passierte. Aber ich bekomme das schon hin ..."

Plötzlich schoss ein Gedanke durch seinen Kopf. „Kommst du auch heute zum Spielabend?"

Sonja wirkte einen Moment verblüfft, danach biss sie sich auf die Unterlippe und verschränkte die Arme vor der Brust. „Ja. Und du auch, oder? Hast du ein Problem damit? Ich kann ihnen auch absagen."

„Nein! Keinesfalls! Es ist ja ... außerhalb der Arbeitszeiten. Da sind wir keine Kollegen mehr." Firas erzwang ein Lächeln auf seinen Lippen. „Wir sind ja erwachsen und bekommen es schon hin."

Irgendetwas sagte ihm, dass es verdammt schwierig sein würde, und er gab sich alle Mühe, diese leise Stimme aus seinem Herzen zu vertreiben. „Wir machen uns jetzt ans Werk." Er nahm einen Schraubenzieher in die Hand und sah zu Sonja. „Ich werde deine Hilfe brauchen. Also lauf nicht weg."

In einem Augenwinkel sah er, wie Sonja lächelte und unerwartet füllte eine angenehme Wärme sein Herz.

„Ich bleibe schon da, Boss", sagte sie sanft. „Sehr gerne sogar."

„Bring mir bitte einen anderen Schlauch", bat Firas Minuten später und baute die Pumpe aus. Danach griff er nach einem kleinen Schraubenschlüssel und öffnete zwei Verbindungen. Nachdem er damit fertig geworden war, nahm er vorsichtig den alten Schlauch aus der Anlage und führte ihn ans Licht.

„Schau mal!", rief er Sonja zu, die mit einer neuen Packung Schläuche zurückgekehrt war. „Siehst du es?"

Sie legte die Tüte ab, trat zu ihm und nahm den Schlauch aus seinen Händen, wobei sich ihre Finger kurz berührten. Es war ein elektrisierendes Gefühl, das sich innerhalb von wenigen Sekunden in seinem Körper ausbreitete. Sonja zog ihre Hand nicht weg und das überraschte ihn.

„Er ist verstopft", stellte sie fest. „Das sieht nach einem Stück Salz aus. Aber ... Wie hast du es rausgefunden?"

Mit einem erstaunten Blick sah sie Firas an und er schmunzelte. Konnte es sein, dass Sonja seine Kompetenzen angezweifelt hatte?

„Ich habe schon einmal so einen Fall gehabt. Und nicht nur diesen. Viele verschiedene. Es gibt Hunderte Gründe, warum so eine Maschine ausfallen kann", antwortete er breit grinsend und baute zügig den neuen Schlauch ein. „So, fertig. Jetzt kannst du deine Analyse starten."

Er sammelte das Werkzeug ein und legte es in einen speziellen Schrank. Immer noch lächelnd, beobachtete er die verblüffte Sonja, welche die Anlage zum Laufen brachte und sich von ihrer Funktionstüchtigkeit überzeugte.

„Und, alles in Ordnung?", erkundigte er sich, während er seinen Kittel auszog und sich die Hände wusch.

„Ja!" Sonja schenkte ihm einen dankbaren Blick. „Unglaublich", fügte sie hinzu. „Ich wette, unser Techniker wäre nicht auf diese Idee gekommen."

„Meinst du?"

„Ich bin mir sicher." Sonja hatte inzwischen den Arbeitstisch aufgeräumt und begab sich ebenfalls zum Laborausgang, wo sie ihren Kittel an den Haken mit ihrem Namen hängte. „Wäre Thorsten vorbeigekommen, würde er die Anlage wochenlang sperren. Nur Gott wüsste, wann er sie sich angeschaut hätte."

Während sie sprach, verweilte Firas in der Hoffnung, seine Augen würden ihn nicht verraten. Er könnte sich an Sonja nicht sattsehen, so bezaubernd fand ihre natürliche Schönheit. Auf ihrem feinen Gesicht hatte sie außer zwei dünnen Lidstrichen keinerlei Kosmetik aufgetragen. Ihre Haare trug sie heute zu einem Dutt hochgebunden. Ihr Outfit wirkte sehr simpel. Es bestand aus einem weißen T-Shirt, kombiniert mit einer hellblauen Jeans. Seine Blicke wanderten über ihre Lippen, blieben auf ihren Augen hängen, streiften um ihren Körper und sein Herz begann schneller zu schlagen.

„Wie gesagt. Ich kläre dieses Problem mit dem Techniker", antwortete er wie in Trance. „Mal sehen, was er sagt. Schließlich soll auch er seinen Job machen. Und jetzt ..." Er nahm sein Handy aus der Kitteltasche und warf einen Blick drauf. Zwei Nachrichten von Jan, der schrieb, dass der Spieleabend etwas später losgehen würde, da er noch für den Grill einkaufen musste. Und eine Nachricht von Aliya. Mist. Er hatte vergessen, ihr zu antworten.

„Ja, Chef?" Sonjas Gesicht strahlte vor Freude.

Firas tippte schnell eine Antwort an Jan und daraufhin an Aliya. Er würde es heute nicht schaffen, in die Shisha-Bar in der Stadt zu kommen. „Der Spieleabend geht etwas später los. Aber wir können uns schon auf den Weg machen. Wenn du möchtest, kannst du mit mir fahren."

Sonja nickte freudig. „Gerne. Nur ... Wird es nicht seltsam aussehen, wenn ich mit dir ins Auto steige?" Sie grinste.

„Niemand sonst ist hier. Und es ist doch nicht verboten, gemeinsam zum Parkplatz zu gehen, oder?" Firas rieb sich am Kinn. Zum Glück hatte er ziemlich weit geparkt und derjenige, der sie möglicherweise zusammen sehen würde, müsste Adleraugen haben.

„Nein, alles gut. Ich ziehe mich dann schnell um."

Während Sonja ihren Dutt löste und die Haare offen fallen ließ, um sie danach wieder zusammenzubinden, begab er sich zur Tür und legte die Hand auf den Türgriff. Am besten würde er in sein Büro gehen, um Sonja nicht ununterbrochen anstarren zu müssen. Er begegnete ihrem warmen Blick, erwiderte ihr liebevolles Lächeln und verließ fluchtartig das Labor.

Sie waren an seinem Auto angekommen.

Firas' Vermutungen bestätigten sich. Hier war weit und breit keine Seele. Nur Autos der Produktionsmitarbeiter, die noch in der Spätschicht waren, füllten das riesige Grundstück, das fast zehn Minuten Fußweg vom Eingangstor der Firma lag.

Er nickte Sonja zu und entriegelte das Türschloss. Nachdem sie sich gesetzt hatten, schlug plötzlich sein Herz so laut, dass er es beinahe hören konnte. Er sah zu Sonja und erinnerte sich erneut schlagartig an ihren heißen Kuss auf der Hochzeitsparty. An den letzten Tanz und ihre Flucht zu ihm nach Hause. An alles, was danach kam. An diesem Abend hatten sie sich vom Brautpaar verabschiedet und waren daraufhin zu seinem Auto gegangen. Sie hatten dem Paar gesagt, er würde Sonja nach Hause fahren. Eine Heldentat. Ob Jan und Jenny ihnen das abgekauft hatten? Firas bezweifelte es. Doch niemand hatte ihn darauf angesprochen und das war gut so.

Diese Erinnerungen ließen ein Lächeln auf seinen Lippen entstehen.

„Warum lachst du?", fragte Sonja leise.

Er sah ihr in die Augen. „Nur so. Ich habe mich an unsere Fahrt nach der Hochzeit erinnert. Tut mir leid, kommt nicht wieder vor."

„Das ist doch okay." Sie lächelte etwas verlegen und verschränkte ihre langen Finger. „Ich erinnere mich auch ab und zu daran. Es ist ... Ich kann diese Nacht nicht einfach vergessen, Firas. Vielleicht, weil ich noch nie zuvor einen One-Night-Stand hatte." Sonjas Lippen umspielte ein Lächeln und sie senkte den Kopf. „Klingt wahrscheinlich altmodisch oder blöd."

„Nein, gar nicht!" Firas holte aus der Jackentasche seine Zigarettenschachtel und steckte sich die Kippe an. „Willst du auch? Rauchst du?"

Er reichte ihr die Schachtel und nickend streckte sie ihre Hand aus: „Danke. Ja, gelegentlich."

„Wie gesagt, das ist überhaupt nicht blöd oder altmodisch." Firas öffnete die Fenster und stützte sich mit dem Ellenbogen an der Armlehne seines Sitzes ab. „Ich hatte einige One-Night-Stands, habe aber bald festgestellt, dass es nicht mein Ding ist. Keine Ahnung, wieso.

Ich fühle mich nicht ganz wohl dabei. Daher kann ich dich gut verstehen."

„Ja …" Nachdenklich sah Sonja zu ihm und ein starkes Verlangen nach ihr ergriff seinen Körper. Firas sog den Rauch in die Lungen, um sich für zumindest eine Millisekunde von Sonja abzulenken.

„Warst du zuvor in einer langen Beziehung?", platzte ihm heraus und er räusperte sich. Diesmal wanderte eine hohe Dosis Rauch in seine Atemwege. Wieso fragte er sie das und warum interessierte es ihn überhaupt? Sein Blut war wohl nach unten gewandert und das Hirn blieb unterversorgt, nur so konnte er sich seine unangemessene Neugier erklären.

„Ja." Trotz der schwachen Beleuchtung entging ihm nicht der Schatten, der sich über ihr Gesicht legte und er verfluchte sich erneut.

„Ich war drei Jahre mit einem Idioten zusammen. Vor einem Jahr haben wir uns getrennt. Und nach der Trennung … Nach der Trennung beschloss ich, diese Sache mit Spontansex auszuprobieren." Erneut grinste Sonja und sah daraufhin zu Seite. „Eine Beziehung macht manchmal müde, weißt du?"

Die Vorstellung, dass Sonja mit einem anderen Mann im Bett sein könnte, ließ seinen Magen umdrehen. Sie gehörte ihm nicht. Sie waren nicht zusammen. Und dennoch stieg ein nagendes Gefühl seinen Nacken hoch. Verdammt, was sollte das? Sonja nestelte an ihrem Haar, das nun offen auf ihren Schultern lag. Wie gerne würde er ihr diese Locken aus dem Gesicht streicheln! Wie gerne ihre Lippen küssen! Diese Frau trieb ihn in den Wahnsinn, ihre Anwesenheit allein ließ seine Lenden kribbeln.

Bevor er ihr etwas entgegnen konnte, lachte sie und tätigte daraufhin den nächsten Zug. „Entschuldige, ich weiß nicht, wieso ich dir das alles erzähle. Ich habe ganz vergessen, dass …"

„Dass was?" Seine Stimme klang dumpf. „Wieso entschuldigst du dich? Wir können doch ganz normal miteinander reden, oder?"

„Ja, aber … Du bist mein Teamleiter und eigentlich … Na ja, ich kann eher schlecht zu meinem Vorgesetzten reinplatzen und ihm über meine gescheiterte Beziehung erzählen. Keine Ahnung, das fühlt sich seltsam an." Sonja lächelte angespannt „Verstehst du, was ich meine?"

„Scheiß auf diese Teamleiternummer!" Firas schlug sich mit der Handfläche auf den Oberschenkel. „Jetzt haben wir Feierabend und sind ganz normale Freunde, Bekannte, was auch immer! Ohne Witz, wenn du dich unwohl fühlst, werde ich die Firma verlassen." Er nahm sich noch eine Zigarette, steckte sie jedoch wieder in die Schachtel zurück. „Ich werde mir einen neuen Job suchen und das ist kein Scherz. Ich meine es ernst."

Sonja drehte sich zu ihm, legte dabei ihren Arm auf die Armlehne und ihr Lächeln wich einem ernsten Gesichtsausdruck. „Nein. Sag so etwas nicht", sagte sie leise. „Bitte. Das ist nicht witzig."

Firas sah ihr tief in die Augen. Allmählich dämmerte es und ihre Gesichter waren ausschließlich vom Licht der untergehenden Sonne beleuchtet, was ihn dennoch nicht hinderte, von ihren Augen jeden Gedanken, jedes Gefühl abzulesen. „Wieso? Sollte ich nicht gehen?", fragte er witzelnd und sein Blick streifte über Sonjas halb offene Lippen. „Vielleicht wäre es besser. Meinst du nicht?“

Er bekräftigte seine Ironie mit einem gespielten Lächeln, doch Sonja blieb ernst, schüttelte dabei heftig den Kopf. „Nein. Du bist einer der besten Vorgesetzten, die unsere Gruppe jemals hatte“, entgegnete sie entschieden, ohne ihren Blick von ihm abzuwenden. „Ich muss dir danken. Du hast mir heute so viel geholfen wie niemand zuvor. Du hast eine starke Hand, kannst dich durchsetzen, stehst zu der Gruppe und sorgst dich um ihr Wohl. Du darfst nicht gehen.“

Er verlor sich in ihrem Blick, während ihre Worte seine Seele streichelten.

„Darf ich das nicht?“ Er beugte sich leicht zu ihr hinüber. Ob sie ahnte, was für ein Gefühlsfeuerwerk seinen Körper, sein ganzes Wesen ergriff? Das Blut war bei ihm längst in die unteren Regionen gewandert und er konnte kaum seine Lust zurückhalten. Das war nicht gut. Gar nicht gut. Er war erregt und verzweifelt zugleich, müde vom Kampf in seinem Herzen, den er nicht gewinnen konnte.

Ihre Gesichter kamen sich nah. Zu nah. Die Distanz zwischen ihnen wurde gefährlich gering, seine Lippen waren nur wenige Zentimeter von ihren entfernt. Das schwache Licht drang durch die Fensterscheiben und erhellte Sonjas zartes Gesicht. In ihren geweiteten Augen erkannte er unermessliche Lust. Mit einer Hand umfasste er Sonjas Nacken und zog sie sanft zu sich, um danach ihre Lippen in einem langen, intensiven, atemlosen Kuss an seine zu pressen.

Ein leises Stöhnen entkam ihren Lippen, als sie sich völlig dem Kuss hingab und mit der Hand über seinen

Hals fuhr. Er kraulte durch ihre Haare, umfasste daraufhin ihre Schultern und unbewusst glitt seine Hand tiefer, zu ihren Brüsten, dann zu ihrem Bauch. Sie beide waren wie betäubt, nicht fähig, klar zu denken. Es gab nur diesen verbotenen Kuss, der zwischen ihnen flatterte und unausweichlich zum Sex führen würde.

Sex. Sie sollten aufhören.

Aufhören, bevor sie einen großen Fehler begehen und im Bett landen würden. Ein Teamleiter und seine Mitarbeiterin. Das wäre eine Katastrophe! Dieser Gedanke schoss wie ein Blitz durch seinen Kopf, ließ ihn wieder klar werden und sich von ihr zurückziehen. Keuchend sahen sie sich an. Firas glitt auf seinen Sitz zurück.

Sonja schlug ihre Hände vor den Mund. „Was haben wir getan?", flüsterte sie mit erstickter Stimme und zog ihr hochgerutschtes T-Shirt tiefer.

Er antwortete nichts. Noch konnte er an nichts anderes denken als an Sonja in seinen Armen, an ihre heißen Lippen und ihren weichen Körper. Noch spielte seine Fantasie wild, das Begehren besiegte den Verstand und jede Zelle seines Körpers schrie nach dieser Frau, die ihm seit Wochen nicht aus dem Kopf ging. Zur Hölle. Er musste sich beherrschen. Sich zusammenreißen. Nur wie?

Schwer atmend strich Sonja über ihre Oberschenkel. Zweifellos wollte sie ihn. Genauso, wie er sie wollte. Sie hatten einander vermisst, auch wenn sie es sich nicht zugeben wollten. Ihre Körper sehnten sich nacheinander und dieses Verlangen hat sich eben in einem hungrigen Kuss widergespiegelt. Im Kuss zweier Geliebten, die sich lange nicht gesehen hatten.

Und das war ein Fehler. Ein Tabu. Ein Verbot.

„Sonja", brummte er rau, nachdem er zu sich gekommen war. „Ich weiß. Es war ein Fehler. Ich … Ich konnte mich nicht zurückhalten. Es tut mir leid, Sonja. Ich … Ich weiß nicht, was seit dieser Hochzeit und dieser Nacht mit mir passiert ist, ich bin hin und her gerissen. Ich fühle mich zu dir hingezogen und es ist ein Kampf in mir, den ich unbedingt gewinnen muss, um uns beiden nicht zu schaden. Etwas, was ich noch nie erlebt habe und was mich wahnsinnig macht." Er schloss die Augen und atmete tief durch.

„Ich konnte es auch nicht", flüsterte Sonja. „Wir beide haben diesen Fehler gemacht. Was machen wir nun, Firas? Es ist etwas, was zwischen uns steht. Stehen bleibt. Immer wieder zieht es uns zueinander. Vor ein paar Tagen haben wir darüber gesprochen, alles geklärt und jetzt uns wieder geküsst. Was wird es für Folgen haben?"

Er rieb sich mit der Hand über sein Gesicht. Was sollten sie tun, um nicht erneut übereinander herzufallen? Gab es überhaupt Antworten auf diese Fragen?

„Ich weiß es nicht, Sonja", sagte er ehrlich. „Wir … Es ist unser Geheimnis, okay? Das ist erst einmal alles. Es ist nie passiert. Und es darf nie wieder passieren. Wir müssen das hinbekommen. Auch wenn es schwerfällt. Irgendwie müssen wir uns beherrschen."

Sonja nickte. „Ja, wir müssen es versuchen. Und von mir erfährt niemand etwas."

Firas warf einen Blick auf sein Handy. Um Himmels willen! Wie lange saßen sie schon da? Jan hatte ihm geschrieben und gefragt, wo er denn bliebe und ob er wüsste, wo Sonja war.

„Am besten fahren wir jetzt los“, sagte er und startete den Motor. „Jan und Jenny warten auf uns.“

Kapitel 5:
Bester Freund

Sonja

„Noch etwas Wein?", fragte Yannik.

Sonja reichte ihm ihr Glas. „Gerne!"

Sie liebte diese Filmabende bei ihrem besten Freund, die entspannt verliefen und wo sie am besten abschalten konnte. Sie hatten ähnliche Schicksale, etliches erlebt, gingen bis heute durch dick und dünn. Sie beide hatten schwere Trennungen durchgemacht, waren an falsche Freunde geraten. Sie waren gekränkt, verletzt, ausgenutzt worden und hatten dennoch alle Schwierigkeiten brillant gemeistert.

Über was alles hatte sie schon mit Yannik gesprochen! Wie oft hatten sie einander getröstet! Wie oft Erfolge gefeiert!

Heute hatten sie sich zum Filmabend bei Yannik verabredet und gerade lief ‚Fack Ju Göthe' auf Netflix, eine Komödie zum Totlachen. Ein Lächeln legte sich auf Sonjas Lippen. Es war ein großes Glück, in Yannik einen Vertrauten zu haben, einen Menschen, der immer zu ihr hielt. Während ihrer Beziehung mit Daniel hatte sie diese Freundschaft fast zunichtegemacht, weil ihr

Freund keine männlichen Freunde an ihrer Seite duldete. Ja, sie hatte viele Opfer gebracht. Hatte sich eingeredet, dass sie mit Daniel eine eigene Familie gründen würde, und war bereit gewesen, alles für ihn zu tun. Was ein Glück, dass Yannik dennoch zu ihr hielt und nach der Trennung für sie da gewesen war! Dazu war noch der Kontaktabbruch zu ihrer Mutter gekommen. Sonja hatte keine Kraft mehr, noch länger deren Egoismus zu ertragen, und hatte diesen schweren Schritt gewagt. Auch in dieser Zeit war Yannik für sie da gewesen. Ruhig und liebevoll, selbst aus einer Problemfamilie, tat er alles, um sie zu unterstützen und ihr Trost zu spenden.

Dankbar blickte Sonja zu ihm und begegnete seinem Blick, der jedoch anders war als sonst. Heute hing irgendetwas in der Luft, was sie sich nicht erklären konnte. Yannik verhielt sich anders und sie fragte sich, ob ihm etwas auf dem Herzen lag, das er sich nicht auszusprechen traute.

„Ist alles okay bei dir?" Endlich stellte sie ihm diese Frage, woraufhin er nur nickte.

„Du bist heute anders, Yannik. Hast du etwas auf dem Herzen? Du weißt, dass du mit mir über alles sprechen kannst." Sie legte die Hand auf seine Schulter und sah ihn ermutigend an.

Yannik seufzte. „Es ist nichts. Ich habe nur über die Zukunft nachgedacht. Weißt du, ich bin schon um die dreißig und ..." Er tief durch. „Ich habe daran gedacht, dass ich meine eigene Familie haben will. Eine andere, wie ich im Elternhaus hatte. Ich würde alles anders machen. Ganz anders ..."

Sonja legte den Kopf schief. „Das ist doch super! Und du bist ein toller Kerl, hast nur das Beste verdient. Aber wieso wirkst du so bedrückt? Ja, die Geschichte mit dieser blöden Sarah war unschön, dennoch soll es dich nicht davon abschrecken, ein süßes Mädchen kennenzulernen."

Sarah war Yanniks Ex-Freundin, die ihn wegen einer Tinder-Bekanntschaft verlassen hatte. Zwei Jahre war das her. Yannik hat sich seitdem auf keine neue Beziehung eingelassen. Sonja machte sich Sorgen um ihn. Schließlich hätte sie ihren besten Freund so gerne in guten Händen gesehen! Doch Yannik schien kein Interesse an anderen Frauen zu haben. Für ihn existierten nur der Job, seine Kumpels und der Fußballverein, wo er zweimal pro Woche spielte.

Yannik nahm einen weiteren Schluck und sah Sonja tief in die Augen. „Weißt du, ich will niemanden kennenlernen. Es ist viel zu viel Aufwand und Stress. Mit wäre lieber, mit einer Frau zusammen zu sein, die ich schon lange kenne."

„Die du lange kennst?", wiederholte Sonja seine Worte und fuhr mit der Hand über ihre Stirn. Ihr Hirn fühlte sich leicht benebelt an. Der Rotwein zeigte bereits seine Wirkung.

„Ja, genau." Yannik nahm die Fernbedienung und stellte den Film auf Pause.

„Und wen ...?" Plötzlich schoss die Erkenntnis wie ein Pfeil durch ihren Kopf und ihr blieben die Worte im Hals stecken. In letzter Zeit verhielt Yannik sich anders als sonst. Die zarte Röte bedeckte in ihrer Gegenwart seine glattrasierten Wangen und seine Augen füllten sich mit Zärtlichkeit. Er schrieb ihr öfter als früher, erkundigte sich nach ihr und lenkte oft auf das Thema Familie ein.

Bisher hatte sie nicht nachgedacht, was in seinem Herzen vor sich ging. Doch jetzt ... Jetzt war es ihr glasklar geworden.

Anscheinend empfand ihr bester Freund Gefühle für sie.

Yannik füllte ihr Glas auf und verschmitzt lächelnd nahm sie es entgegen. Zu der Zeit, als sie an ihrem Wein nippte, stellte Yannik sein Glas auf dem kleinen Couchtisch ab und rückte näher. Mit einem liebevollen Blick sah er sie an, streckte wortlos den Arm aus und legte seine Finger auf ihren Handrücken.

„Entschuldige, darf ich das?", erkundigte er sich unsicher und Sonja nickte leicht. Ein Gedanke schoss durch ihren Kopf und ließ ihr Herz schneller schlagen.

Vielleicht wäre Yannik der richtige Partner für sie. Der Mann, der ihr Halt geben und immer für sie da sein würde. Der Kerl, dem sie hundertprozentig vertrauen konnte und den sie bereits gut kannte. Womöglich würde er ihr die Ruhe geben, nach der sie sich sehnte. Sie hatte schon Spontansex ausprobiert mit dem Typen, der nun unerwartet ihr Teamleiter wurde. Die heiße Nacht hatte jedoch ihren Preis, den Sonja mit diesem ziehenden Herzschmerz und unaufhörlichen Gedanken an Firas teuer zahlte. Eine neue Beziehung würde sie mit Sicherheit ablenken, sodass sie diesen verdammt gut aussehenden Mann mit dem durchtrainierten Körper und den himmelblauen Augen nur noch als ihren Chef wahrnehmen würde.

„Yannik", flüsterte sie und drückte seine Hand.

Seine Wangen bekamen einen rosigen Hauch. Eine Weile sah er ihr in die Augen, anschließend leckte er sich über die Lippen und küsste ihren Handrücken.

„Sonja, ich …", begann er und atmete tief durch. „Kurz gesagt: Ich habe Gefühle für dich. Und das seit Langem. Seit Monaten, nein Jahren spüre ich, dass wir zusammengehören. Nachdem ich mich von Sarah getrennt habe, ist es mir klar geworden. Doch ich wusste nicht, wie ich dir das sagen sollte und … Ja, ich habe meinen ganzen Mut zusammengekratzt und wollte es dich jetzt wissen lassen. Ich weiß, dass du eine schwere Beziehung hinter dir hast. Aber ich kann diese Gefühle nicht mehr länger in meinem Herzen vergraben. Ich musste es dir sagen, Sonja."

Sonja bemühte sich um ruhigen Atem. Sollte sie es mit Yannik versuchen? Zwar spürte sie keine wilde Leidenschaft, wie es bei Firas der Fall gewesen war, und verlor sich nicht in der elektrisierenden Erregung, die sich mit jedem seiner Küsse in ihrem Körper ausbreitete. Doch das war wohl deshalb, weil sie Yannik so lange kannte.

Sie stellte ihr Glas ebenfalls ab, schaute ihm tief in die Augen und sanft zog er sie zu sich. Sie erhob sich vom Sofa und wechselte auf seinen Schoß, legte ihre Arme auf seine Schultern. Es war so weit. Sie brauchte nichts zu sagen. Es war selbsterklärend.

Yannik umarmte sie an der Taille und hob den Kopf. Ihre Lippen verschmolzen zu einem Kuss, seine Hände rutschten zum Reißverschluss an ihrer Jeans. Leicht bewegte Sonja ihren Po und spürte sein festes Glied, das zwischen ihren Beinen rieb. Yannik war erregt, seinen

Lippen entwich ein leises Stöhnen. Ja, er begehrte sie. Er wollte sie. Gleich würden sie übereinander herfallen.

Würden sie das? Wollte sie es?

Etwas stimmte nicht mit ihr. Die Erregung blieb aus, die Leidenschaft ebenfalls.

Sonja leckte über ihre Lippen und schaute Richtung Bad. Während Yannik vor Lust zerschmolz, fühlte sie nichts desgleichen.

Scheiße. Wie konnte das sein?

Sie sollte etwas anderes versuchen.

Sanft nahm sie eine Hand von seiner Schulter weg und schob sie in ihren Slip. Mit massierenden Bewegungen berührten ihre Fingerspitzen ihre Klitoris. Mit der anderen Hand fuhr Sonja sacht über Yanniks dickes Haar, beugte sodann ihr Gesicht zu seinem und küsste seine Wange, dann die Lippen. Er reagierte rasch, indem er ihr Gesicht umfasste, es näher zu sich zog und Sonja mit einem feuchten Zungenkuss überraschte. Sie drückte die Finger an seinem Nacken fest, indessen seine Zunge einen Einsatz zwischen ihren Zähnen fand. Zwischendurch spielte Sonja an ihrem Kitzel weiter.

Mist. Ihre Vagina blieb trocken. Sie spürte nichts, keine Erregung, keine Anziehung, nichts.

Sanft löste sie ihre Lippen von seinen.

„Was ist?", keuchte Yannik. „Habe ich etwas falsch gemacht?"

„Versuchen wir etwas anderes." Sonja lächelte verführerisch und führte seine Hände zu ihren Brüsten. „Verwöhne mich ein bisschen. Nimm sie dir", schnurrte sie und öffnete ihre Haare.

Yannik leckte sich über die Oberlippe. Er keuchte, derweil er die Hände unter ihr T-Shirt schob und sanft über ihren Rücken streichelte. „Darf ich?", flüsterte er unsicher und Sonja nickte zustimmend. Mit einer Hand hielt er sie an der Taille fest, die andere ließ er zu ihrem BH gleiten.

Sonja ließ Yanniks Schultern los und öffnete den Büstenhalter. Sie zog ihn durch den Ärmel ihres T-Shirts und warf ihn auf dem Sofa.

„Sonja", flüsterte Yannik und drückte ihre Brüste fest zusammen. „Du machst mich wahnsinnig", sprach er weiter und rieb ihre Nippel zwischen dem Zeigefinger und dem Daumen. „Ich will dich. Du glaubst nicht, wie ..." Er zog ihr hastig das T-Shirt aus und leckte an ihren nackten Brüsten, fuhr erneut mit den Fingerspitzen über ihre Nippel. „Gefällt es dir? Ich explodiere. Ich kann nicht mehr."

Sonja gab ihm keine Antwort. Sie hatte ein Problem. Tatsächlich ein großes Problem. Vergeblich bewegte sie ihre Hüften. Erfolglos schob sie ihre Finger in ihr Höschen und versuchte, Yanniks Küsse und seine Liebkosungen zu genießen. Es ging nicht. Er saugte an ihren Nippeln, massierte ihre Brüste, leckte zwischendurch an ihnen und Sonja flehte innerlich, er solle aufhören. Sie wünschte sich, sie würden sich wieder auf das Sofa setzen, den Wein austrinken und den Abend zum Ende gehen lassen. Gleichzeitig verfluchte sie sich selbst.

Wieso verdammt noch mal hatte sie sich auf Yanniks Küsse eingelassen und ihm Hoffnung gemacht? Den Glauben geschürt, dass sie eine gemeinsame Zukunft hätten?

Was sollte sie bloß tun? Wie sollte sie ihm die Wahrheit sagen? Das würde ihn zerstören, ihn fertigmachen.

Aber sie konnte das nicht mehr ertragen. Seine Berührungen taten ihr nicht gut und mittlerweile war sie genervt von seinem Schmatzen, während er ihren Oberkörper küsste.

„Yannik", flüsterte Sonja und zog sanft seinen Kopf von ihren Brüsten weg.

Verblüfft sah er auf zu ihr. „Sollen wir ins Schlafzimmer gehen?", fragte er heiser.

Sonja zuckte bei dem Gedanken leicht zusammen. „Yannik, nein! Ich … Ich muss ins Bad." Etwas Besseres fiel ihr nicht ein. „Entschuldige", stieß sie gepresst hervor und erkannte ihre Stimme nicht wieder.

Yannik lehnte sich mit dem Oberkörper an den Sofarücken und verschränkte die Arme vor der Brust. Die Komödie war zu Ende und gerade lief eine Werbung von weiteren Netflix Filmen.

„Yannik …" Sonja stand von seinem Schoß auf und zog ihr T-Shirt an. „Yannik …"
Verdammt. Sie hatte einen Fehler gemacht.

„Ist okay, Sonja", antwortete er kalt, ohne sie anzusehen. „Ist okay. Geh' ins Bad. Lass dir Zeit. Wir hören auf."

„Bist du mir böse? Es tut mir so leid, Yannik …" Sie fühlte sich schrecklich. Tränen stiegen in ihren Augen auf, ein Kloß bildete sich im Hals und drohte, sie zu erwürgen. „Yannik, sag doch etwas", flennte sie und ließ sich wieder neben ihm nieder. „Bitte. Schweige nicht." Sie legte ihre Hand auf sein Knie, sah ihm in die Augen. „Yannik?"

„Du wolltest ins Bad, dachte ich", erwiderte er kühl und nahm ihre Hand von seinem Knie weg. „Sonja, lass mich kurz. Ich bin übererregt und muss mich erst einmal abkühlen, bevor ich mit dir oder überhaupt mit jemandem reden kann. Und ich muss nachdenken. Allein."

„Soll ich nach Hause gehen?"

„Vielleicht ist es besser so. Ich rufe dir ein Taxi. Wir beide haben getrunken", sagte er und widmete seine Aufmerksamkeit dem Fernseher.

Schweigend nahm Sonja ihren Büstenhalter und ihre Tasche und ging ins Bad. Nachdem sie die Tür abgesperrt hatte, klappte sie den Klodeckel zu, setzte sich darauf und ließ ihren Tränen freien Lauf.

Wieso hatte es nicht funktioniert? Tatsächlich wäre Yannik der perfekte Partner für sie. Wie war es denn möglich, dass sich ihr ganzer Körper gegen Sex mit Yannik sträubte? Und wie würde es mit ihnen weitergehen, nachdem sie ihn so verletzt hatte? Würde ihre Freundschaft bestehen bleiben?

Sonja wusste keine Antworten darauf.

Sie vergrub ihr Gesicht in den Händen und ihre Schultern zitterten vom bitteren Weinen, das ihren Körper ergriff. Nach einer Weile stand sie auf, ging zum Waschbecken, ließ das Wasser laufen. Sie sah in den kleinen Spiegel. Ihr Gesicht war verquollen. Über die Wangen liefen Tränen, die sich zuvor mit ihren Lidschatten vermischt hatten und nun dunkle Spuren auf ihrer Haut hinterließen. Sie putzte sich die Nase und wusch mit kaltem Wasser ihr Gesicht. Sollte sie sich neu schminken? Nochmals sah sie in den Spiegel. Es hätte nichts gebracht.

Schwer atmend öffnete sie die Tür und kehrte ins Wohnzimmer zurück, wo Yannik auf dem Sofa saß und sein Glas Wein austrank. Mit einem apathischen Blick starrte er in die Leere. Schweigend setzte sich Sonja neben ihm und legte die Hand auf seine Schulter.

„Yannik, bitte, sei nicht sauer“, begann sie mit einem leisen Schluchzen das Gespräch. „Ich will nicht, dass es so endet. Lass uns bitte reden und nicht so auseinandergehen.“ Eine weitere Träne kullerte aus ihrem Auge und floss die Wange entlang. „Ich habe mir wirklich gewünscht, dass es mit uns funktioniert“, flüsterte sie leise mit erstickter Stimme.

Yannik vergrub sein Gesicht in den Händen, fuhr dann über seine Stirn und ließ die Hände auf die Oberschenkel fallen.

„Sonja“, sagte er. „Ich verstehe dich nicht. Zum ersten Mal, seit wir uns kennen, kann ich deinen Gedankengang und dein Handeln nicht nachvollziehen. Ich weiß nicht, was du dir wünschst, bin verwirrt und wenn du die Wahrheit hören willst, auch verletzt.“

„Ich weiß. Es ist blöd gelaufen.“ Sonja senkte den Kopf und betrachtete ihre Hände. „Wie, glaubst du, fühle ich mich? Furchtbar.“ Sie zog die Nase hoch, nahm daraufhin ein Taschentuch und rieb an ihren Augen.

„Hör mal.“ Yannik drehte sich zu ihr. „Sei bitte ehrlich zu mir, Sonja. Habe ich dich überrumpelt? War ich voreilig? Oder willst du mich nicht? Bitte sag mir die Wahrheit, damit ich weiß, ob ich etwas falsch gemacht habe. Und falls ja, entschuldige mich bitte. Ich wollte dich nicht in Verlegenheit bringen.“

Mit feucht schimmernden Augen sah Yannik sie an und in seinem Blick ließ sich tiefe Enttäuschung erkennen.

„Yannik, ich …“ Sonja biss sich auf der Unterlippe. „Ich glaube, dass ich für eine Beziehung nicht bereit bin. Gerade wollte ich es mit dir versuchen. Wirklich. Du hast nichts falsch gemacht. Aber …“ Sie legte den Kopf in den Nacken und wischte die Tränen weg. Dieses Gespräch war unerträglich. Vor allem, weil sie einen Fehler gemacht hatte und immer noch nicht wusste, wie sie Yannik ihre wahren Gefühle darlegen sollte.

„Aber was?“ Yannik stützte sich mit dem Ellenbogen an der Sofalehne ab. „Aber was, Sonja? Du willst mich nicht, stimmt? Wieso hast du mich dann geküsst?“

Sie sollte ehrlich sein. Yannik hat es verdient. Auch wenn sie ihren besten Freund für immer verlieren würde, sollte sie ihm die Wahrheit sagen.

„Ich liebe dich als meinen besten Freund, meinen Vertrauten, meinen großen Bruder“, ließ sie zögerlich raus und schluckte den Kloß herunter, der ihr schon eine Weile den Hals zuschnürte. „Verstehst du? Und ich will jetzt keine neue Beziehung. Gerade ist es mir noch einmal klar geworden. Ich … Es tut mir sehr leid, Yannik, aber ich kann dir nur das sagen. Die Wahrheit. Du bist kein Mensch, den ich je anlügen würde.“

Yannik sah sie an und kaute an der Unterlippe. Sein Blick füllte sich mit Skepsis und Sonja spürte, wie ihre Finger kalt wurden. Schnell griff sie nach der Weinflasche und schüttete die letzten Tropfen roter Flüssigkeit in ihr Glas.

„Wieso siehst du mich so an?" Mit plötzlich ungehorsamen Händen brachte sie das Glas an ihre Lippen und trank den Wein aus. „Was ist los? Sag doch bitte etwas! Ist alles okay zwischen uns?"

„Du bist in jemand anderen verknallt." Seine Antwort klang dumpf in ihren Ohren. „Da bin ich mir sicher. Ich frage mich nur in wen."

„Blödsinn, ich ..." Sonja legte die Hand auf ihre Wange, die plötzlich verräterisch heiß wurde. „Ich habe niemanden. Sonst hätte ich es dir gesagt."

Eine Lüge. Doch sie konnte nicht anders. Diese Geschichte mit Firas würde Yannik den letzten Todesstoß geben. Sie würde es ihm mal erzählen, aber später, nicht heute und nicht in der nahen Zukunft. Zudem war sie nicht verknallt. Sie hatte mit Firas nur eine verdammt heiße Nacht verbracht, und Erinnerungen daran stiegen ab und zu in ihrem Gedächtnis auf. Was aber völlig normal und menschlich war.

Er betrachtete sie aufmerksam. „Ehrlich?"

„Ja, ehrlich. Keine Ahnung, wieso du so etwas denkst."

„Na ja. Ich habe halt eine gute Intuition und merke, dass etwas in dir vorgeht. Aber ich glaube dir. Tut mir leid, dass ich gerade ziemlich garstig war."

„Nein, es tut mir leid. Bitte entschuldige. Du bedeutest mir sehr viel, Yannik. Ich kann nicht einmal ausdrücken, wie wichtig du für mich bist!" Erleichtert atmete Sonja auf und sein Blick füllte sich auf einmal mit Hoffnung.

„Meine Gefühle zu dir ändern sich nicht, Sonja", sagte er leise und seine Worte ließen ihren Puls hochschlagen, während sich ein kalter Klumpen in ihrem Magen bildete. „Aber ich werde warten. Ich werde meine Hoffnung nicht aufgeben, einmal mit dir zusammenzukommen, und versuch es mir nicht auszureden.“

Kapitel 6:
Innerer Konflikt

Firas

Hassan klopfte an der Glastür und betrat mit einem freundlichen Lächeln Firas' helles Büro. „Sollen wir in die Kantine?" Vorsichtig schloss er die Glastür hinter sich.

Seine Worte ließen Firas aufzucken. Die Zeit war schnell verflogen. Verblüfft sah er auf die Uhr und rieb über seine Augen. Seit Stunden war er in diese komplizierten Auswertungen vertieft, sodass er alles um sich herum vergessen hatte. Das war auch gut so. Er war müde vom Kampf gegen seine Gedanken an Sonja, die täglich sein Gemüt eroberten. Nur die Arbeit brachte ihm etwas Ablenkung, die er so nötig hatte.

Verflixt. Er sollte besser an Aliya denken und an seine Zukunftspläne. Schließlich hatte er vor vier Wochen noch im Sinn gehabt, sich mit Aliya zu verloben. Und jetzt ...

Was sollte der Mist? Wieso nahm er diese einmalige Bettgeschichte so ernst, dass sie fest in seinem Herzen saß? Wieso zitterten seine Knie und kribbelte der

Bauch, wenn er Sonja sah? Er musste sein Gefühlschaos unter Kontrolle bringen, egal wie.

„Firas? Alles okay?" Hassans Stimme riss ihn erneut aus seinem Gedankenkarussell und Firas klappte sein Laptop zu: „Entschuldige! Ich musste noch eine Auswertung durchgehen. Ja, wir können jetzt in die Kantine. Danke, dass du mich abholst." Er schob den Stuhl zum Tisch und warf einen erneuten Blick auf die Uhr. Zwölf. Seine Gruppe würde sich bald auf den Weg in die Kantine machen, wobei Sonja gewiss mit Yannik essen gehen würde. Dieser Kerl aus der Produktion ließ ihm die Galle hochsteigen. Allein schon deshalb, weil er so oft in Sonjas Nähe war und offensichtlich auf sie stand. Er hatte die beiden schon öfter zusammen gesehen.

Zur Hölle, was ging es ihn eigentlich an?

„Und, alles klar?", fragte er Hassan, der unterwegs auf seinem Handy tippte.

Sie gingen den langen Flur entlang, stiegen in den Aufzug, der sie ins Erdgeschoss brachte, und verließen das Gebäude. Zum letzten Mal streifte Firas mit seinem Blick über den umliegenden Park in der Hoffnung, Sonja zu erblicken. Wie gerne würde er mal mit ihr zu Mittag essen! Entspannt, ohne Sorge, dass über ihn getratscht werden würde, als ob er ein Verbrecher wäre.

Doch Sonja war nirgendwo zu sehen. Wahrscheinlich war sie früher als sonst in die Kantine gegangen. Firas stellte fest, dass er sich mittlerweile ihre Pausenzeiten gemerkt hatte.

„Alles gut." Hassan packte das Handy in die Hosentasche und richtete den weißen Hemdkragen. „Ich wollte dich mal fragen, ob du mit uns zum Ausflug nach Merzig kommst. Deine Eltern sind auf jeden Fall dabei. Wir würden uns freuen, wenn du dich uns anschließen würdest." Er legte eine kurze Pause ein. „Besonders Aliya wäre auf Wolke sieben."

Verblüfft sah Firas zu ihm. Wann hatten sie sich verabredet? Stimmt, Layla hatte ihm vor drei Tagen von der Einladung erzählt. Er hatte das aber aus seinem Gedächtnis verbannt, nachdem seine Schwester ihm entschieden mitgeteilt hatte, dass sie nicht mitgehen würde.

Nun war ihm endlich klar geworden, was Hassan mit diesem Ausflug bezweckte. Wohl sollte er etwas Zeit mit Aliya verbringen, nachdem er sie wegen Jans Spielabend abgewimmelt hatte.

„Natürlich komme ich mit", antwortete Firas mit einem unbeschwerten Lächeln und hoffte insgeheim, dass es unverstellt aussah. „Ich freue mich! Danke fürs Bescheid geben!"

„Warst du schon mal an der Saarschleife?" Hassan nahm sich ein Stück Brot und sah fragend zu Firas. „Wir werden alle dorthin gehen, dann eine Pause machen, etwas essen und machen uns anschließend auf den Rückweg. Die Route ist recht malerisch. Zumindest sieht sie auf dem Flyer bezaubernd aus."

Firas nickte müde. Am liebsten würde er allein essen, in aller Ruhe, um sein pochendes Hirn zu entspannen. Zudem gehörte seine ungeteilte Aufmerksamkeit dem Kantinensaal, wo er unauffällig Ausschau nach Sonja hielt und sich daher nur schwer auf das Gespräch mit Hassan konzentrieren konnte.

„Du wirkst heute sehr abwesend." Hassan rieb mit der Serviette über sein Kinn und griff nach dem Besteck. „Ist alles wirklich okay, mein Junge? Hattest du Stress mit Tobias? Ihr hattet heute eine Besprechung, soweit ich weiß ...“

Rasch überlegte Firas, woher Hassan von seinen Terminen wusste, bis ihm einfiel, dass sein Kalender für seinen Vorgesetzten freigegeben war. Das hatte er bereits an seinem ersten Tag gemacht. Sollte er die Einstellungen wieder auf privat ändern? Nein. Lieber nicht. Das würde nicht gut ankommen.

Er rieb an seinem Daumen und lächelte gespielt. Irgendwie fühlte er sich heute nicht wohl in Hassans Gesellschaft. „Oh nein, ich denke gerade an unseren Ausflug. Und nein, ich hatte keinen Stress. Tobi und ich haben ein sehr angenehmes Gespräch geführt und sind zu einer plausiblen Lösung gekommen. Sie wird die Kommunikationsprobleme der Firma verbessern ...“

„Du machst dich sehr gut“, unterbrach ihn Hassan und legte die Unterarme auf der Tischplatte ab. „Aber lass uns doch über etwas anderes sprechen. Nicht über unsere Jobs. Über Aliya.“ Seine Stimme klang entschieden.

Aliya.

„Ist alles hoffentlich in Ordnung bei ihr?“

„Ja, alles wunderbar, alhamdullilah.“ In Hassans Stimme schwang ein Lächeln mit. Wie immer, wenn er über seine Tochter sprach. „Weißt du, sie mag dich. Und ich glaube, du auch ...“

Wieder sein eindringlicher Blick, der Firas förmlich durchbohrte. Er schluckte ein Stück Hähnchen und nahm einen großen Schluck Wasser, bevor er sein Besteck auf dem Teller platzierte. „Du hast eine wunderschöne Tochter, ein Traum. Die perfekte Frau. Jeder Mann würde sein Leben für sie geben ...“

In diesem Moment fiel Firas' Blick auf Sonja, die sich mit Yannik an einem Tisch nicht weit von ihnen gesetzt hatte. Die beiden saßen einander gegenüber und Firas konnte ihre Gesichter sehen. Sonja schien etwas Witziges zu erzählen und mehrfach brachen die beiden in Lachen aus. Ab und zu legte sie den Kopf schief, während ein sonniges Lächeln ihre Lippen umspielte. Auf einmal griff Yannik nach ihrem Unterarm und Sonja legte ihre Hand auf seine.

Ihr bester Freund. Ein nagendes Gefühl kroch seinen Nacken hinauf. Firas sah auf seinen Teller, griff erneut nach dem Besteck und schob sich eine Portion Nudel in den Mund. Am liebsten würde er seine Zigaretten nehmen und einen kleinen Spaziergang um den Block machen. Allein.

„Ich freue mich, das zu hören, mein Junge." Mit einem freudigen Lächeln schnitt Hassan ein Stück von seinem Steak ab. Firas atmete tief durch. Er verhielt sich unvorsichtig, indem er ständig seine Blicke auf Sonja warf. Wie ein Schuljunge. Er sollte sich zusammenreißen.

„Aliya und du, ihr seid zusammen aufgewachsen und wenn ihr Gefühle füreinander habt … Das wäre das beste Geschenk für mich", fuhr sein Gegenüber fort.

Firas rieb sich über die Stirn. Plötzlich konnte er nichts mehr wahrnehmen außer Sonja und Yannik, die weiterhin lebhaft quatschten. Hassans Worte sausten an ihm vorbei wie eine ungebremste Lokomotive. Nur einige blieben in seinem Gedächtnis hängen.

Gefühle … Das beste Geschenk … Familie …

Hatte er überhaupt noch eine Wahl?

Diese Frage stach einem Speer gleich in seinen Kopf und ließ Firas wieder klar werden.

Was wäre, wenn er sich doch gegen diese Verlobung entscheiden würde? Die Verlobung, die weder abgemacht noch geplant worden war. Ein Ereignis, das nicht einmal real existierte. Was würde dann passieren?

Lächelnd nickte er seinem Abteilungsleiter zu, sich abermals fragend, ob diese Zusammenarbeit auf Dauer funktionieren würde. Und ob er diese Familienfreundschaft auf irgendeine Art und Weise zerstören würde. Dann wanderte sein Blick erneut zu Sonja. Sie hörte Yannik zu und lächelte ununterbrochen. Offensichtlich genoss sie seine Gesellschaft. Ein bitteres Gefühl ergriff sein Herz und Firas ballte seine Hand dem Tisch. Ein dumpfes Pochen erfüllte jeden Winkel seines Kopfes, sodass er nicht bemerkte, wie er sagte: „Entschuldige ... Ich habe höllische Kopfschmerzen und kann dir schlecht folgen. Vielleicht sollen wir einen kleinen Spaziergang machen?“

Besorgt sah Hassan ihn an. „Kein Problem. Ich sehe ja, dass es dir nicht gut geht. Macht nichts. Ich muss jetzt aber ins Büro und wollte dich davor wegen einer Schulung sprechen.“

Firas atmete erleichtert durch. In diesem Moment wünschte er sich nichts mehr als ein anderes Thema, wo es nicht um Aliya und die mögliche Verlobung ging.

„In zwei Wochen findet eine Weiterbildung in Frankfurt statt. Mit dem Abschluss bekommst du eine Green-Belt-Auszeichnung. Hättest du Interesse, daran teilzunehmen? Ich kann einen Platz für dich besorgen. Tobias und Sabine, die Teamleiterin aus Forschung und Entwicklung, fahren auch mit. Na? Was sagst du?“

Hassan schob das Tablett zur Seite und nahm sein Handy in die Hand.

Ein Green-Belt-Training. Unentbehrlich in der Pharmawelt. Firas seufzte, lehnte sich zurück und verschränkte die Arme vor der Brust. Das Gedankenkarussell kreiste erneut in seinem Kopf. Ein unruhiges und bisher unbekanntes Gefühl machte sich in seinem Herzen breit. Er wusste nicht, was genau ihn bedrückte und wieso er sich über diese wunderbare Möglichkeit überhaupt nicht freute, eine bezahlte Schulung zu bekommen, die seine Karriere pushen würde.

„Das hört sich toll an! Danke dir. Lieb, dass du an mich gedacht hast." Firas kam sich wie ein Heuchler vor.

„Nichts zu danken. Ich werde einen Platz für dich reservieren." Hassan nickte ihm zu und stellte seinen leeren Teller aufs Tablett. „Okay. Sollen wir dann los? Entschuldige, dass ich dich gleich allein lassen muss. Wenn du möchtest, kannst du dich für den Rest des Tages krankmelden. Du bist wirklich blass im Gesicht."

„Macht nichts, ich mache einen kleinen Spaziergang um den Block und das wird schon." Firas schob den Stuhl zur Seite, stand auf und nahm sein Tablett in die Hände. „Wir sehen uns dann bei der nächsten Besprechung."

„Genau. Bis bald."

Mit zügigen Schritten begaben sie sich zur Tablettabgabe und Firas sah noch einmal zu Sonja und Yannik, die so in ihr Gespräch vertieft waren, dass sie ihn nicht zu bemerken schienen. Bittere Gedanken kreisten in seinem Kopf, während er in die Spülküche ging und mit einer hastigen Bewegung sein Tablett in einen Ladeschrank schob.

Mit flinken Schritten ging Firas im großen Park umher. Er wollte nachdenken. Sich selbst analysieren, um zu verstehen, was mit ihm nicht stimmte. Was hatte diese Nacht mit Sonja in ihm verändert, sodass er nichts mehr mochte, was ihm zuvor wichtig gewesen war?

Noch nie hatte ein One-Night-Stand solche Spuren in seinem Herzen hinterlassen. Mehr noch: Nachdem seine Bettgenossin die Wohnung verlassen hatte, vergaß er alles, was mit ihr zu tun hatte, sei es ihr Name oder ihr Gesicht.

Nur diesmal nicht …

„Verdammter Scheiß", fluchte Firas, zündete seine zweite Kippe an und tätigte einen kräftigen Zug. Danach kreiste er den Kopf und sein Nacken knirschte. Er sollte mal wieder zum Kickboxen gehen, seit drei Wochen war er nicht mehr dort gewesen. Sein vibrierendes Handy unterbrach den Gedankengang und Firas warf einen Blick aufs Display.

Layla. Er hob seine Mundwinkel und ging dran.

„Hi Sis."

„Hallöchen. Bist du in der Pause oder störe ich?", erklang die fröhliche melodische Stimme seiner Schwester, die wohl ihre eigene Pause in der Stadtmitte verbrachte.

„Nein, alles gut. Was gibt es?"

„Wollte nur fragen, ob du heute Lust hast, mit mir eine Shisha rauchen zu gehen. Ich will nicht mit Hanie gehen. Er wird seinen Kumpel anrufen und dieser bringt seine ätzende Clique mit. Na, du weißt schon, wen ich meine …"

Firas kniff die Augen zusammen. „Jupp. Okay, lass uns dann nach dem Feierabend in der Stadt treffen. Passt dir achtzehn Uhr?“

„Na klar. Hauptsache, es passt dir. Du bist doch Chef und hast einen strikteren Arbeitsplan als ich.“ Ein Kichern ertönte am anderen Ende der Leitung und Firas musste grinsen. Er freute sich auf seine Schwester. Gerade brauchte er ein Gespräch mit ihr. Allein kam er mit seinen Gedanken nicht klar. Zum ersten Mal in seinem Leben.

„Ich muss mit dir reden“, sagte er leise.

Eine Pause.

„Ist alles okay, Firo?“ Jetzt klang Laylas Stimme besorgt. „Oder ist irgendwas ...“

„Nein, nichts ist passiert. Aber ... Ich weiß nicht, wie ich es dir erklären soll. Ich fühle mich seltsam und kann nicht mal beschreiben, was mit mir los ist.“

„Oh, dann musst du vielleicht zum Arzt?“

Firas schnalzte mit der Zunge. „Quatsch, ich bin gesund. Es ist etwas anderes. Am besten reden wir beim Shisharauchen, wenn du Zeit hast.“

Layla schwieg, aber Firas wusste, dass sie gerade lächelte.

Nachdem er Layla von Sonja erzählt hatte, war sie felsenfest überzeugt, dass er sich in seine Mitarbeiterin verliebt hat.

So ein Irrsinn.

„Ich sage nichts dazu“, antwortete Layla schließlich. „Du hast recht, wir reden später darüber. Nicht, dass jemand dein Gespräch über ... Na ja, ich freue mich schon, Bruderherz!“

Die Pause war vorbei. Er musste zurück in sein Büro, um sich auf die bevorstehende Besprechung vorzubereiten. Mit schnellen Schritten betrat er das leere Gebäude. Er war spät dran. Seine Pause hatte länger gedauert als geplant. Mittlerweile waren alle Kollegen zurückgekehrt und gingen ihrer Arbeit nach.

Der Aufzug war nicht da. Seufzend betätigte er den Knopf. Normalerweise würde er zu Fuß in den vierten Stock laufen. Doch jetzt hatte er keine Lust darauf. Zudem wurden seine Kopfschmerzen stärker.

„Oh, warte!", erklang die ihm bekannte Stimme und sein Herz schlug hoch. „Ich bin etwas zu spät."

Der Aufzug kündigte sich durch ein Piepen an und die Türen öffneten sich. Sonja war außer Atem und sah ihn mit einem schuldbewussten Blick an. Ihre Brust hob und senkte sich unter ihrem weißen T-Shirt mit dem glitzernden Print darauf, ihre Haare waren leicht zerzaust. Wie schön sie war! Nicht nur attraktiv, sondern auf eine besondere Art und Weise umwerfend, die Gedanken in ihm weckte, die Firas besser nicht haben sollte.

„Firas ... Der Aufzug ist da ..." Sonja sah ihn fragend an. Er nickte. „Ja. Tut mir leid."

Alles drehte sich in seinem Kopf, nachdem sie in den Aufzug reingegangen waren und er den Knopf mit der Nummer „vier" betätigt hatte. Dieses unerträgliche Verlangen schlich sich wieder in seine Sinne. Wie in Trance schritt Firas zu Sonja und nahm wortlos ihr Gesicht in die Hände, um daraufhin seine Lippen auf ihre zu pressen. Ein leises Seufzen entkam ihrer Kehle und er spürte ihren heißen Atem, der über sein Gesicht streifte. Seine Hände glitten zu ihrer Taille, er massierte ihren Rücken und seine Lippen wanderten nun zu ihrem warmen Hals.

„Firas", keuchte Sonja leise, löste sich sanft von ihm und er öffnete die Augen. „Pass auf ... Wir sind fast da."

Sodann drehte sie sich um und verließ schnell den Aufzug.

Schwer atmend fuhr Firas über sein Haar. Zum Glück war niemand im Flur zu sehen. Er war verdammt unvorsichtig gewesen. Schon wieder. Und das trotz ihrer Abmachung. Er hatte sich und Sonja in Gefahr gebracht. Was wäre, wenn jemand sie gesehen hätte?

Er konnte aber nicht anders. Es ging nicht. Vielleicht ... Vielleicht sollte er wirklich über einen anderen Job nachdenken.

„Ich weiß nicht mehr, was ich bin und was ich machen soll", flüsterte Firas zu sich selbst, nachdem er seine Bürotür hinter sich geschlossen hatte. „Ich weiß nichts mehr."

***

„Mhh, das habe ich wirklich gebraucht." Sinnlich legte Layla ihren Kopf in den Nacken und schloss die Augen, während sie an ihrer Shisha zog und genussvoll den Rauch rausließ. „Etwas Zeit mit meinem Bruder ... Himmlisch. Also, wie geht es dir? Worüber wolltest du denn reden?"

Seufzend zog Firas an seinem Mundstück und blies den Rauch aus, indem er ihn zu kleinen Ringen formte. Er versuchte, das Wetter zu genießen. Doch das war schwierig, wenn man sich nur Gedanken um Sonja und sein eigenes Leben machte.

„Ich habe eigentlich kein konkretes Thema“, begann er unsicher. „Hassan hat mich zu diesem Ausflug am Wochenende eingeladen. Noch einmal persönlich. Und dann sagte er mir, dass Aliya mich mag ...“ Firas räusperte sich und schenkte sich und Layla schwarzen Tee mit Pfefferminze ein. „Ah keine Ahnung, ich ... Layla, du wirst mich auslachen. Aber zum ersten Mal im Leben weiß ich nicht, was ich will und welche Schritte ich gehen soll. Ich fühle mich schwach und das macht mich wahnsinnig. Vor vier Wochen war alles anders gewesen. Ich hatte an die Verlobung mit Aliya gedacht. Wir würden in allen Hinsichten ideal zusammenpassen. Ich war glücklich, dass ihr Vater mein Vorgesetzter ist. Hassan hat sehr viele Kontakte in der Firma und das Sagen, und ich kann mich gesegnet schätzen, ihn an meiner Seite zu haben. Aber ... Verdammt, seit Jans Hochzeit fühle ich mich unwohl. Mit mir stimmt etwas nicht. Und das wird nicht besser, Layla ...“

Seine Schwester tätigte noch einen Zug, legte den Schlauch zur Seite und hielt Firas mit ihrem Blick fest.

„Weil du Sonja magst“, sagte sie schließlich und nickte bekräftigend.

„Aber ...“

„Nichts aber! Firo, hör doch endlich auf, dich selbst im Gegenteil zu überzeugen! Ich habe es dir mehrmals gesagt. Du. Magst. Sie. Und das ist völlig in Ordnung. Du bist nicht gebunden.“

Schweigend fuhr Firas sich mit den Fingern durch die Haare. Layla hatte recht, das musste er sich endlich eingestehen.

„Ich bin in einer Zwickmühle“, sagte er dumpf ins Leere starrend. „Hassan ist bereit, alles für mich zu tun.

Er hat mich für eine Schulung angemeldet, die vielversprechend ist und daher nur wenige Plätze hat ...“

„... Und du sollst dich dafür mit seiner Tochter verloben“, unterbrach Layla ihn mit empörter Stimme und leerte ihren Tee. „Das ist dir hoffentlich klar, oder? Er will dich als seinen Schwiegersohn und das von Anfang an. Obwohl Hassan jahrelang mit unserer Familie befreundet ist, sucht er immer nach den eigenen Vorteilen. Deshalb habe ich nie verstanden, wieso Papa ihn so mag. Aber gut.“

Firas musste grinsen, obwohl es ihm nicht danach war. Laylas direkte Art war genau das, was er gerade brauchte. „Natürlich ist es mir klar. Und das war okay für mich. Doch seitdem ich Sonja kennengelernt habe, geht sie nicht aus meinem Kopf und ich weiß nicht, was ich tun soll. Dass wir zusammenarbeiten, macht alles noch schwerer. Vielleicht hätte ich sie vergessen, wenn ich sie nicht tagtäglich sehen würde.“

Er winkte dem Kellner, der ihnen frische Kohle brachte und erzählte daraufhin vom Kuss im Aufzug.

Seine Schwester hörte mit dem halb geöffneten Mund zu. Schließlich legte sie die Finger auf ihre Lippen und schüttelte leicht den Kopf. „Ich glaube, du sollst dir wirklich einen anderen Job suchen“, sagte sie ernst. „Das hier wird nicht gut enden. Allein wegen Hassan. Wenn er etwas davon mitbekommt, wird er dir und dem armen Mädchen die Hölle heißmachen. Und das kann er ja! Aber warte. Vergiss Hassan. Sag mir, was du selbst willst. Willst du dich mit Aliya verloben oder nicht? Soweit ich weiß, wurde noch nichts abgemacht und kein Versprechen gegeben. Von daher ...“

Seine Lippen zuckten heftig, während er tief durchatmete, um sein pochendes Herz zu beruhigen. „Erstens werde ich nicht den guten Job wegwerfen und mich irgendwo anders hinbegeben, wo ich nicht weiß, wie der Hase läuft. Die Verlobung mit Aliya wäre der nächste logische Schritt. Ich habe die gleichen Wurzeln, wir sprechen dieselbe Muttersprache, unsere Familien stammen aus der derselben syrischen Stadt. Wir sind zusammen aufgewachsen und ich kenne sie wie mich selbst. Und Sonja ... Ich weiß nichts über sie, außer dass sie eine schwere Beziehung hinter sich hat. Zudem erwähnte sie, dass sie nur Spontansex will.“

Layla runzelte die Stirn. „Du bist unentschlossen. Du denkst logisch, doch dein Herz widerspricht dir. Du vergleichst gerade die beiden Frauen und es zieht dich zu Sonja. Eindeutig. Ganz ehrlich, Firo ... Ich glaube, dass auch du Sonja nicht egal bist. Du hast es ihr angetan. Sonst hätte sie dich nicht geküsst. Und hätte deinen Kuss nicht erwidert. Wenn ich ehrlich sein darf: Das mit dieser Verlobungsgeschichte geht zu schnell. Es ist meine Meinung. Lass dich nicht unter Druck setzen. Dieser Schritt ist sehr ernst und niemand darf von dir verlangen, dass du ihn unüberlegt tust. Dafür musst du klaren Kopf haben, und den hast du gerade nicht. Tu dir keinen Zwang an. Du bist nicht verpflichtet, Aliya zu heiraten, nur weil ihr Vater für dich ein gutes Wort eingelegt hat und du diesen Job bekommen hast. Schließlich hast du, wie gesagt, weder ihm noch seiner Tochter etwas versprochen.“

Firas blies die Backen auf und pustete langsam die Luft raus. Er legte den Schlauch auf den Tisch und zündete eine Zigarette an, schob daraufhin die Packung Layla zu.

„Und was soll ich tun?", fragte er leise und legte die Stirn in Falten. „Schließlich will ich mich nicht bei Hassan unbeliebt machen. Das wäre ja auch unschön."

Die vorbeigehenden Passanten beobachtend, tätigte Layla einen kräftigen Zug.

„Sei vorsichtig und versuch herauszufinden, was Sonja für dich empfindet", sagte sie schließlich. „Danach wirst du schon wissen, was du tun sollst."

Kapitel 7:
Beginn der Affäre

Sonja

Der Spielabend war vorbei und obwohl es noch nicht spät war, waren alle Gäste bis auf Sonja und Firas nach Hause gefahren. Während Jan mit Firas noch eine Kippe im Garten rauchte, ging Sonja mit Jenny in die Küche und begann mit dem Abwasch.

„Wie fandest du den Abend, Maus?", fragte Jenny und entsorgte die Essensreste in einer Biotonne.

Sonja lächelte. „Sehr schön! Ich habe ihn genossen! Danke dir für alles."

„Hast du eigentlich nochmals mit Yannik gesprochen?", wollte Jenny wissen. „Oder möchtest du doch mit ihm zusammenkommen?"

Sonja schüttelte den Kopf. „Nein. Keinesfalls. Wir haben schon darüber geredet und er hat es verkraftet." Sie seufzte. „Aber er scheint immer noch Hoffnung zu haben. Ich spüre es und das beunruhigt mich ein wenig." Sie spülte den nächsten Teller ab und stellte ihn zur Seite.

„Ja, er hängt an dir. Yannik ist ein lieber Kerl. Das habe ich sofort gemerkt, als du ihn einmal mitgebracht hast. Aber ihr passt nicht zusammen. Wenn du mich fragst, sehe ich euch nicht als ein Paar." Jenny legte den Kopf schief und betrachtete sie aufmerksam. „Aber ... Hast du eventuell Gefühle für jemanden? Mir kannst du es sagen. Du weißt es ja. Da muss ich Yannik recht geben. So ganz falsch scheint er nicht zu liegen."

„Was? Nein!" Sonja hob die Augenbrauen und versuchte, die Überraschte zu spielen. Gleichzeitig hoffte sie, dass ihre Wangen ihre Aufregung nicht verraten würden. Die Nacht mit Firas, ihre Küsse auf dem Parkplatz und im Firmenaufzug waren ihr Geheimnis, das nicht einmal ihre beste Freundin bisher kannte. „Ich will eine Weile Single bleiben. Das weißt du ja. Und daran ändert sich erst einmal nichts."

„Wenn du das sagst ..." Jenny betrachtete sie mit einem schelmischen Lächeln und drehte sich zum Küchentisch, um Sonja weitere Teller zu reichen.

Firas. Allein das Wissen, dass auch er noch hier war, befeuerte ihre Sehnsucht nach ihm. Dieses Verlangen, das in ihr schlummerte, ließ sich nicht unterdrücken. Sie wollte ihre gemeinsame Nacht wiederholen und das schon seit Wochen. Daher hatte sie sich für heute Nacht ein Ziel gesetzt.

Sie wollte Sex. Mit Firas. Nach ihrem letzten Kuss hatten sie zwar beschlossen, sich nicht mehr nah zu kommen, aber die Anziehung zwischen ihnen war nicht zu ignorieren. Würde es ihr gelingen, ihn zu verführen? Auch etwas, was sie noch nie getan hatte.

Sonja reichte Jenny die sauberen Trinkgläser und leckte sich die Lippen. Dann schob sie den nächsten Teller unter das laufende Wasser, dachte an den heutigen Abend und konnte sich ein verschmitztes Lächeln nicht verkneifen. Während sie alle im Garten gewesen waren, hatte sie Firas aufmerksam beobachtet. Mehrere Male waren seine Augen finster geworden, als sie mit Carlo, einem anderen sympathischen Single aus dem Freundeskreis geflirtet hatte. Seine eifersüchtigen Blicke, die er ihr und Carlo zugeworfen hatte, hatten ihr Herz zum Rasen und ihren Bauch zum Kribbeln gebracht.

Sonja seufzte. Sie hatte Angst, von ihm abgewiesen zu werden. Ein Glas Weißwein vor der Party hatte sie etwas beruhigt, ihr diese Sorge genommen. Mittlerweile hatte der Alkohol seine Wirkung verloren und die Angst war wieder da, schlich sich in ihren Kopf und machte sich dort breit.

Nein, sie durfte nicht daran denken. Sie wollte es versuchen. Was hatte sie zu verlieren? Schließlich waren sie nicht auf der Arbeit und gehörten sogar zum selben Freundeskreis.

Sonja drehte den Wasserhahn zu und trocknete sich die Hände ab, als seine Stimme sie aufzucken ließ und sie herumwirbelte.

„So, ich mache mich dann gleich auf den Weg nach Hause." Firas betrat die Küche. „Braucht ihr Hilfe, Mädels?"

„Nein, alles fertig." Jenny lächelte ihm zu und schaltete die Spülmaschine ein. „Danke!"

„Okay, alles klar." Er nickte und sein Blick blieb auf Sonja haften. Fest sahen sie sich in die Augen. „Sonja, was ist mit dir? Du hast getrunken. Wie kommst du denn nach Hause?", fragte er fürsorglich.

„Mit dem Bus.“ Sonja senkte kurz den Blick. „Ich habe immer noch kein Auto. Oder vielleicht nehme ich ein Taxi.“

„Brauchst du nicht. Wenn du möchtest, kann ich dich mitnehmen. Wir müssen sowieso in dieselbe Richtung“, sagte Firas ein wenig hastig, als ob er es eilig hatte.

Er sah ihr immer noch in die Augen und Sonja spürte, wie Hitze ihre Wangen rot färbte. „Gerne. Wenn es dir keinen Aufwand macht.“

Sie jubelte innerlich. Firas würde sie mitnehmen. Sie war ihrem Ziel schon ein Stückchen näher.

„Super, Firas“, sagte Jenny erfreut und verstaute die restlichen Getränke im Kühlschrank. „So bin ich mir sicher, dass meine Maus heile nach Hause ankommt.“ Sie sah auf Jan, der sich an den Küchentisch angelehnt hatte und sein Bier fertig trank.

„Japp, eine gute Idee“, sagte er und nickte zustimmend.

„Ich gehe schnell ins Bad und dann können wir los“, sagte Sonja und stürmte aus der Küche. Sie eilte ins Wohnzimmer und schnappte ihre Tasche, begab sich daraufhin ins Bad, wo sie einige Minuten ihre Ruhe haben konnte.

Gott, war sie aufgeregt! Flüssige Hitze strömte durch ihre Adern. Würde sie es schaffen, Firas in ihre kleine gemütliche Wohnung zu bekommen? Würde er trotz seiner möglichen Gefühle ihren Wunsch ablehnen? Mal sehen. Schnell atmend blickte Sonja in einen großen Badspiegel und leckte über ihre Lippen. Ihr Herz hämmerte und sie legte ihre Hand auf die Brust. Hektisch atmete sie ein und aus, bis die Aufregung etwas nachließ und betrachtete sich nochmals im Spiegel. Sie sollte rausgehen. Firas wartete auf sie.

Firas startete den Motor und fuhr durch die kleinen ruhigen Dorfstraßen Richtung Hauptstraße. Sonja betrachtete ihn von der Beifahrerseite aus. Ihr Herz wollte sich nicht beruhigen und schlug hart in ihrer Brust. Schweigend sah Firas auf die Straße und sein Profil wurde vom schwachen Laternenlicht beleuchtet. Ihr Blick wanderte an ihm hinab und blieb auf seinem muskulösen Arm und seiner durchtrainierten Brust hängen. Bei diesem Anblick brachte ein Hauch unbändiger Lust ihr Blut in Wallung. Schnell drehte sich Sonja zum Fenster und sah auf die Straße.

Endlich waren sie auf der Hauptstraße angelangt und Firas gab Gas. Sonja lehnte sich zurück und rieb an ihrem Daumen. Erneut machten sich in ihr Zweifel breit.

„Wie geht es dir, Firas?", unterbrach Sonja die Stille und sie bemerkte ein trauriges Lächeln auf seinen Lippen.

„Ich weiß nicht", gab er schließlich zur Antwort, ohne seinen Blick von der Straße abzuwenden. „Zu behaupten, mir ginge es gut, wäre gelogen."

Sie drehte ihren Kopf wieder zu ihm. „Willst du mir verraten, was dich bedrückt?"

Firas blieb an einer Ampel stehen und sah sie an. „Ich wünsche mir unsere erste Begegnung zurück", antwortete er leicht den Kopf schüttelnd und sah flüchtig auf zur Ampel. „Ich wünsche mir den Abend zurück, an dem wir uns kennengelernt haben. An diesem Abend war alles so ... Entspannt. Keine Ahnung, wie ich es beschreiben soll. Wir haben miteinander geplaudert, rumgeblödelt, so viel gelacht, dass ich am nächsten Tag

Muskelkater im Bauch hatte. Und … Ja, du weißt, was ich meine", brach er seufzend den Satz ab. Dann lehnte er sich wieder zurück und drückte aufs Gas.

Gedanklich verfluchte Sonja diese verdammte Ampel, die so schnell auf Grün geschaltet hatte. Firas hatte ihr aus dem Herzen gesprochen. Sie wusste nicht, was sie darauf antworten sollte außer einem kurzen „Ja", das über ihre Lippen kam.

Noch eine Seitenstraße und da waren sie schon. Vor ihrem Haus. Firas parkte an derselben Stelle wie an dem Abend, als sie sich zum letzten Mal leidenschaftlich geküsst hatten.

Sonjas Puls raste. Plötzlich wurde ihr heiß und das Herz rutschte ihr in die Kniekehlen. Jetzt würde sich zeigen, ob sie so verführerisch war, wie sie hoffte.

„Danke …" Langsam löste sie den Sicherheitsgurt und drehte sich zu Firas. „Danke, dass du mich gefahren hast. Das ist sehr lieb."

Ohne den Motor abzustellen, drehte er seinen Kopf zu ihr und blickte ihr nickend in die Augen. Dieser Blick! Ihr Körper bebte vor Verlangen und nur mit Mühe konnte sie dem Wunsch widerstehen, gleich hier und jetzt über ihn herzufallen.

Und weiter? Verdammt. Wie sollte sie es ihm sagen? Vielleicht sollte sie es lassen. Dann würde sie sich nicht blamieren. Sie sollte sich von ihm verabschieden, in ihre Wohnung gehen und ihren Vibrator zum Einsatz bringen. Scheiß auf diese weiße Spitzenunterwäsche, die sie sich gestern gekauft hatte. Wieso hatte sie es eigentlich geglaubt, er würde nachgeben und mit ihr ins Bett steigen?

„Alles okay?" Firas sah sie fragend an. „Geht es dir gut, Sonja?"

„Ja. Alles gut." Sie nickte schluckend und richtete ihren abgerutschten Spagettiträger. „Ich ... Darf ich dich umarmen, Firas?" Das klang blöd. Sie würde es dennoch versuchen.

„Klar." Er stellte den Motor ab und drehte sich zu ihr. „Komm her."

Firas streckte ihr seinen Arm entgegen und sie hob sich vom Sitz, legte ihre Arme um seinen Hals. Ohne nachzudenken, küsste sie ihn zart auf die Wange und atmete den Duft seines Parfüms ein. Gott, dieser Duft vernebelte ihre Sinne. Ihre Lippen rutschten zu seiner Halsbeuge und leidenschaftlich liebkoste sie seinen Hals.

Er schloss seine Arme um sie und Sonja spürte seinen schweren Atem. Dann löste er sich sanft von ihr und sie setzte sich auf ihren Sitz.

„Sonja ... Was machst du? Was wird das?", fragte er leise.

Wie peinlich! Sie seufzte, wandte ihren Blick von ihm ab und legte ihre Hände auf die Knie. Ihr Herz schlug wilder als je zuvor, die Aufregung schnürte ihr die Kehle zu und ihre Stimme wurde heiser.

„Ich ... Dieser Kuss im Aufzug", begann sie stotternd und biss sich auf die Lippe. Gleichzeitig fragte sie sich, was sie aufhielt. Nein, sie war definitiv keine Verführerin. Und seine Geste war eindeutig gewesen. Er wollte keine Zärtlichkeiten. Blut schoss ihr ins Gesicht und ihre Hände wurden unangenehm kalt. Verstohlen sah sie ihn wieder an.

„Ich erinnere mich gerne an diesen Kuss im Aufzug“, sagte er und lächelte unerwartet. „Ich konnte mich nicht beherrschen. Schon wieder … Aber warum hast du mich jetzt geküsst?“

„Ich …“ Sollte sie die Tür aufmachen, ihm eine gute Nacht wünschen und nach Hause gehen? Nein. Sie hatte sich bereits blamiert. Also würde sie nichts verlieren, wenn sie es ihm direkt sagen würde. „Firas, ich will mit dir schlafen“, entsprang es rasch ihrem Mund und sie räusperte sich. „Ja, du hast richtig gehört. Ich sage es, wie es ist. Ich will nur eine Wiederholung unserer gemeinsamen Nacht. Ohne Verpflichtungen für uns beide.“

Schweigend sah er sie an und wirkte überhaupt nicht verwundert, eher aufgeregt. Im schwachen Laternenlicht sah sie, wie schnell sich seine Brust hob und senkte. Danach legte Firas seinen Kopf auf die Kopfstütze und richtete seinen Blick auf die Decke. Scheinbar dachte er über ihre Worte nach. Sonja holte tief Luft und berührte mit ihren Fingerspitzen seine Hand.

Himmel, was wird das jetzt? Warum sagte er nichts?

„Sonja.“ Firas kaute auf seiner Lippe und runzelte die Stirn, während sie ihre Augen von seinem mit schwachem Licht beleuchteten Gesicht nicht abwendete. „Meinst du es ernst? Oder … Spricht der Alkohol aus dir? Ich will nicht, dass du einen Fehler machst. Zudem … Zudem haben wir doch schon darüber gesprochen. Ich weiß, ich habe mich nicht beherrschen können. Aber willst du …?“ Er rieb sein Kinn und sah ihr in die Augen.

Sonja kratzte all ihren Mut zusammen. Und ob sie es ernst meinen würde. Wenn er keine Annäherung wollte, sollte er es ihr ins Gesicht sagen.

„Ich hatte nur ein Glas Wein", erwiderte sie. „Also nein, ich bin nicht betrunken und denke klar. Und ja. Ich weiß, wir hatten beschlossen, uns nicht mehr näher zu kommen. Aber keine Angst. Ich werde nicht wie eine Kette an dir hängen. Ich will nur deinen Körper, will Sex mit dir. Nicht mehr und nicht weniger. Nur noch eine Wiederholung."

Firas legte den Kopf schief und ein Seufzen entkam seiner Kehle. „Warum tust du mir das an?", fragte er mit heiserer Stimme. „Du weißt ... Du weißt, dass ich dir nicht widerstehen kann." Auch er wollte sie und kämpfte mit seinen Gefühlen.

Schweigend löste Sonja ihren Zopf. Ihre Handflächen fuhren durch ihre Locken. Mit einer schnellen Kopfbewegung verteilte sie ihr langes Haar auf ihren Schultern. Ihr Spaghettiträger rutschte erneut und diesmal zog sie ihn nicht hoch. Wie verzaubert sah Firas auf sie und in seinen Augen zeichnete sich unbändige Lust ab, die Sonja trotz des spärlichen Lichtes erkennen konnte.

„Du weißt wohl, was ich mache." Lustvoll biss sie sich an der Unterlippe. „Ja, wir haben viel miteinander gesprochen. Und dennoch wollen wir einander. Vielleicht sollen wir es noch einmal tun, um unser Verlangen ein für alle Mal zu stillen?"

Er schüttelte den Kopf. „Aber wir sind doch ..." Während er noch diese Worte sagte, löste er seinen Sicherheitsgurt und Sonja beugte sich zu ihm, berührte mit der Hand seine Wange.

„Freunde", beendete sie den Satz. „Jetzt sind wir Freunde. Keine Kollegen. Niemand wird etwas davon erfahren. Das bleibt unter uns. Für immer. Nur du und ich."

In der nächsten Sekunde legten sich seine Lippen auf ihre und verführten sie zu einem wilden Kuss. Sonja schloss die Augen, während sie ihre Lippen öffnete und sich ihm hingab. Seine Hände umfassten ihr Gesicht und seine Finger kraulten in ihren Haaren. Ein leises, genussvolles Stöhnen entkam ihrer Kehle.

„Komm." Sonja legte ihre Hände auf seine Schulter und löste sich sanft von ihm. „Komm mit mir!"

„Willkommen", flüsterte Sonja und sperrte ihre Wohnungstür auf. Zwei Nachtlichter spendeten ihrem Flur eine gedimmte Beleuchtung und sorgten für eine romantische Atmosphäre.

„Da wohnst du also." Firas schloss die Tür, lehnte sich an die Wand an und zog seine Schuhe aus.

Sonja lächelte. „Davon gehe ich aus", sagte sie witzelnd.

„Es gefällt mir … hier." Er ließ seinen Blick über den Flur streifen. „Zumindest, was ich sehe, ist sehr schick. Du hast einen guten Geschmack, Sonja."

„Danke. Komm rein!" Schnell huschte sie zum Wandspiegel und warf einen Blick auf sich. Gott, sah sie zerzaust aus! Nur in Filmen waren Frauen selbst nach der wildesten Nacht ihres Lebens immer noch perfekt gestylt.

„Du siehst sehr heiß aus."

Firas war hinter sie getreten und legte seine Hände auf ihre Taille. Ein genussvolles Schaudern durchlief ihren Körper, als er ihre Haare sanft zur Seite strich und seine Lippen liebkosend ihren Nacken berührten. Dann legte er eine Hand streichelnd auf ihren Bauch und schob sie unter den Saum ihres Tops. Sonja öffnete halb ihre Lippen und drehte sich zu ihm, legte ihre Arme um seinen Hals.

„Mach weiter", stöhnte sie, während Firas sie vom Spiegel wegführte und sie vorsichtig mit dem Rücken an die Wand anlehnte.

„Du bist so sexy", flüsterte er ihr zu und sein heißer Atem streifte über ihre Lippen. Mit einem lusterfüllten Blick sah er ihr tief in die Augen und seine Hände glitten ihren Rücken entlang, bis seine Finger den Verschluss ihres BHs erreicht hatten.

Kurz dachte sie über den gefloppten Abend mit Yannik nach. Sie hatte damals die richtige Entscheidung getroffen. Von dieser unglaublichen Anziehung, die sie gerade überwältigte, hatte damals jede Spur gefehlt und deshalb hätte es mit Yannik nie funktionieren können.

Sonja stockte der Atem. Sie presste die Hände in seinen Nacken und Firas verschloss ihre Lippen mit einem leidenschaftlichen Kuss. Langsam öffnete er ihren BH und zog ihr das T-Shirt hoch. Für einen Moment löste sie sich von ihm, hob ihre Arme und mit einer schnellen Bewegung erlöste Firas sie von diesem Kleidungsstück.

„O Gott", stöhnte er leise und schaute auf ihre Brüste.

Sein Blick erregte Sonja bis ins Unermessliche. „Zeig mal, was du da hast", lächelte sie. „Ich will es sehen!" Entschieden schob sie ihre Hände unter sein T-Shirt und streichelte über seinen festen Bauch, leckte dabei lustvoll über ihre Lippen.

Sie wollte ihn nackt sehen. Am besten sofort.

„Zieh es aus", flüsterte sie und er gehorchte, streifte sein T-Shirt über den Kopf und warf es auf den Boden. Erneut biss sich Sonja auf die Unterlippe, als sie seinen Oberkörper sah. Firas hatte sie nicht enttäuscht. Er hatte einen breiten Brustkorb und flache kantige Bauchmuskeln. Wow. Nie hätte sie sich erträumen können, so einen sexy Teamleiter zu haben. Geschweige denn, ihn zu vögeln.

„Komm, ich trage dich ins Bett." Firas keuchte und vergrub seine Hand in ihren Haaren, massierte Sonjas Hinterkopf. „Ich will sie ..." Sein Blick glitt zu ihren Brüsten. „Ich will sie auf meiner Haut spüren."

„Dort ist das Schlafzimmer." Sonja hatte auf eine halb offene Tür am Ende des Flurs gezeigt und Firas beugte sich zu ihr, schob seine Hände unter ihren Po. Daraufhin hob er sie mühelos hoch und gleichzeitig schlang sie ihre Arme und Beine um ihn. „Oh ja, das fühlt sich unglaublich an", flüsterte sie, während ihre Brüste an seiner Haut rieben.

„Deine Augen ... Sonja ..." Firas' Blick füllte sich mit Lust und Begehren, derweil er sie zum Schlafzimmer trug, und Sonja schenkte ihm ein Lächeln. Dieser Kerl brachte sie dazu, dass sie sich als jemand Besonderes fühlte und das hatte seit einer ganzen Weile keiner geschafft.

Firas drückte die Tür mit seiner Schulter auf und betrat ihr Schlafzimmer. Er blieb vor dem Bett stehen, vergrub sein Gesicht in ihrem Hals und setzte seine Zunge ein, sodass sie überall Gänsehaut bekam.

„Himmel, was tust du da?", brachte sie über ihre Lippen und er sah sie an, lächelte dabei sein spitzbübisches

Lächeln, bevor er seine Zunge erneut über ihre Halsbeuge kreisen ließ. Dann legte er sie vorsichtig aufs Bett und schob sich über sie, legte seine Hände auf beiden Seiten ihrer Schultern ab.

„Versteh mich nicht falsch, aber deine Brüste sind unglaublich", sagte Firas und sein Blick streifte über ihren nackten Oberkörper. „Sie sind ... so schön. Ich kann nicht aufhören, sie anzusehen." Mit den Fingerspitzen streichelte er über ihren Busen und berührte ihre hart gewordenen Nippel. „Allein ihr Anblick erregt mich wie nie."

Sonja schenkte ihm ein zärtliches Lächeln und streichelte sachte über sein Gesicht und sein Haar, berührte mit ihrem Zeigefinger seine vollen Lippen. „Komm hier runter und nimm sie dir.", flüsterte sie ihm zu. „Aber zuerst ... Küss mich!"

„Ich bin zu groß und vielleicht ein Ticken zu schwer, um auf dir zu liegen", erklärte Firas besorgt.

Entschieden legte sie ihre Hand in seinen Nacken. „Keine Sorge. Damit werde ich fertig." Sie zog seinen Kopf herunter und Firas ließ sich auf sie fallen, presste dabei seinen Körper gegen ihren. Sonja wurde seine Größe erst bewusst, als er mit der ganzen Länge auf ihr lag. Aber du Gütiger, allein ihn auf sich zu spüren, fühlte sich so gut an! Sein Glied rieb durch seine Jeans zwischen ihren Beinen. Ein Schwall Hitze hüllte sie ein und brachte sie dazu, ihm entgegenzukommen, sich aufzubäumen in Richtung dessen, was sie mehr als alles andere wollte. Ihr Unterleib zog sich zusammen, sie umfasste sein Gesicht mit beiden Händen und seine Lippen verschlossen ihre mit einem wilden Zungenkuss. Nach einer Weile wechselte Firas zu ihrem Hals, küsste zärtlich ihre Kehle und ein genussvolles Seufzen entkam ihren Lippen.

„Oh ja …" Sie legte ihre Hände auf seinen muskulösen Rücken und streichelte liebevoll darüber. Mit stark pochendem Herzen vernahm sie, wie seine Lippen zu ihren Brüsten glitten und sein heißer Atem über ihre nackte Haut streifte. Schließlich stützte er sich auf seine Ellenbogen und kreiste mit seiner Zunge über ihre harten Nippel, saugte gefühlvoll an ihnen. Sein Zungenspiel steigerte ihre Lust ins Unermessliche und Sonja seufzte ungeduldig.

„Mhh", knurrte Firas.

Himmel, das Vorspiel war wunderschön, aber sie brauchte ihn einfach in ihr. Jetzt. Mochte sein, dass sie oberflächlich war, aber das war ihr jetzt egal. Am liebsten würde sie sich und ihm diese verdammten Hosen vom Leib reißen und mit ihm schnell das machen, weswegen sie eigentlich hier waren.

„Alles okay?" Kurz hob er seinen Kopf und sah ihr in die Augen.

Mit ihren Fingerspitzen fuhr Sonja über seinen Hals. Ihr Körper zitterte erwartungsvoll, pulsierte und sie war feucht wie noch nie, aber sie bekam keine Luft. „Ja. Warum?"

„Du atmest irgendwie schwer", stellte er fest.

Sonja konnte sich ein Grinsen nicht verkneifen. Sie zog sich auf dem Bett hoch, legte ihren Kopf auf das Kissen und atmete tief ein und aus. Ihre Vagina war angespannt wie schon lange nicht mehr, die Klitoris angeschwollen und pulsierte heftig. Mit Sicherheit würde sie auch nur durch eine sanfte Berührung zum Orgasmus kommen.

„Wenn du mich so verwöhnst, kann ich nicht ruhiger atmen. Ich will dich in mir haben", gab sie zu.

Firas zog eine Augenbraue hoch und legte sich neben sie, bedeckte ihre Brust mit seiner Hand. Sachte massierte er sie, was Sonja Blitze durch den Körper jagte.

„Ich habe den Eindruck, dass dein letztes Mal schon eine Weile her ist", sagte er. „Soll ich langsamer machen?"

„Um Gottes willen, nein! Du bringst mich um! Und ja, es ist eine Weile her. Daher bin ich so ungeduldig." Sie konnte nicht länger warten. Er sollte sie nehmen, auf der Stelle!

Firas lächelte und strich mit seiner Hand über ihre glühenden Wangen, küsste sie danach auf die Stirn.

„Firas …", stöhnte Sonja. „Auf was wartest du denn?"

„Du bebst vor Verlangen. Ich habe eine bessere Idee." Entschieden erhob er sich und glitt zu ihren Beinen herunter. „Erst einmal …" Er knöpfte ihre Hose auf. Sonja winkelte ihre Beine an, hob den Po und mit einer schnellen Bewegung zog Firas ihr die Hose aus.

„Wow, was für schöne Beine", bewunderte er sie und legte seine Hände auf ihre Knie.

„Was für eine Idee?", keuchte Sonja. „Was hast du vor?"

„Warte ab, sei nicht ungeduldig. Was ich vorhabe, wird dir gefallen." Firas spreizte ihre Beine und legte sich dazwischen. „Entspann dich und lass mich einfach machen." Er streichelte sachte über ihre warmen Schenkel und küsste jeden abwechselnd, arbeitete sich mit seinen Lippen ihrer Vagina entgegen.

Wollte er etwa …?

Himmel. Dieser Mann versuchte anscheinend wirklich, sie umzubringen.

Sanft berührte Firas mit seinen Lippen und seiner Zunge ihre Haut zwischen ihren Schenkeln, bis er an ihrem weißen, hauchdünnen Spitzenhöschen angelangte. Das letzte Hindernis zwischen seinem Mund und ihrer Vagina. Sonja stieß ein leises Keuchen aus und streichelte ihre Brüste. Wie gut, dass sie gestern nach der Arbeit noch schnell zu einem Dessous-Shop gegangen war! Wie es sich gerade herausstellte, war es die absolut richtige Entscheidung gewesen!

„Ein hübsches Höschen. Du bist gemein, Sonja", murmelte Firas, während er den dünnen Stoff zur Seite schob und seine Hand auf ihren Unterleib legte. Pulsierende Funken des Verlangens breiteten sich in ihrer Klitoris aus und strömten durch ihre Nervenbahnen durch ihren Körper. Sie richtete sich auf den Ellenbogen auf und drückte ihr Becken gegen seine Hand.

„Ich komme gleich allein von dem, was du hier machst, Firas", stieß sie gepresst hervor. Die Erregung schnürte ihr die Kehle zu, ließ ihren Atem stocken und ihr Herz hämmerte in ihrer Brust, dass sie Angst hatte, es würde gleich herausbrechen.

„Das ist ja auch mein Plan", entgegnete er ihr frech grinsend. „Ich will, dass du jetzt kommst."

Er zog ihr Höschen aus und legte seinen Mund an ihren Schlitz. Sonja war überwältigt von seinen Lippen und seiner Zunge, die über ihre Vagina glitt und flink um ihre Klitoris kreiste. Aufstöhnend fiel sie zurück und krallte sich mit den Fingern in die Bettlaken.

Sie ließ ihn einfach machen, sich verwöhnen. Dieser Kerl wusste, was er tat. Noch nie hatte sie Sex so sehr genossen wie heute. Ein lautes Stöhnen entkam ihren Lippen, als Firas mit seinen Fingern ihre Schamlippen sanft auseinanderspreizte und sie vorsichtig in ihre Vagina schob. Beinahe schrie sie vor unbändiger Lust, als er ihren G-Punkt getroffen hatte und ihn mit kreisenden Bewegungen massierte.

„Oh Firas", stöhnte Sonja und krallte sich in sein Haar, als er sie an den Rand des Höhepunktes gebracht hatte. „Ich ... Ich komme gleich!", wimmerte sie.

Er saugte und leckte an ihrer Klitoris, massierte dabei mit dem Daumen ihre Schamlippen und begann mit den Fingern seiner anderen Hand hart zu stoßen. Er erhöhte sein Tempo, seine Fingerbewegungen wurden heftiger und ihr Stöhnen sehnsüchtiger. Sonja schrie laut auf, als sie unter ihrem Orgasmus heftig zitterte.

Noch eine Weile lag sie keuchend und vom Orgasmus überwältigt breit lächelnd da. Firas legte sich zu ihr und streichelte zart über ihren Bauch, küsste sie dabei auf die Wange.

„Geht es dir gut?" Seine Stimme klang tief und seine Augen wurden dunkler.

„Firas ... Das war unglaublich", flüsterte sie schwer keuchend und fuhr mit ihren Fingern über sein Kinn. „Du hast meinen Saft am Gesicht."

„Dein Saft macht mich scharf", entgegnete er und seine Nasenflügel weiteten sich, als sie ihre Finger ableckte. „Jetzt können wir die Sache langsamer angehen und Sex genießen."

„Zieh dich doch endlich aus", flüsterte sie und zog ungeduldig an seiner Kleidung.

Firas lachte leise. „Du bist richtig heiß, Mädchen. Du hast nicht mal eine Pause gehabt."

„Zieh dich aus", beharrte sie und setzte sich auf. „Am besten im Stehen."

„Wie du es dir wünschst." Er stand auf und ließ seine Hose zu Boden fallen. Sonja leckte sich über die Lippen, als sich die Kontur seiner Erektion deutlich unter seinen Pants abzeichnete. „Lass mich", sagte sie, rutschte schnell auf die Längsseite des Bettes, griff nach seinen Pants und zog sie ihm aus.

Sein Penis war hart und prall. Sachte berührte sie ihn oben, am empfindlichsten Teil und ließ ihre Finger einige Male über seine Eichel kreisen. Danach fasste sie Firas knackigen Hintern an, kreiste zwischenzeitlich mit ihrer Zunge über seinen Penis und ließ ihre Hand auf ihm auf und abgleiten.

„Was machst du da?", entkam es seinen Lippen.

Grinsend hob sie ihren Kopf. „Leg dich hin."

Firas zögerte einen Moment, folgte dann ihrer Bitte und sie kniete über ihm. Verdammt, dieser Anblick gefiel ihr! Es gefiel ihr, ihn so erregt in ihrem Bett liegend zu sehen. Mit ihm Dinge anzustellen, die sich bisher nur in ihrer Fantasie abgespielt hatten.

„Lass mich jetzt dich verwöhnen." Sonja gab ihm einen heißen Kuss auf die Lippen und kroch nach unten. Sie ließ ihre Zunge über seine Eichel gleiten. Langsam, sehr langsam. Firas stöhnte auf, als sich ihre Lippen um seinen Penis legten und sie ihren Mund auf und ab bewegte, mit der Zunge über seine empfindliche Haut fahrend.

„Oh Sonja“, stöhnte er und sie spürte, wie er mit seinen Fingern ihre Kopfhaut massierte. „Sonja … Himmel …“

Sein Stöhnen erregte sie immens. Sonja hörte nicht auf, ihren Mund zu bewegen und ihn gleichzeitig an seiner Brust zu streicheln. Ab und zu sah sie zu ihm auf. Er hatte die Augen geschlossen, seine Stirn legte sich in Falten und seine Brustmuskeln spannten sich an. Seine Lippen waren geöffnet und ihnen entkam ein lustvolles Keuchen.

Noch nie war Sonja so hemmungslos gewesen und wunderte sich darüber, wie frei sie sich dabei fühlte!

„Sonja!“ Firas stützte sich auf seinen Ellenbogen und verblüfft blickte sie auf ihn. „Komm zu mir“, bat er sie. „Bitte.“

Hatte es ihm nicht gefallen?

„Alles okay?“, erkundigte sie sich und kroch zu ihm, woraufhin er ihr Gesicht umfasste und es zu sich zog. Sie konnte seine Erektion an ihrem Schenkel spüren, als sie sich zu ihm legte.

„Das, was du unten gemacht hast, war himmlisch. Aber … Küss mich“, sagte Firas und ohne auf ihre Antwort zu warten, presste er seine Lippen auf ihre, ließ seine Zunge in ihren Mund gleiten. Nachdem er dieses Verlangen gestillt hatte, ließ er sie kurz los. „Ich will dich. Sofort!“, raunte er und erregte sie damit noch heftiger.

Sonja richtete sich auf ihm auf und tippte sanft auf seiner Brust. „In der Schublade in meinem Nachttisch sind Kondome“, sagte sie ihm. „Warte.“

Firas leckte mit der Zunge über seine Lippen. Sonja beugte sich zum Nachttisch und ließ ihre Brüste über sein Gesicht streifen. Aus der Schublade fischte sie eine Packung Kondome raus.

„Lass es mich machen", flüsterte sie ihm ins Ohr, knabberte daraufhin an seinem Ohrläppchen und ein leichtes Zittern, das über seinen Körper ging, zeigte ihr abermals, wie scharf er auf sie war.

Sie rutschte wieder nach unten, öffnete schnell die Packung und nahm seinen Penis noch einmal in den Mund, um ihn mit der Zunge zu verwöhnen, bevor sie ihm das Kondom überstreifte.

„Du Verführerin!" Firas sah sie mit einem Blick voller unbändiger Lust und Leidenschaft an.

Als sie sich wieder auf ihn gelegt hatte, verschmolzen ihre Lippen erneut zu einem Kuss und gemeinsam drehten sie sich um.

Endlich. Wie lange hatte sie darauf gewartet! Kein Vibrator der Welt konnte das ersetzen, was sich gerade in ihrem Schlafzimmer abspielte.

„Mach ", stöhnte sie und legte ihren Kopf auf das Kissen. Sie schlang ihre Arme um Firas, strich über seinen muskulösen Rücken und ein lauter genussvoller Stoß-seufzer entkam ihrer Kehle, als sie ihn tief in sich spürte. Ein Feuer aus Leidenschaft und Verlangen raubte ihr die Sinne, als er in sie stieß, sich in ihr lang-sam hin und her bewegte.

Während er das tat, schmiegte sie sich hingebungs-voll an ihn und er streichelte mit seiner Zungenspitze ihre Lippen. Ununterbrochen sahen sie sich in die Au-gen und Sonja hatte das Gefühl, in seinem hungrigen Blick zu ertrinken. Sie zog seinen Kopf zu sich und küsste ihn.

Plötzlich machte Firas langsamer und küsste sie erneut. Dabei zog er sich fast vollständig aus ihr zurück und tauchte erneut in sie ein.

„Du quälst mich", stöhnte Sonja, während er das abermals tat.

„Wir haben alle Zeit der Welt. Oder? Ich will dich kommen sehen. Dir dabei zusehen. Ich will, dass du den Sex mit mir genießt", sagte er und knabberte leicht an ihren Lippen.

Unglaublich. Firas ging es in erster Linie darum, sie zum Höhepunkt zu bringen. Diese süße Qual, die er ihr bescherte, stachelte ihre Lust noch weiter an. Sonjas Körper war wie elektrisiert und jede noch so kleine Berührung jagte ihr Schauer durch den Körper.

„Firas ... Es ist so ... unbeschreiblich ..." Ein Seufzen entkam ihren Lippen. Sie konnte sich nicht erinnern, jemals eine solche intime Verbindung beim Sex gespürt zu haben. Was fühlte Firas gerade? Wahrscheinlich war das für ihn nur eine gelungene Nacht. Das sollte ihr aber egal sein. Schließlich hatte sie, was sie wollte: Spaß. Eine neue Spannungswelle erfüllte sie und schoss in ihren Unterleib, brachte sie noch näher an den Rand des Orgasmus. Sie hob und senkte ihre Hüften, ließ ihr Becken kreisen. Verdammt, sie würde bald kommen. Zum zweiten Mal heute.

„Härter", bat Sonja mit zitternder Stimme und griff mit ihren Händen nach dem metallischen Bettgestell. „Fester, Firas! Ich komme gleich ..."

Er erfüllte ihren Wunsch, griff nach ihrem Knie und winkelte ihr Bein an. Danach stieß er fester, härter und schneller zu, ließ sie dabei nicht aus den Augen. Sonja hielt sich am Bettgestell fest und öffnete ihren Mund. Ein lautes Stöhnen entkam ihren Lippen.

„Gott, ich liebe deine Brüste", flüsterte Firas, ließ dann ihr Bein runter und stützte sich über ihr ab. Leidenschaftlich küsste er ihre Brüste und saugte an ihren steifen Nippeln. Danach presste er seine Lippen auf Sonjas Mund, während sie ihre Beine um ihn schlang und in seinen Haaren kraulte.

„Ich will dich kommen sehen", wiederholte er laut, indem er seine Lippen für eine Sekunde von ihren löste. Er hielt seine Hüften weg von ihr und stieß schneller und härter als zuvor, drang noch tiefer in sie ein. Sonja ließ das Bettgestell los und umfasste seine Schultern.

„Firas ... Oh ja!" Sonja konnte ihren Lustschrei nicht unterdrücken, als ihr Körper förmlich explodierte und ein heftiger Orgasmus von ihr Besitz ergriff. Laut aufschreiend presste sie ihren Unterleib gegen seinen und umklammerte erneut das Bettgestell. Sie spürte, wie sich sein Bauch anspannte und sah, wie er seine Augen rollte. Mit ihren Fingern griff sie nach seinen Nippeln und drückte sie leicht zusammen.

Ja, er liebte es. Firas warf seinen Kopf zurück und schloss die Augen, presste seinen Unterleib noch fester gegen ihren, während er zum Höhepunkt kam.

„Sonja ...!", rief er ihren Namen. „Sonja ...!"

„Was war das?" Firas war ganz außer Atem und sank heftig keuchend auf sie nieder.

„Das war der beste Sex meines Lebens." Mit einer zarten Handbewegung strich Sonja ihm eine Haarsträhne aus seiner verschwitzten Stirn und küsste ihn. Schweigend genossen sie diese kostbaren Momente, die der

Orgasmus ihnen beschert hatte. Als sie wieder zu sich gekommen waren, lösten sie sich voneinander. Firas hatte sich auf den Rücken gelegt und streifte das Kondom ab. Er verknotete es mit geübten Griffen und ließ es neben das Bett fallen, bevor er sich auf seinen Ellenbogen stützte und sie mit einem liebevollen Blick betrachtete. „So etwas hatte ich noch nie", sagte er. „Du bist unglaublich, Sonja. So sexy und so zärtlich. Du hast mich in den Wahnsinn getrieben."

„Oh ja ..." Ihr Puls raste immer noch und der Atem stockte. „Und du ... Was du da mit mir gemacht hast, habe ich noch nie erlebt. Hätte es mir nie erträumen können."

Kurzzeitig wurde sein Gesicht nachdenklich. Firas setzte sich aufrecht, rutschte zum Bettgestell und lehnte sich an. Mit der hauchdünnen Sommerdecke deckte er sich bis zum Bauch zu. Etwas beschäftigte ihn und Sonja fragte sich, was in seinem Kopf vor sich ging.

„Ist das, was zwischen uns eben war ... Ist es wirklich okay für dich?", fragte er prompt. Mit einem verwegenen Lächeln sah sie ihn an.

„Ja, ist absolut in Ordnung. Ich habe es dir doch gesagt, Firas. Ich will einfach nur Spaß haben. Wie sich herausgestellt hat, war meine Entscheidung richtig gewesen. Ich hatte ihn gerade. Sehr viel sogar."

„Komm her! Ich will dich neben mir haben." Einladend hatte er seinen Arm ausgestreckt und sie rutschte zu ihm, legte ihren Kopf auf seine Brust und lauschte seinem Herzschlag, der sogar um einiges schneller ging als ihr eigener. Mit seiner anderen Hand streichelte er ihren Kopf und küsste sanft ihren Scheitel.

„Schau mich bitte an", bat er sie schließlich und glücklich lächelnd hob sie den Kopf und sah ihm in die Augen.

„Sonja ..."

„Ja?"

„Ich weiß nicht, wie es dir geht. Aber ich würde gerne diese Nacht wiederholen. Mehrmals", sagte er leise. „Ich weiß nicht, ob jetzt ein passender Moment ist, darüber zu sprechen. Aber ich muss es dir sagen. Ich kann nicht länger schweigen, Sonja."

Seine Stimme klang etwas aufgeregt. Oder bildete sie sich das ein? Jedenfalls gefiel ihr die Vorstellung, nochmals mit ihrem Teamleiter zu schlafen, und das äußerte sich in der verräterischen Gänsehaut, die ihre Arme bedeckte.

„Sollen wir uns ab und zu just for fun treffen?" Sonja setzte sich aufrecht und legte ihren Kopf schief. Erneut glühten ihre Wangen und ihr Unterleib zog sich zusammen. Dieser Gedanke törnte sie immens an.

„Wenn auch du es willst, ja. Just for fun", sagte er lächelnd. „Das klingt gut."

Ohne ihm eine weitere Antwort zu geben, umarmte Sonja ihn und presste ihre Lippen auf seine Wange. Firas zog sie zu sich. Sie öffnete ihre Lippen und empfing seinen Kuss. Schon wieder. Ihr Bauch kribbelte erneut und Sonja setzte sich auf seinen Schoß. Firas löste sich von ihren Lippen und legte die Hände auf ihre Brüste. Er begann sie leicht zu massieren und sofort spürte Sonja seine Erektion.

„Bist du schon wieder einsatzbereit?", fragte sie. Sie lächelte verschmitzt und musste sofort aufstöhnen, als er an ihrem Nippel knabberte.

„Klar." Er hob den Kopf und sah ihr tief in die Augen. „Wir haben die ganze Nacht vor uns. Oder möchtest du ins Bettchen?", witzelte er.

„Ich bin schon im Bettchen", lachte sie. „Und nein, ich will dort nicht schlafen." Kreisend bewegte sie ihr Becken und rieb mit ihrer Vagina an seinem steifen Glied. „Ich habe ganz andere Pläne …"

„Ich merke es oder besser gesagt, ich spüre es. Auch du bist schon bereit." Firas legte seine Hände auf ihren Po und drückte ihn fest. „Du hast aber einen Knackpo! Und dein ganzer Körper … Wahnsinn!" Er schnalzte mit der Zunge und sie lachte.

„Zeig mir, was du draufhast", flüsterte sie in sein Ohr und seine Antwort, begleitet vom verführerischen Zwinkern, ließ ihren Körper angenehm vibrieren.

„Ich habe ein paar Ideen, was ich mit dir anstellen werde. Es wird dir gefallen", gab er ihr zur Antwort. „Und jetzt küss mich! Ich kann es kaum erwarten."

Kapitel 8:
Der gemeinsame Morgen

Firas

Firas betrachtete die tief schlafende Sonja und ein glückliches Lächeln umspielte seine Lippen, als er an die zweite gemeinsame Nacht zurückdachte. Diese Nacht war sogar wilder und sinnlicher gewesen als die erste, denn sie kannten sich. Sie hatten einander jeden Wunsch von den Augen abgelesen und waren innig miteinander verbunden gewesen.

Er hatte alles getan, um Sonja die Zeit mit ihm genießen zu lassen. Ihr vor Genuss bebender Körper und ihr lustvolles Stöhnen hatten ihn bis ins Unermessliche erregt. Drei Mal hatten sie es miteinander getrieben und nur die Erschöpfung hatte sie dazu gebracht, voneinander abzulassen und nach einer schnellen Dusche tief einzuschlafen. Firas betrachtete ihr friedliches Gesicht und strich ihr einige Haarsträhnen hinters Ohr. Sie murmelte etwas Unverständliches und drehte sich auf die andere Seite.

Firas grinste. Sie war immer noch müde und schlief in himmlischer Ruhe. Aber auch er war ganz schön erledigt. Sie beide hatten sich vollkommen verausgabt.

Sein Handy lag neben ihm auf dem Nachttisch. Es blinkte und zog seine Aufmerksamkeit auf sich. Innerlich seufzend nahm Firas es in die Hand und sah darauf. Mist. Zwei Anrufe in Abwesenheit und drei Whatsapp-Nachrichten.

„Wer will was von mir am Sonntag um neun Uhr morgens?", brummte Firas und öffnete die Nachrichten.

Layla.

Wie siehts aus, Firo? Kommst du morgen Abend zu uns?

Eine Nachricht von gestern Abend. Für einen Moment hoben sich seine Mundwinkel. Gestern hatte er keine Zeit gehabt, auf sein Handy zu schauen, geschweige denn zurückzuschreiben. Ehrlich gesagt, hatte er gar keinen Gedanken an das Gerät verschwendet.

Die nächste Nachricht ließ ihn missmutig schauen.

Wo bist du denn? Mama hat versucht, dich anzurufen. Alles gut bei dir? Melde dich!

Ungeduldig scrollte Firas weiter. Noch eine Nachricht von Layla.

Na toll. Plötzlich fühlte er sich wie ein Junge, der zu spät nach Hause gekommen war. Er sollte dringend Mama anrufen. Die zwei Anrufe in Abwesenheit waren nämlich von ihr gewesen.

Firas setzte sich auf und schwang die Beine über die Bettkante. Daraufhin vergrub er die Finger in seinen Haaren und atmete tief durch. Er schlüpfte in seine Jogginghose und hielt nach seinem T-Shirt Ausschau.

Egal. Jetzt würde er schnell telefonieren und danach das T-Shirt suchen. Mit leisen Schritten verließ Firas das Schlafzimmer und betrat den Flur.

Sonja hat einen guten Geschmack. Wirklich.

Für einen Moment blieb er im Flur stehen und sah sich um. In einer Ecke stand ein Garderobenständer in der Form eines Baums. Daneben ein weißer Schuhschrank. Auf dem gefliesten Boden lag ein Bambusteppich. Weiter vorne stand ein kleines weißes Sideboard und auf ihm sah Firas zwei Zimmerpflanzen.

Zu der Zeit machte sich seine Blase bemerkbar und er begab sich ins Bad. Nachdem er fertig war, schlich er sich in ein größeres Zimmer gegenüber des Schlafzimmers.

Er hatte sich nicht geirrt. Das war das Wohnzimmer.

Firas hatte sich ans Fenster gestellt, welches das Wohnzimmer vom breiten Balkon trennte und wählte Mamas Nummer. Anscheinend hatte sie ihr Handy in der Hand, weil sie nach dem ersten Klingeln dran ging.

„Firas?", ihre Stimme klang besorgt.

Er verspürte Gewissensbisse, sich bei ihr gestern Abend nicht gemeldet zu haben. Der himmlische Sex war keine Entschuldigung, die er seiner Mutter entgegenbringen konnte.

„Hallo Mama", flüsterte er und betrachtete die Aussicht. Es regnete in Strömen und große Regentropfen trommelten gegen die Fensterscheiben.

„Wo warst du? Ich habe mir solche Sorgen gemacht!" Mamas Stimme zitterte leicht. „Warum hast du weder angerufen noch geschrieben?"

„Mama, bei mir ist alles okay. Warum machst du dir Sorgen? Bin ich denn ein kleines Kind?"

„Du bist mein Kind, ob klein oder groß. Du meldest dich sonst immer. Nur gestern nicht. Seit du zu Jans Grillparty gegangen warst, habe ich nichts von dir gehört. Gut, dass ich deine Schwester erreicht habe. Sie konnte mir weiterhelfen."

Ein kalter Klumpen bildete sich in seinem Magen und sein Herz sackte in die Knie.

Nicht, dass Mama es wieder getan hatte …

„Hast du Layla darum gebeten, Jan anzurufen?", fragte er und kaute an seinem Daumennagel.

„Nein. Hatte ich aber vor. Zum Glück hast du dich bei Layla gemeldet. Sie hat gesagt, es ginge dir gut, und dass du nur Kopfweh hättest und ins Bett gegangen wärst. Du hättest mir aber davor eine kurze Nachricht schreiben können!", tadelte Mama ihn.

Gedanklich dankte Firas seiner Schwester für ihre Rettung. Sie hatte gewusst, dass auch Sonja zu Jans Party gekommen war, und hatte wohl geahnt, was der vermutliche Grund für seine Abwesenheit sein könnte.

Nachdem Layla ihre Eltern beruhigt hatte, hatte sie ihm dann wohl die Nachrichten geschrieben. Erleichtert atmete Firas auf. „Tut mir leid, Mama." Er zögerte kurz, bevor eine rasche Lüge seinen Lippen entsprang. „Ich hatte höllische Kopfschmerzen und habe nicht einmal gemerkt, wie ich eingeschlafen bin. Sonst hätte ich dir geschrieben. Du weißt es ja."

Nächstes Mal würde er das wirklich tun. Firas hasste es, seine Eltern anzulügen. Nur ging es manchmal nicht anders.

„Schon okay, Firo." Die Stimme seiner Mama klang wieder sanft und ruhig. „Kommst du heute Abend zu Layla und ihrem Mann? Um acht Uhr?"

Firas presste die Lippen zusammen. Insgeheim hoffte er, dass Sonja bei diesem Wetter etwas Zeit mit ihm verbringen würde.

Würde sie das überhaupt wollen?

Firas seufzte und verlagerte sein Gewicht von einem Bein aufs andere. Was sollte dieser Sinneswandel? Normalerweise würde er in seine Klamotten schlüpfen und nach Hause fahren. So hatte er das bisher gehandhabt bei allen Frauen, mit denen er je geschlafen hatte. Noch nie war er bei einer über Nacht geblieben, geschweige denn hatte den nächsten Tag mit ihr verbringen wollen.

Zudem wäre es gut möglich, dass Sonja heute ihre eigenen Pläne hatte.

Ich warte, bis sie aufwacht und verabschiede mich dann. So einfach abzuhauen wäre unschön, schoss ihm ein Gedanke durch den Kopf. Schließlich werden wir uns ja wieder begegnen. Spätestens morgen auf der Arbeit.

„Ja, ich denke, ich komme", sagte er zu Mama und rieb die Handfläche an seinen Bartstoppeln. „Ich melde mich später nochmals bei dir. Oder bei Layla."

„Du denkst, dass du kommst?", wiederholte Mama seine Worte. „Weißt du das nicht?", hakte sie nach und ihre Stimme klang verwundert.

„Ich ... Ich habe immer noch etwas Kopfweh und mir ist irgendwie schwindelig. Ich lege mich noch mal hin", kam es flink seinen Lippen. „Wenn es mir besser geht, komme ich natürlich mit."

„Okay, mein Lieber. Leg dich hin", sagte Mama fürsorglich. „Ich glaube, du arbeitest viel zu viel. Und du übertreibst mit dem Sport. Iss unbedingt etwas und nimm eine Kopfwehtablette. Und vergiss nicht, zu trinken. Wenn es dir besser geht, kannst du dich vielleicht bei Aliya melden. Sie hat nach dir gefragt."

Verdammt. Seit dem Ausflug nach Merzig hatte er sich nicht gemeldet. Aliya hatte ihm ein paar Mal geschrieben und gefragt, ob er denn Lust hätte, mit ihr und ihrem Bruder auszugehen. Firas hatte höflich abgelehnt. Tatsächlich hatte er diese Woche sehr viel zu tun gehabt und war nicht vor neun Uhr abends nach Hause gekommen. Der Gedanke an Aliya betrübte ihn für einen Moment. Fuhr er etwa zweigleisig? Handelte er wie ein Arschloch? Wie diese Kerle, die gleichzeitig auf mehreren Hochzeiten tanzten und deren Handlungsweise er verabscheute?

Er dachte an das Gespräch mit Layla zurück. Seine Schwester hatte recht. Er hatte weder Aliya noch ihrer Familie etwas versprochen und sollte aufhören, sich schuldig zu fühlen. Schließlich war er nicht in einer Beziehung und durfte tun, was er wollte.

„Keine Sorge. Ich passe auf mich auf“, beruhigte Firas sie. „Und ja, ich schreibe Aliya. Dann bis später, Mama. Bussi!“

Er hatte sich von ihr verabschiedet, sperrte das Handy und schob es in die Hosentasche. Dann trat er vom Fenster weg und streifte mit dem Blick über das helle Wohnzimmer. Gerade hatte er überhaupt keine Lust, an etwas anderes als an Sonja und ihren bildhübschen Körper zu denken.

Das Wohnzimmer war einfach, aber stilvoll eingerichtet. Neben dem Fenster stand ein großflächiges graues Ecksofa. Davor befand sich ein weißes Sideboard mit einem Fernseher darauf. An der Decke über dem Sofa hing eine Pendelleuchte mit einem breiten Papierschirm. Zwischen dem Sideboard und der Tür, die zum Flur führte, platzierten sich ein Esstisch mit vier Stühlen. Neben dem Sofa stand ein kleines Bücherregal, das seine Aufmerksamkeit auf sich zog.

Was las Sonja denn gerne?

Kurz hielt Firas inne und sah sich den Inhalt des Bücherregals an.

Ihm präsentierte sich eine beeindruckende Sammlung von Büchern über Kunst und Kunstgeschichte. Von der Antike bis zu der modernen Zeit. Dazwischen mischten sich Lehrbücher der Chemie, die wohl aus Sonjas Studienzeiten erhalten geblieben waren und etliche Kochbücher.

Vorsichtig nahm Firas ein Buch mit der großen Aufschrift „Michelangelo“ in die Hände und blätterte darin. Das Buch enthielt die Biografie des Künstlers und erzählte von seinen bekanntesten Werken sowie ihren

Entstehungsgeschichten. Zwischen den Seiten des Buches lag ein kleines Blockblatt. Vermutlich erfüllte es die Aufgabe eines Lesezeichens. Neugierig öffnete Firas diese Seite, warf einen flüchtigen Blick auf das Blatt und beschämt schlug er das Buch zu.

Auf dem Papierblatt stand etwas Handgeschriebenes. Der Text ging ihn nichts an. Er enthielt etwas Persönliches und er sollte endlich damit aufhören, ihre Sachen zu durchwühlen.

Andererseits …

Firas hielt inne.

Seine Neugier hatte gewonnen und erneut schlug er das Buch auf.

Das Blatt überdeckte ein seitengroßes Foto von der Sixtinischen Kapelle.

Diesen Ort zu besuchen ist mein absoluter Traum

stand dort in einer akkuraten Schrift geschrieben.

Eines Tages werde ich mir ihn erfüllen und zum Vatikan reisen, um diese Faszination mit eigenen Augen zu sehen.

Unten war das Datum angebracht.

Saarbrücken, den 08.06.2016.

Nachdenklich klappte Firas das Buch zu und stellte es zurück. Weil Sonja auf der Arbeit manche Dokumente händisch beschriftete, kannte er ihre Handschrift.

Demnach hatte er keine Zweifel, dass dieser Zettel von ihr geschrieben worden war.

Unfassbar, was einfache Gegenstände über ihren Besitzer verraten konnten! Vieles ließ sich herausfinden, wenn man aufmerksam genug war und auf kleine Details achtete. Firas rieb sich am Hinterkopf. Es war ein seltsames Gefühl, im Wohnzimmer seiner Arbeitskollegin zu stehen und sich eigenständig mit ihrem Lebensstil vertraut zu machen.

Sollte er lieber in die Küche gehen und einen Kaffee kochen?

Beinahe hätte er sich umgedreht und das Wohnzimmer verlassen, als ein großer Mehrfachbildrahmen über dem Sofa seine Aufmerksamkeit auf sich lenkte.

Über seine Neugier fluchend trat Firas zum Sofa und sah sich die Fotos an. Gleichzeitig verstärkte sich das beschämende Gefühl in seinem Inneren. Er kam sich wie ein Schnüffler vor, der sich zu viel Einblick in ein fremdes Leben erlaubte.

Würde Sonja aber Bilder aufhängen, die sie ihren Gästen nicht zeigen wollen würde? Eher nicht. Dieser Gedanke beruhigte sein Gewissen und Firas richtete seinen Blick auf die Fotos.

Sonja in ihrem gemeinsamen Freundeskreis. Sonja mit Jenny. Mit ihren Arbeitskollegen. Firas runzelte die Stirn, als er zwei Bilder mit Yannik gesehen hatte. Ihm war aufgefallen, dass Sonja keine Bilder mit ihren Eltern oder Geschwistern hatte. Mit einem flinken Blick streifte er abermals über das Wohnzimmer, sah jedoch keine weiteren Bilderrahmen. Dieser hier war der Einzige.

Erneut wandte er sich den Fotos zu. Eins ließ seinen Puls hochschlagen: Jans Verlobungsfeier. Der Tag vor mehr als zwei Jahren. Firas seufzte. Leider war er in den USA gewesen und konnte nicht dabei sein, Jan hatte ihm allerdings ein paar Bilder geschickt. Es war eine wunderbare Feier gewesen, die auf dem Lande mit Freunden und Verwandten stattgefunden hatte. Doch diesmal war es nicht die Feier, sondern etwas anderes lenkte seine Aufmerksamkeit auf das Foto.

Auf diesem Bild umarmte Sonja einen Kerl, der ihr einen Kuss auf die Wange drückte. Dabei grinste sie breit in die Kamera und ihre Augen strahlten vor Glück. Der Kerl sah recht gut aus. Er überragte Sonja um fast zwei Köpfe, hatte einen sportlichen Oberkörper und hätte attraktiv sein können, läge nicht ein Tropfen Bosheit in seinem Blick, der alles an ihm verdarb.

War es ihr Ex-Freund? Der Typ, der sie anscheinend wie Dreck behandelt hatte? Dessen bloßes Erwähnen einen betrübten Schatten über ihr Gesicht huschen ließ?

„Wahrscheinlich ist er das", grummelte Firas, ohne seine Augen vom Foto abzuwenden. „Dieser Vogel."

Aber wieso hing das Bild immer noch hier? Wieso hatte sie es nicht entfernt?

„Guten Morgen!", hörte er es auf einmal hinter sich und wirbelte herum. „Wieso bist du schon so früh auf den Beinen?"

Mit einem hinreißenden Lächeln stand Sonja im Türrahmen und er konnte nicht verhindern, dass ein Lächeln auch seine Lippen umspielte. „Guten Morgen!

Ich ... Ich war früher wach und habe mich hier auf Erkundungstour gemacht. Sorry", stammelte er verlegen
und trat vom Sofa weg.

„Macht doch nichts. Du kannst dich ruhig umsehen.
Ich habe keine Geheimnisse." Immer noch lächelnd
kam sie auf Firas zu und er schloss sie in seine Arme.

Ein angenehmer Schauer lief über seinen Rücken.
Sonja hatte sich einen weißen Seidenkimono überge-
worfen und dieser bedeckte nur bedingt ihren nackten
Körper. Als sie sich eng an ihn geschmiegt hatte, zuckte
sein Penis erneut. die

Er sah sie mit dem Blick eines leidenden Märtyrers
an. „Du bist gemein."

„Ui, wieso?" Sie sah ihm tief in die Augen und er
beugte sein Gesicht zu ihr.

„Weil du mich scharfmachst, Mädchen. Das, was du
da anhast ... Noch nie war ich vom Sex so besessen wie
jetzt", sagte er und schluckte. Dabei griff er nach dem
Stoff ihres Kimonos und zog den Saum hoch, legte dabei seine Hand auf ihren Po.

„Mmmh ..." Theatralisch rollte Sonja mit den Augen
und drückte einen Finger auf ihre Lippen. „Soll ich aufhören, heiß zu sein?"

„Das kannst du nicht." Firas spürte, wie sein Blut in
die untere Region wanderte und sein Glied im Nu steif
wurde.

Sonja schmiegte sich noch enger an ihn und presste
ihren Unterleib gegen seinen. „Du bist genauso gemein." Lachend stellte sie sich auf die Zehenspitzen,
umfasste sein Gesicht und er drückte ihr einen Kuss
auf die Lippen. „Ich würde gerne noch ein Nümmer-
chen mit dir schieben. Wenn du es natürlich möchtest.

Schließlich will ich deine Pläne nicht durchkreuzen", sagte sie mit einem unschuldigen Blick und klimperte mit den Augen.

„Du sagst direkt, was du willst. Das gefällt mir." Firas sah nach unten. Die Kontur seiner Erektion zeichnete sich deutlich unter seiner Jogginghose ab.

„Gefällt es dir wirklich?" Sonja befeuchtete ihre Lippen mit der Zunge.

„Wirklich. Ich mag deine Offenheit. Und ja, ich möchte", antwortete Firas und griff nach dem Gürtel ihres Kimonos. „Von mir aus können wir sofort ins Schlafzimmer gehen. Oder wohin auch immer du willst. Du weißt, dass ich mit dir noch einige unanständige Dinge vorhabe." Er strich ihr eine lose Haarsträhne hinters Ohr und lächelte sanft. Irgendwie fühlte er sich wohl bei Sonja, ihre Nähe gab ihm das Gefühl von Ruhe und Entspannung. Das Gefühl, in einer Oase angekommen zu sein.

„Was hast du denn alles auf Lager?", lächelte Sonja und streckte ihm erneut ihre Lippen entgegen, die er mit einem ekstatischen Kuss verschloss.

Er konnte nicht länger warten.

Begierig legte er seine Arme um ihre Taille und vergrub daraufhin sein Gesicht in ihrer Halsbeuge, presste seine Lippen auf ihre warme Haut. Sonja schloss die Augen. Ihr leises Aufstöhnen ließ sein ganzes Blut in sein Glied wandern und schnell öffnete er ihren Kimono. Er hatte recht. Sie hatte nichts an außer einem dünnen Höschen.

„Was ... tust du da?"

Während er seine Zunge über ihren Hals gleiten ließ, legte Sonja ihre Hände in seinen Nacken. Firas schob seine Hände unter ihren offenen Kimono und massierte mit den Fingerspitzen ihren Rücken. „Was ich da mache?" Er ließ ihren Hals in Ruhe und streichelte zart über ihre Scham, kniete sich dann vor sie und legte seine Hände auf ihre Hüften. „Zieh dieses unnötige Teil aus, dann sage ich es dir."

Sonja ließ den Kimono auf den Boden fallen und Firas liebkoste ihren Bauch, streichelte dabei ihre Hüften, bis seine Hand erneut ihre Scham erreichte. Die andere Hand presste er auf ihren Hintern. Sie stöhnte auf und vergrub die Finger in seinen Haaren, während er nicht aufhörte, ihren Körper zu küssen.

„Oh Firas", keuchte Sonja und griff fester in sein Haar. „Willst du es etwa hier treiben?"

„Ich denke, wir gehen wieder ins Schlafzimmer", flüsterte er.

***

„Wenn du es nicht eilig hast, schlage ich vor, dass wir zusammen frühstücken." Sonja hatte sich an seinen nackten Körper gekuschelt und ihn leidenschaftlich geküsst. Danach legte sie ihren Kopf erschöpft auf seine Brust. „Ich denke, auch du hast Hunger. Ich muss auf jeden Fall etwas in den Magen bekommen", fügte sie hinzu.

„Eine gute Idee", stimmte Firas zu und gab ihr einen zarten Kuss auf die Stirn. „Und nein, ich habe es nicht eilig. Es sei denn, du hast kein Bock mehr und schmeißt mich raus."

„Wieso sollte ich meinen Chef rausschmeißen?" Sonja erhob sich auf einen Ellenbogen und zog gespielt die

Augenbrauen hoch. „Nein im Ernst. Ich verbringe gerne Zeit mit dir. Du hast also nichts vor?"

„Nein, ich habe keine Pläne für heute. Aber ich muss dich um etwas bitten. Wenn wir unter uns sind, sag bitte nie wieder Chef zu mir. Nicht mal in der Firma machen wir das. Alle nennen sich beim Namen." Firas grinste breit. „Es sei denn, du willst mich verärgern."

„Vielleicht will ich das ja", zog Sonja ihn auf und er musste auflachen.

„Versuch' es mal. Du spielst mit dem Feuer, Mädchen."

„Und was passiert dann?" Sonja zog einen kleinen Schmollmund, sah ihm tief in die Augen und biss sich daraufhin verführerisch auf die Unterlippe.

„Du hast es schon zum vierten Mal in den vergangenen zwölf Stunden gespürt. Kann das sein, dass du nicht genug davon bekommst?" Firas unterdrückte den Wunsch, erneut sein Gesicht in ihrer Halsbeuge zu vergraben und ihren perfekten Körper bis nach unten zu küssen.

„Mit dir ist es einfach schön." Sonja setzte sich auf und er bewunderte ihren glatten Rücken samt der geschmeidigen Haut, die sich seinen Augen zeigte. „Aber wir brauchen etwas Stärkung. Ich hüpfe schnell unter die Dusche und mache uns etwas zu Essen. Du kannst dir inzwischen beim Duschen alle Zeit der Welt lassen", sagte sie und lächelte ihn an, und gespielt zog er die Augenbrauen zusammen.

„Willst du nicht zusammen mit mir duschen?"

„Schon." Sonja stand auf und warf sich ihren kuscheligen Bademantel über. Mit ihrem Blick streifte sie über seinen Körper und erneut stahl sich ein lustvolles Glitzern in ihre Augen. „Aber so werde ich dir nicht widerstehen können und wir kommen heute gar nicht zum Essen", fügte sie grinsend hinzu. „Nicht, dass du mir noch umfällst."

Sonja alles allein machen lassen? Nein, das ging nicht.

„Ich will dir beim Vorbereiten helfen", protestierte er jedoch vergeblich.

Sonja schenkte ihm einen Luftkuss und huschte schnell zur Tür. „Danke, aber es ist wirklich nicht viel zu tun. Ich lege für dich ein frisches Badetuch bereit", erklärte sie und verschwand.

Hassan dürfte es nie erfahren. Firas schloss die Augen und schob die Arme unter seinen Nacken. Dieses Geheimnis dürfte nicht ans Licht kommen. Das wäre eine Katastrophe. Für ihn und für Sonja.

Doch sie beide würden es nie zulassen. Er hatte von Anfang an erkannt, dass Sonja zuverlässig war, und er selbst würde sowieso seinen Mund halten. Zudem würde diese Affäre nicht lange dauern. Da war er sich ganz sicher. Und es war nichts Verwerfliches daran, Sex im beidseitigen Einvernehmen zu genießen, solange Firas noch ungebunden war.

Firas war aus der Dusche gekommen und rubbelte sich mit einem frischen Handtuch die Haare trocken. Ein breites Grinsen huschte über sein Gesicht, als er erneut an den Morgensex dachte. Schon wieder hatte er Sonja und sich unvergessliche Minuten beschert. Die Erinnerungen an Sonjas Hingabe, ihre vertrauensvoll geschlossenen Augen und ihr leises Keuchen, das in ein Stöhnen übergegangen war, während er sie am ganzen

Körper verwöhnt hatte, ließen seinen Bauch angenehm kribbeln.

Er zog seine Unterwäsche an, schlüpfte in seine Jogginghose und zog sein T-Shirt über. Blöd, dass er keine frischen Klamotten dabeihatte. Er hatte aber auch nicht wissen können, dass die Wii-Party in Sonjas Bett enden würde. Er schmunzelte. Dann warf er noch einen letzten Blick auf das Badezimmer. Ungern würde er das Bad unansehnlich hinterlassen oder für eine Überschwemmung sorgen.

Doch nichts dergleichen war ihm aufgefallen und er betrat gut gelaunt den Flur. Sofort schlug ihm der herrliche Duft von frisch gemachten Rühreiern entgegen. Schnuppernd hielt er die Nase in der Luft. „Oha, du hast ja eine ganze Tafel aufgetischt!" Er pfiff bewundernd und sah auf Sonja. „Und du bist angezogen", fügte er enttäuscht hinzu. „Wieso denn das?"

Sie lachte. „Setz dich. Fühl dich wie zu Hause. Kurze Shorts und dieses Top zählen nicht wirklich zu Klamotten. Später kann das ja weg."

Der Tisch war voll. Sonja hatte eine Ofenomelette mit Gemüse und Pilzen gebacken. In einem Flechtkorb lagen frische Brötchen und auf einem großen Teller waren mehrere Sorten Käse. Zudem hatte sie Tomaten und Gurken geschnitten und hausgemachte Dips zubereitet.

„Ich wollte dir aber helfen." Firas schob sich einen Stuhl zurecht und setzte sich. „Wieso hast du die ganze Arbeit allein gemacht?"

Sonja huschte in die Küche und kam mit einer großen Packung Multivitaminsaft zurück. „Ist doch gar nicht viel Arbeit. Die Dips habe ich vor ein paar Tagen gemacht. Alles andere ging schnell. Außerdem … Außerdem mache ich das sehr gerne. Ich hoffe, es wird dir schmecken."

„Danke." Firas griff nach dem Saft und schenkte ihr und sich ein. „Ich … Ehrlich gesagt, weiß ich gar nicht, was ich sagen soll", stammelte er.

„Alles okay?" Besorgt sah sie ihn an und er nickte.

„Ja. Alles ist wunderbar. Ich fühle mich richtig wohl bei dir. Es ist einfach so, dass ich noch nie bei einer Frau über Nacht geblieben bin, geschweige davon mit ihr zusammen gefrühstückt habe."

Würde sie ihn auslachen?

Sonja legte den Kopf schief. „Wirklich? Also ist es dein erstes Mal?" Sie lächelte und ihre Augen funkelten mehr als die Sonnenstrahlen eines Morgens. Seine Beichte schien sie erfreut zu haben. Oder machte er sich etwas vor?

„Kann man so sagen." Er lachte ebenfalls. Dankbar griff er nach ihrer Hand, hob die miteinander verschränkten Finger hoch und drückte ihr einen Kuss auf den Handrücken. „Danke Sonja. Für alles."

Sie antwortete ihm mit einem liebevollen Lächeln und einen Moment lang sahen sie sich tief in die Augen.

„Nichts zu danken", sagte sie leise. „Freut mich, dass du dich wohlfühlst. So soll es auch sein. Und jetzt greif zu! Du wirst etwas Kraft brauchen."

„Es ist so köstlich!" Firas nahm sich noch ein Brötchen und schmierte den selbst gemachten Pesto-Dip darauf. „Du hast dir so viel Mühe gemacht. Und die Eier aus dem Ofen …" Er führte seine Hand zu den Lippen und küsste den Zeigefinger samt dem Daumen. „Sie waren unbeschreiblich. Womit habe ich denn diesen Luxus verdient?“

Sonja lachte ihr unverschämt herzliches Lächeln und zuckte mit den Schultern. „Wieso Luxus? Ich kann dich doch nicht hungern lassen. Frühstückst du denn zu Hause nicht?“

Mit einer Papierserviette wischte er sich den Mund ab und stellte seinen leeren Teller zur Seite, stützte sodann seine Ellenbogen auf. „Nein. Und wenn, dann nur ein schnelles Brötchen. Es sei denn, ich besuche meine Eltern. Dann gibt es dort auch viel zu futtern.“

„Ein typischer Single“, lachte Sonja und lehnte sich auf dem Stuhl zurück. „Ehrlich gesagt …“ Sie legte eine Pause ein. „Ehrlich gesagt, war ich mir nicht sicher, ob du bestimmte Gerichte bevorzugst. Bevor ich aufgestanden bin, habe ich nach arabischen Frühstücksrezepten gegoogelt, aber nichts Gescheites gefunden.“

Himmel, war diese Frau hinreißend. Firas musste grinsen. Durfte er ihr sagen, dass sie süß war? Oder wäre das zu viel früh?

„Ich esse alles, Sonja“, antwortete er und hörte nicht auf, sie anzusehen. „Alles außer Schweinefleisch. Meine Eltern und meine Schwester ebenfalls. Aber wieso hast du daran gedacht?“

„Na ja, eine ehemalige Freundin von mir ist Araberin und ihre Familie hat nur arabisches Essen gegessen. Nichts anderes“, erzählte sie und wickelte dabei ihre Haarsträhnen um ihren Zeigefinger. „Eine andere Freundin kommt aus der Türkei. Bei ihr ist es genauso. Daher war ich mir nicht sicher, wie es bei dir ist. Was du magst.“

Firas nickte. „Es kommt auf die Person an. Du hast recht, manche bevorzugen nur arabisches Essen. Mein Schwager zum Beispiel. Bevor meine Schwester geheiratet hat, musste sie viele Gerichte kochen lernen. Bei mir ist es wiederum anders, ich esse alles. Und wie gesagt, ich finde deine Kochkünste toll."

Ein freudiges Glitzern stahl sich in Sonjas Augen und ließ sie aufblühen, erfüllte ihr zierliches Gesicht mit Leben.

„Du machst mir so viele Komplimente", sagte sie verlegen und senkte kokett den Blick. „Danke. Und was wird bei euch zum Frühstück gegessen? Bei meinen Freundinnen sind die Tische immer voll. Mit mehreren Gerichten." Sonja biss sich auf die Lippe und sah kurz zur Seite, bevor sie weitersprach. „Entschuldige die vielen Fragen, ich bin viel zu neugierig."

Ein warmes, angenehmes Gefühl machte sich in seinem Herzen breit. Die Gespräche mit Sonja gefielen ihm ungemein. Ihre Wissbegier war etwas, was ihn faszinierte und wovon sich viele Menschen, die er kannte, eine Scheibe abschneiden konnten. Leicht beugte er sich vor und streckte ihr seine Hand entgegen. Sanft lächelnd berührte sie seine Handfläche mit ihren Fingern. „Immer wieder entschuldigst du dich für deine Neugier, obwohl ich dir mehrmals gesagt habe, dass du es nicht brauchst. Ich mag diese Eigenart an dir. Vielleicht weil ich selbst so bin." Firas schloss seine Hand und strich mit dem Daumen über ihre Finger. „Zu deiner Frage. Auch bei uns wird ordentlich aufgetischt. Insbesondere, wenn wir Besuch bekommen. Ein schnelles Frühstück im Kreise der Familie besteht allerdings aus wenigen Zutaten. Beispielsweise essen wir arabisches Fladenbrot, Joghurt und salzigen Käse. Dazu kommen eingelegte Oliven und Zatar, so eine Gewürzmischung."

„Das hört sich gut an. Und auch gesund." Träumend hob Sonja den Blick.

„Ja, ist es auch. Als ich noch bei meinen Eltern gewohnt habe, haben wir jeden Tag so gefrühstückt. Manchmal hat Mama auch andere Gerichte gemacht wie Pide oder Humus. Seitdem meine Schwester und ich aus dem Haus sind, kocht und backt sie ungemein viel."

„Wahrscheinlich, weil sie viel Zeit hat und es gerne tut." Sonja lächelte ihr sonniges Lächeln, das sein Herz hochschlagen ließ. Firas nickte und grinste. „Ja, sie lockt uns damit zu sich nach Hause. Meine Schwester mit ihrem Mann und mich natürlich auch. Nach den Jahren in den USA genieße ich es immens. Mir hat dort das gute Essen gefehlt."

„Glaube ich dir sofort! Ich finde es auch sehr schön, dass in euren Kreisen die Familie eine wichtige Rolle spielt."Für einige Sekunden legte sich eine traurige Wolke auf ihr Gesicht.

Haderte sie mit etwas? Hatte sie Probleme mit ihrer Familie? Gut möglich, denn sie hatte kein einziges Bild davon. Zumindest hatte er keins gesehen.

Allerdings behielt er seine Gedanken für sich.

„Ja, es ist schön, wenn Familienmitglieder zusammenhalten", antwortete Firas. „Ist aber nicht in allen Familien so. In manchen Familien wird tagtäglich gestritten, Leute sind neidisch aufeinander und lästern bei jeder Gelegenheit. Einige meiner Verwandten sind so. Glaub mir, es ist unerträglich."

„Klar." Sonja stützte ihren Kopf mit der Hand ab. „Aber eine gute Familie ist ein Segen. Schätze sie. Verbringe deine Zeit mit ihr. Nicht jeder hat so etwas."

Wieder huschte ein Schatten über ihr Gesicht und diesmal ließ er ihm keine Ruhe. Firas stand auf und schob seinen Stuhl zu Sonja, setzte sich neben sie.

„Was ist mit deiner Familie, Sonja?" Er legte seine Hand auf ihr Knie und streichelte es zärtlich. „Oder willst du nicht darüber reden?"

Zögernd kaute sie auf ihrer Lippe herum und ihm wurde klar, dass er mit seinen Vermutungen recht hatte.

„Alles gut." Sie hob wieder ihren Blick und lächelte ihn an.

„Nein. Ich glaube dir nicht." Entschlossen sah er ihr in die Augen. „Ich sehe, dass in deinem Herzen etwas vorgeht. Und du weißt hoffentlich noch, was ich dir vorhergesagt habe?"

„Was denn?"

„Dass es dir gut gehen soll. Ich habe es dir mehrmals gesagt. Und das bezieht sich auf alles. Nicht nur auf … Auf unsere körperlichen Aktivitäten."

„Mir geht es gut." Sonja drehte sich zu ihm und legte ihre Haare um die Schulter. „Na ja, manchmal wünsche ich mir eine Familie wie bei dir. Vater, Mutter, vielleicht Geschwister. Menschen, bei denen man sich immer aussprechen kann, die einen nie verraten. Es ist aber nicht jedem gegeben. Ich komme damit gut klar. Ist so, wie es ist. Ich bin da nicht die Einzige."

„Sonja." Firas nahm ihre Hand und zog sie sanft zu sich, woraufhin sie auf seinen Schoß wechselte. „Was ist denn mit deinen Eltern passiert?"

Sie umarmte ihn an den Schultern und sah in die
Weite. Er schlang seine Arme um sie und hielt sie einfach fest. „Was beschäftigt dein Herz?", fragte er weiter
und sah zu ihr runter.

Sie seufzte leise, biss sich abermals auf die Unterlippe.

„Letztes Jahr habe ich den Kontakt zu meiner Mutter
abgebrochen", flüsterte sie. „Es ist schwer zu erklären.
Sie ist sehr narzisstisch. Verstehst du, was ich meine?"
Verständnisvoll nickte er und sie fuhr fort. „Eigentlich
war sie immer so. Ich habe mich damit abgefunden,
von ihr nie ein gutes Wort zu hören. Bin meinen Weg
ohne ihre Unterstützung gegangen. Aber dann ..." Ihr
stockte der Atem. Ihre Augen schimmerten feucht und
Firas umarmte sie fester. Damit wollte er ihr das Gefühl
der Geborgenheit geben, auch wenn er ihren Schmerz
nicht vertreiben konnte.

„Was geschah dann?", flüsterte er und fragte sich, ob
er auf sie gerade Druck ausübte oder zu neugierig war.
Anscheinend hatte auch Sonja mit ihren Erinnerungen
zu ringen. Aus seiner eigenen Erfahrung wusste er, wie
schwer diese Kämpfe waren und wie schmerzhaft es
manchmal war, an die Vergangenheit erinnert zu werden.

„Dann trennte ich mich von meinem Ex. Von Daniel",
sagte Sonja schnell und wischte flink mit der Hand
über ihre Augen. „Es war eine ... Eine furchtbare Beziehung, sagen wir mal so. Die Zeit danach war unendlich
schwer. Das allein zu meistern war noch schwieriger
und da hätte ich etwas Unterstützung von meiner
Mama gebraucht. Auch nur ein gutes Wort hätte mir
geholfen. Aber ... Sie hat mich fertiggemacht, mir noch
mehr zugesetzt. Ja. Dann habe ich diesen Schritt gewagt

und den Kontakt zu ihr abgebrochen. Jetzt geht es mir besser und sie interessiert es anscheinend nicht."

Firas blickte zur Seite. Zum ersten Mal hörte er sie über ihren Ex-Freund sprechen. Sonja hatte ein ordentliches Päckchen zu tragen. Vielleicht ein schwereres als sein Eigenes. Liebevoll vergrub er seine Hand in ihren Haaren und massierte ihren Nacken. Dass es ihr gefiel, hatte er bereits rausgefunden. Dann wechselte er zu ihrem Rücken, hob den Saum ihre Tops an und fuhr gefühlvoll über ihre zarte Haut.

„Hast du denn mit Jenny darüber gesprochen? Sie ist doch deine beste Freundin", fiel ihm ein.

Sonja schüttelte den Kopf. „Während ich mit dem Typen zusammen war? Nein, ich habe mich ihr nicht anvertraut. Sie mochte Daniel nicht und ich stand voll hinter ihm. Später, als ich mich getrennt habe ... Da hatte Jenny selbst gerade eine Beziehungskrise und eigene Probleme. Deshalb habe ich ihr nicht alles erzählt. Aber das ist okay. Ich war selbst schuld und wollte meine Probleme ohne fremde Hilfe überwinden. Wie du siehst, ist es mir gelungen."

„Deshalb willst du keine feste Beziehung?" Er sah sie aufmerksam an. „Weil du die Nase voll von Idioten hast?"

Trotz ihrer feuchten Augen lächelte Sonja. „Genau deswegen."

„Willst du mir noch mehr erzählen?", fragte er.

Sonja schüttelte leicht den Kopf. „Nein, genug geredet. Lieber überlegen wir, was wir heute machen. Der Tag ist noch lang." Sie warf einen Blick zum Fenster. „Dieses Wetter ist nur zum Herumgammeln gut."

„Was machst du normalerweise bei solch einem Mistwetter?“, stellte er die nächste Frage und Sonja zuckte mit den Schultern.

„Nichts Besonderes. Ich sitze auf dem Sofa und schaue mir einen Film oder eine Serie an. Vielleicht lese ich ein Buch. Eigentlich ist mein Leben total langweilig. Sicherlich verbringst du deine Tage anders“, fügte sie hinzu und erneut musste er schmunzeln.

„Klar, ich verbringe das ganze Wochenende irgendwo auf einer Party“, witzelte Firas und sie prustete, legte dabei ihre Hand auf den Mund. „Und wenn ich zu Hause ankrieche, setze ich die Party fort.“ Mit Freude beobachtete Firas, wie Sonjas Augen freudig aufblitzten. „Ja. Dann mache ich mir eine Wasserpfeife und qualme die ganze Wohnung voll. Bis der Rauchmelder losgeht. Mhhh …“, fügte er grinsend hinzu.

Sonja lachte. Ein Geräusch, dass alle Winkel seines Herzens erleuchtete und ihn selbst zum Lachen brachte.

„Im Ernst. Mit dir auf dem Sofa zu kuscheln und den Fernseher laufen zu lassen ist das Beste, was ich mir gerade vorstellen kann“, sagte er ehrlich und legte seinen Arm unter ihrem Top auf ihre Taille. Dann erfüllte Firas sich seinen Wunsch und gab Sonja einen sanften Kuss auf ihre Schulter. „Pass auf, ich räume den Tisch ab und du suchst uns einen Film oder eine Serie aus. Falls uns langweilig sein sollte … Ja, dann weißt du, was wir noch tun können“, sagte er.

Sonja prustete abermals und ihr zauberhaftes Lachen klang wie Musik in seinen Ohren. Sie beugte ihren Kopf und gab ihm einen zarten Kuss auf die Stirn. „Dein Plan klingt gut! Aber nein, ich werde abräumen und du kannst dich auf dem Sofa breitmachen", widersprach sie ihm.

Firas legte seinen Zeigefinger auf ihre Lippen und drückte sie zu. „Pssst. Du hast das Frühstück gemacht und ich werde abräumen. Glaub mir. Sogar zu Hause mache ich das. Obwohl ich ein Kerl bin. Also bekomme ich es auch jetzt hin."

Aufgesetzt öffnete Sonja die Lippen, legte ihre Hände auf die Wangen und spielte die Überraschte. „Du? Ein Kerl und abräumen? Ne! Aber im Ernst. Ich mache das."

„Nein. Versuch es nicht mal. Ich bin ein Dickkopf und gebe nicht nach", sagte Firas entschieden. „Dafür hast du etwas Witziges, an das du morgen während der Teambesprechung denken kannst. Falls du nicht zu spät kommst. Also, Sonja, mach es dir bequem und verrate mir, was du schauen möchtest."

Sonja warf ihren Kopf nach hinten und lachte laut. „Die Besprechung morgen! Ich habe sie verdrängt. Ich würde mich aber definitiv nicht an das Abräumen erinnern, sondern an ganz andere Dinge."

Firas legte seine Lippen auf ihren Brustkorb und atmete genussvoll den süßlichen Duft ihrer butterweichen Haut ein. „Welche Dinge denn? Ich weiß nicht, wovon du sprichst", murmelte er, ohne seinen Kopf hochzuheben. „Übrigens. Du riechst so gut!"

„Es ist mein Duschgel. War im Angebot. Und was die Dinge angeht ... Ich werde dich später daran erinnern. Mein Sofa ist breit genug. Wenn etwas ist, können wir getrost dortbleiben." Sonja schloss die Augen und legte ihre Hand in seinen Nacken, kraulte in seinen Haaren. „Sag mal, kennst du zufällig die Serie ‚The Big Bang Theory'?"

„Ja, und ich liebe sie!“, rief er und konnte seine Begeisterung nicht zurückhalten. Das durfte nicht wahr sein. Selbst hier hatten sie etwas gemeinsam. Seine Entscheidung, den Tag mit Sonja zu verbringen, war definitiv ein Volltreffer gewesen.

„Wirklich?“ Erstaunt sah sie ihn an und drückte ihm einen festen Kuss auf die Wange. „Super! Und weißt du was? Ich freue mich irre auf den heutigen Tag! Der beste Sonntag seit Langem!“

Ja, so wollte Firas sie sehen. Entspannt und zufrieden. Lächelnd. Glücklich.

Obwohl er vor ein paar Tagen das Gegenteil behauptet hätte, würde er jetzt alles dafür tun, um ihr noch mehr Freude ins Herz zu zaubern.

Nur würde er es wohl nicht schaffen, bei Layla vorbeizukommen. Er zückte sein Handy und schrieb seiner Mutter, dass die Kopfschmerzen leider nicht besser wurden. Auch wenn er gerne den Tag mit Sonja verbrachte, wollte er nicht, dass seine Mutter sich noch einmal unnötig Sorgen machte.

Kapitel 9:
Die Eifersucht

Yannik

„Mist. Diese verfluchte Anlage treibt mich in den Wahnsinn!" Yannik griff nach der Bedienung und stoppte die Beschichtungsmaschine, die schon wieder einen Fehler meldete. Zum zweiten Mal in seiner Schicht. Die Anlage hatte offenbar ein Problem an einer der Pumpen, die für das Befüllen der Platten sorgten. Ein Techniker musste her. Weil einer der beiden Männer krank war, musste sein Kollege Toni für ihn einspringen. Der würde später vorbeikommen, hatte aber keinen genauen Zeitpunkt nennen können.

Karim startete seine Anlage und kam zu ihm. „Kann ich dir helfen?"

„Ich weiß nicht. Ich schaue mir den Mist selbst nochmals an." Yannik schob die Finger unter die Kopfhaube und rieb über seine verschwitzte Stirn. „Keine Ahnung, wann Toni kommt. Dabei soll es ja vorangehen."

Abermals fluchte er gedanklich. Heute war nicht sein Tag. Sogar Sonja hatte keine Zeit für ihn gehabt, ihr Teamleiter hatte nämlich eine dringende Besprechung anberaumt und das um zwölf Uhr mittags. Firas Allaham. Yannik konnte diesen Idioten in seinen stylishen Klamotten nicht leiden. Gefühlt alle Frauen in der Firma waren begeistert von ihm und sprachen ununterbrochen über ihn. Zum Kotzen. Außerdem gefiel es ihm nicht, dass ausgerechnet dieser Kerl Sonjas Teamleiter war.

„Du bist heute aber extrem schlecht drauf." Kopfschüttelnd brachte Karim einen Werkzeugkasten und stellte ihn neben die Anlage. „Ich meine, so etwas kommt hier fast täglich vor. Du bist doch nicht neu hier und kennst diese ganzen Störungen." Aufmerksam sah er zu Yannik. „Oder bist du nicht wegen der Anlage angepisst? Was ist los, Digga?"

Yannik schob die Kopfhaube leicht zur Seite und atmete tief durch, griff nach einem Schraubenschlüssel. „Keine Ahnung. Mir geht es nicht gut. Und diese Maschine macht es nicht besser." Er kniete sich hin und schraubte mit geübten Handgriffen eine Klappe auf. Dann reichte er Karim vier Schrauben: „Legst du sie bitte zur Seite? Danke!"

„Klar." Karim kniete neben Yannik. „Aber hör mal, was ist los mit dir? Hast du dich mit deiner besten Freundin gestritten?"

Yannik drehte den Kopf zu ihm. In Karims Augen spiegelte sich ein schelmisches Lächeln.

„Ich habe mich mit niemanden gestritten." Yannik nahm seine beschlagene Schutzbrille ab, um sie abzuwischen. „Es ist ... Ah keine Ahnung. Du weißt, dass ich sie mag."

Karim war einer seiner besten Kollegen und Kumpels, denen Yannik vieles anvertrauen konnte. Der junge Syrer hatte ihm kürzlich empfohlen, mit Sonja über seine Gefühle zu reden. Es würde nämlich nichts bringen, diese noch weitere Jahre im Herzen zu tragen, ohne dass die Angebetete davon auch nur einen Schimmer hatte.

„Ja und weiter?" Karim legte die Hand auf Yanniks Schulter. „Komm, sag mir, was dir auf dem Herzen liegt. Toni müsste gleich da sein. Er wird das mit dieser Anlage schneller hinkriegen als wir, also überlass die Arbeit ihm. Also. Was ist mit Sonja, Digga? Du wolltest doch mit ihr reden."

„Ich habe mit ihr geredet." Yannik kaute an der Innenseite seiner Wange, sich fragend, wann Toni endlich da wäre und er seine Pause machen könnte. Er wollte noch schnell bei Sonja im Büro vorbeikommen und ihr einige Unterlagen vorbeibringen. Sie würde morgen diesen Papierstapel für ihre Versuche benötigen und zudem bot es ihm eine gute Gelegenheit, sie kurz zu sehen.

„Sehr gut. Was hast du ihr gesagt? Hast du ihr von deinen Gefühlen erzählt?" Eindringlich sah Karim ihn an.

„Ja, habe ich. Und wir haben uns geküsst ..."

„Mashallah, Bruder! Das ist doch toll!" Witzelnd boxte Karim ihn in den Oberarm. „Und wieso bist du so grimmig, als ob du einen Igel verspeist hast?"

„Ich bin noch nicht fertig." Yannik spürte sein Herz schlagen. In seinem Hals bildete sich ein Kloß, der ihm beinahe den Atem zuschnürte. Nicht, dass er hier, vor der kaputten Maschine kniend, in Tränen ausbrechen würde. Zu Hause durfte er so viel heulen, wie es ihm lieb war, aber nicht hier, nicht auf der Arbeit. „Sie hat mich nicht gewollt. Sie brach alles ab, verschwand im

Bad und sagte mir dann, dass sie mich nur als ihren besten Freund sieht. Ende der Geschichte."

„Und warum hat sie dich dann geküsst?" Verblüfft zuckte Karim mit den Schultern.

Matt schüttelte Yannik den Kopf. „Sie sagte, sie wollte es versuchen. Aber sie spürt nichts. Ich bin wohl nicht erregend für sie. Und obwohl sie es abstreitet, aber … Ich habe das Gefühl, dass sie auf jemanden steht. Nur – wer kann das sein? Oder bin ich paranoid?"

„Alter, das ist wirklich scheiße", fluchte Karim. „Da verstehe ich dich. Aber weißt du was? Mach dir keinen Kopf. Sie soll einen Besseren finden! In ein paar Monaten kommt sie heulend zu dir und dann schickst du sie zur Hölle!"

„Ich will Sonja nicht wehtun oder mich rächen. Ich kann sie ja nicht dazu zwingen, mich zu mögen." Müde stützte Yannik seine Hände auf Oberschenkeln ab und stand auf. „Ich mache mir Sorgen um sie. Nicht, dass sie auf den Falschen gerät."

„Du, für mich sieht das auch so aus, als ob sie jemanden hätte." Karim blies die Backen auf und schob den Kasten zur Seite. „Vielleicht ihren neuen Teamleiter?", vermutete er grinsend.

Er wollte Yannik zum Lachen bringen und scherzte. Dennoch stieg ein unangenehmes, nagendes Gefühl in Yanniks Brust auf. Eins, das binnen Sekunden Macht über ihn gewann.

„Meinst du wirklich?", fragte er wie im Traum.

„Kann alles sein. Hassan, der Gruppenleiter, ist ein alter Freund von Firas' Familie." Karims Augen füllten sich mit einem verächtlichen Funkeln. „Er hat auch dafür gesorgt, dass Firas die Teamleiterstelle bekommen hat. Wer weiß, was er sonst noch kann ..." Erneut grinste er und rieb über seinen Bart, der unter der Barthaube versteckt war. „Komm, reg dich ab. Ich mache ja nur Spaß!"

Yannik spürte, wie ein kalter Klumpen sich in seinem Magen bildete und bis zu den Kniekehlen rutschte. „Was? Firas ist mit Hassan befreundet? Mit dem Gruppenleiter von der Qualitätssicherung?", platzte aus ihm heraus. „Woher weißt du das?"

„Na ja." Karim strich mit den Fingern über seine Mundwinkel, presste sodann die Lippen zusammen. Anscheinend dachte er über etwas nach.

Yannik zog die Stirn kraus und verschränkte die Arme vor der Brust: „Sag doch. Oder ist es ein Geheimnis?", drängte er.

Warum raste sein Herz derart, während er auf Karims Antwort wartete?

„Es ist kein Geheimnis." Karim sah auf die Wanduhr und ging zum Telefon. „Wir Syrer kennen einander und sind gut vernetzt. Die Familien von Firas und Hassan sind in unseren Kreisen bekannt. Man redet viel, lästert und hört diverse Nachrichten, die sich rasant verbreiten. Die BILD-Zeitung kommt da nicht mit. Warte, ich rufe mal diesen Vogel Toni an. Er braucht viel zu lange ..."

Yannik folgte ihm und nahm Karim das Telefon aus der Hand. „Nein, erzähl fertig. Tobi können wir später anrufen. Was ist mit Firas? Was weißt du über ihn? Welche Nachrichten?"

„Was stimmt nicht mit dir?" Überrascht hob Karim die Augenbrauen. „Was ... Oh Gott, ich verstehe! Du denkst wirklich, dass Firas etwas mit Sonja hat, oder?"

Er brach in schallendes Lachen aus. „Du bist so krass, Mann. Sorry, ich kann nicht mehr. Ich hab dir doch gesagt, dass ich Spaß gemacht hab! Wieso verstehst du es nicht?"

Verdammt. Yannik blieb stehen und atmete tief durch, schluckte dabei mühevoll den Kloß runter. Was passierte mit ihm gerade? Er verhielt sich wie ein Psycho, ein eifersüchtiger Teenager.

„Beherrsche dich", befahl er sich selbst gedanklich. „Beherrsche dich! Das war wirklich nur ein Witz."

Seine Miene wirkte wohl trotz seiner Bemühungen furchterregend, denn Karim blickte unerwartet ernst und klopfte ihm auf die Schulter. „Mach dir keine Sorgen. Firas hat definitiv nichts mit deiner ... äh ... besten Freundin. Blödsinn. Er wird sich bald laut zahlreichen Gerüchten mit Hassans Tochter verloben. Und die Gerüchte stimmen meistens, das kann ich dir versichern."

Karims Aussage ließ Yanniks Herz von Neuem höherschlagen. „Echt jetzt? Verlobt er sich?"

„Ja, wieso soll ich dich anlügen?" Karim ging zu seiner Anlage zurück, kontrollierte den Füllstand des Puffers und wandte sich erneut Yannik zu. „Firas wird sich mit Aliya verloben. Definitiv. Denkst du, dass Hassan ihm umsonst geholfen hat? Nein, da kennst du den Alten schlecht. Er führt immer etwas im Schilde. Und zudem sind Beziehungen innerhalb einer Arbeitsgruppe verboten. Das weißt du ja. Wobei das bei dir und Sonja kein Problem wäre, ihr seid ja in unterschiedlichen Abteilungen ...", philosophierte er weiter. „Und was hältst du davon, dass wir gleich doch Toni anrufen? Schließlich wollen wir irgendwann unsere Schicht beenden ..."

Yannik hörte nicht weiter zu, ließ seinen pochenden Kopf kreisen. Eine Teamleiterstelle gegen Verlobung. Vernetzung und Gerüchte, Lästereien. Durch Gespräche mit Karim und einigen anderen Kollegen tauchte er manchmal in ganz andere Welten ein. Er würde sie nie verstehen. Wollte er auch nicht. Alles, worum es ihm ging, war Sonja. Die Frau, in die er seit fünf Jahren verliebt war. Seit ihrem ersten Arbeitstag, an dem sie von ihrer damaligen Teamleiterin durch die Produktion geführt worden war, hegte er Gefühle für sie, die im Laufe der Zeit nur stärker wurden.

Als Sarah ihn verlassen hatte, war er sogar erleichtert gewesen und empfand die Trennung als ein Zeichen des Schicksals. Doch dann war Sonja mit Daniel zusammengekommen, war in eine toxische Beziehung reingeraten. Yannik schnaubte, während er daran dachte. Nach Sonjas Trennung von Daniel hatte er gehofft, sie endlich für sich gewinnen zu können. Vergeblich.

Manchmal fragte er sich, ob er die Freundschaft mit Sonja auf Eis legen sollte. Abstand zu ihr aufbauen, nur um sie aus seinem Herzen herauszubekommen. Spätestens nach diesem misslungenen Abend, seinem erfolglosen Versuch, Sonja seine Liebe zu bekennen, hätte er das tun sollen. Doch er fand nicht die Kraft dafür. Er würde nie ihrem weichen Blick und ihrem sonnigen Lächeln widerstehen und sie abwimmeln können.

„Yannik?" Vorsichtig berührte Karim seinen Unterarm. „Weißt du was? Mach eine kleine Pause. Geh raus und trink etwas. Du bist irgendwie nicht normal. Ich kümmere mich um deine Anlage und um Toni. Okay?"

Das war eine gute Idee. Er brauchte dringend frische Luft, musste raus hier.

„Danke Mann." Matt nickte Yannik ihm zu. „Ich bin gleich wieder da."

Mit diesen Worten griff er nach einer Mappe, die er Sonja vorbeibringen wollte, und begab sich zur Schleuse.

Yannik verließ das Produktionsgebäude und ging mit zügigen Schritten Richtung Analytikgebäude, wo er Sonja anzutreffen hoffte. Davor hatte er ihr geschrieben, ob sie noch da sei, doch sie hatte die Nachrichten nicht gesehen.

Egal, er würde auf gut Glück hinlaufen. Ein kleiner Spaziergang würde ihm guttun. Yannik hob den Kopf und atmete die frische sommerliche Abendluft tief ein. Nach der Rückkehr würde er Karims Anlage mitübernehmen. Auch sein Kollege sollte sich eine Pause gönnen. Obwohl der Maschinenraum ständig gekühlt wurde, fühlten sie sich bereits nach einigen Stunden müde. Das lag wohl an ihren dichten Overalls, Hosen und Kopfhauben, die sie zum Schwitzen brachten.

Abermals atmete Yannik tief ein und aus und warf einen Blick zum Analytikgebäude. In Sonjas Büro im vierten Obergeschoss brannte Licht. Ein Lächeln umspielte seine Lippen. Nach dem Gespräch mit Karim erging es ihm deutlich besser. Er würde sie fragen, ob sie mit ihm am Samstag ein Eis essen gehen würde. Schließlich gab Yannik die Hoffnung nicht auf und würde es auch nie tun. Er durfte Sonja nicht unter Druck setzen, sollte geduldig mit ihr sein und ihr einfach Zeit lassen. Sie war sicherlich noch nicht bereit für eine neue Beziehung und Yannik hatte volles Verständnis dafür. Zudem hatte er ihr klar gesagt, dass er nie aufgeben würde und Sonja hatte ihm nichts darauf geantwortet. Ein Zeichen dafür, dass sie das Zusammenkommen mit ihm nicht ausschloss.

Oder versuchte er gerade, sich etwas schönzureden?

Yannik vertrieb diesen Gedanken. Er würde alles tun, um sie zu bekommen. Punkt.

***

Er betrat das halbdunkle Gebäude und rief den Aufzug, der ihn zu seinem Ziel brachte. Flink ging er den langen Flur entlang, die Mappe in den Händen drehend, bis er das Großraumbüro erreichte.

Yannik öffnete eine Tür, betrat leise das Büro und ging Richtung Sonjas Platz, der hinter einer Trennwand versteckt war. Plötzlich blieb er stehen und hielt inne.

Sonja war nicht allein. Sie plauderte mit jemandem, lachte und da hörte er eine zweite, ihm bekannte tiefe Stimme.

Firas war auch hier.

Blut schoss ihm ins Gesicht. Genervt rieb Yannik mit der Hand darüber.

Was sollte der Scheiß? Warum verspürte er plötzlich solche Wut? Firas war schließlich Sonjas Teamleiter. Womöglich hatte er eine Aufgabe für sie. Oder benötigte etwas von ihr. Ihre Unterschrift oder vielleicht dringende Freigabeprotokolle.

Und dennoch ...

Mit schnellen Schritten verließ Yannik sein Versteck und ging zu Sonjas Tisch. Der Zorn kroch ihm den Nacken hinauf und er befürchtete, er würde sich gleich wie ein Tsunami über die beiden entladen.

„Stopp. Ganz ruhig. Halt nur dein Maul", befahl er sich selbst, bevor er laut rief: „Ah hallo! Ich dachte, ich würde dich nicht mehr antreffen!"

Mit verschränkten Armen saß Sonja auf dem Tischrand und Firas stand ihr gegenüber. Deren geweiteten Blicke hafteten auf Yannik und er streifte mit seinem über ihre verblüfften Gesichter. Sein unerwartetes Erscheinen hatte die beiden wohl überrascht.

„Hey!", grüßte Sonja und schenkte ihm ein Lächeln. „Alles klar?"

Yannik nickte. Ihm entging nicht Firas' fragender Blick, der sich innerhalb von Sekunden mit Unmut füllte.

„Alles wunderbar", gab er zur Antwort und streckte Sonja die Mappe entgegen. „Hier. Habe dir etwas mitgebracht."

„Noch mehr Arbeit?", lachte sie und presste leicht die Lippen zusammen. Ihre Wangen bekamen einen rosigen Hauch. Ja, jetzt war Yannik sich sicher. Firas war nicht nur wegen der Arbeitsaufgaben da. Diese lebhafte Plauderei war kein übliches Gespräch zwischen einem Teamleiter und seiner Mitarbeiterin. Das war wohl etwas anderes. Ein Flirt.

„Ja", entgegnete Yannik trocken und warf Firas einen weiteren Blick zu. Sollte er ihn fragen, wie es seiner Verlobten ging? Nur so zum Spaß. Nicht, dass es ihn wirklich interessieren würde. Hauptsächlich wollte er sehen, wie Sonja darauf reagieren würde. Ah ja, Firas war ja noch nicht verlobt. Aber egal.

Sollte er …?

„Danke!“ Sonja legte ihren Kopf schief und berührte leicht Yanniks Schulter. „Lieb, dass du extra deswegen vorbeikommst. Hast du Spätschicht?“

Du weißt es doch! Warum fragst du mich denn?

„Ja“, antwortete er und wandte sich Firas zu, als dieser sagte: „Okay Leute. Ich gehe dann mal. Wünsche euch einen schönen Feierabend.“

Mit diesen Worten machte Firas auf dem Absatz kehrt und verließ das Büro.

Sonja legte die Mappe zur Seite und sah Yannik eindringlich in die Augen. „Ist wirklich alles okay bei dir? Du wirkst so aufgebracht. Ist irgendetwas passiert?“

„Heute läuft alles schief. Schon wieder“, schnaubte Yannik. „Die Anlagen machen Probleme. Aber es ist nichts Neues.“

Sonja nickte mitfühlend. „Willst du nicht mal die Abteilung wechseln?“

„Nein. Ich kenne dort alle Leute und habe meine Jungs, mit denen ich die Schichten gerne mache.“ Er schob die Hände in die Jeanstaschen. „Sag mal, hast du Lust, am Samstag mit mir Eis essen zu gehen? Das Wetter sollte ganz gut werden“, versuchte er sein Glück.

Sonja wandte den Blick von ihm ab und fuhr mit den Fingerspitzen durch ihr offenes Haar. Ein Anblick, der ihn für einen Bruchteil der Sekunden zurück in diesen Abend versetzte. Einen Herzschlag lang erinnerte er sich an ihre Lippen, zarten Küsse und betörend duftendes Haar, wo er seine Hand vergraben hatte. An ihren halb nackten Körper, der ihn in den Wahnsinn trieb.

Und an die Enttäuschung, die nur paar Minuten später folgte.

„Also … Bist du verabredet?", kam es ihm erstickt über die Lippen.

Sonja nickte leicht: „Ja, leider. Ich treffe mich mit Jenny. Habe sie lange nicht gesehen." Ihre Wangen wurden rot, ihr Blick ging unruhig hin und her und sie wippte leicht mit dem Fuß.

Nein, sie traf sich nicht mit Jenny. Definitiv nicht. Mittlerweile kannte Yannik alle ihre Gesten und wusste sie zu deuten. Wer war diesmal der Glückliche? Bisher hatte sie ihm alles erzählt, hatte keine Geheimnisse vor ihm gehabt. Jetzt aber lag eine gefühlte hauchdünne Wand zwischen ihnen. Eine unsichtbare Grenze, die Sonja anscheinend nicht überschreiten wollte.

Warum musste Yannik dabei schon wieder an Firas denken? Als ob es keine anderen Kerle gab, die um Sonjas Gunst buhlten. Firas war ihr Vorgesetzter, mehr nicht. Ein Verhältnis würde sofort auffliegen und den beiden ihre Jobs kosten. So etwas würde sie nie riskieren.

Oder doch? Redete er sich etwas ein?

Sollte er ihr über Firas' bevorstehende Verlobung erzählen?

Yannik schluckte die aufsteigende Galle runter. Nein. Er würde es nicht tun. Er würde abwarten und die beiden im Auge behalten. Schließlich hatte er keine Beweise, dass zwischen den beiden etwas lief. Vielleicht spielte einfach nur seine Fantasie verrückt, bestärkt von der Enttäuschung. Er sollte nicht voreilig handeln und zudem wollte er nicht Karim in Verlegenheit bringen. Schließlich hatte sein Kollege ihm es anvertraut. Gut, dass er nichts zu Firas gesagt hatte. Wer weiß, welche Konsequenzen es für seinen Kollegen haben könnte.

„Okay. Dann bis nächste Woche. Da habe ich Frühschicht. Nur zum Mitschreiben", antwortete er verbittert.

Als ob sie seine instabile Gefühlslage nicht bemerkte, lächelte sie. „Ich weiß."

Kapitel 10:
Die Schulung

Firas

„So, Jungs. Wir haben den zweiten Tag unserer Weiterbildung geschafft!" Sabine, die Gruppenleiterin der Serviceanalytik, grinste und klatschte freudig in die Hände, während sie alle das Schulungsgebäude verließen. „Das müssen wir feiern. Habt ihr Lust, gleich in die Q-Bar zu gehen? Dort soll es heute Abend eine kleine Ü-30-Disco geben."

„Können wir machen. Wir haben ja noch den ganzen Abend vor uns", sagte Tobias und sah fragend zu Firas. „Bist du denn dabei?"

Anstatt zu antworten, zuckte er nur mit den Schultern. Er war müde und nicht in der Stimmung für eine Bar, geschweige denn eine Disco. Zudem vermisste er Sonja. Alles, was er wirklich wollte, war zu duschen, in seine Jogginghose schlüpfen und zusammen mit ihr ihre Lieblingsserie schauen. Er wollte sie in seinen Armen halten und lebhaft mit ihr plaudern, ihr wunderbares Lachen hören. Mit ihr zusammen ins Bett gehen, sich an sie kuscheln und ihr zartes Gesicht betrachten, während sie in den Schlaf hinüberglitt.

Sein üblicher Abendablauf wäre ihm viel lieber, als in einer stickigen Bar zu hocken und seinen beiden Kollegen beim Volllaufen zuzusehen. Die Weiterbildung hatte jedoch in Frankfurt stattgefunden und er konnte schlecht behaupten, er müsste schnell nach Hause.

Egal, er würde sich eine Ausrede einfallen lassen.

Zum Teufel, wann war er so ein Spießer geworden? Wann hatte er sich dermaßen verändert?

Firas sah auf sein Handy und zog missmutig die Augenbrauen zusammen. Die letzte Nachricht von Sonja war von heute Mittag. Sie hatte ihm ein Selfie aus dem Labor geschickt.

Danke für die Unmenge an Arbeit

hatte sie ihm witzelnd geschrieben und zwei Herzchen mit einem lachenden Smiley gesetzt. Davor hatte sie ihm gesagt, sie würde sich nach der Arbeit mit Yannik treffen und sich später bei ihm melden.

Was wollte dieser Yannik von ihr? Sie verbrachten beinahe jede Mittagspause zusammen. Reichte das nicht? Firas biss sich auf die Lippen und atmete tief durch. Er durfte nicht vergessen, dass zwischen ihnen nichts Ernsthaftes war. Sie beide waren frei und nur durch den verdammt guten Sex verbunden.

Und dennoch verspürte er ein nagendes Gefühl in seinem Herzen, das nicht weggehen wollte.

„Firas? Hallo? Wie sieht es bei dir aus?" Sabine berührte seinen Oberarm und riss ihn damit aus seinen Gedanken. Die Berührung war ihm irgendwie unangenehm.

„Kommst du mit?“ Sie passte ihre Schritte an seine an und legte ihre Hand auf seine Schulter. Dann schmiegte sie sich eng an ihn, sodass ihre Brüste sanft über seinen Arm streiften.

„Ich weiß noch nicht. Ich bin sehr müde und werde mich wahrscheinlich ausruhen“, antwortete Firas teilnahmslos und befreite sich aus ihrer Umarmung. Ihre übertriebene Aufmerksamkeit war ihm längst aufgefallen und war einer der Gründe, warum er nicht in die Bar mitgehen wollte.

Er fragte sich allerdings, ob er dann unkollegial wirkte. Ob er Tobias im Stich ließe. Das Handy vibrierte und unterbrach seine Gedanken. Firas griff in seine Hosentasche und zog sofort seine Hand zurück. Vielleicht war das Sonja. Seine Kollegen durften ihr Gespräch nicht mitbekommen.

„Ah komm, sei doch nicht so langweilig.“ Sabine warf ihm einen enttäuschten Blick zu. „Tobi, sag du es ihm“, wandte sie sich an seinen Kollegen. Sie wollte einfach nicht aufgeben. „Er soll mitgehen. In der Q-Bar gibt es eine große Auswahl an alkoholfreien Cocktails. Wobei Firas auch einen Schnaps probieren kann. Das würde ihm nicht schaden. Vielleicht wird er dann lockerer.“ Anzüglich glitt ihr Blick über Firas.

Er musste an sich halten, sich nicht vor Unwohlsein zu schütteln.

Ermüdet schüttelte Tobias den Kopf. „Sabine, lass ihn einfach, wenn er nicht will“, antwortete er kühl. „Lass uns erst einmal im Hotel ankommen. Danach entscheiden wir, was wir heute machen. Firas kann tun, was er will, er ist kein kleines Kind mehr.“

„Danke“, sagte Firas und meinte es ernst.

Sabine presste beleidigt die Lippen zusammen und ging mit schnellen Schritten vor. Das Hotel lag direkt vor ihnen und ohne sich noch einmal umzudrehen, verschwand sie hinter der schweren Glastür.

„Ich kann sie gut leiden, aber manchmal geht sie mir auf den Wecker", sagte Tobias und schüttelte den Kopf. „Sie kann ziemlich aufdringlich sein."

Firas nickte. „Das stimmt. Ab und zu sollten ihr Grenzen gezeigt werden." Dann rieb er sich über die Stirn. Ihm war es zu heiß, seine Gedanken weilten woanders und er konnte es kaum erwarten, sich auf dem gemütlichen Boxspringbett in seinem Hotelzimmer auszustrecken. Vor allem wollte er Sonja ungestört eine Nachricht schreiben. Oder sie zurückrufen, falls sie ihn angerufen hatte. So würde er dann auch erfahren, ob sie zu Hause oder immer noch mit Yannik unterwegs war.

Das Handy vibrierte erneut und aufgewühlt ertastete Firas es in der Hosentasche. Nur noch ein paar Minuten und er würde endlich seine Ruhe haben.

„Du kommst also nicht mit? Ganz sicher?", wollte auch Tobias nun wissen.

Gleichgültig zuckte Firas mit den Schultern. „Ich entscheide das lieber spontan", sagte er. „Ihr könnt schon mal vorgehen."

Firas atmete tief durch, sperrte die Zimmertür ab und legte seine Notizmappe auf den Nachttisch. Danach nahm er sein Handy und warf einen ungeduldigen Blick aufs Display.

Zwei Anrufe in Abwesenheit und eine Whatsapp-Nachricht von Mama. Fest presste er die Lippen aufeinander und legte die Stirn in Falten. Sonja hatte ihm auf seine letzte Nachricht immer noch nicht geantwortet, hatte sie noch nicht einmal gesehen.

Worüber unterhielt sie sich so intensiv mit Yannik, dass sie keine Zeit hatte, auf ihr Handy zu sehen? Aufgebracht warf er das Gerät aufs Bett und griff in seine Jackentasche, fischte ungeduldig eine Zigarettenschachtel heraus. Gut, dass er für sich ein Raucherzimmer gebucht hatte.

Er ging auf den Balkon und zündete eine Zigarette an. Sein Blick streifte über das Stadtpanorama, das sich vor ihm ausbreitete. Der heutige Tag war sehr heiß gewesen. Es gab keinen Hauch eines Windzuges und vermutlich würde es nachts ein Gewitter geben. Der sommerliche Pollenstaub schien still in der Luft zu hängen und bedeckte Dächer zahlreicher Hotels und Büros. Nach nur wenigen Zügen war Firas mit der Zigarette fertig und zerdrückte den Stummel im Glasaschenbecher. Danach ging er zurück ins kühle Zimmer und drehte die Klimaanlage eine Stufe höher.

Er sah wieder aufs Handy. Als ob sich etwas in den wenigen Minuten geändert haben könnte.

Klar. Nichts Neues von Sonja.

Sollte er ihr nochmals schreiben oder sie anrufen? Kurz hielt er inne und legte dann entschlossen das Handy weg. Nein, er würde es nicht tun. Er wollte nicht zu neugierig oder gar eifersüchtig wirken. Vielleicht sollte er mit seinen Kollegen in die Bar gehen und sich ablenken, anstatt hier im Hotelzimmer rumzugammeln und sich seinen unsinnigen Gedanken hinzugeben.

Firas knöpfte sein Hemd auf und zog es aus. Die Klimaanlage lief auf Hochtouren und die kalte Luft streifte angenehm über seine verschwitzte Haut. Genussvoll ließ er sich aufs Bett fallen. Am liebsten würde er so den ganzen Abend liegen bleiben. Halbnackt und mit geschlossenen Augen.

Ein weiterer Gedanke schoss durch seinen Kopf und seufzend setzte Firas sich auf.

Er sollte Mama zurückrufen und bevor er es wieder vergaß. Zuerst würde er aber unter die Dusche springen.

Firas rubbelte seine Haare trocken und schlüpfte in eine bequeme Jeans. Dann nahm er ein frisches T-Shirt in die Hand.

Er dachte kurz nach und warf es auf den Stuhl. Er würde noch ein wenig damit warten, bis er sich fertig anzog. Bei diesem schwülen Wetter war das die beste Entscheidung. Mit seinem Handy und der Zigarettenschachtel in der Hand ging er erneut auf den Balkon und schloss genussvoll die Augen, als lauer Sommerwind über seine Haut streifte. Dann setzte er sich und wählte Mamas Nummer.

„Hallo Lieber!", hörte er ihre sanfte Stimme, die sein Herz warm werden ließ. „Wie geht es dir? Wie war dein Tag?"

„Hi Mama!" Firas lehnte sich zurück. „Mir geht es gut, bin nur etwas müde. Ansonsten kann ich mich nicht beklagen. Vielleicht gehe ich gleich ein wenig spazieren. Und wie geht es euch?"

„Ganz gut. Gestern kamen Hassan und Aliya vorbei, wir haben zusammen Tee getrunken", sagte Mama.

Firas hörte einen Teelöffel an der Tasse klimpern. Dieses Geräusch zauberte ein Lächeln auf seine Lippen.

Zu dieser Uhrzeit saß Mama immer in der Küche und trank ihren Tee mit frischgebackenen Zimtschnecken. „Hör mal, du willst dich ja mit Aliya verloben, oder?", stellte sie unerwartet ihre direkte Frage.

Firas rieb über seinen Bart. Bevor er morgen Abend nach Hause fahren würde, würde er seinen Haarwuchs in Ordnung bringen müssen. Schließlich wollte er Sonjas zarte Haut nicht zerkratzen.

„Wieso fragst du?" Er klemmte sein Handy zwischen Ohr und Schulter fest und zündete die nächste Zigarette an. Schon seit Ewigkeiten hatte er sich vorgenommen, weniger zu rauchen. Eine Weile hatte es funktioniert. Nur nicht heute. Heute hatte er einen starken Nikotinbedarf und hatte vergeblich dagegen gekämpft. Im Laufe des Tages war seine Schachtel fast leer geworden. Jan fragte ihn ständig, wie er Sport mit dem Rauchen vereinbaren konnte, und jedes Mal zuckte Firas mit den Schultern. Sein Körper schrie nach Nikotin, insbesondere wenn er gestresst oder aufgewühlt war. Wie jetzt.

Ich muss mal nachsehen, wann Yannik endlich wieder Nachtschichten hat.

Mama schwieg. Firas hörte zuerst das Knarzen des Stuhls und dann ihre Schritte. Sie ging wohl ins Schlafzimmer, wo sie ungestört mit ihm reden konnte. Das Geräusch der sich schließenden Tür bestätigte seine Vermutung. Mama wollte mit ihm über etwas sprechen.

Angespannt knabberte er an seinem Fingernagel.

„Ich habe das Gefühl, dass du diese Verlobung nicht willst, Firo. Deshalb frage ich", sagte Mama leise.

Firas legte den Kopf in den Nacken und wühlte in seinen Haaren. Mamas Fragen hatten ihn überrumpelt und er wusste nicht so recht, wie er darauf antworten sollte.

„Wie kommst du darauf? Habe ich etwas falsch gemacht?" Er rieb sich an der Schulter und verjagte eine Stechmücke. Der Wind hatte abgeflaut und erneut überkam ihn das Gefühl, seine Haut würde glühen.

„Man sieht es dir an. Du gibst dir keine Mühe für Aliya. Du gehst nicht mit ihr aus, noch meldest du dich bei ihr", hörte er Mamas Antwort und kaute zögernd auf der Innenseite seiner Wange. „Das wirft kein gutes Licht auf dich. Hassan hat sehr viel für dich getan, Firo. Deine Stelle, diese Schulung, das alles hast du dank seiner Unterstützung bekommen. Verärgere ihn nicht, mein Sohn ..."

Alles dank Hassans Unterstützung. Abermals wiederholte Firas diese Worte in seinem Kopf und Zorn kroch ihm den Nacken hinauf, auch wenn er wusste, dass Mama in diesem Fall recht hatte. Hätte er ohne Hassan nichts auf die Reihe bekommen? In einem anderen Unternehmen vielleicht? War er denn so schwach, dass er auf fremde Hilfe angewiesen war? Mama schien zumindest diese Meinung über ihn zu haben und er beschloss, es sofort anzusprechen.

„Mama ... Bist du denn kein Stück stolz auf das, was ich selbst, ohne Hassan, erreicht habe? Die Zeit in den USA war kein Urlaub, sondern harte Arbeit. Ich habe meine Promotion als bester meines Jahres abgeschlossen." Enttäuscht seufzte er. „Glaubst du wirklich, ich hätte nichts auf die Reihe bekommen?"

„Was ist los, Firo? Warum bist du so aufgebracht?"

„Weil ich auch ohne Hassan meine Ziele erreichen kann. Ich bin ihm sehr dankbar, doch ich will seine Hilfe nicht ständig unter der Nase gerieben bekommen, Mama! Soll ich mich im Gegenzug mit seiner Tochter verloben? Weil er so gut zu mir ist? Weil ich ohne ihn arbeitslos geblieben wäre?"

„Himmel, Firo. So war das nicht gemeint. Du hast doch mal selbst erwähnt, dass du heiraten willst und so eine Frau wie Aliya möchtest. Seit mehreren Wochen wird von der Verlobung gesprochen …"

Verdammt. Er war so sehr mit Sonja beschäftigt, dass er diese Verlobungsgeschichte komplett außer Acht gelassen hatte. Ihm war nicht bewusst gewesen, wie weit sich dieses Thema inzwischen entwickelt hatte.

„Ja … Was ist los mit dir? Ich mache mir Sorgen. Hast du denn etwas auf dem Herzen?" Mama klang besorgt. „Oder möchtest du dich doch nicht mit Aliya verloben?"

Firas schloss die Augen und atmete tief durch. Sollte er sich Mama anvertrauen? Ihr von seinen wahren Gefühlen und Gedanken erzählen, die sein Herz und seinen Verstand beherrschten?

Abermals überprüfte er seine Nachrichten. Sonja hatte sich noch nicht gemeldet. Anscheinend war sie bis jetzt mit Yannik unterwegs. Affäre. Es ist nur eine Affäre. Mit Mühe unterdrückte er seine aufsteigende Eifersucht und beschloss, die Sache mit Sonja lieber für sich zu behalten.

Aliya. Die perfekte Partie. Die Frau fürs Leben. Er sollte sich wirklich mehr Zeit für sie nehmen. Diese Affäre durfte keinen Einfluss auf seine geplante Zukunft haben.

„Alles gut, Mama", lenkte er ein. „Ich bin nur ziemlich müde. Ich habe viel zu tun auf der Arbeit und kaum Zeit. Aber weißt du, ich habe eine Idee. Ich werde euch und Aliya mit ihrer Familie ins Restaurant einladen. Wenn ich zurück bin, können wir mal alle Essen gehen."

Ein Schweigen. Dann ein tiefes Seufzen.

„Eine gute Idee", sagte Mama schließlich. „Ich wäre glücklich, wenn du endlich deine zweite Hälfte finden würdest. Und versteh mich nicht falsch: Papa und ich, wir sind unendlich stolz auf dich und alles, was du erreicht hast. Wir wünschen uns aber auch, dass du deine eigene Familie gründest, die dir den Rückhalt gibt. Dass du eine Frau heiratest, die dich versteht und unterstützt, mit dir zusammen durch alle Lebensumstände geht. Dass du dein eigenes Zuhause hast, einen Ort, wo du dich geborgen fühlst und dich nach einem deiner stressigen Arbeitstage erholen kannst."

Schweigend lauschte Firas ihren Worten. Früher hatte Mama ihm dasselbe gesagt, doch er hatte ihr nie zugehört. Heute jedoch erreichten ihre Worte sein Innerstes, strömten in sein Herz und wühlten sein Gemüt auf.

Er versuchte sich Aliya als Ehefrau und Mutter seiner Kinder vorzustellen. Vergeblich.

Wieso? Wieso sah er nicht die bildhübsche Syrerin in dieser Rolle? Warum geisterte stattdessen Sonja in seinem Kopf herum?

Firas hatte aufgelegt und blieb noch eine Weile auf dem Balkon stehen. Im Hintergrund hörte er Vögel zwitschern. Das erinnerte ihn an gemeinsames Aufwachen mit Sonja. Auch in ihrem Schlafzimmer hörte er es, wenn sie das Fenster öffnete. Besonders schön war es, morgens vom Vogelgesang aufgeweckt zu werden und ihm zu lauschen, während Sonja noch schlief.

Tiefe Sehnsucht erfüllte sein Herz. Keine Reise und kein Hotel dieser Welt konnten mit Sonjas gemütlichem Schlafzimmer mithalten. Er dachte an ihre Plüschtiere, die auf ihrer Kommode saßen, an weiße Gardinen und blumige Bettwäsche, die nach süßlichem Waschmittel roch. An ihre Haargummis und Spangen, die unordentlich auf dem Nachttisch lagen.

Firas ging ins Zimmer zurück und legte sich aufs Bett. Es war neunzehn Uhr. Er sollte sich allmählich entscheiden, ob er mit in die Bar gehen würde oder sich vielleicht mit einem kleinen Spaziergang durch die Frankfurter City zufriedengeben würde. Unentschlossen rieb er an seinem Kinn. Das Hotel lag nicht weit vom Hauptbahnhof. In zehn Minuten wäre er bei der Konstabler Wache, wo sein Lieblingsasiate in Frankfurt war. Irgendwie hatte er Lust auf eine Portion Ente mit Eiernudeln und Kokosnusssoße. Einer Kalorienbombe, die so gar nicht in sein Ernährungsprogramm passte. Zudem wollte er seine Ruhe haben.

Ein Klopfen an der Tür riss ihn aus seinen Gedanken. Schnell zog Firas sein T-Shirt an. „Mist. Ich habe vergessen zu sagen, dass ich nicht mitkomme.“

Unwillig begab er sich zur Tür und sperrte auf.

Partybereit stand Sabine in einem schwarzen, tief ausgeschnittenen Minikleid vor ihm. Ihre Ballerinas hatte sie gegen die lackierten Killerschuhe ausgetauscht und präsentierte ihm dabei einen ungehinderten Blick auf ihren üppigen Busen, der beinahe aus dem

Ausschnitt plumpste. Sie sah Firas durch die halbgesenkten Augenlider an und strich sich durch die offenen Haare.

„Du bist ja noch gar nicht fertig", sagte sie enttäuscht. „Die Q-Bar hat einen Dresscode." Sie musterte ihn von oben bis unten.

„Hey", begrüßte Firas sie und verschränkte die Arme vor der Brust.

Sabine biss sich verführerisch auf der Lippe. „Kommst du überhaupt mit?", wollte sie erneut wissen und legte den Kopf schief. „Sag nicht, dass du wie ein alter Opa den ganzen Abend in diesem Zimmer bleibst." Während sie sprach, erfüllte ein starker Schnapsgeruch die Luft zwischen ihnen.

Schweigend lehnte Firas sich gegen den Türrahmen und sah zu Sabine. Er hatte eine Vorahnung, was sie beabsichtigte, spielte jedoch den Ahnungslosen. Könnte ja sein, dass er sich täuschte.

„Bist du schon am Vorglühen?", witzelte er und hob einen Mundwinkel. Vielleicht würde es ihm gelingen, das Thema zu wechseln und sie dezent abzuwimmeln.

Sabines Augen funkelten begehrlich und sie spielte mit einer Haarsträhne, wickelte sie langsam um ihren Zeigefinger. „Ich habe drei Shots aus der Hotelbar gehabt. Zugegeben, die waren nicht das Beste. Aber Alkohol ist Alkohol." Ihr Blick glitt zu seinen Lippen, dann fuhr sie mit einer Hand über ihren Hals.

Für einen Moment senkte Firas den Kopf und sah zur Seite. Zum Glück war niemand im Flur. Niemand, der dieses Gespräch mitbekommen konnte. „Ich komme nicht mit", sagte er fest und sah Sabine wieder in die Augen. „Ich muss noch etwas erledigen."

Unzufrieden rollte sie ihre dunklen Augen. „Ich will nicht allein mit Tobias in der Bar sitzen! Er ist furchtbar langweilig", protestierte sie und sah ihn empört an.

Firas seufzte schwer. Schon immer ging Sabine über Leichen und war daran gewohnt, alles zu erreichen, was sie sich vorgenommen hatte. Ihre Entschiedenheit zeigte sich in ihrem Lebenslauf und dem brillanten Verlauf ihrer Karriere. Allerdings setzte sie ihr Durchsetzungsvermögen nicht nur bei der Arbeit ein, sondern auch bei Männern, was mehrere pikante Geschichten in Kollegenkreisen zur Folge hatte. Oft erreichte sie ihre Ziele mit Sex, so zumindest die Gerüchte und Firas glaubte spätestens nach diesem Auftritt, dass ein großes Stück Wahrheit darin steckte.

„Es ist so, wie es ist. Ich will nicht mitkommen. Daher geh mit Tobias oder lass es ganz sein", gab Firas ihr zur Antwort und machte sich diesmal keine Sorgen, ob sein Ton etwas schroff war.

Sie kam näher und legte ihre Hand auf seine Wange. „Darf ich zu dir reinkommen? Tobias braucht ewig, bis er fertig ist", flüsterte sie.

Es gab keine Zweifel mehr. Entschieden griff Firas nach ihrer Hand und nahm sie von seinem Gesicht runter. „Nein", sagte er entschieden und sah kühl in ihre Augen. „Auf gar keinem Fall."

Völlig verblüfft blickte Sabine ihn an. Obwohl er ihr mehrmals deutlich zu verstehen gegeben hatte, dass sie bei ihm keine Chance hatte, schien sie aus irgendeinem Grund mit dieser Antwort nicht gerechnet zu haben. Ihrem kleinen Schock folgte ein verlegenes Lächeln und sie leckte über ihre rot geschminkten Lippen. „Ich ... Ich dachte, du willst es auch", sagte sie mit der zitternden Stimme und krallte die Finger in ihre schwarze Clutch.

„Nein. Du hast dich geirrt. Ich dachte, das habe ich dir schon längst verständlich gemacht." Erneut verschränkte Firas die Arme vor der Brust und stützte sich auf ein Bein, winkelte zugleich das andere an.

Sie lachte bitter und griff sich am Kopf, fuhr hastig mit den Fingern über ihr langes schwarzes Haar. „Ich bin so blöd. Wie peinlich ist das denn bitte? Normalerweise irre ich mich nie", entkam es leise ihren Lippen und sie schüttelte den Kopf. „Ich war mir bei dir ganz sicher …"

„Sabine", sagte Firas und blickte abermals um sich. „Keine Sorge. Niemand erfährt etwas davon. Jetzt muss ich aber wirklich weg. Viel Spaß euch in der Bar." Er legte seine Hand auf die Türklinke und gab ihr damit zu verstehen, dass das Gespräch zu Ende war. „Ciao!"

Er hatte sich ein Essen beim Asiaten gegönnt und spazierte an der Konstablerwache entlang, genoss dabei diese abendliche Ruhe, die er zum Nachdenken nutzte. Zum Sortieren von allem, was ihm durch den Kopf ging. Ein leichter Wind streifte über sein Gesicht und brachte den charakteristischen Geruch der Großstadt mit sich: vom verdreckten Asphalt der Fußgängerzonen, aus den U-Bahn-Eingängen, er drang aus den Geschäften und Auspuffen der Fahrzeuge. Nebenbei mischte er sich mit vielfältigen Parfumdüften aufgestylter Frauen, mit dem Duft eines Frischgebäcks und dem Alkoholgeruch, der sich den Weg aus zahlreichen Kneipen bahnte. Der Geruch einer Großstadt ließ in Firas viele Erinnerungen aufsteigen. Er brachte ihn zum Nachdenken. Zum Träumen. Zum Grübeln.

Früher hatte Firas dieses Flair geliebt. Das Flair aus Chaos und der Freiheit. Das Flair von Cafés, Restaurants und Clubs, vom unbeschwerten Studentenleben und zahlreichen Partys, die öfters spontan stattfanden und bis zum frühen Morgen gefeiert wurden. Schon immer hatte er sich gewünscht, in einer Großstadt zu wohnen, am liebsten direkt in der Stadtmitte, wo er alles zu Fuß hätte erreichen können. Dort hätte er sich je nach Lust und Laune entscheiden können, ob er sich mit seinen Kumpels treffen oder sich vorm Fernseher aufs Sofa hauen würde.

Jetzt hatte er das Gefühl, er würde das alles nicht mehr wollen. Er fühlte sich fremd hier, fehl am Platz und das, obwohl er schon oft in Frankfurt gewesen war und sich in der Stadt gut auskannte.

Vielleicht war dieses Gefühl seiner Sehnsucht nach Sonja geschuldet. Dieses Verhältnis hatte ihn verändert. Sonja war für ihn mehr geworden als nur eine Freundin oder eine Bettgeschichte. Sie hatte einen festen Platz in seinem Kopf und Herzen eingenommen. Tatsächlich fühlte er sich in ihrer Nähe glücklich und entspannt. Mit ihr konnte er tiefgründige Gespräche führen.

Mehrere Male hatte Sonja ihn mit ihrem Zuspruch und ihrer Zärtlichkeit getröstet und ihm den richtigen Weg gezeigt, den er, versunken in seine Sorgen, nicht gesehen hatte. Und manchmal wollten sie nicht viel reden. An solchen Tagen kuschelten sie einfach und schliefen zusammen auf dem Sofa ein, ohne davor Sex gehabt zu haben, und das war mindestens genauso schön wie eine wilde Nacht.

Zudem liebte Firas es, sie zu verwöhnen. Sich um sie zu sorgen. Ihr seine Schulter zu bieten. Sonjas funkelnde Augen ließen sein Herz schneller schlagen und machten ihn glücklich.

Wie seltsam! Eine kurze Geschichte sollte es zwischen ihm und Sonja sein. Nur ein paar Nächte, ein wenig Spaß miteinander. Mehr nicht. Firas hatte nie damit gerechnet, dass er sich keinen Tag mehr ohne Sonja vorstellen konnte.

Er seufzte und eine bedrückende Traurigkeit legte sich um sein Herz. Irgendwann würde dieses Verhältnis zu Ende gehen. Wie aus einem Traum erwacht, würden sie beide zu ihrem alten Leben zurückkehren, sobald ihre privaten Wege sich trennten und die Affäre ihr jähes Ende finden würde. Ihm wurde es mulmig im Magen, während er an das zukünftige Ende ihrer Geschichte dachte. Hoffentlich würde er Sonja nie verletzen müssen. Hastig verdrängte Firas die unangenehmen Gedanken.

Apropos Sonja. Entschieden griff er nach seinem Handy und entsperrte es. Er würde sie anrufen. Egal, ob sie gerade mit Yannik im Café saß oder sonst wo war. Möglicherweise würde er ihr eifersüchtig vorkommen. Oder aufdringlich. Scheiß drauf. Er hatte keine Geduld mehr, auf ihre Antwort zu warten.

Eine aufgeploppte WhatsApp-Nachricht ließ ihn erfreut lächeln und innerhalb einer Sekunde vergaß er alle seine Sorgen.

Hast du Zeit zum Telefonieren? Ich habe dich vermisst:)

hatte Sonja ihm geschrieben und diese Worte sorgten fürs Bauchkribbeln.

Sofort wählte Firas ihre Nummer und sein Herz schnellte hoch, als er ihr zärtliches „Hey" hörte.

„Hey", antwortete er immer noch breit grinsend. Er schlenderte durch die Fußgängerzone und wünschte sich nichts mehr, als Sonja dabei zu haben. Vielleicht sollten sie mal nach Frankfurt kommen. Firas verwarf jedoch diesen Gedanken sofort wieder. Er hatte nämlich etwas Besseres geplant. Etwas, das sie definitiv glücklich machen würde. Er konnte es kaum erwarten, ihr morgen davon zu erzählen.

„Wie war dein Tag?", fragte sie ihn liebevoll und er leckte sich über die Lippen.

„Voll mit Informationen. Nötigen und unnötigen. Mein Kopf brummt wie ein Wespennest", antwortete er. „Morgen ist der letzte Tag und ich bin ehrlich gesagt froh drum."

„Das glaube ich dir."

Er hörte am anderen Ende der Leitung ihr Kichern.

„Aber in der Firma war es heute nicht besser. Mehrere Produkte mussten raus und Herr Schubert kam ordentlich ins Schwitzen. Weil du nicht da warst, musste er alles unterschreiben."

„Dein Selfie ist dir dennoch sehr gut gelungen. Obwohl du viel zu tun hattest." Firas strich mit der Hand über seine Wange und blickte um sich, hielt Ausschau nach einem Coffee-to-Go. „Ehrlich gesagt …" Er atmete tief durch und hielt kurz inne. „Ehrlich gesagt wäre ich lieber bei dir. Auch wenn ich den ganzen Tag in meinem Büro verbracht hätte, hätte ich dich zumindest für ein paar Sekunden gesehen. Ich vermisse dich, Sonja."

Sie schwieg, atmete leise in den Hörer. „Ich dich auch. Du fehlst mir", sagte sie schließlich und seufzte. „Ich mag es nicht, wenn du weit weg von mir bist. Und ich freue mich so sehr, dass du morgen wieder kommst."

Sein Puls raste, als er das hörte. Morgen Abend würde er zurück nach Saarbrücken fahren und zählte bereits die Stunden, bis er Sonja in seinen Armen halten würde.

„Kommst du dann wie abgemacht bei mir vorbei?"

Ein breites Grinsen huschte über sein Gesicht. „Na klar doch!", bestätigte er leidenschaftlich. „Wenn ich darf und du es dir bis dahin nicht anders überlegt hast", fügte er hinzu und Sonja lachte.

„Mittlerweile solltest du wissen, dass ich gerne Zeit mit dir verbringe und dass du willkommen bist", sagte sie. „Ich glaube aber, du hörst es immer wieder gerne. Kann das sein?"

„Vielleicht. Du bist sehr scharfsinnig."

Sie prustete. „Das war nicht schwer zu erraten. Und weil ich so scharfsinnig bin, war ich heute einkaufen, um morgen etwas für uns zu kochen. Ich bin direkt nach dem Café zum Supermarkt gefahren. Morgen würde ich es vermutlich nicht schaffen."

Nach dem Café. Stimmt, davor hatte sie sich mit Yannik getroffen. Firas runzelte die Stirn und setzte eine düstere Miene auf. Wie gut, dass sie gerade keinen Videocall hatten. Nur ungern würde er Sonja seinen Gesichtsausdruck sehen lassen.

„Ah stimmt, wie geht es Yannik?", fragte er gespielt freundlich und rieb sich dabei am Kinn. „Wie war euer Treffen?"

Was wollte er eigentlich von dir? Über was habt ihr stundenlang geredet? Das hätte er viel lieber gefragt, doch er verkniff es sich mit aller Macht.

„Yannik? Ihm geht es gut. Witzig, dass du dir das gemerkt hast." Sonja schien sich darüber zu freuen, dass er nachgefragt hatte. „Ich bin aber nicht lange geblieben. Um fünf war ich schon im Supermarkt."

„Wie, du hast deinen Kumpel abgewimmelt? Wieso denn das?", spielte Firas den Überraschten und hoffte trotz seiner grässlichen Schauspielfähigkeiten glaubwürdig zu klingen. Oder zumindest nicht komplett bescheuert. Um runterzukommen, tastete er nach seiner Zigarettenschachtel. Seine treue Begleiterin.

Nein, er würde jetzt keine mehr rauchen! Höchstens noch eine im Hotel.

„Ja, kann man so sagen", lachte Sonja. „Ich wollte eine scharfe Soße vom Asiaten besorgen. Im Supermarkt gibt es einen, er schließt aber um halb sechs. Deshalb hatte ich keine Zeit. Und der Supermarkt war richtig voll. Habe dort ewig gebraucht, bis ich endlich fertig war", beklagte sie sich und entschuldigte sich daraufhin. „Ich habe dir deshalb so lange nicht geantwortet, tut mir leid."

Unbändige Freude erfüllte sein Herz. Wäre er allein auf der Straße, hätte er wahrscheinlich einen Rückwärtssalto vollführt. Sonja war nicht den ganzen Abend mit diesem Kerl zusammen gewesen. Nein, sie hatte sich andere Prioritäten gesetzt. Sie war einkaufen gewesen, wollte ihn mit einem leckeren Gericht verwöhnen. Eine Bestätigung dafür, dass sie an Yannik offensichtlich kein Interesse hatte.

„Macht doch nichts! Ich war auch beschäftigt. Du warst beim Asiaten? Was hast du denn vor?" Neugierig biss sich Firas auf die Unterlippe. Ihm lief das Wasser im Mund zusammen, während er an Sonjas Liebe zum Kochen dachte und an die köstlichen Speisen, mit denen sie ihn oft verwöhnte.

„Na ja, ich will so ein Thaigericht ausprobieren. Dein Lieblingsgericht. Ente in roter Kokosmilchsoße und Gemüse mit Nudeln dazu." Sonja legte eine Pause ein und fragte danach spitzbübisch. „Kann ich dich damit zu mir locken?"

Innerlich vollführte Firas einen Freudentanz. Nach dieser anstrengenden Schulung konnte er sich nichts Besseres vorstellen, als mit Sonja den Freitagabend zu verbringen. Erneut machte die Sehnsucht sich in seinem Herzen breit und er träumte davon, sie zu umarmen und fest an sich zu pressen, über ihr weiches Haar zu streicheln und ihren Körper mit Küssen zu bedecken. Mit ihr zusammen aufzuwachen und im Bett liegend, dem Vogelgezwitscher zu lauschen, das melodisch die Morgenluft erfüllte.

„Du kannst mich nicht nur mit Essen locken, Süße", sagte er und räusperte sich. So weit waren sie schon, dass er sie so nennen durfte. „Das weißt du ja."

Sie senkte die Stimme. „Ich weiß. Ich war nicht nur im Supermarkt einkaufen. So viel verrate ich dir schon mal. Aber mehr bekommst du aus mir nicht raus. Das ist eine Überraschung."

Firas wurde ganz heiß und er spürte, wie sich sein Penis regte. Mist. Allein die Vorstellung, was diese Frau mit ihm anstellen würde und zu was sie fähig war, ließ seine Lust innerhalb von Sekunden hochsteigen.

„Ich fahre gleich zurück ins Hotel“, sagte er und blickte verstohlen um sich, als ob jemand ihn hören könnte. „Was hältst du davon, wenn wir dort einen kurzen Videoanruf machen und unser Gespräch ab diesem Punkt fortsetzen? Vielleicht zeigst du mir doch deine Einkäufe? Ansonsten kann ich nachts nicht schlafen.“

„Hmmm.“ Ihre Stimme hörte sich geheimnisvoll an. „Du hast ganz schön versaute Gedanken. Morgen brauche ich auf alle Fälle deine Kräfte. Meinst du, dass sie ausreichen?“, forderte sie ihn heraus und kicherte schelmisch dabei.

Er prustete. „Du weißt, dass sie ausreichen. Und nicht nur für ein Mal. Mach dir da keine Sorgen drum.“

„Na gut“, gab Sonja nach. „Dann versuchen wir es mit dem Videoanruf. Aber ich zeige dir nicht alles. Ein paar Überraschungen lasse ich für morgen.“

Kapitel 11:
Die Fragen

Sonja

„Ich bringe uns Nachschub", sagte Sonja und schenkte Firas ein herzliches Lächeln, das er dankend erwiderte. Sie stand auf, gab ihm einen zarten Kuss auf die Lippen und huschte in die Küche.

Endlich war Firas wieder bei ihr. Sie hatte sehnsüchtig auf ihn gewartet und sich aufs Wiedersehen gefreut. Auf das gemeinsame Wochenende, das er ihr versprochen hatte. Ihre Lippen verzogen sich zu einem breiten Lächeln und sie lud eine großzügige Portion auf Firas' Teller. Dann peppte sie alles mit etwas Gemüse auf, gab die Kokosmilchsoße hinzu und setzte ein Blatt Petersilie obendrauf. Wie köstlich das duftete! Ihr Kochexperiment war ihr gelungen und sie freute sich herzlich darüber, dass es Firas so gut geschmeckt hatte. Offensichtlich fühlte er sich wohl bei ihr und verbrachte gerne Zeit mit ihr.

Warum konnte es nicht immer so bleiben? Sonja ertappte sich abermals, diese Gedanken in ihrem Kopf zu spinnen.

Unmöglich. Sie schüttelte den Kopf und dachte bedrückt, dass das unausweichliche Ende der Affäre nahte. Wann würde es wohl kommen? Sonja stellte den Teller zur Seite und stützte sich nachdenklich am Küchentisch ab. Sie dachte an ihre erste Begegnung mit Firas zurück. An ihre heimlichen Küsse. An ihre erste wunderbare Nacht, der mehrere folgten. Noch nie hatte sie sich so wohl gefühlt wie mit ihm. Er bot ihr eine starke Schulter zum Anlehnen und schenkte ihr das Gefühl der Geborgenheit, das ihr seit langer Zeit fremd war. Sie wollte neben ihm aufwachen. Jeden Tag. Wollte in den frühen Morgenstunden, bevor die Sonne aufging, auf ihn blicken, sich an seine Brust kuscheln und an ihm schnuppern, bevor sie zurück in den Schlaf driftete. Jede freie Minute mit ihm verbringen. Alles lief so schön, dass sie manchmal schon das Gefühl hatte, eine funktionierende Beziehung zu führen. Als ob sie ein Paar wären und ihr Verhältnis nicht vor ihren Freunden, Kollegen und Familien geheim hielten. Sie lächelte traurig. Schon wieder träumte sie zu viel und malte sich etwas aus, was nie sein konnte.

Sonja seufzte. Schleichend hatte sich diese Affäre zu etwas Tieferem entwickelt. Sie hatte längst den Moment verpasst, auf Abstand zu gehen und vielleicht einen Schlussstrich zu ziehen. Und jetzt stand sie plötzlich in ihrer Küche und gestand sich ein, dass sie für Firas Gefühle hatte.

„Kann ich dir helfen?", fragte Firas aus dem Wohnzimmer und sie zuckte leicht zusammen.

„Nein, alles gut", antwortete sie ihm und nahm auch sich eine Portion. „Ich bin sofort bei dir!"

Sie waren mit dem Essen fertig und plauderten lebhaft miteinander. Es gab einiges zu erzählen. Sonja hatte ihm über ihre Woche berichtet. Das Wetter war mies gewesen, daher hatte sie ihre Abende zu Hause verbracht. Firas' Gesichtszüge wirkten etwas angespannt, als sie ihm von Yannik erzählte. Es konnte aber auch sein, dass sie sich das nur einbildete. Danach hatte Firas ihr von seiner Weiterbildung erzählt und Sonja bemerkte, wie müde er wirkte.

„Du siehst müde aus", sagte Sonja und sprach damit ihre Gedanken aus. Besorgt legte sie den Kopf schief, betrachtete aufmerksam sein Gesicht. „Du solltest dich vielleicht gleich hinlegen."

„Quatsch. Ich bin voller Power, Sonja." Er lächelte sie an und ein fröhliches Funken zeigte sich in seinen Augen. „Ich freue mich, dich wiederzusehen und will unsere gemeinsame Zeit genießen. Schlafen kann ich auch später."

Sie erwiderte sein Lächeln und fragte sich, was sie für ihn bedeutete. Mühevoll unterdrückte sie das plötzlich aufgekommene Verlangen, ihn danach zu fragen.

„War euer Schulungsleiter wenigstens gut?", griff Sonja das zuvor begonnene Gespräch auf und Firas schüttelte den Kopf.

„Er war anstrengend. Ich dachte, ich würde einschlafen. Und das hätte ich tatsächlich getan, wenn unsere Gruppe nicht ganz vorne gesessen hätte. Aber so ist es nun mal. Ich wollte dieses Zertifikat haben und musste da durch. Umso mehr bin ich froh, bei dir zu sein." Firas sah ihr tief in die Augen und ihre Blicke blieben ineinander verankert. Dann nahm er ihre Hand und strich mit dem Daumen über ihren Handrücken.

Ein glückliches Lächeln umspielte ihre Lippen, als sie seine Worte hörte.

„Du arbeitest sehr viel, Firas. Du bist der zielstrebigste Mensch, den ich kenne. Schau, dass es für dich nicht zu viel wird. Manchmal mache ich mir Sorgen um dich", sagte sie und verstummte. Sie spürte, wie ihr das Blut langsam in die Wangen stieg und ihr Herz schneller schlug.

Firas hob ihre miteinander verschränkten Finger zu seinen Lippen und küsste zart ihren Handrücken. „Ich erhole mich ja. Mit dir kann ich mich am besten entspannen", sagte er und Sonja lächelte erneut. „Ich meine es anders. Ich habe den Eindruck, dass du dich zu viel unter Druck setzt", erklärte sie.

„Du redest wie meine Mama. Weißt du ..." Firas hielt inne und eine traurige Wolke legte sich auf sein Gesicht. „Ich war nicht immer so. Diese Arbeitsweise habe ich mir im Laufe vieler Jahre angewöhnt. Ich habe hart gekämpft, bis ich das geworden bin, was ich sein wollte. Und das deshalb, weil ich früher ..." Mit einem bitteren Lächeln auf seinen Lippen sah er für einen Moment zur Seite, bevor er mit heiserer Stimme fortfuhr. „Früher habe ich viele unangenehme Dinge erlebt. Vielleicht erzähle ich dir irgendwann davon. Nur nicht jetzt. Heute will ich die Zeit mit dir genießen und uns die Laune nicht verderben."

Sonja schwieg. Dass Firas mit seiner Vergangenheit zu hadern hatte, machte sie traurig. Nie hatte er ihr darüber erzählt. Nur der schmerzhafte Ausdruck seiner Augen verriet ihr, dass sein früheres Leben nicht nur aus schönen Zeiten bestanden hatte.

Themawechsel.

„Wie geht es deiner Familie?", wollte Sonja wissen.

Wie gerne würde sie erfahren, dass Firas von ihr erzählt hatte! Dass sie kein Geheimnis mehr war!

Firas öffnete den Mund und wollte etwas sagen, als das Vibrieren seines Handys ihn innehalten ließ.

„Entschuldige, das ist Layla", murmelte er. „Ich schreibe ihr schnell, okay?"

„Na klar!" Sonja nickte und lehnte sich auf dem Stuhl zurück. Sie nahm sich eine Papierserviette und faltete sie zusammen, danach zupfte sie die einzelnen Papierschichten voneinander ab, bis aus der Serviette eine Rose entstand.

Firas schrieb etwas auf WhatsApp, dann hielt er das Handy vor seine Lippen und sagte etwas auf Arabisch.

„Fertig", sagte er schließlich und schenkte Sonja ein warmes Lächeln, legte dann das Handy weg. „Mit einer Sprachnachricht geht es schneller. Ich hasse es, mit meiner Schwester zu tippen, weil sie sehr neugierig ist und ich Romane schreiben müsste, um ihr alles zu beantworten."

Sonja legte den Kopf schief. „Süß. Na ja, sind wir nicht alle ein bisschen neugierig? Wie geht's eigentlich deiner Familie?"

Firas stellte den leeren Becher beiseite und stützte seine Ellenbogen auf dem Tisch ab. „Ganz gut. Sie hatten eine anstrengende Zeit, aber jetzt scheint alles besser zu werden. Gott sei Dank", antwortete er munter und blickte ihr in die Augen.

Erneut und noch brennender als zuvor fragte sie sich, was sie ihm bedeutete. „Bestimmt hat deine Familie dich vermisst. Wollten deine Eltern dich heute nicht

treffen?“, fragte sie und kaute auf der Ecke ihrer Unterlippe.

„Doch. Meine Schwester hat gerade gefragt, ob meine
Eltern und ich heute zu ihr kommen würden. Aber ich
habe abgesagt.“

„Und was hast du ihr gesagt? Dass du gekidnappt
wurdest?“ Obwohl ihr Herz hart in der Brust schlug,
versuchte sie, aus ihrer nagenden Frage einen unschuldigen Witz zu machen.

Er zuckte mit den Schultern. „Ich habe ihr gesagt, dass
ich mich heute ausruhe. Dafür werde ich sie am Sonntagabend besuchen. Mache ich normalerweise ein Mal
pro Woche. Leider geht das nicht mehr so oft wie früher, doch dafür telefonieren wir fast täglich.“

Sonja setzte ihr aufgesetztes Lächeln auf und rieb an
ihrem Nagel. Weitere Gedanken schossen durch ihren
Kopf und ließen sie betrübt zurück. Am Sonntag würde
Firas ihre Wohnung verlassen und zu seiner Familie
gehen. In seine kleine Welt, wo es für sie keinen Platz
gab und nie geben würde. Er würde mit seiner Familie
lachen und lebhaft plaudern. Möglicherweise über
seine Fahrt, seine Arbeit oder seine Kumpels erzählen.
Nur von ihr wird niemand erfahren. Niemals.

„Ich bewundere immer, wie fest du mit deiner Familie
verbunden bist“, sagte sie. Dabei legte sie so viel Ruhe
in ihre Stimme, wie sie nur konnte. „Und wie gut du zu
deinen Eltern bist. So ein Sohn wie du ist der Traum einer jeden Mutter.“

Firas nahm sich eine Serviette und rieb sie solange
zwischen den Fingern, bis er von einer Ecke ein kleines
Stück abgerissen hatte. Das Lächeln entwich seinen
Lippen und er wurde nachdenklich.

„Ich bin kein perfekter Sohn", sagte er schließlich und rieb mit den Fingern über die Stirn. Ein Zeichen von Sorge. „Aber ja, bei uns ist das Verhältnis zu den Eltern sehr wichtig. Besonders zu Müttern. Das wurde Layla und mir seit unserer Kindheit eingeprägt und wir kennen es nicht anders. Über meine Eltern kann ich nur sagen, dass sie den guten Umgang verdient haben. Sie haben uns alles gegeben und für uns alles getan, was ihnen möglich war."

„Schön, wie du über sie sprichst", sagte Sonja nickend und nahm einen weiteren Schluck von ihrer Cola. Sie wollte nichts mehr fragen. Nichts mehr sagen. Ihr Kopf war müde von vielen Gedanken und sie sollte endlich abschalten.

„Oh warte, ich bringe noch etwas aus der Küche", sagte sie schnell. „Ich habe das Dessert vergessen."

Ehe er ihr antworten konnte, stürmte sie wieder in die Küche. Dort lehnte sie sich an die kühle Wand an und atmete tief durch. Eine unsichtbare Hand schnürte ihr die Kehle zu und sie spürte das charakteristische Brennen in den Augen. Entschieden richtete sie sich auf und blinzelte die aufsteigenden Tränen weg. Dann hielt sie inne, atmete tief durch und servierte das Dessert. Nein, sie durfte nicht weinen. Sie sollte stark bleiben. Sich beherrschen. Schließlich hatte sie sich bewusst auf diese Affäre eingelassen.

„Ich habe Erdbeeren mit Joghurt vorbereitet. Hast du Lust darauf?", fragte Sonja möglichst lässig, als sie wieder aus der Küche kam.

Firas grinste. „Und du fragst noch! Aber noch mehr Lust habe ich auf dich. Warte mal ..." Er sah aufmerksam zu ihr. „Du hast wieder diese Traurigkeit in deinen

Augen. Habe ich zu viel geredet? Musst du an deine ..."
Er kaute auf der Innenseite seiner Wange und traute
sich offensichtlich nicht, seine Frage zu stellen.

„Nein, nein." Sonja lächelte und senkte kurz den
Blick. „Ich habe nicht an meine Mutter gedacht. Alles
gut. Ich bin nur etwas müde."

„Dann schlage ich vor, dass wir alles, was mit Sorgen
oder Traurigkeit zu tun hat, beiseitelegen und uns ins
Wochenende begeben", sagte Firas und mit einem weiteren Nicken stimmte Sonja ihm zu.

Er schob seinen Stuhl zur Seite, stand auf und kam zu
ihr. Dann stellte er sich hinter sie und legte seine Hände
auf ihre Schultern. Zart strich er mit den Fingerspitzen
über ihre nackte Haut, glitt unter die Spaghettiträger
ihres Sommerkleides und danach weiter runter bis zu
ihren Brüsten. Dann beugte er sich zu ihr und küsste sie
auf ihren Scheitel. „Komm, wir strecken uns auf dem
Sofa aus", flüsterte er ihr zu. „Die Erdbeeren können
warten."

Sonja lehnte sich zurück und legte ihren Kopf in den
Nacken. Er beugte sein Gesicht zu ihrem und ihre Lippen verschmolzen zu einem zarten Kuss. Ein Schaudern durchlief ihren Körper, als er sachte über ihr offenes Haar fuhr und es mit den Fingern nach hinten
kämmte.

„Ich habe das so sehr vermisst", flüsterte er und löste
seine Lippen von ihren, um daraufhin seine Küsse auf
ihrer Stirn und ihren Wangen zu platzieren. Seine
Hände glitten unter ihren BH, umfassten zärtlich ihre
Brüste und massierten sie leicht. Sonja schloss die Augen und stützte ihren Kopf an seinem Bauch ab. Dieser

Mann verstand nur zu gut, wie er sie scharfmachen konnte.

„Ich … Ich räume hier auf und komme zu dir. Leg du dich schon mal hin", sagte sie mit leicht erstickter Stimme und ein leises Seufzen drang aus ihrer Kehle, als er ihr Haar über ihre Schulter legte und mit seinen Lippen über ihren Nacken fuhr.

„Nein. Lass alles liegen. Ich werde aufräumen und versuch nicht, mir zu widersprechen", sagte Firas entschlossen und Sonja konnte nicht verhindern, dass ein verlegenes Lächeln ihre Lippen umspielte. „Du hast genug gemacht, Süße. Und ich will dir helfen. Aber nun will ich mit dir kuscheln", fuhr Firas fort und umklammerte ihren Kopf, um ihr noch einen festen Kuss auf die Lippen zu drücken. „Zudem habe ich Neuigkeiten."

Eine erregte Gänsehaut breitete sich auf Sonjas Haut aus und sie spürte, wie ihr ganzer Körper wie elektrisiert war. Auf einmal waren ihre Gedanken und Zweifel wie weggeblasen. Jetzt gab es nur noch sie und ihn. Niemanden sonst. Sie würde sich fallen lassen und ihre gemeinsame Zeit auskosten. Abschalten. Firas genießen. Sonja stand auf und presste ihre Hände in seinen Nacken. Tief in ihre Augen blickend, umarmte Firas sie an der Taille, hob sie hoch und trug sie zum Sofa, legte sie langsam auf den Kissen ab.

„Komm zu mir", flüsterte Sonja verführerisch und streckte ihm ihre Hand entgegen. „Was willst du mir sagen?" Sie stützte sich auf ihren Ellenbogen und sah fragend zu ihm.

Er legte sich neben sie, nahm sanft ihre Hand und verschränkte ihre Finger miteinander.

„Was hast du am nächsten Wochenende und am darauffolgenden Montag vor?" Firas führte ihre Hand zu seinen Lippen und küsste hingebungsvoll ihre Fingerspitzen. Sein Blick füllte sich mit Zärtlichkeit und Begehren.

Je länger sie ihn ansah, desto mehr wollte sie ihm seine Klamotten vom Leib reißen.

„Nichts. Ich habe keine Pläne." Sonja zuckte mit der Schulter und rieb mit ihrem Bein an seinem. „Wieso?"

Firas grinste breit und sagte nichts. Stattdessen legte er seine Hand auf ihre Hüfte und strich darüber bis zu ihrem Po. Ohne ihren Blick von ihm abzuwenden, biss Sonja sich auf die Unterlippe. Ihr Unterleib zog sich vor Erregung zusammen.

„Sag es", bat sie ihn. „Das, was du da tust ... Ich glaube, ich werde dir bald nicht mehr zuhören können ..."

„Okay." Firas nahm seine Hand weg und berührte gefühlvoll ihre Wange. „Dann trage dir am Montag übernächste Woche deinen Urlaub ein. Und ich werde ihn sogar genehmigen." Er konnte sich ein leises Lachen nicht verkneifen, als er ihr verblüfftes Gesicht sah.

„Was? Was hast du denn vor?" Unbändige Freude erfüllte ihr Herz und Sonja setzte sich auf. „Komm, sag es!"

Firas atmete tief durch und ließ es raus. „Wir fahren nach Hamburg! Ein verlängertes Wochenende. Dort können wir entspannt auf die Straße, ohne dass jemand uns sieht. Na, was sagst du?"

Hatte sie sich verhört? Oder hatte sie ihn falsch verstanden? Vielleicht träumte sie gerade und würde bald zurück in die Realität kehren müssen?

„Was?" Mehr bekam sie nicht raus.

„Ja. Wir fliegen nach Hamburg. Für drei Tage. Es sei denn, du möchtest nicht hin." Spitzbübisch hob Firas die Augenbrauen und legte seine Hand auf ihren Oberschenkel. „Du hast das letzte Wort, Süße."

Entzückt beugte Sonja sich zu ihm, umfasste sein Gesicht und bedeckte es mit Küssen. Firas legte seine Hand auf ihre Taille und löste sich sanft von ihr.

„Warte, warte." Ein Lächeln schwang in seiner Stimme mit und seine Augen funkelten vor Freude. „Sag mir bitte zuerst, was du davon hältst. Gefällt dir die Idee? Dann buche ich morgen den Zug und das Hotel."

„Und ob!" Sonja atmete tief durch. „Ich war noch nie in Hamburg! Die Stadt soll wunderschön sein!"

Ein liebevolles Gefühl umhüllte ihr Herz und sorgte für ein glückliches Lächeln auf ihren Lippen. Sie würde diese Zeit genießen. Egal, was komme. Außerdem war sie davon überwältigt, was dieser Kerl für sie tat. Was er wohl erst alles tun würde für eine Frau, die ihm alles bedeutete?

Firas griff sanft nach ihrem Arm und zog sie zu sich. „Komm, leg dich endlich neben mich. Ich habe dich vermisst", bat er sie und Sonja gehorchte willig. Er beugte sein Gesicht über ihres und seufzte wohlig, als ihre Lippen zu einem leidenschaftlichen Kuss verschmolzen, dem sie sich wild hingab. Sonja legte ihre Hände in seinen Nacken und zog seinen Kopf herunter. Seine Zunge bahnte sich den Weg in ihren Mund und vor Genuss keuchend entgegnete sie seinem Spiel, umklammerte ihn dabei mit einem Bein.

„Firas," flüsterte sie seinen Namen und stöhnte auf, während er mit den Fingerspitzen die Haut zwischen ihren Schenkeln streichelte und langsam unter ihr kurzes Kleid glitt. „Ich … “

Seine Hand schob ihr Höschen zur Seite und ihr Atem stockte vor Erregung, die sich in jedem Zentimeter ihres Körpers ausbreitete.

„Oh Himmel“, flüsterte Firas lustvoll und löste sich für einen Moment von ihr. „Du … Du bist schon so feucht.“

„Ja und ich kann es nicht mehr aushalten“, flüsterte sie. Dann hob sie ihre Hüften und befreite sich von ihrem Höschen.

„Willst du ein längeres Vorspiel?“, fragte er und entschieden richtete Sonja sich auf, stellte sich auf die Knie und zog schnell ihr Kleid aus. Er legte seinen hungrigen Blick auf ihre Brüste und dieser ließ ihre Erregung ins Unermessliche steigen.

„Sag mal …“ Keuchend richtete Firas sich auf seinen Ellenbogen auf. „Denkst du dasselbe, was ich denke?“

Sonja warf ihr offenes Haar nach hinten und strich sich über ihre Brüste, spielte mit ihren harten Nippeln. „Ich denke, wir brauchen kein Vorspiel“, antwortete sie und packte Firas am Saum seines T-Shirts. „Zieh dich aus. Ich will dich nackt sehen.“

„Zu Befehl!“ Lachend stand er vom Sofa auf und zog das T-Shirt aus, ihm folgte seine Hose, die er auf den Boden fallen ließ. Dann setzte er sich wieder, lehnte sich an den Sofakissen an und Sonja setzte sich auf seinen Schoß. Ein leises Stöhnen entkam ihren Lippen, als sie sein steifes Glied zwischen ihren Schenkeln spürte.

„Komm her“, flüsterte Firas und umfasste ihr Gesicht, presste leidenschaftlich seine Lippen auf ihre. Genussvoll schloss Sonja die Augen und gab sich diesem heißen Kuss hin. Gleichzeitig kreiste sie ihr Becken und rieb mit ihrer feuchten Vagina an seinem Glied, wünschte sich dabei nichts mehr, als ihn in sich zu spüren. Keuchend öffnete sie halb ihren Mund, kraulte zärtlich seinen Nacken und streichelte liebevoll seine Schultern, während Firas' Lippen den Weg zu ihrem Ohr gefunden hatten und leicht an ihrem Ohrläppchen knabberten.

„Ich kann nicht mehr …", stöhnte Sonja leise und löste sich sanft von ihm. „Ich will …"

„Warte."

Firas streckte seinen Arm aus, griff nach unten, fand seine Hose und fischte aus der Hosentasche ein Kondom. Sonja kroch vor ihn und fuhr zart mit ihrer Zunge über seine Eichel, bevor sie die Packung aufriss und das Kondom überstreifte. Danach hielt sie sich an seinen Schultern fest, winkelte die Beine an und setzte sich auf ihn, ließ sein Glied in sie eindringen. Firas drückte sie an sich und vergrub sein Gesicht in ihrer Halsbeuge, während seine Hände über ihren Rücken streiften. „Du machst mich wahnsinnig", murmelte er und widmete sich erneut ihrem Hals, ließ seine Lippen über ihre Haut wandern. Genießerisch legte Sonja den Kopf in den Nacken und reckte ihm ihre Brüste entgegen, die er sanft mit den Fingerspitzen berührte. Danach schob Firas ihre Nippel zwischen seinen Fingern und rieb zärtlich an ihnen. Sie hob sich ein wenig auf ihren Knien, sodass ihre Brüste direkt vor seinem Mund waren. „Hast du sie auch vermisst? Möchtest du die beiden küssen?"

„Himmel, ja!" Seine Stimme wurde heiser. Abwechselnd nahm er ihre Nippel in den Mund und knabberte leicht an ihnen.

Sonja ließ ihm Zeit. Sie ließ ihn ihre Brüste liebkosen, sie genießen, kraulte dabei in seinen Haaren und streichelte ihn ab und zu am Hals.

Endlich hob er seinen Kopf und sah sie lustvoll an. „Ich kann nicht mehr", raunte er.

Erneut ließ sie sich heruntersinken und stöhnte auf, als sie sein steifes Glied tief in sich spürte.

„Das will ich auch", seufzte sie, während er mit seinen heißen Küssen ihren Hals bedeckte. Schwer atmend gab sie sich seinen Liebkosungen hin, hob und senkte dabei ihre Hüften, ließ ihr Becken weiter kreisen. Seiner Kehle entkam ein genussvolles Stöhnen, seine Brust hob und senkte sich hastig und Sonja spürte, dass er nicht mehr lange bis zum Orgasmus brauchte.

„Du bringst mich um", flüsterte Firas. Fest umfasste er ihren Po und seine Brustmuskulatur spannte sich. Dann hob er ihren Po etwas an. „Wie weit bist du? Ich will dich kommen sehen!"

„Leg dich hin", flüsterte sie ihm zu und erhob sich abermals, ließ sein Glied aus ihrer Vagina gleiten. Keuchend rutschte Firas runter vom Kissen, streckte sich auf dem Sofa aus und Sonja führte seinen Penis langsam ein. Danach legte sie ihre Hände auf seinen Bauch und bewegte ihre Hüften etwas schneller als zuvor. Jetzt war sein Glied ganz in ihr drin, massierte ihren G-Punkt und sie tobte beinahe vor unbändiger Lust.

„Küss mich!", stöhnte Firas und sie beugte sich zu ihm, legte ihren Oberkörper an seinen, presste dabei ihre

Brüste an ihn. Ihre Lippen trafen sich zu einem leidenschaftlichen Kuss und Sonja beschleunigte ihre Bewegungen. Leicht auf ihren Knien abstützend, ging sie einige Male auf ihm auf und ab und spürte, wie die langersehnte Spannung sich in ihrem Leib aufbaute und ihre Muskeln sich zusammenzuziehen begannen.

„Oh Firas!", rief sie und krallte sich mit den Fingern in seine Schultern. Er hielt ihren Po angehoben fest und bewegte seine Hüften ihrem Unterleib entgegen, sorgte damit für stärkere intensivere Stöße, die sie und ihn an den Rand des Höhepunktes brachten. Dann stöhnte er laut, stieß weiter und ein leichtes Zucken durchfuhr seinen Oberkörper.

Vorsichtig setzte sich Sonja im Bett auf und blickte verstohlen auf den tief schlafenden Firas. Nachdem sie vom Sofa in das Bett gewechselt und sich völlig verausgabt hatten, hätte ihn keine Kanone aufwecken können.

Gut so. Sonja nahm ihr Handy in die Hand. Es waren zwei Uhr nachts und vergeblich wälzte sie sich stundenlang im Bett herum. Ihre Versuche einzuschlafen, blieben erfolglos.

Nochmals blickte Sonja auf Firas und unterdrückte mühevoll den Wunsch, ihre Lippen auf seine nackte Schulter zu legen und erneut seine Haut mit Küssen zu bedecken. Behutsam schwang sie die Beine über die Bettkante und zog ihren Bademantel an. Auf ihrer Kommode lag seine Zigarettenschachtel. Sonja hielt inne, öffnete die Schachtel und nahm sich eine Kippe und sein Feuerzeug.

Mit leisen Schritten begab sie sich ins Wohnzimmer und ließ die Rollläden hochfahren. Sie trat auf den Balkon, setzte sich auf einen Klappstuhl und atmete tief die frische Luft ein, bevor sie sich eine Zigarette ansteckte. Ruhe und nächtliche Stille umgaben sie, wurden ab und zu vom Bellen der Hunde unterbrochen.

Ihr Herz hämmerte in ihrer Brust und ein tiefer Zug ließ sie für eine Minute zur Ruhe kommen, doch die Unruhe ließ nicht lange auf sich warten. Ein leichtes Zittern ging durch ihren Körper.

Sie würde Jenny schreiben. Fragen, wann sie Zeit hätte. Sonja musste mit ihr reden, sich ihr anvertrauen, ansonsten würde sie förmlich explodieren oder in der Klapse landen.

Sie zerdrückte die Zigarette im kleinen bunten Aschenbecher und nahm ihr Handy in die Hand. Jenny hatte heute Nachtschicht im Krankenhaus. Manchmal hatte sie ruhige Minuten und dann schrieben sie miteinander, falls Sonja zu dieser Uhrzeit wach war. Wie jetzt.

Süße, wie geht's?

schrieb Sonja und hielt inne, nachdem sie die Nachricht abgeschickt hatte. Die Aufregung nahm überhand, als sie daran dachte, Jenny über dieses Verhältnis zu erzählen. Wie würde ihre Freundin reagieren? Wie würde diese Geschichte sich auf ihre Freundschaft auswirken? Schließlich war Firas der beste Freund von Jan. Was würde Firas tun, wenn er es erfahren würde, dass ihr Geheimnis keins mehr wäre?

Sonjas Hände wurden kalt und sie spürte, wie ihre Knie vor Aufregung zitterten. Die Vibration ihres Handys ließ ihr Herz hart in ihrer Brust hämmern. Zweifel überkamen sie. Sollte sie es Jenny wirklich erzählen? Oder doch lieber den Mund halten?

Wieder bildete sich ein Kloß in ihrem Hals.

Gut und dir? Alles in Ordnung, Maus?

antwortete Jenny und Sonja legte den Kopf in den Nacken, blickte in den Nachthimmel, während eine Träne ihre Wange entlang floss.

Na ja. Ich muss mit dir reden. Hast du demnächst Zeit für einen Kaffee?

schrieb Sonja und sofort antwortete Jenny.

Na klar, Süße! Wir haben uns lange nicht gesehen. Ist alles wirklich okay bei dir? Willst du gleich telefonieren?

Ein trauriges Lächeln umspielte Sonjas Lippen. Sie blickte auf das Wohnzimmerfenster. Nein, sie würde jetzt nicht telefonieren. Keinesfalls wollte sie von jemanden gehört werden, was bei dieser Stille sehr wohl passieren würde. Außerdem wäre es möglich, dass Firas aufwachen und sie hören würde.

Nein, ich kann jetzt nicht.

schickte Sonja ab und wippte mit dem Bein, hüllte
sich in den Bademantel. Trotz des Augustmonats war
es ziemlich frisch und sie sollte sich nicht allzu lange
auf dem Balkon aufhalten. Eine Erkältung konnte sie
nicht gebrauchen.

*Sonja, wo bist du? Was ist passiert? Ich habe morgen
und übermorgen eine Nachtschicht. Wir können uns
erst am Dienstag treffen.*

schrieb Jenny und setzte einen traurigen Smiley dazu.

*Und vielleicht können wir davor telefonieren. Ich will
wissen, was mit dir los ist, Maus! Sag mir wenigstens
kurz, was los ist! Ansonsten mache ich mir Sorgen!*

Sonja atmete tief ein. Ihre Entscheidung stand fest.
Sie würde mit Jenny reden und ihr alles erzählen. Sie
konnte nicht anders. Es ging einfach nicht mehr.

Es geht um Firas.

tippte sie hastig.

*Ich muss unbedingt mit dir sprechen. Jetzt kann ich
nicht. Wenn, dann erst am Sonntagabend.*

Schnell schickte Sonja die Nachricht ab und kniff die
Augen zusammen. Was würde Jenny dazu sagen?
Erneute Vibration. Sie sah aufs Display.

O Gott! Um Firas? Was ist passiert? Warum kannst du jetzt nicht reden?

Sonja seufzte und rieb ihre Handflächen zusammen, hauchte danach auf ihre kalten Finger. Ein kühler Wind streifte über ihr Gesicht und ihre nackten Beine, brachte sie zum Zittern.

Was ich dir jetzt sage, darfst du niemandem erzählen. Nicht einmal Jan, verstanden? Wenn du es irgendwem sagst, werde ich wirklich wütend und sauer sein, okay?

tippte sie schnell, schickte ab und wartete, bis Jennys Antwort kam.

Okay.

antwortete Jenny, gefolgt von einem Smiley, der den Mund mit einem Reißverschluss verschlossen hatte.

Sonja kicherte nervös, atmete tief durch und vertraute sich ihrer Freundin an.

Wir haben eine Affäre.

Kapitel 12:
Ein freier Tag

Firas

Firas schaltete die Kaffeemaschine an. Er wählte seine Lieblingskaffeesorte und legte die Kapsel unter dem Deckel. Während der Automat das Getränk der Götter zubereitete, ging er wieder ins Schlafzimmer und öffnete seinen Kleiderschrank. Das Wetter draußen versprach, warm und sonnig zu bleiben. Firas entschied sich daher für eine blaue Jeans und ein graues Poloshirt.

Heute waren sie alle mit Hassans Familie zum Brunchen verabredet. Es war Donnerstag und Firas hatte sich extra wegen des Brunchens freigenommen. Er selbst hatte das gemeinsame Essen vorgeschlagen, während er in Frankfurt gewesen war und mit seiner Mutter telefoniert hatte. Eigentlich hatte er keine große Lust darauf. Lieber würde er mit Jan zum Kickboxen gehen oder sich mit seinen arabischen Kumpels zum Shisharauchen treffen. Zudem musste er die Fahrt nach Hamburg planen. Schließlich wollte er mit Sonja eine wunderschöne Zeit verbringen und das sollte nicht nur Sex sein, auch wenn dieser verdammt gut und unvergesslich war. Nein, wie es sich herausstellte, interessierte sich Sonja für viele Dinge und ihre reiche innere Welt faszinierte ihn immer mehr. Daher wollte er ein paar Museen mit ihr besuchen und vielleicht auch eine Bootsrundfahrt auf der Elbe machen.

Hoffentlich dauerte das Essen nicht allzu lange. Er wollte danach noch zu einigen Kleidergeschäften in der Stadt gehen, er brauchte dringend ein paar neue Hemden und eine sommerliche Stoffhose.

Er schlüpfte in die Jeans und betrachtete kritisch seinen muskulösen Oberkörper im Spiegel. Mittlerweile hat er sich wieder in seine frühere Form gebracht. Er kämmte das Deckhaar leicht zur Seite, bis er mit dem lässigen Ergebnis zufrieden war. Daraufhin warf er einen flüchtigen Blick auf die Uhr. Jetzt sollte er wirklich los. Firas schüttete den Kaffee in den Thermobecher, schob sich eine Zigarette hinter das Ohr und machte sich auf den Weg.

Sollte er Sonja schreiben und fragen, wie es ihr ging? Heute hatte sie eine Unmenge an Arbeit zu erledigen, er verspürte Gewissensbisse. Schließlich hatte er ihr die kniffligen Produkte aufgedrückt, weil sie sich als Einzige damit auskannte. Sie waren zu bedeutsam, um die Analytik in die Tonne zu hauen.

„Nein", sagte er zu sich selbst und nahm einen großen Schluck Kaffee. „Nein. Kein schlechtes Gewissen. Schließlich bin ich ihr Vorgesetzter und weiß, wie ich die Aufgaben verteile."

Mit diesen Gedanken zündete er sich die Zigarette an, tätigte einen kräftigen Zug und begab sich Richtung Saarbrücken City zum Café Bar Celona, wo sie alle zum Brunchen verabredet waren.

Das Treffen verlief entspannt und gemütlich, beim lebhaften Geplauder über gefühlt alle Themen der Welt.

Sie hatten einen Platz am breiten Fenster, der einen hervorragenden Blick auf das vor ihnen liegende Panorama der Saar bot, und genossen die köstlichen Speisen, die ihnen nach und nach serviert wurden. Die frischgebackenen Brötchen in Kombination mit Butter und Marmelade, Rührei und zarte Hähnchenwürstchen schmolzen auf der Zunge. Frisch gepresste Obstsäfte sorgten für ein wahres Urlaubsfeeling. Zum Schluss bestellte jeder ein Stück herzhaften Kuchen und ein Heißgetränk dazu.

Firas sah zu Aliya, die ihm gegenüber saß und überlegte schnell, worüber er sich mit ihr unterhalten könnte. Er biss sich auf der Unterlippe, warf daraufhin einen Blick zum Fenster. Mit Sonja zusammen zu sein fühlte sich so einfach an wie das Atmen. Manchmal kam es ihm vor, als wären sie beide ein Paar und das seit Langem. Ihre gemeinsamen Zeiten, ihre Gespräche, das alles fühlte sich einfach irgendwie ... selbstverständlich an. Als wäre Sonja seine Seelenverwandte. Verdammt. Wieso musste er schon wieder an sie denken?

Er stand auf sie. Er mochte sie. Diese Erkenntnis sickerte langsam, aber sicher in sein Bewusstsein. Mittlerweile konnte er sich keine Minute ohne sie vorstellen und dieses Gefühl wurde immer stärker. Je öfter er sie sah, je mehr Zeit sie zusammen verbrachten – Firas spürte immer mehr Verlangen nach ihr. Zur Hölle. Was sollte das? Er hat sich doch nicht etwa in sie ...?

Nein! Nein! Definitiv nicht. Und wenn schon – er sollte bald den Schlussstrich ziehen. Schließlich gehörten ihre Schicksale nicht zusammen. Sie beide waren zu unterschiedlich. Zudem wollte Sonja keine feste Beziehung, so hatte sie ihm am ersten gemeinsamen Morgen zu verstehen gegeben.

Wieder blickte er auf Aliya und sie entgegnete seinen Blick mit ihrem perfekten Lächeln.

Augenblicklich kam er sich wieder so schäbig vor, wie man es kaum in Worte fassen konnte. Wieso konnte er sich nicht in diese Frau verlieben? Diese Frau, die wie für ihn geschaffen schien?

Nein. Er verspürte keinerlei Anziehung zu ihr. Stattdessen schweiften seine Gedanken ab und landeten im Nu bei Sonja, die eine drogenartige Wirkung auf ihn hatte. Allein ihr Duft, der seinen Verstand vernebelte …

Ob Aliya ihn mochte, ihn vielleicht liebte? Firas räusperte sich und schenkte sich etwas Wasser ein. Er war angewidert von sich selbst.

„Und wie geht es dir?“, begann Firas das Gespräch und schenkte der dankbar nickenden Aliya Tee ein. „Was macht die Arbeit?“

Sein Blick glitt nach links zu seinen und Alias Eltern und begriff sofort, dass sie beobachtet wurden. Auf den Lippen seiner Mutter flatterte ein Lächeln, Hassan warf ihm einen beifälligen Blick zu und sein Vater zwinkerte. Danach vertieften sich alle erneut in ihr Gespräch, wo es gerade um Politik ging.

„Alles gut“, antwortete Aliya leise und senkte lächelnd den Blick „Und wie ist es bei dir? Macht dir die Arbeit mit …“ Sie sah zur Seite und senkte die Stimme. „… mit Papa Spaß?“

„Ja, klar. Es ist wunderbar." Firas trommelte leicht mit den Fingern auf der Tischoberfläche. Dann verschränkte er sie miteinander. „Dein Vater ist ein tolles Vorbild, ich kann viel von ihm lernen. Wirklich." Mit einem Nicken bekräftigte er seine Worte, sich gleichzeitig fragend, wieso ihm jedes Wort so schwerfiel. Als ob er gelähmt wäre. Früher hatte er nie ein Problem, mit Aliya zu sprechen. Sie hatten teilweise bereichernde Diskussionen geführt und sich lebhaft ausgetauscht. Was war ihm denn jetzt widerfahren? Er fühlte sich wie ein Teenager, der nicht wusste, worüber er mit einer Frau reden sollte. Sein Gestammel war einfach nur peinlich. Firas richtete seinen Blick auf Aliya und runzelte die Stirn, hastig überlegend, was er sie als Nächstes fragen sollte.

„Weißt du, am liebsten würde ich mit dir spazieren gehen." Aliya beugte sich leicht zu ihm und berührte seinen Oberarm. „Es gibt einiges, worüber ich mit dir sprechen möchte, aber ..." Nochmals sah sie zu ihren Eltern, die sie nicht zu bemerken schienen. „Aber nicht hier."

Firas betrachtete sie aufmerksam. In ihren Augen blitzte Traurigkeit gemischt mit Hoffnungslosigkeit auf, ihre halb offenen Lippen verrieten Aufregung und einige Stirnfalten verrieten Besorgnis. Etwas lag ihr auf dem Herzen.

Er nickte und wandte sich an die beiden Familien. „Aliya und ich würden jetzt einen kleinen Spaziergang einlegen. Ist es in Ordnung, wenn wir euch für ein paar Minuten allein lassen?"

Ohne auf ihre Antwort zu warten, stand Firas auf, schob seinen Stuhl auf seinen Platz und nickte Aliya zu.

„Aber natürlich!“, rief Aliyas Mutter freudig, als ob sie diese Frage längst erwartet hatte.

Hassan erhob sich mit breitem Grinsen und funkelnden Augen. „Eine wunderbare Idee, Kinder!“ Er berührte Firas’ Ellenbogen und sagte leise: „Ich übernehme das. Bitte.“

„Nein, keinesfalls“, lehnte Firas entschieden ab, setzte dabei sein freundlichstes Lächeln auf. Zum Glück hatte er bereits am Tresen bezahlt, als er eine rauchen gewesen war. „Das ist schon erledigt.“

„Aber …“

„Das kommt von Herzen, Hassan. Ich wollte euch schon seit Langem einladen. Es ist mir eine Freude.“

Hassans Augen schimmerten feucht. Er zog seine Brille aus und rieb sie mit einem Tuch ab, wandte sich daraufhin wieder Firas zu: „Danke mein Junge! Danke, dass du so gutherzig bist. Und jetzt halte ich euch nicht auf.“ Hassan warf seiner Tochter einen Blick zu und diese erwiderte ihn mit einem sonnigen Lächeln. „Geht spazieren, genießt die gemeinsame Zeit. Wir bleiben noch eine Weile da.“

Sie verließen das Café und gingen die breite Treppe herunter. Während sie entlang der Saar spazierten, steckte Firas sich eine Zigarette an und atmete genussvoll den Rauch ein. Er sah zu Aliya. Sie streckte ihr Gesicht der Sonne entgegen und wirkte zum ersten Mal richtig entspannt – mit einem echten Lächeln, das ihre Augen mit Leben füllte. Ein leichter Wind verirrte sich zwischen die akkurat geschnittenen Bäume, streifte über ihre Gesichter und brachte wohltuende Erfrischung mit sich. Für einige Sekunden schloss Firas die

Augen und genoss den Wind auf seiner sonnengebräunten warmen Haut.

„Worüber wolltest du mit mir sprechen?", wandte er sich endlich Aliya zu, die gerade alles um sich herum zu vergessen schien. „Ist ein unglaubliches Wetter, nicht wahr?"

Das meinte er ernst. Es tat unglaublich gut, das Café zu verlassen und hier auf der breiten Promenade zu spazieren, dabei verliebte Pärchen und laut lachende Jugendliche zu beobachten. Viele nutzten das schöne Wetter aus. Gruppen von jungen Leuten saßen an der Saar, fuhren Inliner oder tanzten vor ihren Handykameras. Paare aßen Eis und hielten sich an ihren Händen, ohne dabei die Blicke voneinander zu lassen. Ältere Menschen saßen auf den Bänken und genossen die Sonnenstrahlen, die ihre faltigen Gesichter erhitzten. Stimmen, gemischt mit musikalischen Klängen schwirrten in der Luft und zauberten auch Firas ein Lächeln auf die Lippen.

„Es ist wirklich göttlich." Aliya sah zu ihm und lächelte breit. „Und ich bin so froh, dass ich mal ohne meine Familie spazieren gehen kann. Danke, dass du mitgekommen bist, Firo. Wir müssen nicht lange gehen. Mit Sicherheit hast du zu tun. Aber ich ... Ich wollte nur ein wenig aufatmen."

Aliya griff nach ihrer Handtasche und warf einen Blick aufs Display ihres Handys. Plötzlich leuchteten ihre Augen, ein glühendes Lächeln umspielte ihre Lippen und sie kicherte laut, hielt sodann die Hand vor dem Mund. „Entschuldige", sagte sie verlegen, während ihre Wangen sich rosa färbten. „Ich ... Ich beantworte nur eine Nachricht und bin sofort bei dir."

Während Aliya schnell auf ihrem Handy tippte, breitete sich in Firas' Kopf eine Vermutung aus, die sich allmählich festigte. Die junge Frau war vollkommen in ihre Nachrichten vertieft, biss sich dabei auf die Lippen und fuhr ab und zu sich mit den Händen durch die Haare, die immer wieder vom Wind verweht wurden. Ab und zu sah sie zu Firas auf und nickte entschuldigend, bevor sie weiterschrieb. Anschließend richtete sie ihr Mobiltelefon zur Saar, schoss ein Bild und schickte es wohl an jemanden.

Aliya war verliebt. Zweifellos.

„Entschuldige bitte, das hat gedauert, aber ich musste unbedingt jetzt antworten …" Sie legte ihr Handy zurück in die Tasche und trat zu Firas. „Darf ich? Ich habe nämlich Angst, umzuknicken."

„Na klar. Ein Wunder, wie du in diesen Killerschuhen überhaupt gehen kannst", erwiderte Firas mit einem spitzbübischen Lächeln und bot ihr seinen Arm.

Aliya unterhakte sich bei ihm und sie setzten den Spaziergang fort.

„Also … ich …", begann sie unsicher. „Was ich dir sagen wollte … Weißt du, Firo, ich kenne dich von klein auf und vertraue dir. Ich weiß, dass du mich nicht verrätst."

„Du bist in jemanden verliebt. Richtig?" Grinsend drehte er sich zu ihr und Aliya nickte.

„Woher weißt du das?"

„Ich sehe das. Es ist nicht schwer zu erraten. Deine Körperhaltung, dein Lächeln, die Ausstrahlung … Ich bin zwar kein Psychologe, habe aber ein wenig Menschenerfahrung. Und deine Diagnose lautet: Herzlichen Glückwunsch, Sie sind verknallt!", scherzte er.

Aliya lautes Lachen erschallte und sie warf den Kopf zurück. „Unglaublich. Und ich dachte, ich kann meine Gefühle gut verbergen."

„Im Café habe ich nichts gemerkt. Erst jetzt beim Spaziergang."

Plötzlich wurde ihr Blick ernst. „Meine Familie darf nichts von unserem Gespräch erfahren. Sie sollen auch nicht wissen, dass ich mit dem … mit diesem Mann schreibe. Ich … Ehrlich gesagt, weiß ich selbst nicht, was ich machen soll, Firo. Ich bin achtundzwanzig und fühle mich immer noch wie ein kleines Mädchen, das ihre Meinung nicht kundtun darf. Meine Eltern wollen, dass ich dich heirate. Unbedingt. Das weißt du mit Sicherheit. Du wärst perfekt für mich. Aber Firo … Ich …"

„Aber du liebst einen anderen Kerl", ergänzte er und spürte enorme Erleichterung, die sein Herz ausfüllte. „Und das ist wunderbar! Warum ist es ein Problem?"

Könnte es sein, dass ihm nun sogar das Atmen leichter fiel? Dass das Leben sich um ihn herum bunt färbte?

„Und wer ist der Glückliche?" Mühevoll legte er Ruhe in seine Stimme, um seine unbändige Freude zu verbergen. Schließlich sollte er erst einmal mehr erfahren, bevor er in Freudentränen ausbrechen würde.

„Es ist ein ehemaliger Kollege von mir. Wir haben zusammen in der Apotheke gearbeitet. Wir mochten einander, doch bevor unsere Gefühle sich entwickelten, hat er seinen Job gewechselt. Vor Kurzem hat er eine Beförderung erhalten und ist wieder nach Saarbrücken gezogen und hat sich bei mir gemeldet …" In ihrem Blick zeigte sich reine Entschlossenheit. „Wir haben uns zum Eisessen verabredet. Dann haben wir uns noch mehrere Male getroffen. Und nun wissen wir, dass wir uns lieben … Ich kann mir keine Minute ohne Rami vorstellen.“

Firas dachte nach. Kannte er ihn? Das war auch egal. Nichts mehr wünschte er sich, Aliya glücklich zu sehen und nichts erfreute ihn mehr als das, was sie ihm gerade anvertraut hatte.

„Du bist also nicht in mich verliebt, oder so?“, wollte er sicherstellen.

„Nein“, entgegnete Aliya und senkte kurz den Blick. „Es … Es tut mir leid, Firas. Ich weiß nicht, wie du zu dieser Heiratsidee stehst, aber …“

„Aliya!“ Firas blieb stehen, drehte sich zu ihr und legte seine Hände um ihre Schulter. „Aliya! Du glaubst nicht, welcher Stein mir gerade vom Herzen gefallen ist! Ich bin unendlich glücklich, auch wenn das seltsam klingt. Wirklich! Und wissen deine Eltern von Rami? Oder …“

Ein trauriger Schatten legte sich auf Aliyas Gesicht. „Ja, ich habe es ihnen gesagt. Nachdem du mit deinem Job angefangen hast. Mama hat es relativ gelassen aufgenommen, aber Papa …“ Sie stockte. „Papa will nichts davon hören. Aus irgendeinem Grund will er Rami nicht kennenlernen. Obwohl er ein liebevoller, gebildeter und gut aussehender Mann ist, der zu mir passen würde. Deshalb habe ich nicht mehr darüber gesprochen, aber glaub mir, in meinem Herzen tut es so weh! Einerseits will ich mich nicht mit meinen Eltern streiten, aber andererseits will ich Rami nicht verlieren.“

Firas kaute auf der Innenseite seiner Wange, während er eine andere Zigarette anzündete.

Was sollte er Aliya sagen? Welchen Ratschlag geben? Dass sie nicht aufgeben durfte? Dass sie gegen den Willen ihres Vaters gehen sollte? Nochmals mit Hassan reden und ihn überzeugen sollte? Wie würde er selbst handeln? In seinem Hals bildete sich ein Kloß. Er war nicht mal so mutig, klarzustellen, dass er sich nicht mit Aliya verloben wollte. Und das, bevor sie ihm von Rami erzählt hatte. Schon immer entschlossen und wissend, was er wollte, fühlte er sich hilflos und jetzt gänzlich vom schlechten Gewissen eingenommen. Er hatte noch viele offene Baustellen, an denen er noch ordentlich zu arbeiten hatte.

Kapitel 13: Hamburg

Sonja

Entzückt blieb Sonja auf dem weitläufigen Balkon der Elbphilharmonie stehen und genoss die spektakuläre Aussicht der Hafenkulisse, die sich vor ihren Augen ausbreitete. Von diesem Panorama ergriffen, blickte sie auf die Elbe und die Bauten der Stadt. Ihre Hände lagen auf dem Balkongeländer und sie schloss entspannt die Augen, während der Sommerwind über ihr Gesicht streifte und mit ihren Haaren spielte. Tief atmete sie die frische Hafenluft ein. Endlich kam ihr Herz zur Ruhe. Sie hatte wieder gelernt, das Leben zu genießen. Den Kopf abzuschalten.

Ja, diese Geschichte mit Firas lief schon eine Weile und keine Sekunde hatte sie bereut, sich darauf eingelassen zu haben. Eine Affäre ohne Verpflichtungen war genau das, was sie jetzt brauchte. Sie setzte sich nicht wie früher unter Druck, um einem Mann zu gefallen. Sie war schlicht und einfach sie selbst und kostete ausgiebig jede Minute aus, die sie mit Firas verbrachte.

„Na, alles in Ordnung?“ Firas kam mit zwei Kaffeebechern in der Hand und sie schenkte ihm ein liebevolles Lächeln.

„Anscheinend schon“, beantwortete er seine Frage selbst. „Du grinst ja von einem Ohr zum anderen.“

„Danke.“ Sonja nickte, nahm einen Becher aus seiner Hand und berührte zart seine Finger. „Ich genieße es hier. Es war eine tolle Idee von dir.“

Seine Mundwinkel hoben sich. Dann stellte er sich neben Sonja und legte einen Arm um ihre Schultern. „Ich mag Hamburg.“ Nachdenklich blickte Firas in die Ferne und nippte an seinem Kaffee. „Diese Stadt hat etwas an sich ... Ich weiß nicht, wie ich es ausdrücken kann.“

Sonja sah zu ihm auf und betrachtete sein von der Abendsonne beleuchtetes Gesicht, dessen Anblick ihr Herz hochschlagen ließ. Danach schmiegte sie sich enger an ihn und legte ihren Kopf auf seine Schulter. „Hamburg hat ein besonderes Flair. Ich habe das Gefühl, am Meer zu sein, irgendwo in einem anderen Land“, sagte sie und schloss erneut ihre Augen, ließ die letzten Sonnenstrahlen über ihr Gesicht wandern. „Ganz weit weg von zu Hause.“

Zärtlich küsste Firas sie auf ihrem Scheitel und sie roch einen leichten Kaffeeduft, der von seinen Lippen ausging. „Ja genau“, sagte er, drückte dabei sanft ihre Schulter. „Du hast es sehr treffend beschrieben. Zudem haben wir Glück mit dem Wetter. Und das lange Wochenende können wir für uns nutzen und uns auf die Straße trauen, ohne gesehen zu werden. Ich denke, dass wir in Hamburg keine Kollegen oder Freunde treffen.“

„Das glaube ich auch nicht. Ansonsten behaupten wir, dass wir Doppelgänger haben", sagte Sonja und kicherte, sah danach zu ihm auf. Nachdenklich betrachtete er das Stadtpanorama und sein Blick weilte in der Ferne. Scheinbar dachte Firas über etwas nach.

Allmählich wurde der Wind kühler und Sonja strich mit der freien Hand über ihren Arm. Dumm, dass sie ihre Jeansjacke im Auto vergessen hatte. Trotz des Sommers war es hier abends frisch und das hätte sie mittlerweile wissen müssen. Schließlich hatte sie mit Firas bereits zwei Tage in Hamburg verbracht.

Firas bemerkte offenbar ihr leichtes Zittern. Sofort warf er ihr einen besorgten Blick zu. „Hey, ist dir etwa kalt? Du hast ja Gänsehaut."

„Nein, nein", antwortete Sonja rasch. „Alles gut." Sie begegnete seinem Blick und ungewollt hoben sich ihre Mundwinkel, als sie das spitzbübische Funkeln in seinen Augen sah. „Frierst du lieber, anstatt es zuzugeben?", fragte er grinsend und schüttelte leicht den Kopf. „Warte mal."

Firas nahm den Arm von ihrer Schulter weg und drückte ihr seinen Kaffeebecher in die Hand. „Halt mal kurz", bat er.

Sonja hob die Augenbrauen. „Was tust du da?"

Ohne ihr eine Antwort zu geben, zog Firas seine Sommerjacke aus und Sonjas Bauch kribbelte. Wie jedes Mal, wenn sie seinen durchtrainierten Oberkörper sah. Leider war dieser jetzt unter einem schlichten grauen Shirt verdeckt. Ihr wäre es lieber, wenn er dieses unnötige Teil ausziehen würde.

„Ich brauche sie nicht", stammelte sie, als er ihr tief in die Augen sah und ihr die Jacke um die Schultern legte.

„Nicht, dass du krank wirst." Firas nahm ihr seinen Kaffeebecher aus ihrer Hand und legte erneut seinen Arm um sie. „Wenn wir hier fertig sind, hüpfe ich schnell zum Auto und bringe dir deine Jacke. Zum Glück haben wir in der Nähe geparkt."

„Du frierst doch selbst! Die paar Minuten kann ich aushalten, zudem ist es gar nicht so kalt!", protestierte Sonja und er lachte, bevor er ihr entschieden antwortete.

„Mach dir keine Sorgen um mich. Ich bin an vieles gewohnt. Aber du ... Keinesfalls darfst du krank werden." Firas sah sie an und seine Lippen verzogen sich zu einem schelmischen Lächeln.

Sonja zog seine Jacke enger um ihre Schultern. „Klar darf ich nicht krank werden. Du willst wohl nicht, dass ich gemütlich in meinem Bett liege und du in deinem stickigen Büro schwitzt und dich dabei mit nervigen Kollegen abquälst", zog sie ihn auf.

Firas schnalzte mit der Zunge und schüttelte leicht den Kopf, kniff dabei seine Augen zusammen. „Nicht nur deswegen. Nein, ich habe ein paar eigennützige Gründe. Uns bleiben hier noch zwei Nächte und ich habe einiges mit dir vor. Husten und Fieber können wir nicht gebrauchen."

Sonja lachte laut auf. „Verstehe. Aber keine Sorge. Selbst dann würde ich dir nicht widerstehen können."

Sie hob den Kragen seiner Jacke und vergrub ihr Gesicht darin. Genussvoll atmete sie den Duft seines Parfums ein, der mit einem Hauch von Tabakgeruch überzogen war und sich im Stoff der Jacke eingeprägt hatte. Von dieser Wärme eingehüllt, fühlte sie sich geborgen und auf einmal erfüllte unsagbare Zärtlichkeit ihr

Herz, zauberte ein Lächeln auf ihre Lippen. Dankbar legte sie ihren Arm um seine Taille, kuschelte sich an ihn und sah erneut in die Ferne. Gemeinsam betrachteten sie das Farbenspiel am Himmel, während die Sonne im Wasser zu versinken schien.

„So, hier ist dein Jäckchen." Firas kam vom Parkplatz zurück.

Sonja nickte lächelnd. „Danke!" Sie nahm ihre Jacke entgegen und drückte ihm einen Kuss auf die Wange, woraufhin er seine Arme um ihre Schultern schloss.

„Ich will mehr", murmelte Firas und hauchte ihr einen sanften Kuss auf die Lippen. Mit dem Daumen streichelte er zärtlich ihre Wangen, sah ihr dabei tief in die Augen.

Sein liebevoller Blick ließ Blitze durch ihren Körper jagen und trieb ihren Herzschlag hoch, sodass ihr Atem stockte.

Noch nie hatte ein Kerl solch intensive Emotionen in ihr ausgelöst, nie war ein Beisammensein mit einem Mann so gefühlsintensiv gewesen.

Nicht einmal mit Daniel.

Einem Messer gleich stach dieser Gedanke in ihr Herz und ließ einen kalten Klumpen in ihrem Bauch entstehen. Mist. Schon wieder erinnerte sie sich an ihn. Und dabei hatte sie geglaubt, diesen Mistkerl endlich aus ihrem Gedächtnis verbannt zu haben.

„Alles okay?" Firas entging ihre Gefühlslage nicht und sein Blick füllte sich mit Sorge. „Bedrückt dich etwas?"

„Nein, alles gut", log sie und bekräftigte ihre Worte mit einem aufgespielten Lächeln, das Firas ihr allerdings nicht abkaufte.

„Ich kenne dich schon ein wenig. Wenn du so etwas sagst, stimmt mit dir irgendetwas nicht. Also was ist los?", wiederholte er seine Frage.

„Ich habe mich an etwas erinnert. Aber es ist nichts Wichtiges." Sonja zog seine Jacke aus und gab sie ihm zurück. „Ich habe mich so schön eingekuschelt und dabei vergessen, dass auch du frierst. Abends ist es frisch in Hamburg, nicht wahr?", stammelte sie in der Hoffnung, das Gespräch umzulenken.

Vergeblich. Langsam zog Firas seine Jacke an, dabei senkten sich seine Augenbrauen nach innen. „Ja", antwortete er trocken. „Es ist schon frisch. Warte mal, ich rauche eine. Hier ist ein Aschenbecher."

Er steckte sich eine Zigarette an und sah Sonja eindringlich an. Sorgenfalten legten sich auf seine Stirn. Sie senkte die Augen. Vor seinem aufmerksamen Blick ließ sich nichts verbergen.

„Weißt du", sagte Firas und tätigte einen kräftigen Zug. „Ich will nicht aufdringlich sein. Ich will einfach, dass es dir gut geht. Dass du die Zeit mit mir genießt. Ich merke öfter, dass du an etwas denkst, das dich bedrückt. Ich bitte dich nur um eins. Wenn du über etwas mit mir reden willst, dann tu es. Jederzeit. Okay?"

Unglaublich. Zwischen ihnen lief nichts Ernstes und dennoch gab Firas ihr Geborgenheit und Frieden. Die Gefühle, nach denen sie sich ihr Leben lang gesehnt hatte. Sonja dachte an ihre Mutter und an Daniel zurück. Eine unsichtbare Hand schnürte ihr die Kehle zu und Tränen stiegen ihr schlagartig in die Augen. Schnell wandte sie ihren Blick ab und sah zur Seite. Firas trat zu ihr und legte einen Arm um sie.

Sonja schob ihre Arme unter seine Jacke und schlang sie um seine Taille, barg sodann ihr Gesicht an seiner Schulter. „Manchmal kommen mir einige Erinnerungen hoch", sagte sie leise. „Ich rede aber nicht gerne darüber. Es tut dann noch mehr weh. Weißt du, was ich meine? Deshalb will ich sie so tief wie möglich in meinem Herzen vergraben und sie nie wieder von dort rausholen."

Firas schwieg, drückte sie fester an sich. Sein Arm auf ihrer Schulter fühlte sich unglaublich beruhigend an und für einen Moment schloss Sonja die Augen, ließ dieses Gefühl durch ihren Körper und ihr Herz strömen. Er seufzte und brachte die Zigarette an seine Lippen, tätigte den nächsten Zug und sie spürte, wie sich seine Brust hob. „Ich verstehe dich", sagte er schließlich und warf den Zigarettenstummel in den Aschenbecher. „Mehr noch, ich weiß, was du fühlst." Er beugte seinen Kopf zu ihr und küsste ihre Stirn, vergrub dabei seine Finger in ihren Haaren, strich ihr einige Haarsträhnen hinters Ohr.

Sonja hob den Kopf und sah in seine Augen. „Danke", sagte sie leise. „Danke, dass du so gut zu mir bist."

Sehnsüchtig verankerten sich ihre Blicke ineinander, bis ihre Lippen zusammenfanden und sich zu einem zarten Kuss vereinigten. Sachte fuhr Sonja mit den Fingerspitzen über seinen Rücken. Mit Genuss dachte sie an die bevorstehende Nacht und an seinen muskulösen Körper. Sobald sie zurück im Hotel sein würden, würde sie Firas von seinen Klamotten befreien. Ihm diese unnötigen Stofffetzen vom Leib reißen. Manchmal fühlte sie sich oberflächlich, doch sie konnte von diesem

Mann nicht genug bekommen. Jede seiner Berührungen, jeder Kuss jagten Blitze durch ihren Körper und ließen in ihr Erregung steigen.

Sanft löste Firas sich von ihr und griff nach ihrer Hand. „Ich habe eine Idee und glaube, sie wird dir gefallen." Ein Lächeln schwang in seiner Stimme mit und seine Augen blitzten fröhlich auf.

Fragend sah Sonja ihn an. „Willst du mich gleich vernaschen?", fragte sie und lachte, obwohl sie mit Sicherheit nicht ablehnen würde.

„Vernaschen sowieso. Aber nicht hier." Theatralisch zog Firas die Augenbrauen zusammen und schnalzte mit der Zunge. „Mensch Sonja, wie kommst du auf solche unverschämten Gedanken?", zog er sie auf.

Sie zuckte mit den Schultern. „Keine Ahnung. Sag du es mir. Also, was hast du vor?"

Er verschränkte ihre Finger miteinander und ruckte den Kopf Richtung Landungsbrücken. „Ich schlage vor, dass wir etwas essen und danach eine besondere Schiffsrundfahrt machen." Er legte eine kleine Pause ein, die ausreichte, um ihre Neugier ins Unermessliche zu steigern. „Eine Nachtfahrt. Ich habe darüber gelesen und angeblich soll sie sehr schön sein. Was hältst du davon?"

Sonjas Herz schlug schneller. Sie war überglücklich und kurz davor, sich ihm an den Hals zu werfen und sein Gesicht mit Küssen zu bedecken. Eine Nachtrundfahrt! Alle ihre bedrückenden Gedanken waren wie weggeblasen.

„Oh ja!", rief sie begeistert und hoffte gleichzeitig, nicht zu albern zu klingen. „Deine Idee gefällt mir! Ah, ich freue mich so!"

Firas konnte sich das Grinsen nicht verkneifen.

Blut schoss Sonja ins Gesicht. Anscheinend führte sie sich peinlich auf. „Okay", sagte sie mit leiserer Stimme und räusperte sich, bemühte, eine ernsthafte Miene aufzusetzen. „Einverstanden."

„Komm, lach bitte wieder. Es ist wirklich süß, wie du dich so herzlich freust", sagte Firas immer noch breit lächelnd. „Dieser ernste Gesichtsausdruck steht dir überhaupt nicht. So siehst du der Chefin aus der Technikumsleitung ähnlich. Und jetzt komm, wir gehen zu den Landungsbrücken. Mein Magen grummelt ein wenig." Er zeigte Richtung Zebrastreifen und zog sie sanft mit.

„O Gott!" Sonja lachte lauthals und merkte, wie hungrig sie bereits war. „Sie! Bitte, so grimmig wie die sieht niemand aus. Wahrscheinlich isst sie täglich einen Igel zum Frühstück."

„Ja gut, Frau Dorn ist schon sehr speziell." Firas blieb an einer Ampel stehen und drückte den Knopf. „Aber mal was anderes. Was möchtest du essen?"

„Ich habe Lust auf Pizza", sagte Sonja und leckte über ihre trockenen Lippen. „Und du?"

„Pizza klingt gut. Ich glaube, dort in der Nähe liegt ein nettes italienisches Restaurant", sagte Firas nachdenklich und rieb an seinem Kinn. „Wir können uns die Bäuche vollschlagen und von dort aus direkt auf ein Schiff steigen. Es gibt einen Anbieter, der mir persönlich am besten gefallen hat. Und seine Route sieht beeindruckend aus."

Von Freude überströmt, konnte Sonja ihre Begeisterungsstürme nicht zurückhalten und umarmte Firas, presste sich fest an ihn. „Du hast dir so ein cooles Programm ausgedacht! Kannst du etwa Gedanken lesen?", fragte sie ihn breit grinsend, ohne diesmal ihre Emotionen zu unterdrücken.

Ein herzliches Lächeln umspielte seine Lippen und fest umarmte er sie. „Ich weiß es nicht. Ich errate es nur. Zugegeben, das macht Spaß."

Der Kapitän blickte auf die Uhr und gab ein Zeichen zum Einstieg.

„Gehen wir nach hinten", sagte Firas zu Sonja und gab dem Mann die Tickets. Dieser prüfte sie und nickte einladend.

„Pass auf, das Boot schwankt." Firas stieg auf die Barkasse und gab Sonja die Hand. Sie hielt sich an ihm fest und folgte mit unsicheren Schritten. Er umfasste sie an der Taille und sie gingen in das Innere des Bootes, begleitet vom kühlen Wind, der über ihre Rücken streifte.

„Gut, dass wir drinnen sitzen", sagte Sonja und kuschelte sich an ihn.

Firas gab ihr einen Kuss auf dem Scheitel und führte sie zu den hinteren Bänken. „Abends in einem offenen Boot ist schon kalt", stimmte er ihr zu. „Dort würden wir uns in zwei Eiszapfen verwandeln. Und ich kann dich nicht frieren lassen."

Es war hinreißend, wie Firas sich um sie sorgte, welche Mühe er sich gab, um es ihr in allerlei Hinsicht gut gehen zu lassen. Ihr Komfort zu bieten. Als ob sie ein richtiges Pärchen wären. Flüchtig erinnerte Sonja sich an ihre erste Begegnung und an Jennys Hochzeit. An die Gruppenbesprechung in der Firma, als Firas ihnen vorgestellt worden war. An ihren heißen Kuss nach dem misslungenen Arbeitstag. An das Sommerfest. Immer wieder hatten sie versucht, sich voneinander zu lösen, getrennte Wege zu gehen. Seltsamerweise hatte sich das Schicksal dagegen gesträubt, führte sie ständig zusammen, kreuzte ihre Pfade.

Der Gedanke daran, dass ihre gemeinsame Geschichte irgendwann enden würde, jagte ihr kalte Schauer über den Rücken. Sonja schluckte und atmete tief aus. Stopp, nicht daran denken! Sie sollte diese Zeit genießen. Kopflos. Das war ein Geschenk des Schicksals an sie, eine Verschnaufpause von dem ganzen Mist, den sie erlebt hatte. Dieses Abenteuer mit Firas war wie belebendes Wasser, das sie bis zum letzten Tropfen auskosten sollte.

Firas legte seinen Arm hinter sie und Sonja lehnte sich vertrauensvoll an ihn. Sobald alle Passagiere eingestiegen waren und ihre Plätze eingenommen hatten, wurde die Deckenbeleuchtung ausgeschaltet. Einige kleine Lämpchen auf der Schiffsdecke leuchteten gedämmt und verliehen dem Salon eine romantische Atmosphäre. Der Motor brummte auf, die Barkasse verließ langsam den Hafen und glitt durch die idyllischen Fleete der Speicherstadt.

Eine Weile saßen sie schweigend da und lauschten den gluckernden Wellen, dem Geplätscher am Boot. Sie waren von der nächtlichen Stille umgeben, die ab und zu vom Geflüster anderer Passagiere und den erklärenden Worten des Kapitäns unterbrochen wurde. Fasziniert betrachtete Sonja das gänzlich andere Stadtpanorama nachts und die mit bunten Farben illuminierten

Gebäude, die einen farbenfrohen Kontrast zum dunklen Wasser bildeten. Das Boot fuhr an den beleuchteten riesengroßen Speichern aus rotem Backstein vorbei und bewegte sich der Richtung HafenCity.

Firas beugte sich zu ihr, sodass sein Atem über ihr Haar streifte und gab ihr einen Kuss auf die Schläfe. Ein Lächeln umspielte Sonjas Lippen, und ohne ihren Blick vom Panorama abzuwenden, nahm sie seine Hand in ihre und verschränkte ihre Finger miteinander.

„Es ist wunderschön", sagte sie leise. „Diese Fahrt hat etwas Magisches an sich. Wir haben hier schon viele coole Sehenswürdigkeiten gesehen, aber das da ..."

„Na, wirst du dem Miniaturwunderland untreu?", scherzte Firas und seine Lippen glitten zu ihrer Wange.

Sonja legte den Kopf in den Nacken und lachte leise. „Nein. Dort wurde ich zurück in die Kindheit versetzt. Das werde ich nie vergessen. Dieses Museum hat einen besonderen Platz in meinem Herzen."

Er schwieg und massierte sanft ihre Schulter. Der Kapitän erzählte die Geschichte der Speicherstadt und der HafenCity. Mehrere Passagiere gingen zu den Fenstern, fotografierten die nächtliche Stadt und allmählich füllte sich die Barkasse mit einem lebhaften Stimmengewirr.

„Schade, dass wir hier nicht allein sind", flüsterte Firas ihr ins Ohr und sein heißer Atem ließ ihren Bauch kribbeln. „Ohne die ganzen Menschen wäre alles noch romantischer." Lächelnd drehte sich Sonja zu ihm. „Ah, mich stören sie nicht. Im Gegenteil, ich habe dieses Urlaubsfeeling vermisst und neugierige Touristen gehören dazu. Früher war auch ich ständig am Herumrennen und fotografieren, ich habe mittlerweile meinen Kameraspeicher voll."

Firas legte seine Hand auf ihre Wange und strich mit dem Daumen darüber. „Du hast ja dein Handy dabei. Warum machst du jetzt keine Fotos?", fragte er.

Sonja legte den Kopf schief, betrachtete sein nachdenklich gewordenes Gesicht. „Mittlerweile versuche ich eher, solche Momente in meinem Gedächtnis einzuprägen. Früher habe ich viele Bilder geschossen und konnte mich später an nichts anderes erinnern außer an das Fotomachen." Sie öffnete ihre Jacke, sodass der tiefe Ausschnitt ihrer Bluse sich noch mehr seinen Augen öffnete.

„Bei mir ist es auch so. Deshalb habe ich kaum Bilder, die ich selbst gemacht hatte." Er zeigte auf die funkelnde Elbphilharmonie. „Sieh mal, dort waren wir vor Kurzem! Kaum zu glauben, oder?"

„Ja", sagte Sonja und nickte lächelnd. „Wir sind heute mehrere Kilometer gegangen. Wirklich lobenswert!"

Erneut drehte sie sich zum Fenster und betrachtete all die fantastischen Ausblicke. Die beleuchteten Gebäude der HafenCity und der Philharmonie hinterließen einen unvergesslichen Eindruck und sorgten für Gänsehaut. „Unglaublich, was Menschen kreieren können", sagte sie gedankenversunken. „Immer, wenn ich solche Bauten oder Techniken sehe, bin ich davon fasziniert und erinnere mich daran, wie wunderbar der menschliche Geist ist. Zu was er fähig ist." Wahrscheinlich redete sie zu viel. Sonja richtete sich auf. „Entschuldige, manchmal fange ich an zu philosophieren."

„Doch, sprich weiter“, erwiderte Firas und obwohl sie ihre Aufmerksamkeit der beleuchteten HafenCity widmete, wusste sie, dass er gerade auf seiner Lippe kaute. „Du hast nämlich absolut recht. Und ich werde nicht müde, dir zu sagen, dass du dich nicht entschuldigen sollst. Du denkst tief und ich finde das toll. Heutzutage kommt so etwas selten vor. Erzähl doch mal, wo bist du schon überall hingereist? Was ist dir am meisten in Erinnerung geblieben?“

Sonja blickte an die Decke. Sie und ihre beste Freundin in Rom, vorm Kolosseum, dem Symbol für Kraft und Stärke. Dem Gebäude, das mehrere Generationen überlebt und noch überleben würde. Und ihrem sehnlichen Wunsch, in den Vatikan zur Sixtinischen Kapelle zu gehen, der aufgrund der wenig Zeit nicht in Erfüllung gegangen war.

Sonja drehte sich zu Firas und stützte sich mit dem Ellenbogen auf der Sitzbanklehne ab. „Ich liebe das Reisen“, sagte sie. „Ich war in vielen Städten, aber Rom hat mich bisher am meisten fasziniert.“ Immer noch von ihren Erinnerungen verzaubert, atmete Sonja auf und erzählte Firas ihre Geschichte. „Bevor wir uns auf den Weg zum Flughafen gemacht haben, habe ich eine Münze in einen Brunnen geworfen. Wer weiß, vielleicht kehre ich noch einmal dorthin zurück. Das habe ich mir versprochen“, sagte sie, lachte und strich sich eine Haarsträhne hinters Ohr. „Und der Brauch funktioniert angeblich“, fügte sie kichernd hinzu.

Firas schüttelte den Kopf, rieb dann mit der Hand an seinem Bart. „Ich habe diese Geschichte genossen. Und wenn du mehrere von der Sorte hast, immer her damit.

Jetzt habe ich noch mehr Fernweh. Und bestimmt wirst du bald Rom und den Vatikan wieder besuchen", sagte er und klang so überzeugt, als ob er es bereits wusste. „Ich bin mir da ganz sicher."

Ihr Blick blieb auf seinem Gesicht haften und erneut schlug ihr Herz schneller, während ihr Körper sich mit Verlangen nach ihm füllte. Sonja streckte ihre Hand aus und streichelte seine Wange, fuhr mit den Fingerspitzen über seinen gepflegten Bart. Dann neigte sie sich ihm entgegen und küsste ihn auf die Lippen. Firas legte eine Hand auf ihre Taille, umfasste mit der anderen ihren Nacken und erwiderte ihren Kuss. Sie schloss die Augen, ließ seine Lippen zart über ihre streicheln und erregt zog sich ihr Unterleib zusammen.

„Ich glaube, wir sollten aufhören", flüsterte sie ihm zu, als er seine Lippen von ihren gelöst hatte. „Ansonsten ... Ansonsten falle ich über dich her. Hier, auf der Stelle."

Firas hob die Mundwinkel und lächelte sie mit seinem spitzbübischen Lächeln an. Dann ließ er seinen Blick über den Salon streifen, doch niemand schien sie zu beachten. Die meisten Passagiere waren mit ihren Kameras oder Handys beschäftigt. Einige Pärchen hatten sich ebenfalls auf dunkleren Plätzen verschanzt und tauschten Zärtlichkeiten aus. „Du hast recht", sagte er und zog einen Schmollmund. „Wir heben es uns für später auf. Zum Abschluss des Tages. Obwohl du mich schon die ganze Zeit mit deinem Blüschen und dem, was sich drunter verbirgt, scharf machst", fügte er ironisch hinzu und schob seine Fingerspitzen unter den Saum ihrer Bluse, streichelte ihren Bauch. „Hast du noch Kraft oder bist du erschöpft? Schließlich war der Tag lang."

Sonja leckte über ihre Lippen. „Sex ist wie ein Schokoeis. Geht immer."

„Perfekt. Hoffentlich bekommen wir kein Hausverbot im Hotel", sagte Firas und grinste verschmitzt. „Mittlerweile kann ich kaum erwarten, dort anzukommen. Rate mal, warum."

Sonja prustete und deckte mit der Hand ihren Mund zu. „Komm, so schlimm sind wir nicht. Ich kann dir von meiner ehemaligen Nachbarin erzählen. Was für Konzerte sie gegeben hatte! Ich hatte das Gefühl, bei ihr im Schlafzimmer zu sitzen und der Show zuzusehen. Im Vergleich zu ihr sind wir ein altes harmloses Ehepärchen."

Firas lachte lautlos und legte den Kopf in den Nacken. „Ich hatte so einen WG-Mitbewohner und kann dich voll und ganz verstehen. Wo du das grad erwähnst – bisher waren wir nicht schlimm. Aber ich weiß nicht, wie es heute wird. Ich kann für nichts garantieren."

„Hör auf mich heißzumachen", flüsterte sie und boxte ihn leicht in den Oberarm. „Das ist gemein! Ich werde mich rächen!"

„Oha. Und wie?" Mit dem gespielt ungläubigen Gesichtsausdruck hob Firas eine Augenbraue hoch.

„Wirst du schon sehen." Sonja zwinkerte ihm zu. „Sei gewarnt. Auch ich bin gewappnet."

Kapitel 14: Zukunftsgedanken

Firas

Verloren in seinen eigenen Gedanken betrat Firas das Analytikgebäude und stempelte sich ein. Seit wann ließ er sich derart von Gefühlen steuern und blendete seinen Verstand dabei komplett aus? Er fragte sich das immer wieder und fand dennoch keine Antwort darauf.

Seine Gedanken, seine Gefühle waren bei Sonja. Bei ihrem zauberhaften Lächeln, das ihm durch Mark und Bein ging. Bei ihrem wunderbaren Körper, der ihn für ein paar Sekunden in die Tiefen seiner Fantasie riss. Bei ihrem Duft nach Himbeershampoo und Schokoriegel. Bei ihrem gemeinsamen Abend, den sie gestern verbracht hatten, indem sie einfach auf dem breiten Sofa in ihrer Wohnung gesessen und ‚The Big Bang Theorie' angeschaut hatten. Eine lieb gewonnene Routine, die er nie mehr missen wollte. Er dachte an die Umrisse ihres zarten Gesichts im Schein der Nachttischleuchte neben ihrem Bett und an ihre stürmischen Küsse, die sie trotz der späten Uhrzeit ausgetauscht hatten.

Ihre Nähe fühlte sich so vertraut an und beim Gedanken daran legte sich Wärme um sein Herz. Ohne es zu merken, waren sie wie ein richtiges Paar, ein Team geworden. Mittlerweile verbrachten sie kaum einen Tag, einen Abend ohne einander.

Firas ging die Treppen hoch und betrat sein Büro, sah daraufhin auf die Uhr. Sieben Uhr morgens. Er war zusammen mit Sonja zum Parkplatz gefahren. Dann war sie als Erste ins Gebäude gegangen. So wollten sie die neugierigen Blicke der Kollegen vermeiden, die zu dieser Uhrzeit schon da waren.

Er schaltete sein Laptop ein, stellte seinen Kaffeebecher auf den Tisch, setzte sich und vergrub kurz das Gesicht in den Händen. Gleich würde er sich noch mehr Kaffee holen und mit Sicherheit Sonja mit einigen anderen Kolleginnen begegnen.

Das Laptop fuhr hoch und Firas warf einen Blick zur Tür. Niemand war hier. Selbst Hassan würde vermutlich erst in einer Stunde da sein. Er hatte also Zeit, ein Geburtstagsgeschenk für Sonja auszusuchen. Eine Idee hatte er bereits im Kopf. Rom. Vatikan. Sonjas Traum war es, mal wieder hinzufahren. Ein Kurzurlaub in Rom wäre mit Sicherheit eine tolle Überraschung. Und dort wollte er ihr ein Armband schenken, ein besonderes, das nicht in Geschäften zu finden war.

Lächelnd lehnte er sich im Sessel zurück und sah auf sein Handy. Heute Abend würde er Sonjas Geschenk bestellen, damit es rechtzeitig ankommen würde. Es war ein silbernes Armbändchen, verziert mit sechs Anhängern in Herzchenform und glitzernden Steinchen.

Das Geräusch der sich öffnenden Tür ließ ihn zügig sein Handy sperren und zur Seite legen. Verblüfft blickte er zu Hassan, der sein Büro betrat. Dieser nickte ihm zu und lächelte sein resigniertes Lächeln, das Firas mittlerweile gut kannte. Anscheinend wollte Hassan sich mit ihm unterhalten.

Er hatte sich nicht geirrt.

„Darf ich?" Hassan zeigte auf den Gästesessel und Firas nickte schulterzuckend: „Selbstverständlich. Du bist immer willkommen."

„Danke dir." Der Gruppenleiter lehnte sich im Sessel zurück und überkreuzte die Beine, sodass der Stoff der grauen Anzugshose sich hob und sich seine schwarzen Socken zeigten. Er verschränkte die Arme vor der Brust. „Ich wollte mit dir über etwas Privates reden", fuhr er direkt fort.

Firas nahm einen weiteren Schluck von seinem Kaffee und hielt sich an seiner Tasse fest, als könnte ihm allein diese Berührung Frieden geben. Es war nicht schwer zu erraten, welches Thema Hassan auf dem Herzen brannte.

„Ich höre", sagte er dumpf.

„Also, ich will dich nicht überrumpeln", begann Hassan und blickte kurz zur Seite, wohl um die eigenen Gedanken zu sammeln. „Aber es gibt gewisse Gerüchte, die ... na ja ... dich und eine Kollegin hier betreffen."

Was?

Firas spürte, wie sich ein eiskalter Klumpen in seinem Magen bildete. Damit hatte er nicht gerechnet. Sofort malte sein Hirn sich alle möglichen Szenarien aus. Zahlreiche Konsequenzen, die er und Sonja tragen würden.

„Ah ja? Und welche Gerüchte sind das?", versuchte er den Ahnungslosen zu spielen.

„Ihr wurdet einige Male zusammen beobachtet. Dabei habt ihr euch ziemlich eindeutig wie ein flirtendes Pärchen verhalten ..." Hassan legte den Kopf in den Nacken und atmete tief durch. „Wenn du verstehst, was ich meine."

„Das kann nicht sein. Ich rede mit allen Mitarbeitern freundlich und dennoch im offiziellen Ton. Persönliche Verhältnisse sind hier fehl am Platz." Hastig überlegte Firas inzwischen, wer und wo sie beide gesehen haben könnte. „Ich würde mich auf diese Gerüchte nicht verlassen", log er weiter, ohne mit der Wimper zu zucken.

Hassan grinste breit und legte eine Pause ein, die den Raum mit Stille füllte. „Was soll ich dir sagen, Firas", redete er schließlich weiter. „Ich kann nicht beurteilen, ob diese Gerüchte stimmen. Du weißt aber, dass Beziehungen innerhalb einer Arbeitsgruppe verboten sind und ..." Hassan räusperte sich, sah ihm in die Augen und Kälte stahl sich in seinen bohrenden Blick.

Über Firas' Rücken lief ein unangenehmer Schauer. „Ja, das weiß ich und mir würde nie so etwas in den Sinn kommen, Hassan", hörte er sich sagen.

„Sehr gut. Das glaube ich dir gerne. Ansonsten müsstest du und die besagte Kollegin Konsequenzen tragen, und ich würde das gerne vermeiden."

„Alles klar. Wie gesagt, diese Klatschgeschichten sind unberechtigt."

„Dann sind wir uns einig." Hassan legte die Handflächen auf seine Knie. „Noch eine Sache. Ich würde gerne von dir erfahren, welche weiteren Schritte du unternehmen möchtest."

Firas rieb über seinen Bart. „Was meinst du?"

Die Stimme seines Gruppenleiters wurde leise, aber bestimmend, beinahe drängend.

„Wir haben uns vor ein paar Tagen mit deinen Eltern unterhalten. Von den beiden Seiten würde nichts gegen die Verlobung mit meiner Tochter sprechen. Eigentlich wäre jetzt die perfekte Zeit dafür. Mit Aliya werde ich noch sprechen. Aber zuerst ... Zuerst würde ich nun gerne wissen, wie *du* dazu stehst."

Firas nippte nachdenklich an seinem mittlerweile kalt gewordenen Kaffee, vergrub sein Gesicht in den Händen und fuhr mit den Fingern über sein Haar.

Sechs Uhr abends. Nach dem Feierabend wollten sie sich bei ihm treffen und eine Pizza bestellen. Oder vielleicht Chinesisch. Firas würde sich nicht an den Herd trauen, es sei denn, er würde jemanden vergiften wollen. Sonja hatte vor ein paar Tagen eine leckere Gemüsesuppe zubereitet und wollte auch heute etwas bei ihm kochen. Firas schmunzelte. Sie liebte es, ihn zu verwöhnen, und er musste zugeben, dass es ihm gefiel. Doch heute hatte sie zahlreiche Auswertungen an der Backe und war sicherlich erschöpft. Wahrscheinlich würde sie ihre Augen schließen und ihren Kopf in seine Armkuhle legen, bis sie in den Schlaf sinken würde. Und er würde ihr von der Seite einen Kuss auf den Scheitel drücken und die Hand auf ihr Haar legen. Firas lächelte bei diesem Gedanken.

Fast im selben Moment presste er den Kiefer zusammen. Er musste an seine blöde Situation denken.

Hassan und seine Unterredung. Aliyas Vater wollte eine klare Antwort von ihm. Seufzend lehnte Firas sich zurück und verschränkte die Hände hinter dem Kopf.

Dann blies er die Backen auf und pustete langsam die Luft raus.

Er sollte für Klarheit sorgen. Das wäre ehrlich und fair. Nach dem Gespräch mit Aliya hatte sich die Heiratsfrage für sie beide geklärt, worauf er erleichtert war. Doch Aliya wollte ihrem Vater nichts sagen. Sie wollte ihre Beziehung vorläufig geheim halten.

Firas konnte das gut nachvollziehen, auch wenn er sich ein klärendes Gespräch zwischen Aliya und ihren Eltern wünschen würde.

Firas ließ den Kopf kreisen. Er sollte sein Leben in die Hand nehmen. Mutig sein. Die Wege gehen, die ihn glücklich machen würden. Diese Umstände trieben ihn in den Wahnsinn, denn eigentlich hatte er sich immer bisher erfolgreich durchgesetzt, war seinen Weg gegangen und dabei offen und ehrlich gewesen.

Was sollte er jedoch in dieser Lage tun? Sollte er diese prickelnde und genussvolle, aber gefährliche Affäre beenden? Wenigstens Sonja zuliebe, denn Hassan würde auch ihr die Hölle heißmachen, falls dieses Verhältnis ans Licht käme.

Ein Stich durchfuhr sein Herz. Ein Schmerz machte sich in seiner Brust breit und er rieb mit der Handfläche darüber. Sie hatten einander nichts versprochen. Dennoch war es für ihn mittlerweile unvorstellbar, Sonja nicht mehr in seinem Leben zu haben.

Allerdings wusste er nicht, was sie für ihn empfand. Ob sie ihn mochte? Eine Beziehung mit ihm eingehen würde? Oder ob sie doch eine Weile ungebunden bleiben wollte.

Um sich von seinem Grübeln abzulenken, griff Firas nach dem Handy und bestellte das Armband. Es würde in zwei Tagen ankommen. Genug Zeit, um es nach Rom mitzunehmen.

Während er sein Laptop runterfuhr, dachte er weiter nach. Langsam, aber sicher reifte eine Lösung in seinem müden Kopf, eine, die ihm bisher als einzig Richtige erschien.

Er sollte sich einen anderen Job suchen. Neugierig zuckte er wieder sein Handy und ging auf sein Businessprofil bei einem Arbeitgeberportal.

„Oh Gott. Wie lange war ich nicht auf dieser Webseite? Mein Wohnort ist immer noch in den USA." Schmunzelnd scrollte er durch seinen Lebenslauf, bis er auf eine Privatnachricht stieß, die seine ganze Aufmerksamkeit auf sich lenkte.

Ein Recruiter suchte nach einem wissenschaftlichen Abteilungsleiter bei Culcay Chemicals und hatte ihn angeschrieben mit der Bitte um Antwort, ob seinerseits Interesse an einem Vorstellungsgespräch bestünde. Das Unternehmen war auf Firas' alte Bewerbung gestoßen, von seinen Qualifikationen beeindruckt und bekundete sein Interesse. Er sah aufs Datum. Die Kontaktaufnahme war von gestern.

Plötzlich raste sein Herz. Culcay Chemicals, sein Traumarbeitgeber. Kurz bevor er nach Deutschland zurückgekehrt war, hatte er sich dort beworben. Dennoch hatte er nichts von ihnen gehört und daher die Hoffnung aufgegeben.

Und jetzt ...

Firas biss sich auf der Lippe. Verdammt! Sollte er sein Glück versuchen?

Und warum eigentlich nicht?

Entschlossen packte er sein Laptop ein und sperrte die Tür des Büros ab. Morgen würde er dem Recruiter eine Antwort schicken. Zudem sollte er so bald wie möglich mit Sonja reden und die Dinge klarstellen.

Doch nun würden sie zusammen nach Rom fliegen. Ihren Kurzurlaub genießen. Er brauchte einen klaren Kopf, bevor er weitere Schritte gehen würde.

Langsam näherte Firas sich dem Großraumbüro, wo Sonja saß. In der Hand hielt er eine Mappe, die er vorsichtshalber noch einmal überprüft hatte. Gut, dass er das getan hatte, dort fehlte nämlich Sonjas Unterschrift. Um es nicht zu vergessen, würde er ihr die Auswertung auf den Tisch legen und sie könnte diese morgen früh unterschreiben.

Leise betrat er das Büro, blieb hinter einer Trennwand stehen und hielt inne. Sonja war nicht allein. Sie schien sich mit jemandem zu streiten, denn Firas hörte eine zweite Stimme. Das war Conny, eine Mitarbeiterin aus dem Rohstofflabor. Eine Nervensäge, die Sonja nicht ausstehen konnte.

Ihr streitsüchtiges Verhalten war ihm längst aufgefallen. Conny versuchte ständig, Sonja zu schikanieren. Diese bewahrte Ruhe und ging ihr aus dem Weg. Sonja war nie auf Streitigkeiten aus.

Doch diesmal schien die Diskussion heftiger als sonst. Und dieses Gespräch, das er zufällig mithörte, bestätigte seine Vermutung.

„Wieso gibst du mir die Unterlagen zurück und schreibst dazu, ich sollte sie korrigieren?", kreischte Conny. „Bist du mein Chef, oder was? Was denkst du dir eigentlich, wer du bist? Oder hält dein Teamleiter dir den Rücken frei? Aha, ich glaube, ich weiß, was da läuft.

Du bist nämlich voll frech geworden! Gib es zu, du machst ab und zu deine Beine breit! Eine sehr kluge Taktik."

„Hör sofort auf!", hörte Firas Sonja aufschreien und trat einen Schritt aus seinem Versteck raus. „Du bist verrückt! Was redest du für eine Scheiße, Conny?"

„Und du ..." Connys Stimme wurde schrill. „Und du bist ein Flittchen!"

Das durfte nicht wahr sein! Es reichte! Er hatte genug gehört und würde noch mehr Vorwürfe gegen Sonja nicht ertragen.

„Was ist hier los?", fragte Firas mit kräftiger Stimme, während er mit raschen Schritten zu den Frauen ging.

Mit verschränkten Armen saß Sonja auf dem Tischrand und Conny stand ihr gegenüber. Deren geweiteten Blicke hafteten auf Firas und er streifte mit seinem über ihre erschrockenen Gesichter. Sonjas Augen schimmerten feucht, ihr schlanker Hals bedeckte sich mit roten Flecken, die Lippen waren zusammengepresst. Ohne zu blinzeln, starrte ihn Conny mit einem angsterfüllten Blick an. Sie hatte nicht damit gerechnet, dass er ihre Worte hörte.

Dumm gelaufen.

„Was ist hier los?", wiederholte Firas langsam und stellte sich den Frauen gegenüber. Mit einem strengen Blick sah er zuerst Conny, dann Sonja an. Sonja biss sich an der Unterlippe und schaute zur Seite. Ihre Finger krallten sich in ihre Oberarme, die Brust hob und senkte sich heftig. Conny hatte sich an die Wand angelehnt und rührte sich nicht von der Stelle. Nur ihre erweiterten Pupillen und ihr halb offener Mund verrieten, was in ihr vor sich ging.

Erneut sah er zu Sonja. Sie sah aus wie ein geschlagener Hund. Conny hatte ihr Ziel erreicht.

„Okay." Firas trat zu Sonja und drückte ihr die Mappe in die Hände, die sie teilnahmslos entgegennahm. „Auf der letzten Seite fehlt deine Unterschrift. Unterschreib bitte, dann kann ich diese Aufgabe abschließen", ordnete er an und drehte sich daraufhin zu Conny.

„Zufällig habe ich eure Diskussion mitbekommen", sagte er mit eiskalter Stimme. Er schob sich einen Stuhl zurecht und setzte sich, um die beiden Frauen in seinem Blickfeld zu behalten. „Dazu muss ich wohl eins sagen." Er machte eine Pause, überschlug die Beine und sah zu Conny, die ihn schweigend anstarrte. Die Pause wirkte. Damit war es ihm gelungen, eine angespannte Atmosphäre zu erschaffen, eine Stimmung, die seine weiteren Worte überzeugend bekräftigen sollte.

„Es gibt gewisse Regeln, wie sich Kollegen auf der Arbeit zu verhalten haben", fuhr Firas fort, ohne seinen Blick von Conny abzuwenden. „Hierzu zählt ein guter Ton mit einer entsprechenden Wortwahl. Das alles dient der besseren Kommunikation und einer Wohlfühlatmosphäre. Möglicherweise wird zu Hause anders geredet. Ungefähr so, wie ich es eben gehört habe. In so einem Fall soll diese Art der Kommunikation auch dort gelassen werden, hier im Unternehmen hat sie nämlich nichts verloren."

Firas legte eine weitere Pause ein. Conny rang nach Luft und wirkte dabei wie ein Fisch auf dem Trockenen. „Ich …", begann sie, aber Firas unterbrach sie kühl: „Ich bin noch nicht fertig."

Conny atmete tief ein, schluckte und schloss die Lippen.

„Danke", sagte Firas zu ihr und fuhr fort. „Also. Ich fasse mich kurz. Bei dieser Art der Kommunikation und bei solch einer Wortwahl drohen Konsequenzen. Ich weiß nicht, ob diese, sagen wir Anstandsregeln bei jedem Mitarbeiter angekommen sind und verinnerlicht wurden, daher sage ich es noch einmal. Ist es Ihnen klar, Frau Schneider?"

Blut schoss Conny ins Gesicht und sie sah aus, als würde sie gleich platzen.

„Was für Konsequenzen? Drohst du ... Drohen Sie mir, Herr Allaham?", zischte sie und für eine Sekunde zeigte sich Wut in ihren dunklen Augen.

Firas blieb ruhig und gelassen, während Conny nervös von einem Bein aufs andere trat. Im Laufe seiner beruflichen Laufbahn war er vielen verschiedenen Menschen begegnet und hatte sich längst ein dickes Fell zugelegt. Er hatte schon oft solche Gespräche geführt, wenn sein Gegenüber nicht die freundlichste Art gezeigt hatte.

„Nein, Frau Schneider. Ich drohe Ihnen nicht. Ich wiederhole nur die Fakten, die Sie hätten wissen müssen." Er sah ihr direkt in die Augen. „Die Konsequenzen wären eine Abmahnung, und wenn es sich nicht bessert, sogar die Kündigung. Beschimpfungen, Beleidigungen, üble Nachrede, Gerüchte, Handgreiflichkeit, all das kann – und wird – sofort geahndet werden. Diese Regeln habe nicht ich erfunden, sondern die Geschäftsleitung. Ich als Teamleiter bin allerdings verpflichtet, dafür Sorge zu tragen, dass mein Team sich daran hält. Ist dies nicht der Fall, bin ich angehalten, die Mitarbeiter aufzuklären und mündlich zu verwarnen."

„Sie sind nicht mein Vorgesetzter", widersprach Conny zerknirscht. „Ich gehöre nicht zu Ihrer Gruppe, nicht zu Ihren Leuten. Nur um das mal erwähnt zu haben."

Theatralisch lächelte Firas sie an.

„Tatsächlich haben Sie recht, Frau Schneider", sagte er unbeeindruckt und mit einer Prise Sarkasmus. „Stellen Sie sich vor, das ist mir bekannt. Sie gehören nicht zu meiner Gruppe und ich kenne meine Leute. Aber wissen Sie was? Ich muss mich um das Wohl meiner Gruppe kümmern, und falls meine Mitarbeiter dermaßen behandelt werden, werde ich Maßnahmen ergreifen. Ihren Chef, Herrn Fischer, kenne ich bereits sehr gut und werde morgen mit ihm darüber sprechen, was hier gerade vorgefallen ist. Mit Sicherheit wird er eine Lösung finden, damit sich so etwas nicht wiederholt."

Conny schwieg und verschränkte die Arme, als ob sie sich vor einem Angriff schützen würde. Tränen stiegen in ihre Augen und hilfesuchend blickte sie auf Sonja.

„Sonja", begann sie leise. „Ich habe es nicht so gemeint. Sag ihm ... Bitte ..."

Doch Sonja schüttelte entschieden den Kopf.

„Du hast gehört, was mein Chef gesagt hat", entgegnete sie kühl. „Ich kann dir leider nicht helfen."

Conny schluchzte und Tränen flossen über ihr Gesicht, sie drehte sich zu Firas und faltete bittend ihre Hände. „Herr Allaham, bitte, sagen Sie Herrn Fischer nichts. Bitte! Ich verspreche ... Ich verspreche, das wird nicht nochmals vorkommen."

Dass Conny in Tränen ausbrach, nachdem er den Namen ihres Chefs genannt hatte, war verständlich. Tobias Fischer hatte den Ruf eines gerechten, aber auch sehr strengen Teamleiters und falls Firas ihm von diesem Vorfall berichten würde, würde Tobias mit Conny nicht zimperlich umgehen. Ein paar Sekunden herrschte Stille im Raum. Firas sah zu Sonja. Sie wirkte entspannter als zuvor, irgendwie zufrieden. Ihre Haut nahm ihre übliche Farbe an, die Gesichtszüge entspannten sich und von ihren Tränen waren keine Spuren mehr zu sehen. Dankbar lächelnd warf sie ihm einen flüchtigen Blick zu.

„Frau Schneider", sagte Firas schließlich. „Ich darf diesen Vorfall nicht durchgehen lassen, nachdem ich alles selbst gehört habe. Ich muss ihn beim Herrn Fischer melden. Wir sind nicht im Kindergarten. Sie sind erwachsen und damit für Ihr Verhalten selbst verantwortlich. Sie wissen, was Sie tun und Sie kennen die Konsequenzen. Wenn Sie gegen die Regeln verstoßen, müssen Sie auch mit einer Strafe rechnen. Und jetzt sind wir hier fertig, Frau Schneider."

Conny schluchzte laut und rannte raus aus dem Büro.

War er zu hart gewesen?

Erneut sah Firas zu Sonja, die ihm zulächelte. „Danke", sagte sie leise und schnappte ihre Tasche. „Danke, dass du so ein cooler Teamleiter bist."

Kapitel 15:
Die Ewige Stadt

Sonja

„Das ist so herrlich! Und dieser Blick ist atemberaubend!" Sonja sah in die Augen ihres Gegenübers. „Danke für alles."

„Nichts zu danken." Firas nahm ihre Hand und streichelte liebevoll mit dem Daumen über ihren Handrücken. Sonjas Blick blieb in seinem verankert. Trotz seines herzlichen Lächelns schien er ein wenig bedrückt und nachdenklich zu sein.

„Wie geht es dir?" Sie sah ihn eindringlich an und hoffte, dass ihre Stimme nicht allzu besorgt klang.

„Gut." Firas küsste ihre Fingerspitzen und ließ ihre Hand los. „Hast du Lust auf einen Nachtisch?"

Sonja nahm einen Schluck von ihrem aromatischen Cappuccino. „Ein Nachtisch geht immer! Eine hervorragende Idee, Herr Allaham", sagte sie mit gespielter Begeisterung. Denn eigentlich war ihr Kopf woanders, mit einem anderen Thema beschäftigt.

Firas grinste und Zärtlichkeit stahl sich in seine Augen. „Wieso nennst du mich beim Nachnamen? Als ob wir auf einer Konferenz für Spießer sind. Willst du mich ärgern, Madame?"

„Na klar. Wir haben noch keinen Versöhnungssex ausprobiert."

„Aha, darum geht es! Dein Wunsch ist mir Befehl. Dann müssen wir uns mal ordentlich streiten, bevor wir es das nächste Mal tun." Firas hob leicht seine Mundwinkel, lehnte sich zurück und reichte Sonja das Menü. „Aber jetzt essen wir etwas Süßes. Schau mal, was möchtest du denn?"

Schnell blätterte sie die Karte durch. „Ich weiß, was ich will. Einen Käsekuchen. Die Italiener machen ihn hervorragend. Und was nimmst du?"

„Cannoli, diese unglaubliche Kalorienbombe." Firas streichelte seinen flachen Bauch und zwinkerte ihr spitzbübisch zu. „Vielleicht werde ich später Energie brauchen."

„Mit Sicherheit." Sonja stützte sich mit einem Ellenbogen am Tisch ab und setzte ihre Sonnenbrille auf. Ihre Gedanken lagen ihr schwer auf dem Herzen, aber sie wollte Firas ihren Kummer nicht spüren lassen.

Ein Leben wie in einem Märchen. Diese Tage erfüllten ihre heimlichen Träume. Sie waren wie ein Paar in den Flitterwochen. Gemeinsam mit Firas erkundete sie Rom, diese faszinierende Stadt, die einst die Geschichte geprägt hatte und immer noch heute erhaben und geheimnisvoll war. Eine einzigartige Vereinigung von Antike und Moderne.

Hand in Hand waren sie durch die engen Straßen geschlendert, hatten sich leidenschaftlich geküsst und lauthals gelacht wie zwei Teenager. Sie begegneten herrlichen Gebäuden und Brunnen, aßen Eis in wunderschönen Gärten und genossen dieses entspannte, freudige Flair, das die Luft erfüllte. Firas' Lippen auf ihrem Hals, seine Hände, die sie liebevoll streichelten, ließen Sonjas Herz rasen, ihren Bauch kribbeln.

Oh ja, sie war verliebt. Jeder Blick, jede Berührung ließ Hitze unter ihrer Haut lodern und ihr Herz schneller schlagen. Gleichzeitig hatte sie Angst vor der unausweichlichen Trennung. Angst, dabei verletzt zu werden. Über Firas nicht hinwegzukommen. Denn ihre Gefühle zu ihm waren anders als zu Daniel. Viel stärker, tiefer und intensiver. Ausgerechnet zu ihm, einem Mann, mit dem sie nicht zusammen war und es wohl nie sein würde.

Er war ihr Vorgesetzter und strebte seiner Karriere nach. Wie sollte sie denn je erfahren, ob Firas eine Zukunft für sie beide sah und sich überhaupt ein Leben mit ihr vorstellen könnte? Nichts mehr würde sie sich wünschen als das. Doch Firas hatte nie das Thema angesprochen und sie wagte es auch nicht.

Sonja presste die Lippen zusammen. Das Herz hämmerte in ihrer Brust, als ob es gleich herausbrechen wollte. Was würde sie nach ihrer Heimkehr erwarten? Diese Frage stellte sie sich beinahe täglich. Und ihre größte Furcht war, Firas mit einer anderen Frau zu sehen. Durch die dunklen Gläser ihrer Sonnenbrille sah sie verstohlen zu Firas. Er hatte sich eine Zigarette angesteckt, rauchte und sah nachdenklich in die Ferne.

An was oder wen dachte er? Oder plante er etwas? Vielleicht überlegte er, wie und wann er die Affäre beenden sollte?

Um auf andere Gedanken zu kommen, betrachtete Sonja die fantastische Aussicht auf das Kolosseum. Dennoch stiegen ihr die Tränen in die Augen. Schnell blinzelte sie und konzentrierte sich erneut auf das Kolosseum, zählte gedanklich seine Steine durch. Ein kleiner Trick, um das eigene Hirn zu überlisten und abzulenken.

Vor einigen Wochen hatte sie mit Jenny gesprochen und ihr alles erzählt. Ihre Freundin hatte ihr gesagt, sie sollte mit Firas reden. Ihm sagen, was sie fühlt. Alles zwischen ihnen klären, nichts anstauen lassen. Ihre unausgesprochenen Gefühle würden längerfristig ihr Herz vergiften und letztlich zu nichts Gutem führen.

Ja, das sollte sie. Sie sollte aufhören, so viel nachzudenken, und es einfach tun. Firas fragen, was denn aus ihnen werden sollte und wie es mit ihnen weitergeht. Der Kellner brachte ihre Bestellung und Sonja nickte dankend. Ein tiefes Seufzen verließ ihre Lippen.

Wer weiß, wie Firas reagieren würde? Vielleicht würde er sich unter Druck gesetzt fühlen und die Affäre beenden. Nein, sie sollte es nicht jetzt, nicht in diesem traumhaften Urlaub tun. Jetzt wollte sie diese Zeit genießen. Firas genießen.

„Huhu, du bist ja tief in deinen Träumen versunken." Sanft berührte Firas ihren Unterarm und riss sie damit aus ihren Gedanken. „Schau mal, was für leckeres Zeug wir da haben."

Sonja lächelte. Allmählich begann ihr Nacken zu schwitzen und sie band ihre Haare zusammen.

„Oh ja, das sieht köstlich aus! Dann lass uns den Kalorien ein Zuhause geben", sagte sie und schob sich ein saftiges Stück Kuchen in den Mund.

Sie hatten sich eine längere Pause im Hotel gegönnt, bevor sie sich auf dem Weg in das historische Stadtzentrum gemacht hatten. Schweigend gingen sie die fast leere Via del Corso entlang, die zum Trevi-Brunnen führte. Es war Nacht und ein Großteil der tagsüber umherschwärmenden und lärmenden Touristen war inzwischen in ihren Hotels verschwunden. Eine geradezu magische Ruhe hatte sich über die Straßen gesenkt. Die Hektik und Geschwindigkeit eines weiteren Tages waren der Gelassenheit und dem eigenen Rhythmus der Nacht gewichen.

Firas' Idee mit dem Night-Seeing fand sie gut. Die Stadt in der Dunkelheit zu entdecken, hatte etwas Märchenhaftes an sich. Die im gelblichen Mondlicht beleuchteten Straßen und Gassen gaben Geheimnisse preis, die tagsüber nicht zu erkennen waren. Buchstäblich sah Sonja verliebte Paare vor sich, welche sich nachts heimlich aus ihren Häusern rausschlichen, um sich dann im Schutze von massiven Wänden zu küssen. Hörte Pferdehufen und sah Kutschen, die ab und zu durch die gepflasterten Straßen fuhren. Und beobachtete strenge Mütter, welche ihren Töchter das nächtliche Rausgehen mit einem Schloss unmöglich machten und so ihre widerspenstige Kreativität forderten.

Firas nahm ihre Hand und verschränkte ihre Finger miteinander.

„Bist du glücklich?", fragte er flüsternd und umfasste ihr Gesicht, sah in ihre Augen, während zahlreiche Laternen ihnen kuscheliges Licht spendeten.

Genussvoll atmete Sonja die Abendluft gemischt mit dem Duft seines Aftershaves ein. Seine zärtlichen Berührungen, seine Küsse ließen ihre Sorgen auf eine magische Art und Weise verschwinden. Sie hatte die ganze Welt um sich vergessen. Sogar das Facebook und Aliya hatte sie aus dem Kopf verbannt. Jetzt wollte sie nur eins: Firas umarmen und ihren Kopf auf seine Schulter legen, mit ihm langsam durch die beleuchteten antiken Straßen flanieren. Das Gefühl einer glücklichen Beziehung bis zum Schluss auskosten. Denn bis zu ihrer Landung daheim gehörte dieser Mann ihr allein.

„Ja", sagte sie und schlang ihre Arme um Firas. „Das ist die beste Reise meines Lebens."

Firas beugte sein Gesicht zu ihrem und hauchte ihr einen sanften Kuss auf die Lippen. Dann umarmte er sie und drückte sie liebevoll an seine Brust.

„Meine auch", sagte er und küsste sie auf dem Scheitel. „Die ganze Zeit mit dir ist schön. Ich kann nicht genug davon bekommen."

Er konnte von ihr nicht genug bekommen. Bei diesen Worten schlug ihr Herz freudig auf. Von Gefühlen überwältigt, umfasste sie sein Gesicht und zog ihn zu sich. Ihre Lippen trafen sich in einem leidenschaftlichen Kuss, der ihren Körper zum Beben brachte. Mit Genuss spürte sie seine Hände auf ihrer Taille und vernahm seinen heißen Atem, der über ihre Wange streifte. Mitten in der magischsten Stadt der Welt kostete Sonja seine Küsse aus. Sie war in einem Traum, aus dem sie nicht erwachen wollte.

Schließlich lösten sie sich voneinander und Firas nahm sie an der Hand, legte seinen Arm um ihre Schulter und sie umarmte ihn an der Taille, während sie ihren Weg fortsetzten. Erneut sah er zu ihr und ein glückliches Lächeln umspielte seine Lippen.

„Genau so geht es mir auch." Er sah kurz nach vorne, bevor er sich ihr erneut zuwandte. „Ich bin so froh, dass das Schicksal uns zusammen gebracht hat. Einmal auf der Hochzeit. Und danach ... Ein paar Wochen später haben wir uns wiedergesehen." Firas lachte leise.

Sonja kicherte, als sie sich daran erinnerte. „Ehrlich gesagt, habe ich nicht gedacht, dass wir uns nochmals begegnen werden."

„Natürlich." Firas' Mundwinkel hoben sich zu einem schelmischen Lächeln. „Ich fand es aber schade. Traurig sogar. Habe mich gefragt, ob ich dich je wiedersehen würde."

„Was? Echt?" Sonjas Augenbrauen flogen nach oben.

„Ja, du bist mir in Erinnerung geblieben. Eine Frau, die offen und natürlich ist, die lachen kann und einem nichts vorspielt. Ein frischer Wind in dieser Welt." Sein Blick wurde ernst. „Als ich dich in der Firma gesehen habe ... Ich weiß nicht, wie es bei dir war. Ich war glücklich. Verblüfft und froh zugleich."

Erneut blieb Sonja stehen und sah ihm tief in die Augen. Das war so süß, dass sie ihn wieder küssen wollte. Sie legte ihre Hände auf seine Schultern und seine Arme umschlangen ihre Taille, indessen sein hungriger Blick ein starkes Verlangen nach ihr verriet.

Sollte sie jetzt fragen?

Nein! Nein, keinesfalls! Dieser Moment war unglaublich magisch und sie würde ihn verderben. Mund halten. Sie könnte auch später mit Firas reden. Im Hotel vielleicht. Oder nach ihrer Rückkehr. Ja, nach der Rückkehr wäre es wohl am besten.

Er beugte sein Gesicht zu ihrem und ihre Lippen waren nur noch wenige Zentimeter voneinander entfernt.

„Und wie ging es dir die ganze Zeit, bis wir ... Bis wir unser Verhältnis angegangen sind?"

„Ich habe meinen Kopf endgültig verloren", antwortete er lächelnd und verschloss ihre Lippen mit einem leidenschaftlichen Kuss.

Sie bogen ab und eine wunderbare Aussicht breitete sich vor ihnen aus. Schweigend blieben sie vor dem Trevi-Brunnen stehen.

Er präsentierte sich beinahe magisch. Bizarre steinerne Figuren, Gesichter und Fratzen starrten die beiden an. Die Statuen erstrahlten in einem mystischen Licht und Sonja hatte das Gefühl, als ob das Wasser aus einer geisterhaften Zwischenwelt emporsteigen würde. Schweigend stellten sie sich vor diese Pracht, die nachts nur ihnen allein gehörte, und ließen sich vom endlosen Rauschen des Wassers hypnotisieren. Innig kuschelten sie sich aneinander und es gab nur noch sie beide.

Sonja seufzte und schmiegte sich an Firas. Ein Lächeln umspielte ihre Lippen, als er sie fester umarmte und ihr einen weiteren Kuss auf den Scheitel drückte.

Sie war nicht verliebt. Sie liebte bereits. Und das hoffnungslos.

„Wir sollten eine Münze in den Brunnen werfen", sagte Firas leise und Sonja sah zu ihm.

„Glaubst du etwa an die Legende?", fragte sie überrascht und er lachte.

„Eigentlich glaube ich nicht an solche Geschichten. Aber … Diese Nacht ist die magischste in meinem Leben. Und ich würde sie um jeden Preis wiederholen wollen. Mit dir. Deswegen schenke ich der Legende meinen Glauben." Anscheinend meinte er das ernst, denn sie konnte keinen Spott oder Sarkasmus in seiner Stimme erkennen.

Sonja betrachtete sein vom Nachtlicht beleuchtetes Gesicht, während er aus seiner Hosentasche ein Portemonnaie rausholte. Er nahm zwei kleine Münzen raus und gab ihr eine.

„Ich will das auch", sagte Sonja mit erstickter Stimme. Nichts mehr auf der Welt würde sie sich sehnlicher wünschen als das. Eine Mischung aus Liebe und einer Prise Schmerz loderten in ihrem Inneren. Ob dieser Traum jemals in Erfüllung gehen würde? Eher unmöglich.

„Dann lass es uns tun. Wer weiß, vielleicht stimmt die Legende. Wir müssen das ausprobieren." Firas zwinkerte und wollte die Münze ins Wasser werfen, als Sonja ihre Hand auf seine Schulter legte.

„Warte! Du musst dich mit dem Rücken zum Brunnen stellen. Das ist wichtig", sagte sie. Röte stieg in ihre Wangen. Ob sie wie ein naives Schulmädchen wirkte? Vielleicht. Aber gerade hatte sie sich wieder an dieses Detail erinnert. Plötzlich schenkte diese Legende ihr eine Prise Hoffnung und bot ihr einen rettenden Strohhalm. Vor fünf Jahren hatte sie hier eine Münze gelassen. Sie hatte sich damals gewünscht, ihre Reise mit einem geliebten Menschen zu wiederholen.

Und das Schicksal hatte ihren Wunsch erfüllt.

„Man sagt, dass die Legende nur so funktioniert", fügte sie hinzu und senkte den Blick.

„Okay, alles klar." Firas grinste, drehte sich um und warf seine Münze über die Schulter in den Brunnen. Das Wasser platschte und der Cent verschwand auf dem Brunnenboden. „So und jetzt du! Oder soll ich allein nach Rom zurückkehren?"

Lächelnd sah Sonja zu Firas und sein Anblick wärmte sie. Allein. Er schien an keine andere Frau zu denken. Jenny hatte recht. Sie hatte sich umsonst verrückt gemacht.

„Nein, nur mit mir", antwortete sie leise und versenkte ihre Münze im strudelnden Wasser.

Die Nacht ging zu Ende und das Schwarz am Himmel wechselte zu einem dunkelblau. Stille lag auf der schlafenden Stadt, die sich bald wieder mit Touristenmassen füllen würde. Langsam wichen die Schatten an den Wänden, Säulen und Mauern dem Licht, das sich den Weg bahnte. Sie waren mit einem Taxi gekommen und waren noch ein gutes Stück am Kolosseum vorbei bis zum Forum Romanum gegangen. Eine sportliche Leistung, die sich vollkommen gelohnt hatte. Denn dieser Ausblick war atemberaubend. Majestätisch. Bezaubernd.

Eng aneinander gekuschelt saßen sie auf einer Bank mit der Aussicht auf die alten Ruinen. Fasziniert und erschöpft, aber endlos glücklich. Dieser Ausblick war das letzte Ziel ihrer Nachtwanderung durch die Ewige Stadt.

Sonja legte ihren Kopf auf Firas' Schulter und er umarmte sie, drückte sie an sich fest.

„Bist du müde, Süße?", flüsterte er ihr ins Ohr und vergrub die Fingerspitzen in ihren Haaren.

Sonja hob den Kopf und lächelte. „Ich fühle mich so gut. So unglaublich gut. Zwar bin ich müde, ich könnte aber hier noch den ganzen Tag hier sitzen", gab sie ihm leise zur Antwort.

„Ich will nicht zurück nach Hause", wollte sie ihm sagen. „Am liebsten würde ich mit dir hierbleiben. In der Stadt, wo wir ein Paar sind. Wo ich dich mit niemandem teilen muss."

Ein erschöpftes Lächeln legte sich auf seine Lippen. „Ja, hier ist es wirklich sehr schön. Und mit dir an meiner Seite ist es noch schöner."

Sanft richtete sich Sonja auf und gab Firas einen Kuss auf die Wange. „Ich weiß nicht, wie ich dir für diese Reise danken kann", sagte sie leise. „Du hast mich in ein Märchen versetzt, meinen Traum erfüllt. Das werde ich nie vergessen."

Seine Mundwinkel hoben sich. Er drehte sich zu ihr und liebkoste ihre Lippen mit einem sanften Kuss. „Ich habe zu danken. Ohne dich wäre ich nie auf die Idee gekommen, nach Rom zu fahren. Und ich hätte nie die Vatikanmuseen gesehen. Genauso die Sixtinische Kapelle."

Sonja vergrub ihre Hand in seinen Haaren und er schloss genussvoll die Augen. Wie schön sah er dabei aus! Und sie war unglaublich froh darum, in Firas das Interesse zu ihrer Lieblingsstadt und ihrer Kultur entdeckt gehabt zu haben. Das hatte eine weitere Verbindung zwischen ihnen aufgebaut, hatte sie noch mehr zusammengeschweißt. Zumindest hatte Sonja diesen Eindruck. „Du kennst dich mit Kunst gut aus. Ich bin sehr beeindruckt", sagte sie, während sie durch seine Haare kraulte.

„Na ja, ich bin kein Experte auf dem Gebiet. Ich habe mich vor unserer Reise schlaugemacht." Er seufzte und richtete seinen Blick auf die Ausgrabungen des Saturntempels. „Aber du, du kennst dich so gut aus! Verrätst du mir, wie es kommt?"

Sonja richtete den Blick auf ihre Knie. Erinnerungen an frühere Zeiten strömten durch ihren Kopf. Zeiten, als sie an das Gute in Menschen geglaubt und voller Freude und Zuversicht in die Zukunft gesehen hatte.

„In der zwölften Klasse habe ich mein erstes Kunstprojekt gehabt. Es ging um Michelangelo und seine Werke. Die Arbeit und Recherche haben mir Spaß gemacht und ich las viel über die Kunst und Kunstgeschichte. Später habe ich darüber einen Blog geführt." Sonja legte eine Pause ein und lächelte verlegen, beobachtete die ersten Sonnenstrahlen, die sich den Weg durch die prächtige Natur und die schlafenden Ruinen bahnten. „Einen Blog über Kunstreisen."

„Kunstreisen?" Neugierig sah Firas zu ihr. „Das klingt interessant. Wie hast du das gemacht?"

„Damals hatte ich einen guten Nebenjob und habe etwas Geld zurückgelegt. In den Ferien habe ich meinen Koffer gepackt und mich auf eine Reise begeben. Habe viele Fotos und Notizen gemacht. Zu Hause habe ich dann einen Artikel geschrieben und ihn samt Bildern in meinem Blog gepostet. Und nach Rom bin ich mal mit einer Freundin gefahren. Habe mir diesen Traum zu Studienzeiten erfüllt."

Firas drehte sich ganz zu ihr. „Musstest du während deiner Schulzeit arbeiten?" Er hielt den Kopf schräg.

Sonja nickte. „Klar. Schließlich habe ich Geld gebraucht. Zum einen für alles, was mit der Schule zu tun hatte. Ich musste daher sowieso arbeiten. Zum anderen habe ich für meine Reisen gespart."

„Und wo hast du gearbeitet?"

„In einer Pizzeria."

Immer noch hielt Firas sie mit seinem Blick gefangen. Anscheinend wollte er sie etwas fragen und war sich nicht sicher, ob er es tun sollte. Sonja lächelte und legte ihre Hand auf sein Knie.

„Meine Mutter hat mir für meine Schulsachen kein Geld gegeben", erklärte sie. „Für meine Hobbys sowieso nicht. Und ich habe das Reisen gebraucht. Das Reisen bedeutete eine Erholung von meiner Ma und das Abtauchen in eine andere Welt."

„Wie oft musstest du arbeiten?", fragte Firas weiter. Er legte seine Stirn in Falten und seine Gesichtszüge verhärteten sich.

„Vier Tage pro Woche. Ich habe nach der Schule schnell Hausaufgaben gemacht und bin dann in die Pizzeria."

„Was? Aber Sonja ..." Er stammelte und holte tief Luft. „Wieso wurdest du nicht unterstützt, wenn ich fragen darf? Jobben neben der Schule ist sehr hart. Einige meiner Kumpels haben das getan und mussten abbrechen. Sie haben es nicht gepackt. Zumindest deine Schulsachen hättest du doch nicht selbst bezahlen sollen. Hattet ihr Geldprobleme oder woran lag das?"

„Nein, das nicht. Meine Mutter arbeitete in einem Ingenieurbüro und verdiente gutes Geld. Für uns zwei hätte es im Überfluss gereicht. Sie ist aber zu viel auf sich selbst konzentriert. Meine Angelegenheiten haben sie nicht interessiert. Ich sollte alles selbst klären, was mit meinem Leben zu tun hatte. Sie kam zu mir, wenn sie sich ausheulen wollte, und ich fühlte mich so, als ob ich ihre Mutter wäre. Irgendwann wollte ich es nicht länger."

Sonja spürte, wie ihr das Blut in den Kopf schoss. Sie war immens aufgeregt und rang nach Luft, um zur Ruhe zu kommen. Die verborgene Wut auf ihre Mutter staute sich in ihrer Seele auf und kroch nun langsam den Nacken hinauf. Gleichzeitig bildete sich ein Kloß in ihrem Hals.

Sie hatte geglaubt, über den alten Groll hinweggekommen zu sein, doch anscheinend lag sie falsch. „Genau so lief es mit dem Studium", sagte sie gepresst und räusperte sich. „Ich habe nicht das studiert, was ich wollte. Ich wollte Pharmazie studieren. Hätte aber keine Zeit zum Arbeiten gehabt und wäre auf ihre Unterstützung angewiesen gewesen. Also rate mal, ob sie es mir erlaubt hat?"

Firas schüttelte den Kopf. „Ja. Mit Pharmazie wäre das unmöglich. Hast du kein BAföG bekommen?"

Sanft hielt er ihre Hände und seine Wärme liebkoste Sonjas kühlen Finger.

„Nein. Wie gesagt, meine Mutter hat gut verdient. Damit stand es mir nicht zu."

Ohne auch ein Wort zu sagen, nahm Firas sie in den Arm, danach strich er mit dem Daumen über ihren Nacken. „Ich bewundere dich", flüsterte er schließlich. „Du bist großartig! Du hast sehr viel einstecken müssen und bist eine unglaublich starke Frau. Hast dich allein durch alles gekämpft und es geschafft. Hast trotz erschwerter Bedingungen die Schule und das Studium durchgezogen. Und dein Blog, das ist der Wahnsinn! Du tust alles für deine Träume und lässt dich nicht unterkriegen. Hut ab, Süße. Glaub mir, ich kenne keine Frau, die so etwas schaffen würde. Ich schwöre es!"

Sonja erwiderte seine Worte mit einem zarten Blick und einem dankbaren Lächeln. „Danke", sagte sie leise. „Danke, dass du mich so aufmunterst. Aber lass uns jetzt bitte nicht mehr über sie reden."

Erneut legte sie ihren Kopf auf seine Schulter und spürte seinen heißen Atem und seine Lippen auf ihrem Scheitel.

„Manches können wir nicht vergessen", sagte Firas leise. „Das begleitet uns lebenslang und kommt ab und zu hoch. Es ist ganz normal. Ich verstehe, warum du sauer auf deine Mutter bist. Wäre ich an deiner Stelle auch. Wahrscheinlich hätte ich sie mit dem ganzen Herzen gehasst. Glaub mir."

Sie seufzte. „Obwohl ich den Kontakt zu ihr abgebrochen habe, nagt es manchmal an mir. Und das stört mich. Ich würde so gerne einen Resetknopf drücken. Das Alte loslassen. Vergessen. Neugeboren werden. Kennst du das?"

„Und ob ich das kenne! Auch mich überkommt es ab und zu. Das ist so ein Scheißgefühl!" Er presste den Kiefer zusammen und sah zum Sonnenaufgang. Seine Gesichtszüge versteiften sich und die Augen füllten sich mit Schmerz.

Sonja kannte diesen Ausdruck. Firas erinnerte sich an etwas. Etwas, was ihm das Leben schwer gemacht hatte.

Zärtlich legte sie ihre Hand auf sein Knie. „Jetzt habe ich mich bei dir ausgeheult. Komm, du bist dran. Möchtest du dir etwas von der Seele reden?" Ihr entging nicht das Zucken seines Zeigefingers, mit dem er am Daumen rieb. Ob sie ihn mit ihrer Frage überrumpelt hatte?

„Du musst nicht, wenn du es nicht willst", fügte sie leise hinzu.

Firas sagte nichts. Ein bitteres Lächeln bildete sich auf seinen Lippen und mit nachdenklich gerunzelter Stirn sah er in die Weite. „Weißt du, in der Schule hatte ich es schwer", begann er. „In der zehnten Klasse war ich pummelig. Besser gesagt, dick. Also wurde ich ausgelacht. Eine Weile verlief das harmlos. Ich lachte über mich selbst, auch wenn manche Spitznamen wehtaten. Aber hey, ich wollte kein Spießer sein, der keinen Spaß versteht. Ich wollte beliebt sein und dachte, dadurch gewinne ich Freunde."

Firas rang nach Worten und seine Stimme wurde brüchig, während seine Gefühle sich den Weg aus seinem Herzen bahnten. Er legte die Hände auf die Knie und verschränkte fest die Finger miteinander, sodass sich seine Knöchel weiß färbten.

Sonja legte ihren Arm um seine Schulter und ein leichtes Zittern durchlief seinen Körper.

„Dann ..." Firas biss sich fest auf die Lippe und fuhr mit der Zunge drüber. „Dann wurde ich verprügelt. Zum ersten Mal. Von zwei Kerlen aus meiner Klasse. Sie haben mir ordentlich eine reingehauen und mein ganzes Taschengeld genommen. Gekrümmt vor Schmerzen habe ich auf der Schultoilette geheult. Das wiederholte sich fast jede Woche."

Seine Stimme brach und ein zitterndes Seufzen entkam seiner Kehle. Sonja sah eine Träne, die seine Wange entlang floss und ihr Herz zog sich schmerzhaft zusammen.

Warum waren manche Menschen so unfair? So brutal?

„Aber wieso? Wieso haben sie das getan?", flüsterte sie und streichelte sachte seinen Rücken.

Firas rieb sich über das Gesicht und drehte den Kopf zu ihr. „Weil ich schwach war. Deshalb. Menschen können richtig scheiße zu denen sein, die sie für schwächer halten."

Sonja schüttelte den Kopf. Sie konnte es immer noch nicht begreifen. „Haben die Lehrer denn nichts unternommen? Die Schulleitung? Deine Eltern?"

Firas lachte bitter. „Das ist es ja. Niemanden hat es interessiert. Die Lehrer taten so, als ob sie nichts gesehen hätten. Genauso die Schulleitung. Und meine Eltern konnten mir nicht helfen. Mehrere Male haben sie versucht, mit dem Schuldirektor zu sprechen, wurden jedoch abgewimmelt. Diese Leute von damals hatten nicht mal eine Prise Anstand, geschweige denn Respekt. Alle Lehrer sagten mir, ich wäre ein Loser. Das war sogar mein Spitzname. Sie behaupteten, dass ich nach der Schule ohnehin beim Jobcenter landen würde. Manchmal lachten sie mich zusammen mit meiner Schulklasse aus. Bis ich Angst hatte, in die Schule zu gehen. Doch ich musste da durch und es ging von vorne los. Irgendwann bin ich nach einer Schlägerei im Krankenhaus gelandet."

Ein Kloß bildete sich in Sonjas Hals. Nur weil ein Mensch schwächer war und sich nicht wehren konnte, hatte man noch lange nicht das Recht, ihn so zu behandeln. Nur weil man keinen hatte, der für ihn eintreten würde. Diese ewige Bitterkeit und Leere danach. Wie gut kannte sie das. Sie hatte es ähnlich erlebt, auch wenn ihre Geschichte anders als die von Firas gewesen war. Ein kalter Schauder lief über ihren Rücken, als sie an Daniel zurückdachte.

Eine Ohrfeige folgte der anderen, bis ihr Gesicht brannte. Dann krallten sich seine Hände in ihre Haare und schmerzhaft zog er ihren Kopf nach hinten.

„Nochmals mischst du dich nicht in meine Angelegenheiten, sonst schmeiße ich dich raus und dann kannst du deine Masterarbeit knicken! Ist das klar?" Sein wutverzerrtes Gesicht beugte sich über sie. „Ist das klar?"

Dann sah sie Firas vor ihrem geistigen Auge. Geschlagen und ausgeraubt. Schutzlos. Auf die Gleichgültigkeit unfähiger Pädagogen gestoßen. Menschen, die ihren Beruf massiv verfehlt hatten und eigentlich keineswegs mit Kindern oder Jugendlichen arbeiten durften.

„Und dann ...?" Sonjas Finger zitterten und ihr Herz sackte in die Kniekehlen, während sie bange auf die Fortsetzung seiner Geschichte wartete.

„Dann? Irgendwann kam ich zurück in die Schule. Und es ging wieder los. Doch an diesem Tag ... An diesem Tag passierte in mir etwas. Ich habe meine Gegner angegriffen. Zum ersten Mal in meinem Leben. Du kannst dir nicht vorstellen, welche Wut mich überkam und wie ich auf die beiden Jungs eingeprügelt habe. Weißt du ..." Firas legte den Kopf in den Nacken und sah kurz in den Himmel. „Ich bin nicht stolz drauf. Eigentlich hätte das Problem anders gelöst werden sollen. Aber an diesem Tag habe ich verstanden, dass ich stark sein kann. Mich wehren kann. Das war ein Aufruhr, du kannst es dir nicht vorstellen! Der Direktor drohte mir mit dem Rausschmiss und ich ..." Firas grinste und atmete durch. „Ich sagte ihm, ich würde mich um die Dienstaufsichtsbeschwerde kümmern, damit er und alle Lehrer, die nur tatenlos zugesehen haben, ihre Konsequenzen tragen. Ja, ich habe mich schlaugemacht, dieses verdammt lange Wort auswendig gelernt und hatte sowieso nichts mehr zu verlieren. Und der Direktor hat dumm geguckt. Er hat nicht erwartet, dass ich solche Worte kenne. Letztendlich war mir egal, ob sie mich rauswerfen oder nicht. Ich hatte keinen Bock mehr auf diese Pennerschule. Doch mir passierte nichts. In den Sommerferien habe ich dann mit dem Kickboxen angefangen, an meinem Körper gearbeitet, abgenommen und bin danach wieder in die Schule gekommen. Mit hohem Selbstvertrauen und einem starken Selbstwertgefühl. Das war witzig, denn niemand hat mich erkannt. Alle dachten zuerst, ich wäre ein Neuer. Und danach ... Danach wagte niemand mehr, mich anzugreifen." Erneut verzog Firas seine Lippen zu einem Lächeln und blickte zu Sonja. „Schließlich habe ich mir geschworen, besser zu werden, als sie alle. Karriere zu machen. Noch im selben Jahr habe ich die Schule gewechselt und ab da ging es bergauf."

„Deshalb arbeitest du so viel und ununterbrochen?" Sonja legte ihre Hand an seine Wange und streichelte sachte über seinen Bart.

Firas nickte. „Ja. Ich habe mir die Arbeit als die oberste Priorität gesetzt. Und jetzt weißt du, warum."

Sie seufzte schwer. Sie hatten einander einen Teil ihrer Herzen offenbart und einige Einblicke gewährt, die allen anderen verborgen blieben. Nie hätte sie gedacht, dass Firas so gemobbt worden war. Wären sie ein Paar, würde Sonja behaupten, ihre Beziehung hätte sich weiterentwickelt und sie wären stärker zusammengewachsen. Verdammt. Sie senkte den Kopf und spürte Firas' Arm auf ihrer Schulter.

„Sonja, du …" Sanft zog er sie zu sich und sie drehte ihren Kopf zu ihm. „Darf ich fragen, was in deiner vergangenen Beziehung vorgefallen war?"

Ein kalter Klumpen bildete sich in ihrem Magen und rutschte ihr bis zu den Kniekehlen.

Eigentlich hätte sie darüber reden sollen. Den Mut finden und ihr Herz erleichtern. Aber sie konnte es nicht. Es fühlte sich so, als ob eine unsichtbare Hand ihren Hals zudrückte und ihr das Sprechen unmöglich machte.

„Ich … Ich werde dir das ein anderes Mal erzählen. Ich will es tun. Aber ich kann es noch nicht. Bitte sei mir nicht böse, okay?"

Firas griff nach ihren Händen und küsste ihre Fingerspitzen.

„Quatsch, ich bin dir nicht böse, Süße", flüsterte er. „Setz dich nicht unter Druck. Ich kann dich verstehen. Es ist nicht leicht, über seine Vergangenheit zu sprechen." Dann legte er seine Hand auf ihre Wange und strich mit dem Daumen darüber. „Komm her."

Sonja sah ihm tief in die Augen, beugte sich zu ihm und er verschloss ihre Lippen zu einem leidenschaftlichen Kuss, der ihren ganzen Körper elektrisierte. Sie schlang ihre Arme um ihn und gab sich dem Kuss hin, wunderte sich gleichzeitig darüber, dass sie trotz der Müdigkeit erregt war.

„Sollen wir zurück ins Hotel fahren?" Langsam löste Firas seine Lippen von ihr und sah sie lustvoll an. „Ein Nickerchen würde uns guttun. Oder?"

„Ein Nickerchen?" Müde lächelte sie ihn an. „Aber nur ein kurzes."

Es waren zwölf Uhr mittags, als Sonjas Smartphone vibrierte und sie aus ihrem tiefen Schlaf riss.

Genussvoll reckte sie sich im Bett und blickte auf Firas. Er war schon wach und spielte mit seinem Handy.

„Guten Morgen." Sonja setzte sich auf und gab ihm einen Kuss auf die Lippen, den er kühl erwiderte.

„Guten Morgen."

„Hast du gut geschlafen?" Sonja schmiegte sich an ihn und küsste seine Schulter. „Alles okay bei dir?"

Firas hob einen Mundwinkel. „Bei mir schon. Aber du solltest auf dein Handy schauen. Seit einer Stunde will dich jemand erreichen. Nicht, dass ihm etwas zugestoßen ist."

Wer konnte das sein? Schnell griff Sonja nach ihrem Handy und entsperrte es.

Drei Anrufe und fünf Whatsapp-Nachrichten von Yannik. Ob sie sich wieder treffen würden. Zudem machte er sich Sorgen, wo sie denn wäre. Dumm gelaufen. Sie hatte ihm über ihre Reise gar nichts gesagt. Er wusste nicht mal, dass sie nicht zu Hause war.

„Und, alles gut?" Firas hob eine Augenbraue und sah sie eindringlich an.

Sie tippte schnell eine Nachricht. „Ja. Ich habe vergessen, Yannik zu sagen, dass ich nicht daheim bin. Und er

wollte sich heute mit mir treffen. Habe es total ver-
peilt."

Firas gab ihr keine Antwort. Sonja sah besorgt zu ihm.

War er eifersüchtig? In seinen Augen zeigte sich ein
Funkeln, das sie bisher nicht kannte.

„Ist wirklich alles okay?", wiederholte sie ihre Frage
und Firas zuckte mit den Schultern.

„Ja klar. Was soll denn nicht okay sein?"

„Ich weiß nicht. Du bist irgendwie anders als sonst."
Sie richtete sich auf und schickte die Nachrichten ab.
Dann stellte sie ihr Handy auf lautlos.

„Ich?" Theatralisch hob Firas die Augenbrauen hoch.
„Um Himmels willen. Wie kommst du darauf?"

Er schnalzte mit der Zunge und wandte sich erneut
seinem Handy zu.

Kapitel 16: Der Umbruch des Lebens

Firas

Die Strahlen der Nachmittagssonne bahnten sich durch die breiten Fenster des Kickboxclubs am Rande Saarbrückens und erfüllten den spartanisch ausgestatteten Trainingsraum mit warmem Licht.

Zum gefühlt tausendsten Mal spannte Firas seinen Bauch an, duckte sich und prügelte auf den schweren Sandsack ein. Vielleicht sollte er für heute Schluss machen. Sein Kopf reagierte allmählich mit einem dumpfen Pochen und seine Arme schmerzten. Schweißtropfen glänzten auf dem Boden. Ein Training, bei dem er seinen Körper vollkommen verausgabte und bis an seine Grenzen ging.

Firas schnaufte laut. Zum Glück hatte er seine Hände mit Boxbandagen umwickelt und gab ihnen damit einen zusätzlichen Schutz. Boxhandschuhe reichten bei seinem harten Training nicht aus. Einmal hatte er die Bandagen vergessen und seine abgeschliffene Knöchelhaut hatte mehrere Tage zum Heilen gebraucht. Er atmete tief ein und schlug beim Ausatmen erneut auf den Sandsack, legte dabei sein ganzes Körpergewicht in den Schlag. Indem er den Sandsack bearbeitete, vergaß er alles um sich herum und obwohl er total erschöpft war, wollte er nicht aufhören.

„Bist du noch nicht müde?", erkundigte sich Jan und sah ihn verwundert an. Vornüberbeugt und nassgeschwitzt stand er auf der anderen Seite und hielt mit den beiden Armen den schweren Sandsack fest.

Firas keuchte, hörte unwillig mit dem Schlagen auf und tänzelte um den Sack herum. Er wollte weitermachen, spürte allerdings einen unangenehmen Stich in seiner Seite.

„Okay, Pause!", gab er nach und Jan ließ den Sandsack los.

„Du trainierst wie ein Irrer", sagte er und schüttelte den Kopf. „Ich glaube, es ist genug für dich, Kumpel."

Firas hörte ihm nicht zu. Er hatte Durst und begab sich zu einer Turnbank. Dort zog er die Boxhandschuhe aus und befreite seine Handgelenke von den Bandagen. Daraufhin schnappte er sich sein Handtuch, fuhr damit über sein Gesicht und rubbelte anschließend die nassgeschwitzten Haare trocken. Womöglich sollte er doch auf seinen Körper hören und für heute das Training beenden. Bis zum Ende hatte er gehofft, vor Erschöpfung nicht von seinem Kummer und der Sehnsucht heimgesucht zu werden. Vergebens. Die Müdigkeit vertrieb seine Erinnerungen und Gedanken nicht.

Er vergrub sein Gesicht in den Händen und atmete tief ein und aus. Dann biss Firas sich auf die Unterlippe.

Das tat er schon seit einer Weile, sodass seine Lippen sich mit zahlreichen Wunden bedeckten.

Das war alles andere als ein schöner Anblick.

Jan ließ sich neben ihm nieder und legte die Hand auf seine Schulter. Er sagte nichts. Doch diese Geste schenkte Firas Zuspruch und das Gefühl der Unterstützung. Er war nicht allein. Sein Freund war immer für ihn da. Auch jetzt, wo er einen Rat benötigte. Einen Rat, wie er nun seinen Weg weitergehen sollte.

Firas hob den Kopf und ließ ihn kreisen, sodass sein Nacken knackte.

Jan runzelte die Stirn. „Ich hasse das Geräusch", nölte er. „Du knackst wie ein alter Mann."

Firas lächelte bitter und lehnte sich an die kühle Wand zurück. Er nahm sein Handy in die Hand und öffnete Sonjas Nachrichten. Er wollte ihr schreiben und sich nach ihr erkundigen. Sie hatte heute Mittag auf der Arbeit Fieber bekommen und er hatte sie nach Hause geschickt. Womöglich hatte sie sich eine Grippe oder eine starke Erkältung eingefangen. Blass und fröstelnd hatte sie sein Büro verlassen und davor versprochen, ihm eine Nachricht zu schreiben, sobald sie zu Hause ankommen würde. Zum Glück hatte Ulrike sich ebenfalls auf den Weg nach Hause gemacht und Sonja mit in die City genommen. Ansonsten hätte er für sie ein Taxi gerufen.

Firas rieb sich über sein Gesicht und schnaufte nochmals. Am liebsten hätte er sie selbst nach Hause gefahren und sich um sie gekümmert. Ihr einen Tee gemacht und eine Suppe gekocht. All das getan, was er sich selbst wünschen würde, falls er mal krank werden sollte. Dass sie den ganzen Tag vom Fieber erschöpft und zudem allein in ihrer Wohnung war, beunruhigte ihn ungemein. Den Rest des Arbeitstages hatte er in Gedanken an sie verbracht, ihr mehrmals geschrieben und sie in der Pause angerufen. Dafür war er extra zum Parkplatz gegangen und hatte sich in sein Auto gesetzt. Der einzige Ort, wo er ungestört mit ihr reden konnte.

Er war sich nicht sicher gewesen, ob er sein Treffen mit Jan nach dem Training absagen sollte. Doch Sonja hatte darauf bestanden, dass er auch Zeit mit seinem Freund verbringt. Denn auch das wäre wichtig für ihn.

Sonja war zuletzt vor drei Stunden online gewesen und er beschloss, ihr später zu schreiben. Vielleicht schlief sie gerade. Zudem er nicht aufdringlich rüberkommen wollte.

„Du bist nicht besser", entgegnete er und wandte sich Jan zu. „Deine Ausdauer ist im Eimer, mein Freund."

„Worüber wolltest du letztens mit mir sprechen?", wechselte Jan das Thema und sah ebenfalls auf sein Handy. „Du machst es spannend. Ich ahne schon, um was es geht. Und ich mache mir Sorgen um dich, denn so fertig habe ich dich noch nie gesehen."

Firas sah Jan in die Augen und biss sich unsicher auf der Unterlippe. Sollte er wirklich einfach so mit der Tür ins Haus fallen? Unruhig ging sein Blick hin und her und er begann nervös mit dem Fuß zu wippen.

„Hör bitte auf", hörte er seinen Freund sagen. „Komm, wir reden draußen. An der frischen Luft."

„So. Da wären wir." Jan öffnete seinen Kofferraum und warf die Sporttasche rein. Sodann lehnte er sich ans Auto an. „Was ist los?"

Die Strahlen der Nachmittagssonne streiften über den sandigen Parkplatz, verwöhnten sein Gesicht und leichter Sommerwind berührte zart die geschwitzte Haut. Tief atmete er ein und aus. Ja, er sollte sich endlich aussprechen. Er konnte es ohnehin nicht länger mit sich tragen.

„Es geht um viele Dinge", begann er und zeichnete mit der Spitze seiner weißen Sneakers einen Halbkreis im Sand. „Ich weiß gar nicht, wo ich anfangen soll. Und ich will nicht, dass du denkst, du wärst mein kostenloser Therapeut."

„Quatsch, was redest du da?" Jan zog die Augenbrauen zusammen. „Wofür sind Freunde da? Sag du es mir. Wie oft habe ich dich angerufen, mitten in der Nacht aufgeweckt und um deine Hilfe gebeten?"

Firas hob einen Mundwinkel, während ihm alte Erinnerungen durch den Kopf strömten. „Viele Male. Das war eine Zeit!"

„Aber weißt du was?" Jan dachte nach. „Sollen wir uns lieber in unserer Shisha-Bar begegnen, mein Lieber? Ich glaube, dort lässt es sich am besten plaudern, als hier auf dem Parkplatz."

„Eine gute Idee!" Firas fragte sich, wieso er selbst nicht darauf gekommen war, zudem bei diesem nicht normal heißen Wetter. „Machen wir so."

***

Jan grinste breit. „Na also. Schieß los. Was bedrückt dich denn? Geht es um ... Sonja?"

Mit der letzten Frage hatte Firas nicht gerechnet und senkte verblüfft den Blick.

„Ja zum Teil", antwortete er mit der heiseren Stimme. „Woher weißt du das?"

Jan beugte sich zu ihm und stützte die Ellenbogen auf den Knien ab. „Als ob ich nicht bereits während der Hochzeit gemerkt habe, dass du auf sie stehst. Nur bist du zu cool, um das zuzugeben."

Firas atmete auf und steckte sich eine Zigarette an. „Genauer gesagt, geht es nicht nur um Sonja. Die ganze Situation ist kompliziert. Willst du eine?" Er streckte die Hand aus und bot Jan die Schachtel an.

„Was? Ist sie schwanger?"

„Nein, um Himmels willen!" Firas schlug sich mit der Handfläche gegen die Stirn. „Du Witzbold!"

„Na ja, warum? Kann ja alles sein ..." Jan nahm sein Angebot an und steckte die Kippe zwischen seinen Lippen. „Danke. Also was ist los?"

Firas tätigte einen kräftigen Zug und streifte mit dem Blick über den klaren Himmel. Er war kein besonders guter Erzähler und wusste nicht, wie er am besten anfangen sollte. Zudem war die Situation viel zu kompliziert, um sie in ein paar Sätzen wiederzugeben.

„Wir haben was miteinander. Eine Affäre", sagte er schließlich und räusperte sich. „Und haben das von allen geheim gehalten. Schon seit zwei Monaten läuft es so. Das ist das Erste."

Sein Freund verschränkte die Finger zusammen. „Diese Nachricht haut mich nicht aus den Socken, Bro. Ich habe geahnt, dass es so kommt. Solange ihr beide glücklich seid, ist doch alles in Ordnung. Also ich sehe hier kein Problem."

Firas verschränkte die Arme vor der Brust. „Das ist nicht das Problem", sagte er langsam. Dabei spürte er, wie seine Aufregung stieg und das Herz schneller schlug. Hoffentlich würde er seine Sorgen verständlich wiedergeben können.

„Was ist denn los? Seid ihr beide mit dieser Affäre einverstanden? Oder erwartet einer von euch mehr?" Über Jans Stirn legten sich Falten und in seinem Blick fand sich eine Prise Sorge.

„Nein, wir haben alles von Anfang an geklärt. Wir schulden uns nichts und sind beide frei." Unsicher kaute Firas am Fingernagel seines Daumens. „Aber ..."

„Aber was?"

„Dieses Verhältnis hat sich weiterentwickelt. Es ist tiefer geworden. Wir sind inzwischen wie ein Pärchen mit dem Unterschied, dass unsere Gefühle für alle anderen verborgen bleiben. Weißt du, Jan ..." Firas atmete tief durch. „Ich kann mir nicht vorstellen, dass dieses Verhältnis mal zu Ende gehen würde. Jeder Gedanke daran tut mir im Herzen weh. Verstehst du mich? Ich will dieses Ende nicht. Von Tag zu Tag wünsche ich mir mehr, Sonja an meiner Seite zu haben. Einfach bei ihr zu sein."

Grüblerisch sah Jan zur Seite und kaute an seinem Mundwinkel. Eine Geste des Nachdenkens bei ihm.

„Okay Firo. Du hast Gefühle für sie. Scheinst bis über beide Ohren verknallt zu sein. Finde ich toll. Und wie sieht es bei Sonja aus?"

Firas senkte den Kopf und starrte auf die Teetasse. „Ehrlich gesagt, weiß ich es nicht. Aber ich glaube, ihr geht es genauso. Sie macht viel für mich und das vom Herzen. Ich glaube nicht, dass sie es tun würde, wenn ich ihr nichts bedeuten würde."

„Du glaubst. Das ist gut, aber nicht genug. Habt ihr euch mal zusammengesetzt und darüber gesprochen?"

Eine Frage, die Firas am meisten fürchtete. „Nein“, sagte er leise.

„Dann tut es doch!“ Jan schlug sich auf den Oberschenkel und nahm einen kräftigen Schluck von seinem Milchshake. „Warum macht ihr alles so kompliziert? Wenn ihr mehr als eine Affäre wollt, geht doch eine richtige Beziehung ein! Dafür müsst ihr euch aber aussprechen. Anders geht es nicht.“

„Ich bin noch nicht fertig. Erinnerst du dich an Aliya und ihren Vater?“

Nachdenklich hob Jan eine Augenbraue. „Ja“, gab er schließlich zu. „Aliya hatte ja die ersten zwei Semester mit uns studiert. Und danach schickte ihr Vater sie an eine andere Uni. Ich hatte nicht so viel zu tun mit ihr. Aber du und deine Familie sind mit ihrer befreundet, oder? Und ihr Vater ist jetzt dein Chef, wenn ich mich richtig erinnere. Sorry, ist eine Weile her, nachdem du mir davon berichtet hast.“

„Genau.“ Firas tätigte den letzten Zug und warf den Zigarettenstummel weg. „Hassan will, dass ich mich mit Aliya verlobe. Ursprünglich habe ich es selbst sogar in Erwägung gezogen. Bis diese Geschichte mit Sonja angefangen hat. Mittlerweile kann ich mir keine Sekunde vorstellen, mit Aliya verheiratet zu sein. Eher mit Sonja. Glaubst du das, Jan? Ständig taucht sie in meinen Gedanken auf!“ Firas machte eine kleine Pause, während Jan ihn mit halb geöffnetem Mund anstarrte. „Vor einigen Tagen haben Aliya und ich gesprochen. Unter vier Augen. Auch sie möchte mich nicht heiraten. Sie mag einen anderen Kerl. Doch Hassan ist dagegen und deshalb sagt sie ihrem Vater nicht, dass sie mit dem Mann im Kontakt ist.“

„Alter …" Jans Lippen verzogen sich zu einem halb verwirrten Lächeln. „Alter … Das ist wie eine Serie. Wirklich. Du? Eine Verlobung? Und dein Schwiegervater in spe ist auch dein Chef? Himmel, Bro, wie bist du denn in so etwas hineingeraten?"

Schulterzuckend schüttelte Firas den Kopf. „Ich glaube, ich habe von Anfang an einen Fehler gemacht und zwar …"

„… Solltest du keinen Familienfreund als Chef haben", unterbrach Jan. „Und schon mal keinen, der dich mit seiner Tochter liieren will."

„Ich wusste anfangs nicht, dass er es wollte. Oder plante. Oder was auch immer. Und wie gesagt, eine Weile habe ich es selbst in Betracht gezogen. Schließlich würde Aliya einwandfrei zu mir passen. Wahrscheinlich habe ich da entsprechende Signale gesendet, die Hassan aufgegriffen hat. Diese Woche kam er in mein Büro und teilte mir mit, Sonja und ich wurden mehrfach zusammen gesehen. Seltsam, denn wir ließen uns nie erwischen. Ich wollte mehr herausfinden, doch er sagte nichts. Er meinte nur, er will keinen von uns die Konsequenzen tragen lassen. Danach wollte er meine Entscheidung bezüglich der Verlobung anfragen. Und jetzt habe ich den Salat."

„Okay. Wir müssen uns um die Lösung des Problems oder besser gesagt der Probleme kümmern." Nachdenklich blickte Jan zum Himmel, strich daraufhin über seine Mundwinkel. „Ich glaube, du willst zusammen mit Sonja sein, hast aber Schiss vor Hassan, der dich indirekt zu erpressen scheint. Vielleicht euch sogar beobachtet. Oder jemand hat euch gesehen und verpetzt. Keine Ahnung. Du musst vorsichtiger sein, denn ein Verliebter sieht vieles nicht. Allein schon wegen Sonja. Ich denke, du willst nicht, dass sie Probleme bekommt. Okay, und Hassans Tochter will einen anderen Kerl, bekommt aber weiche Knie und will nicht mit ihrem Vater reden. Richtig?"

Firas runzelte die Stirn. „Ja."

„Joa." Jan blies die Backen auf und pustete langsam die Luft raus. „Schwierig. In diesem Fall musst du handeln. Dringend. Erstens sollst du mit Sonja reden. Würde zumindest ich tun. Dann weißt du, wo du bei ihr stehst. Dann sollst du Hassan deine Entscheidung mitteilen. Auch das ist fair. Egal, ob es etwas mit Sonja wird oder nicht: Er soll wissen, dass du dich nicht verloben willst. Und ich würde mir auf jeden Fall einen anderen Job suchen, so doof es klingt. Ich kenne Aliyas Vater nicht so gut, vermute aber, dass er sehr bestimmend ist. Herrschsüchtig, wenn ich es so ausdrücken darf. Ich glaube, du wirst nicht mit ihm klarkommen, wenn du nicht nach seiner Pfeife tanzt. Mein Empfinden. Sonst würdest du kein Problem in dieser Geschichte sehen. Denn eigentlich kann und darf niemand einen Menschen zu etwas zwingen. Und das passiert gerade mit dir und Aliya."

Jan hatte recht. Gerade hatte er Firas' eigenen Gedanken ausgesprochen. Ihm den Lösungsweg vorgeschlagen, über den er selbst mehrfach nachgedacht hatte. Nur traute er sich nicht, ihn zu gehen. Wegen Sonja.

„Ich habe Angst, Jan", gab Firas zu und senkte den Blick. „Ich habe Angst, dass ich Sonja verliere, wenn ich sie auf ihre Gefühle zu mir anspreche. Ich weiß, dass sie eine schwere Beziehung hinter sich hat. Und sie sagte mir, dass sie vorerst keine neue sucht. Was ist, wenn sie sich bedrängt fühlt und …"

Sagte er das gerade? Waren das seine Worte? Er glaubte es nicht. Er, der eigenständige Mann, der bereits fest auf eigenen Beinen stand, hatte Angst, eine Frau zu verlieren! Wegen Sonja hatte er sich noch nicht beim Recruiter gemeldet, was er früher innerhalb von einer Stunde getan hätte! Aber jetzt …

Er könnte sich nicht vorstellen, ohne Sonja in die USA zu gehen. Und das, obwohl sie nicht mal ein Paar waren. Was war denn eigentlich mit ihm los? Alles hatte sich geändert. Ihn unkennbar gemacht. Schwächer? Oder gefühlvoller? Verrückt sogar? Hatte er einen Hormonüberschuss? Er wusste es nicht.

„Firo … Dann weißt du zumindest, wie sie zu dir steht. Und einen neuen Job würde ich an deiner Stelle so oder so suchen. Aber ich muss dir etwas wegen Sonja sagen. Sie wollte schon immer eine Familie und hatte nie Affären. Und ich glaube nicht, dass ihr Wunsch sich geändert hat. Dass sie nach ihrem Idioten eine Pause gebraucht hat, ist verständlich und zum Glück hat sie dich getroffen. Ich kenne dich als einen ehrlichen und offenen Kerl und würde mir wünschen, dass du mit Sonja zusammenkommen würdest. Sie hat viel Scheiße erlebt und bräuchte einen Typen wie dich. Deshalb versuche es! Kläre das zwischen euch. Denk dir bitte nichts im Voraus kaputt. Okay?" Jan klopfte ihm auf die Schulter. „Weißt du, dass Jenny nicht sofort mit mir zusammenkommen wollte? Ich habe eine Weile gebraucht, bis ich ihr Herz gewonnen habe. Und jetzt bin ich der glücklichste Mann der Welt."

„Was?" Verblüfft sah Firas ihn an. „Das hast du mir nie erzählt."

„Jetzt habe ich aber." Jan grinste breit und sah auf die Uhr. „Schnapp sie dir", fügte er enthusiastisch hinzu und sperrte sein Auto auf. „Trau dich! Und nochmals: Denk nicht viel nach!"

Firas folgte seinem Beispiel und verabschiedete sich. Sein Herz schlug schneller. Eine lange Zeit hatte er es sich nicht eingestehen wollen, dass er verliebt war. Doch jetzt musste er der Wahrheit wohl oder übel ins Auge sehen.

Jan war längst weggefahren und er saß immer noch in seinem Auto. Erneut kreisten seine Gedanken um die eigene Familie, die ihm Rückhalt geben würde, und eine Frau an seiner Seite, die zu ihm stehen, ihn verstehen und unterstützen würde. Über sein eigenes Zuhause, das ihm Geborgenheit und Frieden bieten würde. Mehrfach spielte er diese Szenarien in seinem Kopf durch und musste dabei immer an Sonja denken. Ja, nur mit ihr konnte er es sich vorstellen. Sonja war ihm unglaublich wichtig geworden. Sie war ein Teil seines Lebens und er konnte sich keinen Tag ohne sie vorstellen. Unausgesprochen waren sie zu einem perfekt eingespielten Team geworden und wussten auch ohne Worte, was der andere benötigte. Dieses wunderbare Gefühl der Verbundenheit gab ihm Kraft und Widerstandsfähigkeit der harten Arbeitsbelastung gegenüber. Wenn Sonja an seinem Büro vorbeiging, warf sie ihm ein liebevolles Lächeln zu und ein süßes Gefühl breitete sich in seinem Herzen aus. Jeden Abend freute er sich auf die gemeinsame Zeit mit ihr, auf ihre sanfte Stimme und ihre Hände, die zärtlich durch sein Haar fuhren, während sein Kopf in ihrem Schoß lag. Er freute sich auf die Gespräche mit ihr, auf ihre Lieblingsserie, die sie sich gemeinsam anschauten, auf ihre Plüschtiere auf der Kommode. Er freute sich auf jede Minute, jede Sekunde mit ihr.

Sodann nahm Firas das Handy in die Hand. Sonja hatte ihn darum gebeten, vorher anzurufen, wenn er bei ihr vorbeikommen würde. Und er wollte sie sehen und sich nach ihr erkundigen. Auch wenn er Gefahr lief, sich anzustecken.

Kapitel 17:
Das Sommerfest

Sonja

Das Sommerfest verlief sagenhaft. Dieses Jahr hatten alle für das Grillen am Waldhaus abgestimmt. Die Hütte lag auf einem großen Platz und war von Bäumen umgeben, die vor der prallen Sonne schützten. Dem Vogelgezwitscher lauschend, genoss Sonja ihr Steak im Schatten und versuchte, sich trotz ihrer abschweifenden Gedanken zu entspannen.

„Möchtest du ein kühles Bierchen?", erkundigte sich Yannik und Sonja schenkte ihm ein dankbares Lächeln.

„Gerne." Sie lehnte sich daraufhin entspannt zurück und nahm ihr Handy in die Hand. Yannik nickte, verließ die Bierbank und ging zum Kühllastwagen, der nicht weit von der großen Grillhütte stand.

Sie entsperrte ihr Handy und ihre Lippen verzogen sich zu einem fröhlichen Lächeln. Jenny hatte ihr geschrieben.

Ich vermisse dich, Maus

war ihre erste Nachricht mit einem durchgestochenen Herzen.

Wir haben uns lange nicht gesehen. Und wo ist denn dein Chef?

Ein Zwinkersmiley.

Ist er noch nicht da?

Sonja biss sich auf die Unterlippe. Dann streckte sie den Hals, ließ ihren Blick über den Grillplatz schweifen. Firas saß abseits mit den anderen Führungskräften an einem langen Tisch, trank sein alkoholfreies Bier, plauderte und lachte lebhaft. Ihr Blick blieb auf ihm kleben und die altbekannte Sehnsucht erfüllte erneut ihr Herz.

Wie gerne würde sie sich zu ihm setzen und ihren Kopf auf seine Schulter legen! Wie sehr sehnte sie sich danach, in einem innigen Kuss mit ihm zu verschmelzen! Ihre Finger miteinander verschränken, ohne sich dabei verstecken zu müssen! Aber nein, das war nicht möglich. Jetzt und hier waren sie nur Kollegen. Nicht mehr und nicht weniger.

Erneut blickte sie über den Grillplatz, als Yanniks Stimme sie aus ihren Gedanken riss.

„Hier, Süße." Er stellte eine Bierflasche auf dem Tisch ab und setzte sich neben sie. Dann drehte er sich zu ihr, stützte einen Ellenbogen auf dem Tisch ab und sah sie mit einem liebevollen Blick an. „Wie geht es dir so? Hattest du einen stressigen Tag? Du siehst ein wenig besorgt aus", erkundigte er sich und Sonja spürte seine Hand auf ihrer Schulter.

„Alles gut. Ich entspanne mich … Toll, dass wir uns für diesen Grillplatz entschieden haben." Sonja schenkte ihm ein Lächeln und nahm einen kräftigen Schluck von ihrem Bier. Dann drehte sie sich genussvoll dem erfrischenden Sommerwind entgegen, der durch das Feld wehte und sanft über ihr Gesicht streifte, leicht in ihren Haaren wirbelte. Sie liebte den Wald. Hier kam sie selbst beim hektischen Sommerfest zur Ruhe. Die Waldluft roch nach frischen Blättern, Tannen und der von der Sonne geküssten Baumrinde, gemischt mit dem Duft vom Grill.

Erneut sah sie zu Yannik, der nachdenklich seine Hände anstarrte. Je länger sie sich mit ihm unterhielt, desto mehr begriff sie, dass ihm etwas auf dem Herzen lag, worüber er mit ihr sprechen wollte.

„Yannik, ist alles in Ordnung?", erkundigte sie sich vorsichtig und legte die Hand auf seinen Oberarm.

Abwesend sah er sie an, lehnte sich auf der Bank zurück und sein Blick streifte über den Grillplatz. Danach kaute er auf der mittlerweile blutenden Unterlippe. Himmel. Yannik war sichtlich aufgeregt.

„Hallo?"

„Ja", antwortete er, während seine Fingerspitzen durch sein dichtes Haar fuhren. „Ja, alles in Ordnung. Ich … Ich wollte mit dir über etwas sprechen. Krass, wie gut du mich kennst." Yannik beugte sich zu ihr und nahm ihre Hand in seine.

Für einen Moment spürte Sonja, wie sich ein kalter Knoten in ihrem Bauch bildete. „Also ... Was ist denn los?", versuchte sie alle Ruhe in ihre Stimme zu legen.

Yannik drückte liebevoll ihre Hand. Seine Augen füllten sich mit Zärtlichkeit, nahmen denselben Ausdruck wie an diesem misslungenen Abend, an dem sie beide zusammenkommen wollten. Es versuchten. Wie an dem Abend, der ihr die Augen geöffnet hatte. Ihr gezeigt hatte, dass sie nie mit ihm ein Paar werden würde.

Sonja schluckte. Sie ahnte, worüber er reden, was er sie fragen wollte. Yannik hielt sein Wort. Obwohl sie ihm damals ihr Empfinden gesagt hatte, gab er nicht auf. Seine Hoffnung lebte und war möglicherweise das Einzige, das ihre Freundschaft zusammenhielt.

„Sonja, weißt du, ich ... Ich kann nicht aufhören, an dich zu denken." Seine Wangen wurden rot und Yannik atmete tief durch, bevor er weitersprach. „Ich hoffe immer noch, dass du vielleicht ... Dass du möglicherweise doch meine Freundin werden möchtest. Vielleicht sollen wir es einmal versuchen, was meinst du? Es gibt viele Paare, die ihre Gefühle erst im Laufe der Zeit entwickelt haben. Weißt du, was ich meine?"

Er nahm ihre beiden Hände und umschloss sie mit seinen. Sein Blick wurde bittend, füllte sich mit Hoffnung und Sonja spürte, wie sehr es in ihrem Herzen wehtat. Sie wollte Yannik glücklich sehen. Dafür hätte sie alles getan. Früher hätte sie ihm womöglich zugestimmt. Es mit ihm versuchen. Vielleicht wäre daraus tatsächlich eine harmonische Beziehung entstanden, die ihr Geborgenheit geschenkt hätte, wie sie es erträumte. Vielleicht. Aber jetzt ... Jetzt ging es nicht mehr. Sie konnte nicht mit Yannik zusammen sein. Ihr Herz wehrte sich gegen diesen Gedanken. Ihr Gemüt, ihr ganzer Körper sträubte sich dagegen. Die Sehnsucht nach ihrem Teamleiter eroberte und beherrschte sie längst. Täglich begegnete sie Firas, sei es auf dem Flur, in einer Besprechung oder in der Kantine. Immer überkamen sie diese Gefühlswallungen, ließen ihr Herz zusammenziehen, stiegen ihr bis zum Kopf. Jedes Mal wollte sie ihn küssen, in seinen Armen liegen, neben ihm einschlafen. Ihr ganzes Leben an seiner Seite verbringen.

„Yannik, komm, wir gehen kurz zur Seite“, sagte sie leise.

Er nickte und Sonja nahm ihn an der Hand. Mit schnellen Schritten verließen sie den Grillplatz. Dabei warf Sonja einen schnellen Blick Richtung Führungskräftetisch und er blieb für eine Millisekunde auf Firas kleben, der sich lebhaft mit Sabine, einer Kollegin, die auf Firas offensichtlich stand, unterhielt.

„Also Sonja, lass es raus.“ Yannik richtete seinen Blick aufmerksam auf sie, als ob er etwas an ihren Gesichtszügen abzulesen versuchte, rieb dabei den Zeigefinger am Daumen.

„Ich …“, begann sie mit erstickter Stimme und senkte den Blick. „Yannik …“

Tiefe Sorgenfalten durchfuhren seine Stirn, eine traurige Wolke huschte über sein rundes Gesicht.

„Du wirst mir wohl nichts Gutes sagen. Stimmt’s?“, flüsterte er und senkte bedrückt den Kopf.

„Yannik“, fuhr Sonja fort und jedes Wort brannte sich in ihr eigenes Herz ein. „Du bist ein wichtiger Mensch in meinem Leben und warst das schon immer. Aber …

Ich glaube nicht, dass es eine gute Idee ist, zusammenzukommen. Es wird nicht gut laufen. Wir werden nicht glücklich sein."

„Aber wieso?" Yannik verschränkte die Arme vor der Brust und lehnte sich an eine große Eiche an. „Woher weißt du es, wenn du das nicht ausprobiert hast? Oder bin ich so abstoßend? Ziehe ich dich denn überhaupt nicht an?"

Sonja seufzte schwer, kämpfte gleichzeitig mit aufsteigenden Tränen.

„Yannik, ich liebe dich wie meinen guten Freund, mehr noch wie einen Bruder. Du bist und warst meine verwandte Seele und ich werde nicht müde, es zu wiederholen: Ich würde alles tun, um dich glücklich zu machen, aber ich kann nicht mit dir zusammen sein. Wir würden nur unsere Freundschaft zerstören. Für immer. Das wäre die Folge. Und das will ich nicht."

Yannik runzelte die Stirn und antwortete nichts. Schweigend sahen sie einander an und ein charakteristisches Brennen füllte Sonjas Augen. Sie reckte das Kinn und schluckte erneut schwer, um ihre Kehle von dem Kloß zu befreien, der in ihr steckte. Doch das brachte nichts. Eine Träne kullerte aus ihrem Auge und lief über ihre Wange.

„Du bist ein toller Kerl", sprach sie brüchig. „Ein Traummann. Du bist ein Familienmensch, treu und fürsorglich. Du kannst einer Frau alles geben, was ihr Herz begehrt. Aber ich ... Für mich bist und bleibst du mein bester Freund, mein Soulmate, Yannik. Du wirst eine andere kennenlernen. Eine, die dich glücklich macht. Ich werde es nicht ..."

Ohne ein Wort zu sagen, sah er sie an und die Falten auf seiner Stirn gruben sich tiefer.

Sonja nahm sich ein Taschentuch und wischte die Tränen weg.

„Yannik, sag bitte was", bat sie ihn. „Bitte, schweig nicht!"

Aber Yannik wandte den Blick von ihr ab, drehte den Kopf zur Seite. Seelenschmerz zeigte sich auf seinem Gesicht und einige Sekunden lang kaute er auf der Innenseite seiner Wange. Dann sah er ihr wieder in die Augen, legte seine Finger auf ihren Handrücken.

„Sonja", sagte er, und seine Stimme klang belegt, woraufhin er sich räuspern musste, bevor er fortfuhr. „Ich habe das geahnt. Trotzdem hielt ich an meiner Hoffnung fest. Klar bin ich verletzt. Du weißt, was ich für dich empfinde. Es fühlt sich so an, als ob mir jemand ein Stück vom Herzen herausgerissen hat. Aber es ist so, wie es ist. Du sollst glücklich sein, wenn auch nicht mit mir."

Ihre Finger verschränkten sich miteinander und seine tiefbraunen Augen füllten sich mit Tränen. Vergeblich biss Yannik sich an der Lippe, schüttelte vergeblich den Kopf, er konnte sie nicht aufhalten.

Sonja schluchzte, berührte seine Wange und wisch mit ihrem Daumen seine Träne weg. Yannik umfasste ihr Handgelenk und hielt sie fest, als ob er sie nie loslassen wollen würde.

„Yannik, du wirst eine andere Frau treffen", flüsterte sie, liebevoll auf ihn blickend. „Eine, die zu dir passt, eine, die dich lieben wird. Ich bin mir absolut sicher. Und wir ... Versprich mir bitte, dass wir trotzdem Freunde bleiben. Für immer."

Yannik führte ihre Hand von seiner Wange weg, berührte mit den Lippen ihren Handrücken.

„Ich weiß es nicht, Sonja", sagte er leise. „Ich weiß nicht, ob es funktionieren wird. Ich brauche etwas Abstand. Zeit für mich, um alles zu verdauen, um nachzudenken. Und ich möchte dir nichts versprechen, was ich vielleicht nicht halten kann. Wenn ich dich ansehe, sehe ich vor mir die Frau, die ich liebe. Keine beste Freundin. Ich kann dich nicht mehr wie früher zu mir einladen, mit dir Pizza essen und dich bei mir übernachten lassen. Zumindest werde ich es eine Weile nicht tun können. Verstehst du?"

Er sah sie fragend an und Sonja nickte.

„Ich verstehe das", antwortete sie mit zitternder Stimme und schluchzte leise. „Mach so, wie es für dich am besten ist."

Yannik senkte den Kopf, vergrub sein Gesicht in seinen Händen, dann riss er seine Handflächen nach oben und rieb sie an seinen Augen. Er schluchzte leise, biss sich daraufhin auf die Unterlippe. Schweigend sah sie ihn an, Tränen liefen ihre Wangen entlang und sie war froh, ihren Platz abseits von anderen Kollegen gewählt zu haben.

„Sonja." Yannik legte den Kopf in den Nacken, weiterhin das Gesicht mit den Händen bedeckend. Dann atmete er tief ein und blickte abermals auf sie. „Ich mache mir Sorgen um dich. Wie gerne würde ich dir geben, was du dir wünschst! Familie, von der du träumst. Das Gefühl der Sicherheit und Geborgenheit." Er hielt inne. „Unendlich viel Liebe ... Ich habe Angst, dass du wieder auf einen falschen Kerl triffst. Dass du erneut verletzt wirst."

Sie lächelte bitter und schüttelte den Kopf. „Ich werde nicht verletzt. Mach dir keine Sorgen um mich." Ihr vibrierendes Handy ließ Sonja ihre Hand in der Hosentasche stecken.

„Doch Sonja. Es gibt einige, die dich verletzen würden", entgegnete Yannik, während sich etwas Seltsames in seinen Blick stahl, das sie nicht deuten konnte. „Und ich würde das nie zulassen."

„Sollen wir wieder zurück?" Sonja wollte dieses Gespräch beenden und war froh, dass Yannik mit einem schweigenden Nicken zustimmte. Ihr Handy zog mit einem erneuten kurzen Vibrieren ihre Aufmerksamkeit auf sich. Sie griff danach, warf einen Blick aufs Display und ihr Herz zog sich erneut zusammen.

Wohin bist du verschwunden?

Firas. Und er war gerade online.

Schnell sah sie zu Yannik, der den engen Waldweg vor ihr ging und tippte schnell:

Bin kurz mit Yannik spazieren.

Seine Antwort ließ nicht auf sich warten.

Ich will mit dir reden. Über etwas Wichtiges. Wann kommst du?

Huh? Sonja presste den Kiefer zusammen. Wieso wollten alle auf einmal mit ihr reden? Was war denn heute los? Und wieso klang Firas so anders als sonst?

Wir sind gleich da. Können uns nach dem Fest bei mir treffen.

tippte sie und setzte ein Zwinkersmiley, bevor sie die Nachricht abschickte.

„Wer ist das?" Yannik ging mit zügigen Schritten Richtung Grillplatz. Ihr Handy vibrierte erneut.

„Äh ... Das ist Jenny", log Sonja." Sie will mit mir telefonieren. Es geht um ..."

„Dann gehe ich schon mal vor." Yannik schien keine Antwort von Sonja zu erwarten. War auch verständlich. Schließlich hatte sie ihm gerade einen offiziellen Laufpass gegeben. „Du kannst dann ungestört telefonieren. Am Grillplatz ist es zu laut."

Mit diesen Worten beschleunigte er seine Schritte und verschwand.

Was schrieb Firas nun?

Ich will jetzt mit dir reden. Kann nicht länger warten. Es ist wichtig. Lass uns zur Feuerwache gehen. Können dort eine rauchen und uns unterhalten.

Sonja ließ diese Nachricht unbeantwortet und schob ihr Handy zurück in die Hosentasche. Irgendwie kribbelte es in ihrem Nacken und verstärkte das unangenehme Gefühl in ihrem Inneren.

Was war denn heute los? Sie hoffte, dass diese seltsame Stimmung der Hitze zu verschulden war. Oder dem Vollmond.

Oder dem, dass Firas wahrscheinlich ihr Verhältnis beenden wollte.

Sie blieb eine Weile auf der Bank sitzen, direkt am Waldweg, die letzten Sonnenstrahlen genießend. In zehn Minuten würde sie Richtung der alten Feuerwache weitergehen, die in unmittelbarer Nähe zum Waldrand lag und zusätzlich für das Sommerfest gebucht worden war. Dafür müsste sie einige Hundert Meter durch den geebneten Feldweg gehen – eine perfekte Strecke für einen kleinen Spaziergang. Sie konnte sowieso nicht ruhig sitzen.

Sie sah Firas von Weitem. Er hatte sich auf eine Holzbank gesetzt und rauchte, und erneut schmerzte Sonjas Herz.

Warum wollte er ausgerechnet jetzt mit ihr reden? Je länger sie darüber nachdachte, desto mehr festigte sich ihre Überzeugung, dass das ihr letztes gemeinsames Gespräch sein würde.

Firas warf den Stummel in den Sand und stand auf, als er sie entdeckte. Sichtlich aufgeregt, mit feucht schimmernden Augen sah er irgendwie verletzlich und zugleich sexy aus. Sonja atmete tief durch. Wie sollte sie auf seine Worte reagieren? Gelassen und cool, als ob nichts geschehen wäre? Ja, das wäre am klügsten. Ob sie das allerdings schaffen würde, wusste sie nicht.

„Hi", grüßte er kurz und sie antwortete mit einem matten Nicken. „Komm, hier gibt es einen kleinen Feldweg."

„Wir können auch hier reden", erwiderte Sonja und verschränkte ihre Finger zusammen. Verdammt, er sollte endlich loslegen! Noch bevor sie vor Aufregung ohnmächtig werden würde.

„Nein, hier kommen ab und zu Kollegen vorbei." Firas blickte zur Seite. „Ich will wirklich ungestört mit dir reden. Und dort auf dem Feldweg ist keine Seele. Ich habe gerade nachgeprüft."

„Firas, sag schon, was du zu sagen hast und zieh' nicht!", hörte Sonja sich sagen und legte ihre Finger auf die Lippen. Redete sie gerade so mit ihrem Vorgesetzten? In einem lauteren Ton?

„Sonja, ich …" Firas musterte sie mit seinem intensiven Blick im Gesicht, der sie fast wahnsinnig machte. „Es ist wichtig und ich weiß nicht, wie ich anfangen soll."

Sonja schloss die Augen, atmete noch einmal tief durch. Ihr Brustkorb drohte zu platzen. Vor Aufregung. Nein, sie wollte nirgendwohin gehen. Sie wollte alles jetzt klären. Sofort. Auf der Stelle.

„Wenn du das hier beenden willst, sag es einfach", platzte aus ihr raus. „Und zieh' nicht. Du musst hierfür kein Gedicht verfassen!"

Was tat sie da? Zum ersten Mal fuhr sie ihn an! Ein dumpfes Pochen erfüllte jeden Winkel ihres Kopfes, ihre Knie zitterten. Sie war kaum in der Lage, sich aufrecht zu erhalten.

Wie unter Wasser hörte sie Firas' Worte und spürte seine Hände auf ihren Schultern: „Aber nein, Sonja, das wollte ich nicht sagen. Ich will nicht Schluss machen! Ich war gerade sogar ein wenig eifersüchtig, weil ich dachte, du würdest mit Yannik flirten. Deshalb wollte ich dir jetzt sofort offenbaren, was mein Herz dir sagen will …" Sodann drückte er sie fest an sich, dabei berührten seine Lippen zart ihren glühenden Kopf, und sie legte ihre Arme um seine Taille. „Ich wollte dich fragen, ob du ...“

„Aha, jetzt wird mir einiges klar!“

Eine zynische Stimme unterbrach Firas und ließ Sonjas Herz in die Kniekehlen sacken.

Sie drehten sich gleichzeitig um und ihre verwirrten Blicke trafen sich mit denen eines wuterfüllten Yannik, der langsam zu ihnen ging.

Sonja hörte Firas „Scheiße!“ flüstern, ließ ihn los und lief Yannik entgegen.

„Yannik, was machst du hier?“

Sein erbittertes Grinsen versprach nichts Gutes.

„Ich? Ich mache einen kleinen Spaziergang. Genieße das Wetter. Das Zwitschern der Vogel. Und siehe da ...“ Ohne sie zu beachten, trat Yannik zu Firas und stellte sich ihm gegenüber. „Siehe da, was für einen Vogel ich entdeckt habe“, zischte er, ohne seinen Blick von Firas abzuwenden.

„Yannik, bitte!“ Sonja eilte zu den beiden und nahm Yannik an der Hand. „Bitte. Du hast es nicht gesehen. Okay? Und ich habe bereits mit dir gesprochen. Meine Entscheidung steht fest. So oder so ...“

Plötzlich drehte Yannik sich zu ihr und verschränkte die Arme vor der Brust. „Verdammt noch mal Sonja, ich bin nicht eifersüchtig! Aber er hier wird sich demnächst verloben! Mit der Tochter von Hassan, eurem Gruppenleiter!“ Yannik zeigte mit dem Daumen auf Firas. „Er verarscht dich. Kapier doch!“

„Das stimmt nicht!“, hörte Sonja ihren Teamleiter sagen, während ihr die Tränen aus den Augen kullerten und teilweise die Sicht verdeckten. „Was sagst du da?

Ich verlobe mich mit niemanden! Du hast keine Ahnung von den wahren Umständen! Also misch dich nicht ein!"

„Doch. Ich habe zuverlässige Quellen! Und es ist mir egal, dass du eine höhere Position ergattert hast", brüllte Yannik. „Ich lasse dich Sonja nicht verletzen!"

Sonja hörte nichts mehr. Sie wusste nicht, was Firas ihrem besten Freund entgegnete. Sie rieb über ihre Augen und lief Richtung Parkplatz. Nur weg hier! Gott sei Dank, sie hatte ihre Handtasche mitgenommen und musste nicht zurück!

Sie hörte zwei Stimmen, die nach ihr riefen und beschleunigte ihre Schritte. Endlich! Hier stand ihr Auto. Gut, dass sie es vor dem Fest gemietet hatte, anstatt mit Lilly mitzufahren und mit dem sie schnell abhauen konnte.

Kapitel 18:
Zwei Wochen später

Firas

Noch ein Arbeitstag verging.

Noch so ein Tag, der sich in die Länge zog und dessen Ende er nicht herbeisehnen konnte.

Seufzend lehnte Firas sich in seinem Sessel zurück und schloss die Augen. Hoffentlich würde niemand sein Büro betreten. Am liebsten wäre er jetzt allein. Allein mit seinen Gefühlen, Gedanken und dem Liebeskummer, der unaufhörlich sein Herz zerfraß.

Er konnte immer noch nicht glauben, was passiert war. Wollte es nicht wahrnehmen. Und doch musste er der Wahrheit ins Auge sehen. Das Verhältnis mit Sonja war zu Ende. Für immer. Firas presste den Kiefer zusammen und ballte seine Finger zur Faust. Wut kroch ihm den Nacken hinauf, jedes Mal, wenn er daran dachte und sich an den Streit mit Yannik erinnerte. Dieser verfluchte Vogel! Dieser eifersüchtige Bursche! Zum Schluss hatte er ihm gesagt, er würde ein Gespräch mit Hassan führen, wenn Firas Sonja nicht in Ruhe lassen würde.

Mehrmals hatte Firas versucht, mit Sonja zu sprechen. Ihr alles zu erklären. Er hatte ihr geschrieben, sie angerufen. An diesem verfluchten Abend und an den folgenden Tagen. Sie hatte ihm nur geschrieben, er sollte sie in Ruhe lassen und sie brauchte Zeit für sich. Also erfüllte Firas ihre Bitte. Seit drei Tagen hatte er nichts von ihr gehört. Sonja kam pünktlich zur Arbeit, erfüllte ihre Aufgaben und ging. So, als ob nichts zwischen ihnen gelaufen war.

Er hatte es verdient. Firas stöhnte leise auf. Es geschah ihm recht. Was hatte er erwartet? Er war ein Feigling, der keine Eier besaß, Klartext zu reden. Und jetzt trug er die Konsequenzen. Er hatte vergeblich versucht, sich abzulenken. Ihm war klar geworden, dass er die Firma verlassen musste. Womöglich auch das Land. Daher hatte er dem Recruiter geantwortet und sich bei Culcay Chemicals beworben. Das Vorstellungsgespräch war gut gelaufen. Doch Firas konnte sich nicht darüber freuen. Früher hätte er sehnsüchtig auf eine Zusage gewartet. Öfters seine E-Mails überprüft. Doch jetzt …

Jetzt war es ihm egal. Ja, er musste weg. Er sollte etwas in seinem Leben ändern. Dennoch verspürte er keine Leidenschaft bei diesem Gedanken. Eher schmerzhafte Stiche, wenn er daran dachte, Sonja zurücklassen zu müssen. Die letzte Verbindung zu ihr zu kappen und sie womöglich nie wieder zu sehen.

Sein Blick fiel auf die Glastür und sofort zog sich sein Herz schmerzhaft zusammen, als er Sonja sah, die mit flinken Schritten an seinem Büro vorbeiging.

Verdammt, er musste mit ihr reden! Scheiß drauf, dass er dafür ins Großraumbüro sollte! Suchend streifte sein Blick über diverse Mappen auf seinem Tisch und Firas griff nach einer, die Sonja ihm heute vorbeigebracht hatte. Er würde noch einmal zu ihr gehen und versuchen, mit ihr zu reden. Die Mappe wäre ein gutes Ablenkungsmanöver, falls irgendein Vogel sie wieder beobachten würde.

Ja. Jetzt. Zum letzten Mal würde er es versuchen. Dann würde er sich wohl in sein Schicksal fügen müssen und ihm wären lediglich Erinnerungen an diese magische Zeit geblieben. Aber so war es nun mal. Er hat sich den Weg selbst verbaut.

Firas stand auf und ging mit stark pochendem Herzen zum Großraumbüro der Qualitätskontrolle. Er hatte sich nicht getäuscht. Sonja saß am Tisch und tippte flink auf der Tastatur. Niemand sonst war da.

„Hi", sagte Firas und stellte sich vor ihren Schreibtisch.

Sonja richtete sich schnell auf, presste die Hand an die Brust und lächelte gespielt. „Hallo. Du hast mich aber erschrocken!"

Ihr resigniertes Lächeln. Ihr war nicht danach, fröhlich zu sein. So gut kannte er sie bereits.

Gespielt hob Firas die Augenbraue. „Bin ich denn so furchterregend?"

„Nein!" Ihr Lächeln verschwand und Sonja streifte mit ihrem Blick über das Büro. „Alles gut. Was wolltest du?"

„Ich will mit dir reden."

Kurz blieb ihr Blick in seinem verankert. Daraufhin wandte sie sich erneut dem Computer zu. „Ich ... Ich muss etwas erledigen. Tut mir leid, aber gerade kann ich nicht." Ihr Blick fiel auf die Mappe in seiner Hand. „Hast du noch etwas für mich?"

„Nein. Es hat sich erledigt. Mach deine Arbeit und ich warte hier", sagte Firas bestimmend und setzte sich auf einen Besucherstuhl, der neben der Tür stand. Sein Blick bewegte sich von ihrem Gesicht bis zu ihren Knien. Ihr Anblick ließ sein Herz schneller schlagen und seinen Bauch kribbeln. Ihr zarter Hals, ihre Schultern, ihr weißes Sommerkleid, das oberhalb der gebräunten Knie lag, das alles löste in ihm ein Verlangen nach ihr aus. Ein Verlangen gemischt mit Schmerz, der seine Sinne durchdrang.

Sonja war freundlich und abweisend zugleich. Man sah ihr an, dass sie gekränkt war und Yanniks Worte tief in ihrem Herzen saßen. Firas ahnte, welche Meinung sie nun über ihn hatte. In ihrem Verständnis war er ein Kerl, der seine Freundin betrog. Fremde Frauen küsste, mit hübschen Worten um den Finger wickelte und mit ihnen schlief. Sie hatte ihn in eine Schublade mit der Aufschrift „Arschlöcher" geschoben und diese fest zugenagelt. Das war ihm klar.

Und dennoch. Womöglich war er aufdringlich. Vielleicht sollte er sie in Ruhe lassen. Aber er wollte dieses Missverständnis nicht ausgesprochen lassen, wollte es um jeden Preis aus der Welt schaffen.

Währenddessen speicherte Sonja das Dokument ab, fuhr den Rechner runter und stand auf, griff nach ihrer Handtasche. Sogleich erhob er sich vom Sessel. Ihre Blicke blieben ineinander verankert, dann stürmte sie Richtung Tür.

„Warte!" Firas berührte ihren Oberarm. „Sonja, bitte. Bitte bleib stehen!"

Sie drehte sich zu ihm. Ihre Brust hob sich heftig und senkte. Mit einer Hand umklammerte sie die Griffe ihrer Handtasche.

„Was ist, Firas?", fragte sie leise und ihre Stimme zitterte. „Was möchtest du denn? Ich muss gehen. Und du auch, denke ich."

Sein Handy vibrierte. Firas legte eine Hand auf die Hosentasche. Es müsste eine E-Mail sein. Egal, er würde sich sie später anschauen, jetzt hatte er viel wichtigere Dinge zu klären.

„Sonja, ich will mit dir reden. Es ist ein Missverständnis passiert. Hör mir doch bitte zu. Ich will es nicht so stehen lassen."

„Firas ..." Sonja verschränkte die Arme vor der Brust. „Du schuldest mir keine Erklärung. Du hast dein Leben und ich habe meins. Zwischen uns war nichts außer einer Affäre gelaufen. Womöglich habe ich die Sache hier viel zu ernst genommen. Es ist mein eigenes Problem und ich werde schon damit klarkommen. Ich hasse nur Kerle, die ihre Partnerinnen betrügen. Das ist einfach tief. Und jetzt gibt es hier nichts Weiteres zu sagen, denke ich." Sie trat einen Schritt zur Seite. „Ich muss gehen. Denn wenn dein Schwiegervater dich sieht, wird es für uns beide ein Problem sein. Und ein größeres für mich. Entschuldige, aber ich will meinen Job behalten."

„Stopp." Firas stellte sich ihr im Weg. „Sonja, ich werde mich nicht verloben! Okay? Ich. Werde. Es. Nicht. Ich habe mich längst dagegen entschieden!" Er keuchte vor Aufregung und starrte ihr flehend in die Augen. Sein Puls raste und seine Hände wurden kalt trotz des heißen Sommerwetters. Sonjas Blick verriet ihm, dass er sie nicht überzeugen konnte. Sie war zu verletzt und enttäuscht. Offensichtlich glaubte sie ihm kein Wort. „Hassan ist nicht mein Schwiegervater und wird es nie sein! Sonja! Bitte glaub mir!"

Ein sarkastisches Lächeln umspielte ihre Lippen. „Willst du sagen, dass Yannik, mein bester Freund, mich anlügt? Dass er das alles erfunden hat? Behauptest du das? Vielleicht hast du es dir anders überlegt. Weiß ich nicht. Will ich auch nicht wissen. Aber davor … Davor hattest du vor, dich mit Hassans Tochter zu verloben. Während wir es miteinander getrieben haben, wartete sie auf dich und plante wohl eure Hochzeit. Sie wusste nichts. Auch ich hatte keine Ahnung!"

Verdammt. Firas legte den Kopf in den Nacken. Er konnte seine Schuld nicht abstreiten. Wollte es auch nicht. Er hatte seine Affäre mit Sonja gehabt, ohne vorher Klartext mit Hassan zu reden. Irgendwo war er zweigleisig gefahren.

„Ich …", begann er, doch Sonja unterbrach ihn.

„Warum folgst du mir? Warum willst du mit mir reden? Hast du ein schlechtes Gewissen? Angst, dass dein Abenteuer ans Licht kommt? Ich weiß es nicht. Aber es spielt auch keine Rolle. Bitte lass mich, Firas. Das ist alles, was ich mir wünsche. Keine Angst, von mir wird niemand etwas erfahren. Und von Yannik auch nicht. Ich habe ihn darum gebeten, es keinem zu erzählen. Du kannst dich verloben und deine Karriereleiter aufsteigen. Oder auch nicht. Es ist mir ab jetzt egal!"

Ihre letzten Worte klangen erstickt. Mit den Tränen kämpfend, quetschte sich Sonja an ihm vorbei und lief in den Flur. Er rührte sich nicht von der Stelle. Nie hätte Firas gedacht, dass Worte so schmerzhaft sein können.

Einem heißen Wachstropfen gleich, brannten sie sich in sein Herz. Gleichzeitig kämpfte er mit dem Schmerz, der ihn zu zerreißen drohte.

Es war vorbei.

Mit den Tränen kämpfend, legte Firas eine Hand auf sein Herz und krallte sie in sein Hemd.

„Fuck!", stöhnte er verzweifelt. „Fuck! Ich habe es verbockt! Zur Hölle mit mir! Zur Hölle!"

Er saß immer noch da. Allein und jämmerlich schluchzend. Tränen rannten über seine Wangen, tropften auf sein Hemd und versickerten im Stoff.

Fast alle Mitarbeiter waren längst weg, nur in den Büros einiger Führungskräfte brannte noch Licht. Auch in Hassans Büro. Firas rieb über seine Augen, vergrub sodann das Gesicht erneut in seinen Händen. Scheiß drauf. Ab jetzt war ihm alles egal.

Nur eins wünschte er sich. Hier zu verschwinden. Für immer. Weder Hassan noch Sonja, noch jemand anderen zu sehen, der ihn an sein misslungenes Leben erinnern würde. Ja, am besten wegziehen. Egal wohin. Schließlich war er frei und ungebunden.

Bei diesem Gedanken brannten seine Augen erneut und Firas presste den Kiefer zusammen. Dann nahm er sein Handy aus der Hosentasche und warf einen Blick darauf.

Eine neue E-Mail zog plötzlich seine ganze Aufmerksamkeit an sich. Eine Zusage von Culcay Chemicals in den USA. Er sollte seinen neuen Job in vier Monaten antreten. Das Unternehmen würde alle Kosten samt seiner Unterkunft in den USA übernehmen. Schwer seufzend legte Firas den Kopf in den Nacken und blinzelte die Tränen weg.

Ein neues Leben. Ein Neuanfang. Eine neue Chance. Womöglich seine Rettung. Er dachte erneut daran, Sonja zurücklassen zu müssen und wieder raste sein Herz. Wollte er das überhaupt?

Nein, stopp. Er sollte aus seinen Fehlern lernen. Sich überwinden und diese neue Chance annehmen. Firas blinzelte die Tränen weg. Er sollte sich ablenken, nicht ständig an Sonja denken. Das würde ihm nichts mehr bringen außer Schmerz. Vielleicht würde er noch einmal eine Gelegenheit finden, sich bei ihr zu entschuldigen. Doch mehr als das könnte er nicht tun.

Er sollte Hassan seinen Entschluss mitteilen und das schon morgen. Seine beiden Entscheidungen. Sein Gruppenleiter sollte erfahren, dass er Aliya nicht heiraten und dass er kündigen würde.

Layla und Papa waren ins Wohnzimmer gegangen und saßen vorm Fernseher, während Firas mit Mama in der Küche Tee trank.

Mama wollte mit ihm reden und hatte seiner Schwester ein Zeichen gegeben, woraufhin sie die Küche verließ und zu Papa ging. Firas musste schmunzeln. Obwohl sie beide längst erwachsen waren, fühlte er sich manchmal in seinem Elternhaus noch immer wie ein Kind.

Und das war ein schönes Gefühl.

Doch heute war alles anders. Mama sah besorgt zu ihm und schenkte ihm Tee ein. Scheinbar wartete sie darauf, dass er ihr etwas erzählen würde. Darüber, was ihn bedrückte.

Firas nickte dankbar und lächelte ihr zu. Seine Gedanken kreisten immer noch um Sonja und seinen neuen Job. Erneut legte sich ein beklemmendes Gefühl um sein Herz. Firas nahm einen Schluck vom Tee und verdrängte diese Gedanken. Er hatte ein klares Ziel vor Augen und sollte aufhören zu zweifeln. Nur nach vorne schauen.

„Firo, was ist mit dir passiert?" Mamas Stimme riss ihn aus seinen Gedanken. „Ich erkenne dich nicht wieder. Dieser neue Job, über den du heute erzählt hast, ist doch dein Traum! Also solltest du froh sein. Und Aliya kann ..."

Firas sah zur Seite und seufzte. „Mit Aliya wird es nichts. Ich will mich nicht mit ihr verloben und gehe allein in die USA."

Jetzt war es raus. Vorsichtig sah er zu seiner Mutter, versuchte dabei ihre Gefühle an ihren Gesichtszügen abzulesen. Doch ihr ruhig gebliebener Gesichtsausdruck ließ ihn erstaunt innehalten.

Mama schob ihm inzwischen eine Schüssel mit frischgebackenen Keksen zu. „Ist es wegen Sonja?"

„Woher kennst du ihren Namen?" Überrascht zog er die Augenbraue hoch.

„Es ist heutzutage nicht schwer herauszufinden, welches Mädchen du magst. Ich habe sogar Bilder von ihr gesehen. Sie ist sehr hübsch, Firo."

„Hat Layla dir welche gezeigt?" Firas nahm sich einen Keks und biss ein Stück ab. Früher wäre er sauer auf seine Schwester gewesen. Jetzt war ihm das egal. Er wollte sowieso keine Heimlichtuereien mehr.

Mama nickte. „Ich habe sie darum gebeten. Ehrlich gesagt habe ich längst geahnt, dass du in eine andere Frau verliebt bist, Firo. Layla wollte es zuerst nicht zugeben, doch dann hat sie mir Sonja gezeigt. Sie hat einige Bilder bei deinem Freund Jan herausgesucht. Sie sieht entzückend aus! Und ihre Ausstrahlung gefällt mir auch. Sie scheint ein liebevoller Mensch zu sein."

Firas stellte die Tasse auf den Tisch zurück und stützte sich mit den Ellenbogen ab. „Ja, das ist sie. Und ich kann nicht aufhören, an sie zu denken", gab er zu. „Von ihr zu träumen." Dann senkte er den Kopf. „Und … Bist du nicht sauer wegen Aliya?"

Er konnte es immer noch nicht begreifen.

„Du hast ihr nichts versprochen. Auch ihrer Familie nicht. Zuerst dachten wir, du würdest sie heiraten wollen, doch dann spürte ich, dass dem nicht so ist. Ich wollte mich aber nicht in dein Leben einmischen. Daher habe ich nichts gesagt. Wenn du eine andere liebst, sollst du mit ihr zusammen sein. Es ist dein Leben. Und das ist lang", sagte Mama sanft und vergrub ihre Finger in seinen Haaren. Wie sie es früher getan hatte, als er noch ein kleiner Junge gewesen war und traurig nach Hause gekommen war. „Das ist doch wunderbar, Firo! Möchtest du sie uns nicht vorstellen?"

Firas blieb einige Minuten mit gesenktem Kopf sitzen und ließ Mama seine Haare streicheln. Dann sah er ihr in die Augen und spürte erneut diesen altbekannten Schmerz, der seit ihrer Trennung sein Begleiter geworden war. „Wir sind nicht mehr zusammen", sagte er kurz und schnappte nach Luft, um seine Kehle vom Kloß zu befreien.

Mama ließ die Hand runter. „Wegen deines Jobs?"

Er presste die Lippen zusammen und sagte anschließend: „Ich habe einen Fehler gemacht und sie sehr verletzt. Sie wird mir wohl nie verzeihen können. Und ich mir auch nicht. Deshalb bin ich froh, in die USA zu ziehen. Um alles zu vergessen, wenn ich kann. Das war's."

Er wollte Mama nicht alle Details ihres Gespräches auflisten.

„Oh du.“ Mama seufzte und schenkte Firas noch Tee ein. „Weißt du, Firo, jeder von uns macht Fehler. Wer weiß, vielleicht werdet ihr doch zusammenkommen. Mit Sicherheit liebt sie dich auch. Sonst wäre sie nicht verletzt. Und eine Flucht ist leider kein Ausweg, mein Sohn. Du wirst Sonja nicht vergessen. Wirst ständig an sie denken, dich fragen, ob du sie doch zurückgewinnen könntest. Glaub mir. Aufgeben ist keine Option.“

Firas umfasste seinen pochenden Kopf mit den Händen und schloss die Augen, während Mamas Worte bis zu seinem blutenden Herzen durchsickerten.

Kapitel 19: Liebeskummer

Sonja

„Willst du auch?" Fragend sah Sonja zu Jenny und schenkte sich ein Glas Rotwein ein.

Jenny schüttelte den Kopf. „Nein, danke Liebes. Ich habe noch. Du solltest langsamer machen, das ist dein drittes Glas, und du hast nichts gegessen."

„Doch, ich habe gegessen, Mami." Sonja setzte sich neben Jenny auf den Sofarand. Dann nahm sie einen kräftigen Schluck von ihrem Getränk und überschlug lässig die Beine.

Ihre Freundin ließ sich von ihrem coolen Gehabe aber nicht täuschen.

„Vier Sushi?" Jenny lächelte. „Das ist nichts. Du versuchst einfach, dein Problem im Alkohol zu ertränken. Das habe ich schon mal bei dir erlebt. Also lass es lieber, Maus!"

Sonja lächelte bedrückt und senkte den Kopf, während sie den Wein kreisen ließ. Jenny hatte recht. Sie ertrank ihren Kummer im Alkohol. Genauso, wie sie es nach der Trennung von Daniel getan hatte. Zum Glück hatte sie sich rechtzeitig zusammenreißen können und hatte damit aufgehört. Doch jetzt fühlte sie sich noch elender als damals und nur diese wunderbringende Substanz ließ sie ihre Gefühle verdrängen.

Zwei Wochen waren seit ihrer Trennung von Firas vergangen. Seitdem waren seelische und körperliche Schmerzen ihre ständigen Begleiter. Sie weinte unaufhörlich und musste sich sogar einige Tage krankmelden. An diesen Tagen hatte sie schluchzend unter der Decke gelegen, völlig niedergeschlagen und mit starken Bauchschmerzen. Sie hatte versucht einzuschlafen, doch es ging nicht. Als ob ihr Körper sie bis zum Ende quälen wollte, blieb sie wach, bis schließlich noch Kopfschmerzen hinzukamen. Sie dachte an Firas. Unaufhörlich. Ständig sah sie auf ihr Handy, ob er ihr geschrieben hatte. Die ersten paar Tage nach der Trennung hatten sie miteinander telefoniert, doch schnell gemerkt, dass ihr Kontakt ihren Schmerz und die Trauer wieder aufleben ließ. Ihnen nicht guttat. Schließlich hatten sie beide beschlossen, den Kontakt endgültig abzubrechen. Alles, was sie privat verbunden hatte, auszuradieren. Bis diese Beziehung von beiden Seiten überwunden wäre.

Trotzdem wünschte sie sich sehnlichst, von Firas eine Nachricht zu bekommen. Ihre Gefühle ließen sich nicht unterdrücken und nicht begraben. Sie brauchte ihn. Seine Nähe. Seine Umarmungen, seine liebevollen Küsse. Sie verspürte keine Erleichterung, sondern hatte immer mehr das Gefühl, etwas Einmaliges und Wertvolles verloren zu haben.

„Mit Daniel hattest du abgeschlossen. Auch wenn dir die Trennung wehtat, wusstest du, dass er ein Arschloch war", sagte Jenny, als Sonja mit ihr über ihre Gefühle gesprochen hatte. „Du wusstest, dass du mit ihm keine Chance hattest. Mit Firas aber ..." Und da seufzte ihre Freundin und schüttelte leicht den Kopf. „Mit Firas hättest du einen tollen Partner an deiner Seite." Jenny blickte ihr direkt in die Augen. „Ja, er hätte das mit dieser Gruppenleitertochter früher klarstellen sollen. Aber weißt du ... Er hatte Angst, es seinem Chef zu sagen und irgendwo ... Irgendwo kann ich ihn verstehen. Wer weiß, ob er dann Probleme nicht nur beruflicher, sondern auch privater Art bekommen hätte. Schließlich kennen sich die Familien. Und zudem war nichts zwischen den beiden gelaufen. Daher ..."

„Aber es ist doch ein Betrug? Firas hat gelogen." Sonja wischte über ihre Augen und legte eine Hand an ihren pochenden Kopf. „Die andere wusste nichts und ich hatte auch keine Ahnung ..."

„Nochmals, Süße: Er war nicht liiert!", unterbrach Jenny. „Firas hat sich nicht mit diesem Mädchen verlobt! Ja, er hatte das mal vor. Aber er ist diesen Schritt nicht gegangen! Verstehst du, Sonja? Er hatte rein gar nichts mit Aliya!" Eine Weile schwieg Jenny, ließ Sonja dabei nicht aus den Augen. „Ich will mich nicht einmischen, Liebes. Schließlich seid ihr ja erwachsen und wisst, was ihr tut. Aber ich glaube, ihr habt etwas Großartiges verloren. Ihr habt einander gehen gelassen – und das voreilig. Zumindest hättet ihr noch mal miteinander reden sollen."

„Und weiter?" Sonja zuckte mit den Schultern und leerte ihr Glas. Angenehme Wärme füllte ihren Körper und verteilte sich in ihren Gliedern, benebelte leicht ihren Kopf. Sie kannte dieses schöne Gefühl, das sie betäubte und dem Schmerz gegenüber unempfindlich machte. Morgen würde es starken, pochenden Kopfschmerzen weichen. Vielleicht sollte sie wirklich aufhören zu trinken. Drei Gläser Rotwein würden ihr für heute reichen. „Angenommen, wir kämen zusammen. Hassan würde uns beiden das Leben zu Hölle machen. Du kennst unseren Gruppenleiter nicht. Er geht über Leichen, wenn es sein muss. Und …"

„Firas hat Hassan seine Entscheidung mitgeteilt." Jenny holte tief die Luft. „Er hat es Jan erzählt und ich habe ein wenig mitgelauscht. Er hat seiner Familie und Aliyas Familie gesagt, dass keine Verlobung stattfinden wird. Und du hättest ihn gestern sehen sollen, als er uns besucht hat. Firas hat Liebeskummer, er ist mindestens genauso am Boden zerstört wie du. Er liebt dich und ist total erledigt. Hast du ihn bei der Arbeit gesehen?"

Sonja schüttelte den Kopf. Ihr Herzschlag schnellte hoch und ihr Atem stockte, als sie diesen von ihr lieb gewonnenen Namen gehört hatte. „Nein. Er hat sich nach unserem letzten Gespräch Urlaub genommen. Aber morgen ist Montag und da kommt er mit Sicherheit zur Arbeit. Doch ich … Ich habe ihm alles an den Kopf geworfen und bin abgehauen. Das war bei unserem letzten Gespräch, als er zu mir kam und nochmals mit mir reden und mir alles erklären wollte. Ich habe ihm nicht mal zugehört, so sauer ich war. Und jetzt bereue ich es. Du glaubst nicht wie. Nachdem Yannik uns beim Sommerfest gesehen hat, bin ich wie eine Furie weggelaufen." Sonja schluchzte und vergrub ihr Gesicht in den Händen. „Ich schäme mich dafür, Jenny.

Ich weiß gar nicht, wie ich Firas nochmals ansprechen soll."

Aufregung machte sich in ihr breit.

„Firas sieht so kaputt aus, Liebes. Er hat abgenommen, ist blass und seine Augen sind rot. Er raucht viel und sein Leid steht ihm ins Gesicht geschrieben. Als ich ihn gesehen habe, wollte ich heulen." Jennys Blick füllte sich mit Traurigkeit und Besorgnis. „Daher bin ich mir sicher: Er liebt dich und will dich. Er wird dich nicht abweisen. Versuch es doch einmal. Und dein Yannik ist ein eifersüchtiger Trottel. Seine Aktion finde ich einfach Scheiße. Auch wenn er es gut gemeint hat. Er steht auf dich. Da war wohl seine Eifersucht die treibende Kraft."

Sonja winkte ab. „Hör mir auf mit Yannik. Auch das beschäftigt mich. Mittlerweile weiß ich nicht, was ich denken soll. Hat er das wirklich gut gemeint? Oder habe ich mich in ihm geirrt?"

„Na ja, wenn Yannik ein guter Freund ist, wird er dich verstehen und deine Entscheidung akzeptieren. Auch wenn es ihm schwerfällt und er am liebsten mit dir zusammen wäre."

„Ja, du hast recht. Ich muss mich mal mit ihm treffen. Er hat mich mehrere Male gefragt, doch ich hatte keinen Kopf dafür."

„Klär das mit Firas, Maus. Es ist wichtiger. Und dringender." Jenny legte den Kopf zur Seite.

Erneut wischte Sonja über ihre Wangen. Ihr Herz zog sich zusammen und Sehnsucht bahnte sich den Weg frei.

„Ja, du hast recht. Ich muss mit Firas reden", flüsterte sie. „Ihn fragen, was er tun will. Und ich vermisse ihn, Jenny. Du glaubst nicht, wie."

Jenny lächelte und umarmte sie fest. „Mach das, Liebes! Mach das."

Sonja umschloss ihre Einhorntasse mit beiden Händen und trank einen Schluck von ihrem Kaffee. Ungeduldig warf sie einen Blick auf die Wanduhr, dann auf ihren Teams-Chat.

Firas war immer noch offline. Obwohl es acht Uhr morgens waren. Anscheinend war er noch nicht in der Firma angekommen. Würde er heute überhaupt kommen? Mit Sicherheit, denn in einer halben Stunde fand die große Teambesprechung statt. Sonja seufzte. Ihr Blick wanderte zu ihrem Handy und sie nahm es in die Hand. Sollte sie ihm lieber auf Whatsapp schreiben? Ihn fragen, wie es ihm ging?

Nein, sie traute sich nicht. Nicht nach ihrem letzten Telefonat, als sie einander versprochen hatten, keine Gespräche außerhalb der Arbeit zu führen.

Ungeduldig wippte Sonja mit dem Bein. Wo war er denn? Gerade war sie den Flur entlang gegangen und sein Büro war leer, das Licht war aus. Nicht, dass ihm etwas zugestoßen war!

Sollte es ihr nicht egal sein? Sie hatten einander gehen gelassen und sie sollte sich allmählich von ihm abwenden. Ihn loslassen. Seine Nähe vergessen. Schließlich waren sie keine zwei Jahre zusammen gewesen wie sie und Daniel. Ihre gemeinsame Geschichte war relativ kurz und keine richtige Beziehung gewesen.

Doch sie wollte mit ihm reden. Daher raste jedes Mal ihr Herz, sobald sie zum Chatfenster sah.

Sonja entsperrte ihr Handy und öffnete ihre Fotogalerie. Sie hatte alle Bilder mit ihm gelöscht, wollte keine Erinnerungen mehr. Nur ein paar hatte sie behalten. Sie hatte es nicht übers Herz gebracht, diese für immer zu entfernen.

Ein Bild hatten sie zusammen in Rom gemacht. Ihr zeigten sich glücklich grinsende Gesichter mit dem Kolosseum im Hintergrund. Das andere Bild war von Jennys Hochzeit und Sonja hatte es aus Facebook runtergeladen. Ihr gemeinsamer Tanz mit Firas. Sein liebevoller Blick, mit dem er sie ansah. Ihre verschränkten Hände. Ein perfekter Augenblick. Für eine Sekunde schloss Sonja die Augen und ließ diese Minuten durch ihren Kopf gehen.

Ihre Augen brannten und ein Kloß bildete sich in ihrem Hals. Sonja schluckte und setzte sich aufrecht. Sie musste sich auf ihre Arbeit konzentrieren. Heute war ein wichtiges Produkt dran und sie sollte das Equipment für die Analytik vorbereiten.

Während sie die Standardpulver abwog, bemerkte sie nicht, wie die Zeit verging. Ulrikes Rufen riss sie aus ihren Gedanken.

„Sonja, wir müssen hoch!"

Verblüfft sah sie auf die Uhr und sofort raste ihr Herz. Sie wird gleich Firas sehen. Der Gedanke daran ließ ihre Knie weich werden und einen Schauer ihren Rücken entlangwandern.

„Ja, ich komme. Wartest du auf mich? Ich bin sofort da", antwortete sie wie in einem Traum und verschwand kurz in der Umkleide.

Wie vor drei Monaten saßen sie alle in dem großen Besprechungsraum und plötzlich machte sich ein ungutes Gefühl in Sonjas Innerem breit. Irgendetwas stimmte nicht. Firas war noch nicht da. Hassan schloss den Beamer an. Er wirkte bedrückt.

Ulrike beugte sich zu Sonja und flüsterte: „So schlecht gelaunt habe ich ihn noch nie gesehen."

Sonja nickte und senkte den Kopf. Sie wollte ihre Aufregung nicht zeigen. Doch als sie Firas sah, fühlte sie sich, als ob ihr das ganze Blut aus dem Körper wich. Sie fühlte sich wie ein Fisch auf dem Trockenen.

Ihre Lippen öffneten sich. Sie rang nach Luft.

Firas hatte sie gesehen und seine Augen blieben auf ihr kleben. Sein Blick stach in sie rein wie ein brennender Pfeil.

Daraufhin setzte er sein professionelles Lächeln auf, begrüßte alle mit einem freundlichen Nicken, klappte sein Laptop auf und setzte sich.

Verstohlen sah Sonja zu Firas, beobachtete ihn heimlich, während Hassan die aktuellen Firmennachrichten verkündete. Firas tippte etwas auf seinem Laptop. Sein blasses Gesicht mit den dunklen Augenringen zeugte von Erschöpfung und Schlafmangel. Sein Bart war um einiges länger als zuvor und wirkte verwahrlost, genauso wie sein Haar, das Firas wohl unachtsam nach hinten gekämmt hatte. Sonja fiel sein Hemd auf. Sie hatten es in Hamburg zusammen gekauft und er hatte es öfters angezogen. Jetzt hatte er es mit einer dunkelblauen Stoffhose kombiniert und daraus ein lässiges, aber heißes Outfit gezaubert.

Hassan war fertig und ihr Herz zog sich erneut schmerzhaft zusammen, als Firas sein Laptop zuklappte und Hassan zunickte.

„Okay." Der Abteilungsleiter setzte sich direkt neben Firas. Dann sah er zu ihm. „Soll ich oder möchtest du?"

„Du kannst es gerne sagen." Müde rieb Firas sich über die Augen und lehnte sich im Sessel zurück.

Was würde jetzt kommen? Mit eiskalten Fingern hielt sich Sonja an ihrer Tasse fest, als könnte ihr allein diese Berührung Frieden geben.

„Liebe Kollegen", begann Hassan, lehnte sich ebenfalls im Sessel zurück und legte eine Pause ein. Ausreichend, um Sonjas Herz zum Rasen zu bringen. „Ich mache es kurz und schmerzlos. „Herr Allaham wird in vier Monaten das Unternehmen verlassen. Er nimmt eine Stelle in den USA an. Bis dahin bleibt er formell euer Teamleiter, wird aber in eine andere Abteilung gehen und dort Herrn Martinez vertreten. Dieser ist nämlich krank und Firas wird dort gebraucht. Vorübergehend."

Ein „Was?" schallte aus allen Reihen. Sonja blickte um sich. Der Schock stand in allen Gesichtern. Sie selbst glaubte, schlecht zu träumen. Mit Sicherheit war das nur ein Traum. Gleich würde sie aufwachen und ...

„Ja, leider hat sich Firas dazu entschlossen, unser Unternehmen zu verlassen." In Hassans Gesicht war keine Traurigkeit zu erkennen, seine Stimme klang kalt. „Wir wünschen ihm jedenfalls alles Gute für seine berufliche Zukunft. Und jetzt widmen wir uns den Gewinnzahlen", fügte er gleichgültig hinzu.

Hatte sie sich verhört? Sonja spürte, wie es in ihrem Nacken kribbelte, ihre Sinne wurden vernebelt, Hitze stieg ihr in die Wangen. Ein dumpfes Pochen erfüllte jeden Winkel ihres Kopfes und plötzlich klangen die Stimmen um sie herum leise. Beinahe wäre sie in ihrem Sessel zusammengesunken. Sie atmete tief ein und aus und rief sich zur Ruhe. Vergeblich. Sonja verspürte ein verräterisches Brennen in ihren Augen. Kurzzeitig blinzelte sie und räusperte sich. Sie durfte ihre Gefühle nicht offenlegen. Keinesfalls!

„Ich muss kurz auf die Toilette", flüsterte sie zu Ulrike. „Mir geht es nicht gut."

„Oje, was hast du denn?" Ihre Kollegin sah besorgt zu ihr. „Du siehst kränklich aus. Vielleicht sollst du nach Hause gehen? Frag Firas nach der Besprechung! Ich kann heute deine Analytik übernehmen."

„Nein, nein. Es ist nur ..." Sonja beugte sich noch näher zu ihr. „Ich habe meine Periode ... Deshalb ..."

Ulrike nickte verständnisvoll. Sonja stand leise auf. Firas sah sie an und senkte sofort den Blick. Die äußerliche Ruhe zu bewahren, kostete sie eine Unmenge an Selbstbeherrschung.

Ein unterdrücktes Seufzen entkam ihrer Kehle, während sie sich beinahe schwankend zur Treppe hinbewegte. Unaufhaltsam liefen Tränen über ihre Wangen. Sie konnte immer noch nicht Firas' Entscheidung fassen. Als sie ihm gesagt hatte, sie wollte ihn vergessen, hatte sie nicht damit gerechnet, wie sehr ihr seine Entscheidung wehtun würde. Er würde die Firma verlassen, das Land verlassen. Womöglich für immer. Und er hatte sie endgültig verlassen. Es war unwiderruflich vorbei.

In diesem Moment begriff Sonja mit voller Stärke, wie sehr sie ihn liebte.

Sie lief zur Damentoilette, sperrte die Kabine ab, setzte sich auf den Klodeckel und brach in Tränen aus.

Langsam ging Sonja Richtung Parkplatz.

Dieser furchtbare Tag war endlich vorbei. Obwohl Ulrike ihre Hilfe angeboten hatte, wollte Sonja nicht nach Hause und hatte ihre Aufgaben selbst erledigt. Plötzlich hatte sie sich an den einen Abend vor Jennys Hochzeit erinnert. Auch an jenem Abend war sie allein im Büro gewesen. Hatte eine knifflige Analyse durchgeführt. Ihre Gedanken waren um Daniel gekreist, um ihre misslungene Beziehung, um die zwei verlorenen Jahre.

Sie erinnerte sich, wie traurig und bedrückt sie gewesen war. Sie war freiwillig länger geblieben, um nicht in ihre leere Wohnung gehen und nicht noch mehr an Daniel denken zu müssen.

Doch jetzt war es viel schlimmer. Lieber würde sie im Büro übernachten, als nach Hause zu gehen. Denn jetzt erinnerte sie dort alles an Firas.

Jede Ecke, jedes Zimmer, jedes Möbelstück, all das weckte Erinnerungen. An sein Lächeln, seine Stimme, seine Küsse und Umarmungen. Seine liebevollen Worte, die er zu ihr gesagt hatte. Seinen Körper, der sie beinahe jede Nacht in den Wahnsinn getrieben hatte. Obwohl zwischen ihnen nichts Ernsthaftes gelaufen war, hatte Firas zu ihrem Leben dazu gehört. Zusammen hatten sie an ihrem Esstisch gesessen und über den Tag gesprochen. Auf dem Sofa hatten sie öfters Pizza gegessen und dabei Netflix geschaut. Sie hatten sich überall geküsst. Beim guten Wetter hatten sie auf dem Balkon gesessen und Kaffee getrunken. Eine Zigarette geraucht. Im Schlafzimmer hatte Sonja die schönsten Nächte ihres Lebens erlebt.

Sie waren nicht nur körperlich, sondern auch innig verbunden gewesen.

Es war vorbei. Vorbei. Vorbei.

Dieses Wort schlug gegen ihr Hirn wie ein gefangener Vogel gegen seinen Käfig. Sie wollte heulen. Schreien. Diesen unerträglichen brennenden Schmerz rauslassen.

Sonja hob ihren Kopf und zog ihren Haargummi heraus, ließ ihr Haar auf die Schultern fallen. Firas liebte es, mit ihrem Haar zu spielen und ihr die Haarsträhnen vom Gesicht hinters Ohr zu streichen. Erneut seufzte sie, während sie ihren Kopf leicht senkte und den Haargummi zwischen den Fingern rieb.

Zur Hölle! Sie musste heimfahren. Und sie war bereits an ihrem Auto angekommen.

„Sonja?"

Die ihr bekannte Silhouette ließ ihr Herz hochschlagen. Schnell rieb sie über ihre Wangen und drehte sich um.

Seine Wangen waren eingefallen. Tiefe Furchen auf der Stirn verrieten seinen Kummer. In seinem Gesicht stand Verzweiflung geschrieben und ausgeprägter Schmerz.

„Firas?" Wie gerne würde sie ihn umarmen und ihren Kopf auf seine Brust legen! Wie gerne über sein Haar streicheln und zärtliche Worte flüstern! Ihm sagen, was sie für ihn empfand! Sein Blick blieb auf ihr kleben und Sonja verspürte die altbekannte Leidenschaft, als sie ihn erwiderte. „Was ... Bist du noch nicht weggefahren?"

„Sollte ich?" Strahlen der untergehenden Sonne erleuchteten sein Gesicht und seine Lippen, die sich zu einem traurigen Lächeln verzogen.

„Nein." Sonja legte den Kopf schief.

Er trat zu ihr und biss sich auf der Lippe. Offensichtlich war er aufgeregt. „Ich wollte noch ... Sonja", begann er schließlich. „Ich habe einen Fehler gemacht und wollte dich um Vergebung bitten."

„Firas ..."

„Nein, lass mich bitte aussprechen!" Firas atmete tief durch und senkte den Kopf, bevor er erneut ihr in die Augen sah. „Ich habe alles verbockt, Sonja. Und jetzt hör mich an. Ich wollte nicht mit dir spielen oder dich anlügen. Nie wollte ich das. Nach Jans Hochzeit wollte ich mich tatsächlich mit Aliya verloben. Eine eigene Familie gründen. Doch ich fühlte mich zu dir hingezogen. Nie zu ihr. Ich konnte dich nicht aus meinem Kopf und meinem Herzen rausbekommen. Also tat ich keine weiteren Schritte, was die Verlobung anging, war hin und her gerissen. Die Affäre hat es nur noch schwerer gemacht, denn je länger sie dauerte, desto stärker fühlte ich mich mit dir verbunden. Habe meine Zukunft nur mit dir gesehen. Also redete ich mit Aliya. Auch sie liebt jemand anderen, traut sich jedoch nicht, ihrem Vater die Wahrheit zu sagen. Ich war derjenige, der alles klären sollte, Sonja. Zumindest sollte ich Hassan sagen, dass ich mich nicht verloben werde. So viel Eier sollte ich doch haben! Und ich habe es nicht getan. Habe selbst Schiss vor ihm gehabt, habe den Kopf eingezogen. Denn schließlich ist er mein Vorgesetzter und jemand, der einem Probleme machen kann. Ja, Sonja, ich bin ein Feigling. Ich habe nichts gesagt, bis Hassan mir klar sagte, ich soll mich mit Aliya verloben. Dann erst begriff ich und beschloss, mit dir zu reden. Wollte erfahren, ob du dir vorstellen kannst, mit mir zusammenzubleiben. Das war mir mittlerweile am wichtigsten. Hassan und dieser Job traten in den Hintergrund. Denn ich konnte mir meine Zukunft nicht ohne dich vorstellen. So oder so beschloss ich, mir etwas anderes zu suchen. Mit dir an meiner Seite, wenn du es auch wollen würdest. Zu spät. Dieses Sommerfest gab den letzten Schuss. Zurecht, denn ich habe diese Strafe verdient. Ich habe dich verletzt und das ist am schlimmsten für mich. Verzeih' mir bitte, Sonja."

Seine Stimme wurde brüchig und Firas schluckte schwer. Tränen stiegen in seine Augen.

Sonja streckte ihren Arm nach ihm aus. Sie wollte ihn umarmen. Ihn trösten, obwohl sie selbst mit einem quälenden Schmerz kämpfte. „Ich … Ich dachte, du würdest zweigleisig fahren. Bin ausgeflippt. Für mich war die ganze Welt zusammengebrochen", flüsterte sie wie in Trance, indessen ihr Körper sich an seinen presste. „Ich habe nicht mehr nachgedacht. Wollte nicht zuhören. Habe dich abgewimmelt. Habe versucht, dich zu vergessen. Doch dann …" Sonja hob ihren Kopf und sah ihm in die Augen. Mit aller Kraft unterdrückte sie das fast schon unerträglich starke Verlangen, ihn zu küssen. „Dann wollte ich noch mal mit dir reden. Heute. Nach der Arbeit. Zu spät …

Er sah zu ihr. Seine Augen standen voll mit Tränen.

Ein unbeschreiblicher Augenblick. Ein süßer Schmerz.

„Oh Gott, Sonja!" Ein Stöhnen entkam seinen vollen Lippen und bevor sie in seinen Augen versank, eroberte Firas ihren Mund in einem stürmischen Kuss.

Schon eine Weile lagen sie nebeneinander. Schweigend. Sonjas Kopf lag auf seiner Brust und sie hörte das Pochen seines Herzens, fuhr mit den Fingerspitzen über seine nackte Haut. Mühevoll unterdrückte sie den Wunsch, ihn erneut mit Küssen zu bedecken. Aufs Neue bildete sich ein Kloß in ihrer Kehle.

„Und jetzt?", flüsterte Firas plötzlich und vergrub die Hand in ihrem zerwühlten Haar.

„Ich weiß es nicht. Was sagst du, Firo?"

Ein Schweigen. Sein schwerer Atem. Seine Hand in ihrem Haar, dann sein zarter Kuss auf ihrem Scheitel.

„Würdest du denn mit mir in die USA kommen?", hörte Sonja ihn leise fragen und erneut stach der altbekannte Schmerz in ihr Herz.

Schneller, als sie denken könnte, verließ die Antwort ihre Lippen: „Ich glaube nicht, Firo. Dafür müsste ich alles aufgeben, was ich hier habe. Und das wäre ein sehr großes Opfer."

Er setzte sich entsetzt auf. Verzweiflung stand in seinem Gesicht geschrieben. „Meinst du? Aber vielleicht ..."

Sonja setzte sich nun ebenfalls auf und zog sich ein T-Shirt an. „Firas, ich ..." Sie senkte den Kopf und kämpfte mit den Tränen, während ihr die Worte im Hals stecken blieben. „Und was ist, wenn es zwischen uns nicht funktioniert?"

Er presste die Lippen zusammen. Eine Träne floss seine Wange entlang. Sonja wischte sie liebevoll weg und gab ihm einen Kuss auf die Stelle. „Bitte weine nicht", flüsterte sie und berührte mit den Lippen zärtlich seine Wange. „Bitte. Ich erzähle dir meine Geschichte", begann sie und holte tief Luft. „Ich will nicht viel und nicht lange darüber reden, denn es tut immer noch weh. Aber einiges sollst du wissen. Vielleicht kannst du mich besser verstehen. Weißt du, ich war zwei Jahre lang verliebt, buchstäblich von der Liebe geblendet ..." Sonja atmete tief durch. Dann legten sich ihre Finger um ihre Halskette. „Ich kann dir nur eins sagen. Ich war dumm, Firas. Ich habe Daniel so sehr geliebt, dass ich mit mir alles machen gelassen habe." Ihre Stimme brach und sie beeilte sich, als ob sie mit ihren Worten eine schwere Last loswerden wollte. „Ich ..." Ein Seufzen entkam ihren Lippen. „Das erste Jahr war wie ein Traum. Einfach wunderbar. Ich war auf Wolke sieben und ich glaube, Daniel war das auch. Wir waren unzertrennbar. Fast jeden Tag hat er mir Blumen geschenkt, war unglaublich zärtlich zu mir und gab mir das Gefühl, geliebt und begehrt zu werden. Mit ihm habe ich mir eine Familie gewünscht. Eine Familie, wie ich sie nie hatte ..." Sonja schwieg und blickte zur Seite. Daraufhin schluchzte sie jämmerlich. Es tat ihr weh, darüber zu sprechen.

Firas biss sich auf der Unterlippe. Sein Gesicht wurde blasser. „Glaubst du etwa, ich werde wie dein Arschloch-Ex-Freund? Im Ernst?"

Sonja lächelte bitter. „Nein. Aber ich habe Angst. Damals habe ich mich aufgeopfert. Mich verloren. Und das hat nichts gebracht. Seitdem, Firas, will ich so etwas nie wieder erleben und verlange das von niemandem."

„Dann sage ich diesen Job ab." Entschieden verschränkte Firas die Arme vor der Brust. „Ich werde hier in der Umgebung etwas finden ..."

„Nein!" Sonja konnte nicht glauben, dass diese Worte gerade ihren Mund verließen. „Nein, Firo! Auch das wäre ein Opfer. Nein! Kein Mensch soll sich für jemanden opfern oder seine Träume aufgeben. Verstehst du? Weder solltest du meinetwegen diesen Job ausschlagen, noch werde ich mein Zuhause und meine Umgebung für dich verlassen ..."

Sie senkte den Kopf, mit den Tränen kämpfend. Ihre Unterlippe hatte sie längst zerbissen. So, dass sie metallischen Blutgeschmack schmeckte.

Firas sagte nichts. Seine Finger krallten sich in sein Haar. Eine Wolke legte sich auf sein Gesicht und seine Augen wurden finster.

„Du hast Angst, weil du glaubst, dass auch ich so bin. So werde. Du hast Angst, weil du mir nicht vertraust, Sonja." Traurigkeit in seinen Augen machte dem Schmerz Platz. „Wieso hast du mir das nicht früher erzählt?"

„Wieso hätte ich es dir erzählen sollen? Wir waren nicht mal zusammen. Zudem erinnere ich mich nicht gerne daran."

Firas legte den Kopf in den Nacken. Dann erhob er sich vom Bett und begann sich anzuziehen.

„Wohin gehst du?"

„Weißt du, wir beide haben einen Fehler gemacht. Wir beide haben uns nicht ausgesprochen. Und jetzt ... Jetzt ist es wohl wirklich zu spät." Er knöpfte sein Hemd zu und griff nach den Zigaretten. „Sei mir nicht böse,

Sonja, aber ich gehe jetzt lieber. Mein Kopf ist viel zu voll und ich muss ihn freibekommen.“

Kapitel 20.
Die Freundschaft

Sonja und Yannik

„Komm, wir gehen nach oben und setzen uns an unserem Lieblingstisch am Fenster", schlug Yannik vor, während sie sich durch die ausgelassen feiernde Studentenmenge kämpften.

Sonja nickte. Alles, was sie nach diesem anstrengenden Arbeitstag wollte, war sich endlich hinzusetzen, die Beine auszustrecken und sich ein Glas Wein zu bestellen. Den ganzen Tag kreisten ihre Gedanken um Firas und ihre letzte gemeinsame Nacht. Stirn an Stirn. Atemzug an Atemzug. Herzschlag an Herzschlag. Sein Körper auf ihrem, seine heißen Küsse auf ihrer Haut, sein unbeschreiblich intensiver Blick, mit dem er sie ansah, während sie beide zum Höhepunkt kamen ...

Gott, verdammt!

Und dann seine Frage, ob sie denn mit ihm in die USA käme ...

Seine Entscheidung ...

Seine Kündigung und diese letzten Monate hier in Deutschland, bevor er für immer aus ihrem Leben verschwinden würde. Wie sollte sie ihn je aus ihrem Kopf und vor allem aus ihrem Herzen verbannen?

Als ob er ihre Gedanken lesen könnte, berührte Yannik sie sanft an der Schulter.

„Komm, unser Stammplatz ist frei."

Die freundliche Bedienung räumte und säuberte den Tisch, und sie nahmen Platz. Direkt am breiten Fenster, von wo aus sie einen ausgezeichneten Panoramablick auf die Stadt genossen.

Vielleicht sollte sie sich doch lieber ein Heißgetränk bestellen. Schließlich hatte sie noch eine ungeöffnete Flasche Wein zu Hause.

„Wissen Sie schon, was Sie möchten?", erkundigte sich das flinke Mädchen und zückte ihren Notizblock.

„Einen Latte macchiato bitte", bestellte Sonja und gab der jungen Frau das Menü.

„Willst du nichts essen?" Fragend sah Yannik zu ihr und sie schüttelte leicht den Kopf: „Nein. Ich bekomm nichts in den Magen."

„Okay, für mich dann bitte dasselbe." Er lächelte, reichte das Menü und die Frau verschwand in der Küche.

„Sonja." Yannik legte die Ellenbogen auf den Tisch und verschränkte die Finger miteinander. „Ich weiß, dass die Frage womöglich blöd klingt, aber wie geht es dir?"

Schnaubend wippte sie mit dem Fuß, verschränkte sodann die Arme vor der Brust. Ihr Blick schweifte über die Saar und die grüne Landschaft, in der sich die romantische Altstadt versteckte. Ihr Hirn trieb Sonja in den Wahnsinn. Es wollte nicht aufhören, Erinnerungen aufkommen zu lassen, die ihre Seele quälten. „Wie soll es mir gehen, Yannik?" Sie schluckte den Kloß runter und widmete sich ihrem besten Freund zu. Fragend sah sie zu ihm. Yannik war sichtlich nervös, biss sich ständig auf die Lippe, dabei ging sein Blick hin und her. Was wollte er von ihr? Dieses ganze Gefühlschaos in ihrem Kopf geriet außer Kontrolle, ließ sie nicht klardenken. „Wieso wolltest du dich heute treffen? Möchtest du über etwas reden?"

Müde sah sie zu ihm auf.

„Sonja." Yannik atmete tief durch. Das sympathische Mädchen brachte ihnen die Bestellung und schenkte ihnen ein sonniges Lächeln, das Yannik unwillkürlich erwiderte.

„Ja?" Sonja nippte an ihrem Latte macchiato.

„Es tut mir leid."

Was war das jetzt?

„Was tut dir leid, Yannik?"

Er legte seine Hand auf den Mund, rieb sich sodann das Kinn. „Ich ... Ich habe einen Fehler gemacht. Damals, beim Sommerfest. Dieser Auftritt ... Sonja, das war unter aller Sau. Ich hätte mit dir in Ruhe reden sollen. Oder meine Informationen nochmals überprüfen. Ob das alles noch stimmte. Und ich habe mich so oder so wie ein Idiot benommen." Yanniks Stimme zitterte. „Sonja, kannst du mir vergeben?"

Schulterzuckend nahm sie einen Schluck von ihrem Kaffee.

„Du hast mir die Augen geöffnet."

„Ja, aber … Weißt du, ich habe erfahren, dass Firas sich nicht mit ihr verlobt. Er hat darüber mit Hassan gesprochen. Auch weiß ich, dass er sich einen anderen Job gefunden hat." Yannik senkte kurz den Kopf. „Die ganze Firma weiß es. Anscheinend hatte er es tatsächlich nicht vor, sich mit dem Mädchen zu verloben. Und ich glaube, es ist deinetwegen. Je länger ich ihn beobachtet habe, desto klarer mir wurde, dass Firas dich liebt."

Diese Worte stachen in Sonjas Herz wie ein Speer. Wie jedes Mal, wenn sein Name erwähnt wurde.

„Yannik, bitte, warum fängst du jetzt damit an?", fragte sie leise und senkte den Kopf, um die aufsteigenden Tränen zu verbergen. Vergeblich bemühte sie sich um ruhigen Atem, während ihre Knie zu zittern begannen. Ihr Herz schlug so laut, dass Sonja es beinahe hören konnte.

„Weil ich es wieder gutmachen will!" Der bestimmende Unterton in der Stimme ihres besten Freundes ließ sie verwundert zu ihm sehen. „Firas hat anscheinend noch vor dem Sommerfest beschlossen, sich nicht mit Aliya zu verloben! Das weiß ich aus zuverlässigen Quellen, will aber keine Namen nennen. Und wohl wollte er mit dir reden, um dich zu fragen, ob du mit ihm zusammenkommen willst. Bis ich alles zerstört habe."

Himmel. Sonja legte den Kopf schief. „Es stimmt … Das hat er mich gefragt … Aber woher weißt du, dass er das wollte?"

Kurzweilig legte Yannik den Kopf in den Nacken und schloss die Augen. „Ich habe mich vor Kurzem mit Jan getroffen. Ja Im Boxstudio. Und er hat mich zusammengeschissen. Zu Recht. Dann hat er mir das alles erzählt.

Firas wollte alles mit dir klären und danach Hassan Bescheid geben, dass er nichts von seiner Tochter will. Ja, so wichtig bist du Firas, dass er sogar seine Stelle riskiert und eine neue Jobsuche in den Kauf nimmt."

Sonja brauchte einige Sekunden, um Yanniks Worte zu verinnerlichen. „Er hat was?"

„Ja, du hast richtig gehört. Firas hat sich schon eine Weile Gedanken über seine Zukunft gemacht. Eure Zukunft. Und er plante, mit dir zu reden. Ich kam wie ein Trottel dazwischen und habe es ruiniert. Aber ich hatte damals keine Ahnung. Wirklich. Ich dachte, er verarscht dich und zudem ..."

„Zudem was?" Wieder breitete sich eine seltsame Stille zwischen ihnen aus, in der es Sonja trotz allem nicht gelingen wollte, diese neuen Informationen zu begreifen.

„Ich war eifersüchtig!", platzte es aus Yannik heraus und er legte seine Hand auf die Brust. „Ich war ... verzweifelt! Mein Kopf hatte einen Kurzschluss. Ich hatte wie gesagt keine Ahnung, was Firas wollte. Was er plante. Müsste ich auch nicht. Denn so oder so wollte ich euch nicht zusammen sehen. Ich wollte dich bei mir haben! Für mich! Ich kam damals nicht über deine Entscheidung hinweg, und als ich dich dann mit Firas weggehen sah, folgte ich euch. Voller Wut. Denn ich ahnte längst, dass zwischen euch etwas lief. Ich war nicht in der Lage, nachzudenken. Ich war wie benebelt."

Sonja öffnete den Mund, doch ehe sie etwas sagen könnte, redete Yannik weiter.

„Warte! Bitte, lass mich ausreden! Ich trage so vieles mit mir herum, dass es einfach raus will!" Yannik versuchte, ruhig zu atmen. „Ich hatte so ein schlechtes Gewissen, das glaubst du nicht. Und nachdem ich mit Jan gesprochen habe ... Sonja, du liebst Firas! Du sollst ihn nicht aufgeben!"

„Yannik, stopp!" Sonja schlug die Hände zusammen. „Es ist vorbei. Firas hat sich in den USA beworben und den Job angenommen. Das hätte er sicherlich so oder so getan und damit wäre dieses Verhältnis auf alle Fälle beendet. Wir haben vor paar Tagen gesprochen und er hat mich gefragt, ob ich mit in die USA gehe. Kommt aber nicht infrage. Deshalb ..." Sie schluckte schwer und holte tief Luft. „Deshalb ist die Sache gegessen. Unsere Wege trennen sich. So oder so."

Sie hatte sich nicht mehr unter Kontrolle, Tränen flossen über ihre Wangen. Heftige Schluchzer schüttelten Sonja und sie gab sich keine Mühe mehr, den Schmerz zu unterdrücken, der sie schier zu zerreißen drohte. Gut, dass sie mit Yannik abseits saß und dass hier oben kaum Menschen waren.

„Warte, Sonja, warte!" Yannik stand auf und rückte seinen Stuhl zu ihr, schloss sie sodann in seine Arme. „Sonja, hör mir doch bitte zu. Firas hatte sein Jobangebot noch vor eurer Trennung bekommen. Er hat den Recruiter aber nicht kontaktiert und nicht zurückgerufen. Dieser Job in den USA kam für ihn nicht infrage. Er wollte mit dir sein, wollte wissen, wie du zu ihm stehst! Erst nach dieser Sommerfestgeschichte hatte Firas dem Mann zugesagt. Auch das weiß ich von Jan. Mann, hat er mich fertiggemacht!" Yannik kaute auf der Unterlippe. „Ich hätte aber auch eine Portion Schläge verdient, wirklich ..."

Kopfschüttelnd vergrub sie ihr Gesicht noch tiefer in den Händen. Die freundliche Kellnerin erkundigte sich nach ihnen und Yannik bat sie, ein Glas Wasser zu bringen.

„Sonja", begann er wieder, sie an ihrer Schulter streichelnd. „Hör mal. Ich sage dir was. Du bist die klügste und stärkste Frau, die ich kenne. Und du liebst das Reisen. Wahrscheinlich mehr als alles andere in der Welt. Hör mal, vielleicht solltest du ... Na ja ... dich in den USA bewerben und deinen Job wechseln? Hm?"

Ohne sich für ihre Tränen und ihr verschmiertes Make-up zu schämen, hob Sonja den Kopf und sah verblüfft zu Yannik.

„Meinst du das ernst?"

Er nickte. „Ja." Dann schluckte er und seine Augen schimmerten feucht. „Absolut."

„Aber ... Wieso?"

Erneut atmete Yannik tief durch. „Wenn du mich fragst, hätte ich dich gerne hier. Ich kann es mir nicht vorstellen, dass du weggehst. Woanders bist. Dass ich dich nicht bei der Arbeit sehe, nicht mit dir in der Kantine esse. Dass wir nicht mehr zusammensitzen und plaudern. Aber es geht nicht um mich. Ich will dich glücklich sehen und das kannst du nur mit Firas. Du brauchst ihn. Und nachdem ich das begriffen habe, war mir klar, dass ich mich über meine Wünsche stellen muss."

„Yannik ..." Sonja konnte es immer noch nicht fassen. „Ich ..."

Sachte nahm er ihre Hand in seine und küsste ihren Handrücken. „Doch. Denk darüber nach, aber glaub mir, das ist das Richtige für dich."

Ihre Augen brannten und Sonja rieb müde darüber.

Ein Blick auf die Uhr ließ sie verblüfft zurück. Schon elf Uhr in der Nacht? Wie schnell war denn die Zeit verflogen?

Sonja klappte ihr Laptop zu und begab sich in die Küche. Sie wollte sich noch einen Früchtetee zubereiten, bevor sie ins Bett gehen würde. Yanniks Worte blieben fest in ihrem Herzen sitzen und gerade hatte sie sich über die Möglichkeiten informiert, einen Job in den USA zu finden.

Puhh. Sie hätte verdammt gute Chancen dort. Doch würde sie sich wirklich trauen, alles hier aufzugeben? Ihre Freunde, ihren Job, ihr Umfeld? Ins Ungewisse springen?

Oder vielleicht brauchte sie gerade das, um Firas zu vergessen?

Du Gütiger, wie sollte sie es schaffen, nicht mehr an ihn zu denken? Obwohl schon fast ein Monat seit ihrer Trennung vergangen war, sah sie ihn überall. Träumte von ihm. Sein Abbild war fest in ihrem Herzen, ihrem Bewusstsein verankert und dabei hatte sie ihn lange nicht gesehen. Firas war jetzt in einer anderen Arbeitsgruppe tätig und diese befand sich in einem anderen Gebäude, sodass sie sich nicht mehr über den Weg liefen.

Doch, einige Male hatte Sonja ihn in der Kantine gesehen, ihn von Weitem beobachtet. Firas sah wesentlich besser aus, auch wenn noch etwas angeschlagen. Womöglich lag das an seiner enormen Arbeitsbelastung. Arbeit tat ihm gut, hatte er mal gesagt. Sie würde ihn ablenken, ihn auf andere Gedanken bringen. Und genau das war jetzt mit Sicherheit der Fall.

Sie hatte ihm nicht gesagt, welche Gefühle sich in ihrem Herzen regten. Ahnte er überhaupt, wie sehr sie ihn liebte? Was er ihr bedeutete?

Sollte sie doch noch einmal mit ihm reden? Ihn das wissen lassen?

„Nein, das werde ich nicht", sagte Sonja zu sich selbst, während sie am dunklen Fenster stand und in den schwach beleuchteten Hof starrte. „Das würde ihn aufwühlen. Durcheinanderbringen. Ich habe ihm alles gesagt und das lässt sich nicht mehr rückgängig machen. Ich sollte es sein lassen."

Was du liebst, lass frei. Kommt es zurück, gehört es dir für immer.

Das war mal ihr Lieblingsspruch gewesen. Von Konfuzius. Sonja lehnte die Stirn an die kühle Fensterscheibe und presste die Lippen zusammen. Als sie noch zur Schule gegangen war, hatte sie diesen Spruch in ihrem Tagebuch stehen. Er faszinierte sie, ohne dass sie erklären konnte, warum. Eine Weisheit, die unglaubliche Herzensgröße und Willenskraft erforderte. Freilassen. Damit es dem anderen in allen Fällen gut geht. Damit er seinen wahren Weg finden kann.

Yannik hatte es bereits getan und war ein anschauliches Beispiel bedingungsloser Liebe. Weil er zu ihr starke Gefühle hatte, ließ er sie gehen. Er wollte nur das Beste für sie, auch wenn er vielleicht insgeheim hoffte, doch mal mit ihr zusammen zu sein.

Und genau das sollte sie mit Firas tun. Ihn loslassen. Ihr sollte es nicht um sie selbst, sondern um ihn gehen. Um sein Glück. Und das war das Zeichen der wahren, bedingungslosen Liebe. Der Liebe, die zuerst den anderen glücklich sehen wollte.

Kommt er zurück, gehört er ihr für immer. Aber sie darf es nicht erzwingen. Auch wenn es nie geschehen wird.

Erneut lösten sich Tränen aus Sonjas Augen und schluchzend schob sie den Vorhang zu. Sollte sie sich ein Glas Wein einschenken? Nein. Heute war erst Mittwoch und ... Sie sollte mit dem Trinken aufhören, bevor es zu einer Angewohnheit werden würde.

Vielleicht ... Vielleicht würde sie tatsächlich ein neues Leben anfangen. Ihren Job wechseln. Neue Erfahrungen sammeln. Andere Kulturen und Mentalitäten kennenlernen. Die nächsten Tage würde sie sich diese Informationen reinziehen und abwägen, was sie mit ihrem Leben ohne Firas anfangen sollte.

Ohne sich ihren Tee zuzubereiten, zog Sonja sich um und versank in einen tiefen, erschöpften Schlaf, der sie für ein paar Stunden in andere Welten entführte.

Ihr Handy vibrierte und weckte sie auf. Zuerst dachte Sonja, sie würde träumen, doch die Geräusche wiederholten sich und rissen sie schließlich aus dem Schlaf.

Sonja öffnete die Augen und drehte den Kopf zum Nachttisch. Drei Uhr nachts. Wer wollte etwas von ihr? Um diese Uhrzeit?

War das etwa Jenny? Oder ... Firas?

Bei diesem Gedanken raste ihr Herz und Sonja griff hastig nach dem Smartphone.

Eine unbekannte Nummer auf dem Display ließ einen kalten Klumpen in ihrem Magen bilden. Wer war das? Hoffentlich war niemandem etwas zugestoßen!

„Hallo?", meldete sie sich mit leicht zitternder Stimme, und als sie die Stimme am anderen Ende der Leitung hörte, spürte Sonja, wie der kalte Klumpen sich in ihrem ganzen Körper verbreitete.

Sie kannte diese Stimme und hatte nicht damit gerechnet, dass sie diese jemals wieder hören würde. „Hey du! Na, hast du mich erkannt?", hörte Sonja ihn und setzte sich aufrecht, zog ihre Knie an. Ihre Finger zitterten und für einen Moment glaubte sie, dass sie gleich in Ohnmacht fallen würde.

Sie riss sich zusammen und räusperte sich, bevor sie antwortete.

„Hallo Daniel. Ja, ich habe dich erkannt. Du bist bekanntermaßen ein Nachtmensch. Was willst du denn?"

„Ich bin wieder in der Stadt." Diese Antwort ließ ihr das Blut in den Adern gefrieren.

Kapitel 21: Die Vergangenheit holt ein

Sonja

Sie rieb an ihrem Oberarm. Ein ziehender Schmerz durchlief ihn und Sonja biss die Zähne zusammen. Gestern war Daniel angetrunken nach Hause gekommen. Sein Projekt lief nicht gut und er hatte Probleme auf der Arbeit. Seinen Frust hatte er an ihr ausgelassen. Auslöser war ihr Treffen mit Yannik gewesen.

„Ich muss arbeiten", antwortete sie leise, stand vom Bett auf und begann sich anzuziehen. Trotz des sommerlichen Wetters wählte sie ein langärmliges T-Shirt, das die blauen Flecken auf ihren Armen bedeckte. Eine Folge von Daniels Fingern, die sich gestern in ihre Oberarme gekrallt hatten.

„Sonja, ich wollte nicht, dass du dich mit Yannik triffst. Ich kann diesen Idioten nicht leiden! Zudem dulde ich keine Freundschaften mit fremden Kerlen! Du weißt es doch", versuchte er sich zu rechtfertigen.

Sonja sagte nichts und betrachtete sich im Spiegel. Sie sah erschöpft aus. Große Augenringe, blasse Haut und nach unten gerichtete Mundwinkel verrieten, dass in ihrer Beziehung etwas schief lief.

Und wohl in ihrem ganzen Leben.

Daniel kam näher und legte seine Hände um ihre Schultern, vergrub danach sein Gesicht in ihren Haaren.

„Liebst du mich?", murmelte er.

Dann griffen seine Hände nach ihr und sie spürte, wie sich seine Finger um ihre Handgelenke schlossen. Fest und schmerzhaft, als ob Daniel ihr die Hand brechen wollte. Dieser Gedanke schoss wie ein Blitz durch ihren Kopf.

„Liebst du mich?", wiederholte er und drückte fester.

„Du tust mir weh", flüsterte Sonja und versuchte, sich von ihm loszumachen. Erfolglos. Im Spiegel sah sie sein Gesicht, seinen Blick, der sich erneut mit Zorn füllte.

„Sag mir, ob du mich liebst!" Seine Stimme klang bestimmend. Die Finger drückten immer stärker auf ihre Handgelenke. Daniel machte keinen Spaß. Er wollte eine Antwort haben. Egal wie.

Sie schluckte. Ja, sie liebte ihn. Aber sie war müde. Diese Beziehung hatte sie erschöpft. Ihr jegliche Lebensfreude genommen. Sonja war ratlos und nicht einmal Jenny konnte ihr helfen. Mehr noch. Sie hatte Jenny nicht alles erzählt, was zwischen Daniel und ihr vorging, denn gewiss würde ihre Freundin Daniel anzeigen und das wollte Sonja nicht. Mit letzten Kräften hielt sie an ihrer Liebe und ihrer toxischen Beziehung fest. Denn schließlich hatte sie viel investiert. Viel aufgegeben. Viel geopfert. Das alles durfte nicht umsonst sein!

„Ja", sagte sie schließlich und seufzte. Ihre Hände fielen kraftlos runter, nachdem Daniel sie losgelassen hatte.

„Na also." Seine Gesichtszüge entspannten sich und er drehte sie zu sich, presste dann seine Lippen auf ihre. Ein seltsames Gefühl, ihn zu küssen. Nach allem, was gestern vorgefallen war und nach diesem Dialog gerade. Dennoch schloss Sonja die Augen und gab sich dem Kuss hin, den er ihr schenkte. Allmählich legte sich Wärme um ihr Herz und gab ihr Kraft sowie den Glauben daran, dass sie es als Paar schaffen würden.

„Mein Mädchen", flüsterte Daniel und vergrub seine Hand in ihren Haaren.

Eine Weile sahen sie sich in die Augen. Vor ihr stand ein liebevoller Kerl. Ein Mann mit einem anderen Gesicht. Ein Mann, der sie liebte und mit ihr sein Leben verbringen wollte. So behauptete er zumindest.

Und wie stark war der Kontrast zu Daniel, den sie so oft erleben musste! Der Kerl mit einem wuterfüllten kalten Blick. Ein Mann, der ihr einfach eine Ohrfeige geben konnte. Sie beschimpfte. Ihr wehtat.

„Wirst du dich wieder mit Yannik treffen?" Erneut funkelte Zorn in seinen Augen und sie kaute auf der Unterlippe herum. Da war er wieder. Daniel mit seinem bedrohlichen Blick. „Ich will das nicht!"

Das ging eindeutig zu weit. Sonja wusste das und hasste sich umso mehr dafür, dass sie sich nicht von ihm lösen konnte. Mittlerweile hatte sie Angst vor ihm. Angst, ihm zu widersprechen und ihre Rechte zu verteidigen. Ihn zu verlassen. Und gleichzeitig wollte sie hoffen, dass alles gut werden würde.

Furcht, gemischt mit Liebe war eine seltsame und giftige Kombination, die sie nach und nach zerstörte.

„Ich …“, begann Sonja, doch Daniel umfasste fest ihr Gesicht und seine Finger bohrten sich in ihre zarte Haut. „Wirst du es oder nicht? Ich will ein Ja oder ein Nein hören“, unterbrach er sie.

Sonja schluckte erneut. Sie hatte keine Wahl. Hauptsache, Daniel würde sie in Ruhe lassen. Nicht schon wieder sein zweites Gesicht zeigen. „Nein“, sagte sie gepresst und senkte den Blick.

Das war zwei Wochen vor ihrer Trennung gewesen. Danach hatte er seine Geliebte nach Hause gebracht und Sonja war der Kragen geplatzt. Sie konnte sich nicht daran erinnern, wie sie das getan hatte. Sie wusste nur, dass sie wütend gewesen war, und diese Wut hatte ihr endlich die Kraft zum Handeln gegeben.

Ein Jahr lang war er aus ihrem Leben verschwunden. Und plötzlich rief er sie mitten in der Nacht an und schrieb ihr. Fragte sie, wie es ihr ging.

Sonja kam zum Sofa und setzte sich. Dann legte sie das Handy weg und stützte sich mit den Ellenbogen auf den Knien ab. Sie wollte diese Nachricht nicht beantworten, wollte mit seinem Absender nichts zu tun haben.

Zudem hatte sie andere Pläne. Heute war Freitag und sie wollte sich mit Jenny und Larissa treffen. Durch die Stadt bummeln und danach zum Saarspektakel gehen. Einem tollen Fest, das faszinierende Wassershows und einen großen Jahrmarkt bot.

Ob sie dort Firas treffen würde? Denn schließlich war fast die ganze Stadt dort.

Die Gedanken an ihn lenkten sie ab. Ihr Herz schlug hoch, während sie sich weitere Fragen stellte. Wie würde er auf ein unverhofftes Wiedersehen reagieren? Würde er sie begrüßen oder einfach vorbeigehen?

Sonja rieb mit den Handflächen über ihre heißen Wangen. Yanniks Vorschlag ging nicht aus ihrem Kopf und sie hatte sich auf eine wie auf sie zugeschnittene Stelle in den USA beworben. Sogar in derselben Stadt, wo Firas bald wohnen würde. Sie verzog ihre Lippen zu einem bitteren Lächeln. Sie hatte wenig Hoffnung auf eine Zusage, obwohl ein Neuanfang sie schon reizen würde.

Sollte sie doch nochmals mit ihm sprechen? Über ihre Pläne mit ihm reden? Nein. Entschieden schüttelte Sonja den Kopf. Sie hatte ihre Chancen verpasst und sollte ihn nicht mehr aufwühlen.

Ihr Handy vibrierte und Sonja zuckte leicht zusammen. Dieses Geräusch riss sie aus ihren Gedanken. Sie warf einen Blick aufs Display und zog die Stirn kraus. Dabei sackte ihr Herz in die Kniekehlen.

Daniel. Er ließ sie nicht in Ruhe. Er hatte sie gestern angerufen und versuchte es tatsächlich noch mal. Sollte sie ihn blockieren? Oder doch noch einmal drangehen? Zu hören, was er ihr zu sagen hatte?

Sonja ließ das Handy klingeln, das nicht aufhörte, zu vibrieren. Typisch Daniel. Noch einmal dachte Sonja daran, ihn zu blockieren, doch ihre Neugier gewann die Oberhand und sie griff nach dem Hörer. „Hallo?“

„Hey!“, hörte sie seine Stimme, die sie vor einigen Tagen aus dem Schlaf gerissen hatte. „Na du? Was treibst du heute so? Warum antwortest du nicht?“

Sonja zuckte die Schultern. „Ich gehe in die Stadt mit meinen Freundinnen und hatte daher keine Zeit zu antworten. Und was machst du?“

Sie hatte ihm diese Frage gestellt und wunderte sich in den nächsten Sekunden darüber, wie herzlich wenig Daniel sie interessierte. Noch vor einigen Monaten hatte sie oft an ihn gedacht. Hatte versucht, ihren Schmerz loszuwerden. Doch jetzt gehörte ihr Herz Firas. Das, was sie für ihn empfand, war nicht zu beschreiben. Und umso größer war ihr Liebeskummer, nachdem sie sich getrennt hatten.

„Ich hab Bock, dich zu sehen. Wir können zum Saarspektakel, was trinken und dann zu mir. Oder zu dir.“

Sonja blickte auf die Uhr. Bald sollte sie in der Stadt sein. Sie wollte ihre Freundinnen nicht warten lassen.

„Ich bin verabredet“, sagte sie entschieden und legte den Hörer an anderes Ohr. „Sorry.“

„Komm, bist du immer noch sauer?“ Seine lebhafte Stimme hinterließ den Eindruck, dass Daniel alles andere als besorgt war.

Sie überlegte. War sie das?

Erstaunlicherweise nicht. Es war vorbei. Ihr Schmerz war mit allen anderen Gefühlen verschwunden, die sie jemals für Daniel hatte. Er war ihr egal. Die Vergangenheit interessierte sie nicht mehr. Nichts, was mit ihm und ihren gemeinsamen Jahren zu tun hatte.

„Nein, ich bin dir nicht sauer“, sagte Sonja langsam. „Ich war es. Aber jetzt habe ich es überwunden.“

„Du weißt, dass es mir leidtut“, gab er ihr zur Antwort.

Doch sie konnte keine Reue in seiner Stimme erkennen. Eher Gleichgültigkeit. Sie konnte sich sogar seinen Gesichtsausdruck vorstellen, während er ihr das sagte.

Gelangweilt, mit gerollten Augen oder zusammengezogenen Augenbrauen.

Ob Daniel es ausnahmsweise ernst meinte?

Sonja verwarf diesen Gedanken sofort. Viel zu oft hatte sie ihm geglaubt und vergeben. Zwei Jahre ihres Lebens mit seinen Lügen verbracht. Und jetzt glaubte er ernsthaft, dass sie ihn mit offenen Armen empfangen würde?

„Weiß ich das?" Sonja stand vom Sofa auf und ging ins Schlafzimmer, um ihre kleine Umhängetasche mitzunehmen. „Haben wir uns ausgesprochen?" Plötzlich kochte ihr das Blut hoch. „Hast du dich auch nur einmal deswegen gemeldet? Ganz ehrlich: Ich möchte mich nicht mit dir treffen. Deshalb wollte ich dir nicht antworten."

Es tat so gut, ihm das zu sagen! Vielleicht war es doch eine gute Idee gewesen, dran zu gehen. Daniel zu zeigen, dass sie nicht mehr nach ihm verrückt war, sich von ihm kleinhalten ließ. Sein Schweigen bestätigte ihre Gedanken. Wohl hatte Daniel nicht damit gerechnet, dass sie so mit ihm reden würde. Früher hätte sie es sich nicht getraut. Er hatte sie in seiner Macht gehabt. Aber jetzt spürte Sonja, wie ihr die Empörung den Nacken hinaufkroch und ihr die Stärke gab, die sie so dringend gebraucht hat.

„Ja, Schnecke. Ich habe dich vermisst. Wirklich. Und diese Geschichte mit Sandy war nichts Ernstes. Komm, jeder Kerl hat mal solche Ausrutscher. Sei doch nicht so eingeschnappt!", sagte Daniel endlich.

Nein, nicht jeder Kerl!

„Du hast dich erst nach einem Jahr gemeldet. Davor habe ich kein Wort von dir gehört. Keine Entschuldigung, nichts. So viel hat es dir wohl nicht leidgetan", erwiderte Sonja trocken.

„Ich hatte viel zu tun und keine Zeit für so etwas", entgegnete Daniel patzig. „Du weißt, dass ich ein Jahr in China verbracht habe. Ein wichtiges Projekt. Kann ich dir beim Treffen erzählen. Also wie sieht's aus? Ich kann dich abholen kommen. Du wohnst ja immer noch im Nauwies, ich habe schon recherchiert. In derselben Wohnung, wo wir zusammen gelebt haben."

Sonja schnaubte. „Ich habe dir doch gesagt, dass ich verabredet bin. Mit meinen Mädels. Ich habe keine Zeit für dich." Langsam verlor sie ihre Geduld und wollte auflegen.

„Mit diesen Hühnern?" Plötzlich wurde seine Stimme eisig. Ein Schauer lief Sonjas Rücken entlang, als sie diese altbekannten Noten seiner Wut erkannte. „Und du willst denen nicht absagen, was? Erzähl mir doch keinen Scheiß, du hast bestimmt ein Date!"

Sie schluckte. Sie hatte ihren Ex-Freund lange nicht gesehen und vergessen, wie aggressiv und unberechenbar Daniel war. Früher hatte sie geglaubt, er würde das überwinden, ihretwegen an sich arbeiten. Das Image eines Bad Boy, der sich der Liebe wegen besserte, hatte sich damals fest in ihrem Inneren verankert. Daran hatte sie sich festgehalten. Jetzt fiel es ihr wie Schuppen von den Augen. Daniel würde es nie tun. Er liebte sich so, wie er war. Ihn interessierte nicht die Bohne, ob er andere Menschen verletzte oder ihnen Schmerzen zufügte. Offensichtlich war für ihn sein damaliges Verhalten völlig in Ordnung. Er hatte ihr ein „Tut mir leid" geworfen, als ob es um eine kleine Verspätung zum Date ging und nicht um einen Betrug oder seine Misshandlungen. Dass sie sich mit ihm nicht treffen wollte, hatte ihn sauer gemacht. Das passte nicht in seinen Kopf rein.

Kurz gesagt, war er kein Bad Boy. Er war einfach nur ein Arschloch. Schade, dass sie das nicht früher erkannt hatte. Plötzlich bereute Sonja, ihn vorher nicht blockiert zu haben. Warum um Himmels willen, wollte sie mit ihm reden? Sie wollte sich cool zeigen, ihm zu verstehen geben, dass sie über ihn hinweg war. Doch er wusste mehr, als es ihr lieb wäre. Und mit Sicherheit würde er sie nicht einfach so in Ruhe lassen.

Sie war dumm und unvorsichtig gewesen. Leichtsinnig!

„Es geht dich nichts an, was ich vorhabe", sagte Sonja und bemühte sich, Ruhe zu bewahren. „Wir sind seit mehr als einem Jahr getrennt. Wir haben nichts mehr gemeinsam. Und ich sage es noch mal: Ich möchte dich nicht wiedersehen. Das ist alles."

Eine Pause. Schwerer Atem. Sie wusste, wie Daniel reagieren würde. Ihr Herz raste vor Angst, während sie auf seine Antwort wartete. Wie damals, vor eineinhalb Jahren.

Sonja atmete tief ein und aus und ihre Finger umklammerten fester den Hörer.

„Du Flittchen. Hast du schon vergessen, was ich für dich getan habe?" Wieder bedrohliche Kälte in seiner Stimme.

„Nein." Ihr Magen zog sich zusammen. „Ich habe nichts vergessen. Keine einzige Ohrfeige. Keinen einzigen Schlag. Und deine Bekannte aus der Bar …“ Sie öffnete die Lippen und schnappte kurz nach Luft. „Die habe ich ebenfalls nicht vergessen. Deshalb will ich dich nicht sehen. Weder heute noch morgen noch jemals wieder.“

Daniels hasserfülltes Lachen ließ ihr das Blut in Adern gefrieren. „Du bist undankbar. Du hast wohl vergessen, dass du ohne meine Unterstützung deinen Masterabschluss nie geschafft hättest. Und du hast alle Geschenke vergessen, die du von mir bekommen hast. Niemand hat dich so gut behandelt wie ich. Nicht mal deine eigene Mutter! Soll ich dich daran erinnern?“

„Ich habe während meines Masterstudiums gearbeitet und für mich selbst gesorgt. Ich habe dir Geld geliehen und es nie zurückbekommen. Und Blumensträuße konnten meine inneren und äußeren Wunden nicht heilen.“ Sonja blinzelte und schluckte den Kloß runter. „Also lass mich es einfach vergessen, okay?“

Wieder ein langes Schweigen. Wieder diese bedrohliche Stille.

„Na gut“, sagte Daniel schließlich. „Wir werden sehen. Aber denk dran: Du wirst keinen Besseren finden als mich. Und ich werde dich nicht einfach so in Ruhe lassen, du Dorfmatratze. Merk dir das.“

Ohne sich zu verabschieden, legte er auf. Erst jetzt bemerkte Sonja, dass ihre Knie zitterten. Schnell fand sie seine Nummer in der Liste und blockierte ihn.

Sie blickte aufs Display. Fünf Whatsapp-Nachrichten von Jenny und Larissa. Sie fragten, wann sie denn kommen würde. Jenny hatte sogar versucht, sie anzurufen. Sonja warf einen Blick auf die Uhr und fluchte leise. Sie war viel zu spät.

Schnell zog sie ihre Jeansjacke an, sperrte die Tür ab und lief die Treppe herunter.

Sie blieb vor der Eingangstür stehen. Für eine Millisekunde schoss ihr der Gedanke durch den Kopf, dass Daniel auf sie draußen warten könnte. Doch Sonja riss sich zusammen. Sie würde sich den Abend nicht verderben lassen.

„Hat er sich noch mal gemeldet?" Besorgt sah Jenny zu ihr, während sie die Promenade entlangliefen.

Sonja schüttelte den Kopf und nippte an ihrer Weinschorle. Sie versuchte, die unangenehmen Gedanken zu verdrängen. Nicht an Daniel zu denken. Erfolglos. Er war wieder in der Stadt, wieder in ihrer Nähe und das beunruhigte sie. Sein Anruf hatte nichts zu bedeuten und dennoch hatte sie Angst, was ihr Inneres immer mehr aufwühlte. Nur weil er ihre Nummer hatte, sollte sie sich nicht so beunruhigen lassen. Sie hatte ihn blockiert und hoffte damit, die Sache abhaken zu können.

„Nein. Ich habe ihn auch überall blockiert, obwohl ich denke, dass er doch noch einen Weg finden wird, mich zu kontaktieren", sagte sie leise. „Er ist von der Sorte, die nicht nachgibt. Nur weiß ich nicht, warum er mich angerufen hat. Was er von mir will."

Jenny zuckte die Schultern und legte beruhigend ihren Arm um Sonja. „Er ist ein Idiot. Bestimmt hat er endlich kapiert, was er verloren hat."

„Weißt du." Sonja blieb stehen und stellte ihr Glas auf einem der runden Tische ab, die über die ganze Feststraße verteilt waren. Dann sah sie zu Larissa, die etwas abseits an einem Stand mit der Zuckerwatte stehen geblieben war. „Ich habe mich heute gefragt, wie ich mit ihm zusammen sein konnte. Wieso ich in diesen Mann verliebt war. Im Nachhinein kann ich das nicht verstehen. Man sagt wohl nicht umsonst, Liebe macht blind."

„Na siehst du. Du bist über ihn hinweg." Jenny lächelte. „Das ist doch super, Süße! So soll das sein."

Sonja schwieg und ließ ihre Gedanken kreisen. Ja, Liebe machte tatsächlich blind. Ihre damalige Beziehung war von Anfang an zum Scheitern verurteilt gewesen. Ihr Verhältnis zu Daniel war ungesund gewesen. Sie hatte mit einem aggressiven Narzissten zusammengelebt, bei dem sie zuletzt eher aus Angst als aus Liebe geblieben war.

Er konnte nicht mit Firas verglichen werden. Sie beide waren wie Himmel und Erde, wie Paradies und Hölle. Ein Stich durchfuhr Sonjas Herz und Schuldgefühle machten sich breit, als sie an Firas dachte.

Sie hatte ihm von Daniel erzählt und ihn mit diesem Arschloch verglichen. Firas hatte recht: Sie hatte Angst davor, dass auch er mal so werden würde. Wie blöd war sie denn eigentlich, so etwas auch nur eine Millisekunde lang zu denken?

Traurig senkte sie den Kopf und fuhr mit der Zunge über ihre trockenen Lippen.

Als ob sie Gedanken lesen konnte, fragte Jenny. „Was beschäftigt dich, Maus?"

Sonja öffnete ihre Tasche und holte eine Münze raus. „Ich glaube, ich bestelle mir noch eine Weinschorle."

„Dann komm." Jenny schnappte sich die Gläser und begab sich mit energischen Schritten zum Weinstand. „Möchtest du darüber reden? Dann suchen wir einen ruhigeren Ort. Denn hier ist es zu laut.

Das stimmte. Mehrere Bands füllten die Luft mit diversen Musikrichtungen. Schlager, Rock oder Pop – es gab für jeden etwas. Unaufhaltsam dröhnte die Musik aus riesigen Lautsprechern, welche an den aufgebauten Szenen montiert worden waren.

Sonja folgte ihrer Freundin. Energisch kämpften sie sich durch Gruppen von Musikern, Studenten und angetrunkener Jugendliche, welche die Promenade füllten. „Es gibt nicht viel zu reden." „Du weißt alles. Ich glaube, ich habe einen Fehler gemacht. Habe ich dir letztens erzählt. Und das quält mich gerade. Ich kann nicht aufhören, ständig daran zu denken." Jedes Wort über Firas schmerzte ungemein. „Ich habe ihn zu schnell gehen gelassen. Du hattest recht, Jenny. Als ich noch mal mit ihm sprechen wollte, war da diese Sache mit seiner Stelle. Dann habe ich ihm gesagt, ich würde nicht mit ihm umziehen und damit war es offiziell vorbei. Ich denke oft darüber nach und das tut unheimlich weh." Tränen stiegen ihr in die Augen und sie schüttelte den Kopf. „Ich hoffe nur, ich bekomme eine Zusage und kann ihn so vergessen. Oder zumindest aufhören, ständig an ihn zu denken."

Der Verkäufer winkte sie zu sich und sie nahmen ihre Getränke entgegen. Larissa kam zu ihnen mit einer großen Zuckerwatte, die sie nach dem langen Anstehen endlich bekommen hatte.

Jenny legte sanft ihren Arm um Sonjas Taille. „Ich gebe dir recht. Aber mach dich nicht fertig. Das wird schon. Sei stark. Vielleicht ist noch nichts verloren", flüsterte sie ihr zu. „Wie gesagt, Firas liebt dich. Und du kannst nicht ohne ihn. Von daher, wer weiß ..."

Sonja blinzelte. „Was kann da schon passieren? Und nein, jetzt will ich nicht noch mal mit ihm reden. Ich würde ihn nur verunsichern, gerade jetzt, wo er seine

Entscheidungen bereits getroffen hat. Das wäre nicht schön und auch nicht fair von mir. Er hat seine Entscheidung gefällt und wir beide müssen damit leben. Ich will auch nicht zwischen seinen Gedanken funken."

„Maus, beruhige dich. Du musst nicht mit ihm reden. Vielleicht wird er das selbst tun", sagte Jenny zart und sah zu Larissa, die etwas abseits ging und auf ihrem Handy tippte. „Genieß den Abend, Liebes."

Sonja seufzte. Gut, dass Jenny sie bei ihrer Entscheidung unterstützte und den möglichen Wechsel für gut hielt! Sie wüsste nicht, was sie ohne ihre Freundin tun würde. Doch was hatten ihre Worte zu bedeuten? Wusste Jenny etwas, was sie nicht wusste? Sie hätte ein Gespräch mit ihrer Freundin nötig gehabt. Jetzt und sofort. Aber sie waren nicht allein. Auch Larissa war eine gute Freundin. Sonja vertraute ihr aber nicht alles an. Es gab einfach Dinge, die sie nur mit Jenny besprechen wollte und von denen nur Jans Frau wusste.

„Ratet mal, wen ich gesehen habe." Larissa steckte ihr Handy ein und gesellte sich zu ihnen. Genussvoll kaute sie an ihrer Zuckerwatte.

Ein kalter Klumpen bildete sich in Sonjas Magen und sie musste schlucken. Ein ungutes Gefühl machte sich in ihrem Herzen breit. Ein Gefühl, das sie nicht erklären konnte.

„Wen?", stieß sie gepresst hervor, als ob sie die Antwort längst erahnt hatte.

„Daniel! Er ist auch hier!"

Sonja spürte, wie ihr das Blut aus dem Körper wich. Sie nahm einen großen Schluck von ihrer Weinschorle und beschleunigte ihre Schritte. Hatte er nach ihr gesucht? Dieser Gedanke brachte ihren Puls zum Rasen und in ihrem Nacken kribbelte es unangenehm.

Jenny warf ihr einen besorgten Blick zu. Anscheinend dachte sie dasselbe. „Meinst du, er verfolgt dich?", fragte sie leise.

Sie blieb stehen und ließ ihren Blick über vorbeigehende Menschen streifen. Keine Spur von ihm. Vielleicht bildete sie sich etwas ein. War paranoid geworden.

„Was ist passiert?" Larissa schien verblüfft zu sein.

„Nichts", gab Sonja zur Antwort und biss auf ihrem Strohhalm herum. „Ich will Daniel nicht sehen. Das ist alles."

„Oh, das kann ich verstehen." Larissas Lächeln verschwand. „Ich habe gar nicht daran gedacht, als ich das gesagt habe ... Es tut mir so leid!"

„Macht ja nichts." Sonja verzog ihre Lippen zu einem erzwungenen Lächeln. „Wo hast du ihn gesehen?"

„Nicht weit vom Zuckerwattestand. Wo wir eben waren."

Sonja strich mit der Hand über ihren Arm. Dann wechselte sie einen Blick mit Jenny.

Er war erschreckend nah gewesen. Sonja zwang sich zur Ruhe und versuchte sich das alles schön zu reden. Mit Sicherheit war es nur ein Zufall gewesen. Schließlich war die ganze Stadt hier und feierte am Saarufer. Was sollte schon dabei sein, dass sich auch ihr Ex-Freund hier herumtrieb?

Doch sie kannte ihn viel zu gut und wusste, dass es kein Zufall war. Daniel konnte nicht verkraften, dass sie ihn damals abserviert hatte und jetzt ignorierte. Obwohl eine lange Zeit vergangen war, glaubte er, sie würde ihm weiterhin zur Verfügung stehen und wäre außer sich vor Glück, wenn er wieder zurückkommen würde. Daniel war in seiner Aggression unberechenbar.

„Ein typischer Narzisst", sagte Sonja und schüttelte den Kopf. „Mittlerweile hasse ich ihn. Ihr glaubt nicht wie sehr."

„Wir verstehen das voll und ganz", sagte Jenny und Larissa nickte zustimmend. „Aber keine Angst, Maus. Wir sind bei dir. Er wird dir nichts tun. Soll ich Jan anrufen? Er ist mit seinen Kumpels unterwegs und kann auch zu uns kommen …"

„Nein, nein!" Entschieden schüttelte Sonja den Kopf. „Ich möchte das nicht. Ich will mich nicht von diesem Penner verstecken."

„Ja, Süße, aber es geht dir nicht gut. Du solltest nicht allein nach Hause gehen. Zumindest Larissa und ich werden dich begleiten", sagte Jenny entschieden.

„Ich habe keine Angst", log Sonja, während sie alle dem beleuchteten Ufer entlang gingen. „Ich bin nur unglaublich sauer auf ihn. Dieses Schwein hat mich zerstört. Fast ein Jahr lang habe ich gelitten. Und jetzt, wo ich ihn endlich vergessen habe, kreuzt er einfach hier auf, davon überzeugt, ich würde alle meine Pläne absagen, um mich mit ihm zu treffen."

Ihr Herz hörte nicht auf, hart gegen die Brust zu hämmern, während sie das sagte. Ihr vibrierendes Handy verpasste ihr einen zusätzlichen Schrecken. Sonja gab ihr Glas Jenny und nahm es mit zitternden Händen aus der Tasche raus.

Eine unbekannte Nummer. Hat Daniel seine Nummer unterdrückt, um sie doch zu erreichen?

Sonja wies den Anruf ab und warf das Handy in die Tasche.

„Ist das Daniel?" Jenny sah eindringlich zu ihr und Sonja kaute auf der Unterlippe. „Keine Ahnung. Nummer unterdrückt. Da gehe ich nicht ran."

Erneut streifte Sonja mit dem Blick umher. Das Gefühl, dass Daniel sie beobachten würde, ließ sie nicht los.

„Komm Süße. Genießen wir den Abend und danach begleiten wir dich bis zur Haustür. Keine Angst." Larissa nahm sie an der Hand und Jenny nickte zustimmend. „Dieser Penner traut sich nicht in unsere Nähe."

„Danke, Mädels!" Sonja winkte ihren Freundinnen und nahm ihren Schlüssel raus.

Jenny und Larissa schickten ihr einen Luftkuss und gingen zurück in die Stadt. Sonja seufzte und schaltete das Licht im Treppenhaus ein, stieg danach langsam die Treppen hoch.

Sie war nicht in der Laune, weiter zu feiern. Daniels Erscheinen auf dem Saarspektakel hatten sie aufgewühlt. Sie fühlte sich schlecht. Als würde ihr jemand den Brustkorb zusammendrücken.

Endlich war sie zu Hause.

Noch zwei Stufen und ...

„Guten Abend! So schnell sieht man sich wieder!"

Sonja zuckte zusammen, als ob jemand sie mit Strom schlug. Sofort sank ihr Herz in die Kniekehlen und sie musste sich am Treppengeländer abstützen. Eine Weile stockte ihr der Atem und sie rang nach Luft, bis sie schließlich mit gepresster Stimme seinen Namen sagte.

„Daniel?" Sie hatte das Gefühl, sie würde gleich ohnmächtig werden, als sie das altbekannte Gesicht sah.

„Ich bin's." Er nickte und lächelte, doch hinter diesem Lächeln verbarg sich etwas, das ihr einen unheimlichen Schrecken einjagte.

„Und? Hattest du einen schönen Abend?"

Sonja umklammerte das Metallgeländer, dass ihr die Finger wehtaten. „Ja", antwortete sie kurz.

Ob vielleicht jemand von Nachbarn rauskommen würde? Sie sah sich um. Pustekuchen. Alle Türen blieben fest geschlossen. Stille herrschte im Treppenhaus.

„Ich habe dich ein wenig beobachtet." Daniel machte einen Schritt in ihre Richtung. „Du sahst gar nicht glücklich aus. Was ist denn passiert?" Er blieb vor ihr stehen und verschränkte die Arme vor der Brust. Seine Stimme troff vor Sarkasmus. Offenbar genoss er es, sie leiden zu sehen.

Sonja sah ihm in die Augen. Sein Blick fesselte sie. Er machte ihr Angst und nahm ihr zugleich jegliche Kraft, sich zu wehren, geschweige denn wegzulaufen.

„Nichts. Nur, dass du dich gemeldet hast." Sie sammelte alle ihre Kräfte, um ruhig und gelassen zu wirken. „Was willst du hier? Und wie bist du hier reingekommen?"

Ihr Handy vibrierte. Dann noch einmal. Doch sie war nicht in der Lage, sich von der Stelle zu rühren. Daniel ging noch einen Schritt auf sie zu und rückte dicht an Sonja heran. Dann sah er ihr in die Augen.

Dieser Blick! Wie gut Sonja ihn kannte! Sie erstarrte, als ob sie jemand gefesselt hätte und spürte, wie sich eine unangenehme Kälte in ihrem Körper ausbreitete.

„Na ja, deine Nachbarin, diese ältere Dame. Sie konnte mich schon immer gut leiden. Und sie hat mich nicht vergessen." Daniel grinste breit und sein Lächeln ließ erneut einen kalten Schauer über Sonjas Rücken rieseln. „Sie war glücklich, mich hier zu sehen. Und ich habe dich vermisst", fuhr er langsam fort und hob ihr Kinn hoch. „Hab ich dir doch gesagt. Du bist aber ganz schön unverschämt geworden, Mädchen. Hast mich so grob abgewiesen." Er schnalzte mit der Zunge und schüttelte theatralisch den Kopf. „Tut es dir denn nicht leid?"

„Lass mich bitte in Ruhe", presste Sonja heraus, während ihr das Herz hoch bis zum Hals schlug. „Du warst ein ganzes Jahr weg. Warum kommst du jetzt und platzt in mein Leben rein?"

„Ich war beschäftigt. Sonst wäre ich schon früher zurückgekehrt. Wir haben zusammengehört. Du warst meine. Und bist es immer noch." Plötzlich packte er sie am Hals und beugte sie nach hinten, schob sodann ein Knie zwischen ihren Beinen. „Jetzt gehen wir in deine Wohnung und reden dort weiter. Aber zuerst holen wir alles nach, was wir verpasst haben!"

Blut rauschte in Sonjas Ohren. Konnte sie sich irgendwie wehren? Schnell spielte sie alle möglichen Szenarien durch. Sie versuchte, ihn von sich wegzuschieben. Keine Chance. Daniel war stark. Viel zu stark, dass sie ihn irgendwie überwältigen oder sich von ihm losreißen konnte.

„Komm!", hörte sie wie im Traum seine Stimme und spürte, wie er sie vom Treppengeländer riss. „Komm, du Schlampe!", zischte er. Sein Atem roch nach Alkohol und Sonja hatte das Gefühl, sich übergeben zu müssen.

„Hilfe!", versuchte sie zu schreien, doch Daniels schwere Hand drückte ihr den Mund zu.

Unerwartet lief jemand die Treppe hoch. Sonja realisierte nicht, was in den nächsten Sekunden geschah. Sie erinnerte sich nur daran, dass Daniel von ihr weggerissen und mit einem dumpfen Stöhnen gegen die Wand geschleudert worden war.

Ihre Lippen zitterten, als sie leise den Namen ihres Retters flüsterte. „Firas?"

Kapitel 22: Wieder vereint

Firas

„Verpiss dich!" Daniel ging auf Firas los. Sonja schrie auf und versuchte, zwischen die beiden zu gehen.

„Bleib weg!" Firas schob sie zur Seite. Jedoch nicht grob, wie es Daniel immer mit ihr getan hatte. Sondern sacht, als wolle er sie beschützen. Er ließ Daniel dabei nicht aus den Augen. Mit geübtem Handgriff packte er ihn am Arm und nahm ihn in den Schwitzkasten. Daniel schrie auf und versuchte, sich zu befreien. Vergeblich. Firas hielt ihn fest.

„Du gehst also auf Frauen los, was? Für so etwas hast du genug Eier in der Hose. Aber wie sieht es mit jemandem aus, der sich wehren kann, du Arschloch?", zischte Firas und zog Daniels Arm hoch, woraufhin dieser laut aufschrie. Seit langer Zeit war Firas nicht so blind vor Wut gewesen wie jetzt. Das letzte Mal in der Schule, als er auf seine Peiniger losgegangen war.

„Was geht es dich an, Kanake?", keuchte Daniel und versuchte erneut, Firas zu treten. „Das ist nicht deine Sache!"

Firas sprang flink zur Seite, ohne Daniel loszulassen. Seine Reaktion war hervorragend. Jahrelange Übungen im Kickboxclub hatten sich ausgezahlt.

„Ah, wolltest nur nett mit ihr plaudern, was?" Firas spürte, wie seine Stirnader pulsierte. Er atmete tief durch, mit dem Gedanken, sich beherrschen zu müssen. Nicht, dass er diesen Mistkerl verletzen würde.

Sein Blick traf Sonjas.

„Firo, lass ihn!", rief sie leise und kam vorsichtig näher. „Er ist es nicht wert!"

Schwer atmend hielt Firas ihn immer noch im Schwitzkasten, überlegte dabei hastig, was er mit Daniel tun sollte. Seine Gedanken waren nicht klar. Dafür war er zu aufgebracht, zu wütend. Allein die Vorstellung, was hätte passieren können, wenn er nicht hergekommen wäre, ließ sein Blut kochen. Am liebsten würde er Daniel gegen die Wand schleudern. Ihm wehtun.

Alle Türen blieben verschlossen. Niemand hatte auf den Lärm reagiert – das überraschte und empörte Firas. Schließlich hatte jemand Daniel ins Haus gelassen.

„Lass mich los", knirschte Daniel und hob den Kopf. „Bitte." Er wurde wohl müde und sein Körper gab langsam nach.

Firas biss den Kiefer zusammen. Dann sah er fragend zu Sonja, die ihm müde zunickte. „Firo, glaub mir, er ist es nicht wert."

Sonjas Blick, die Angst, die drinstand, ließ Firas langsam ruhiger werden. Er fasste einen Plan. „Komm, wir gehen raus!" Firas schob Daniel vor sich her und dieser versuchte krampfhaft, Widerstand zu leisten. „Wir reden draußen!"

„Nein, bitte nicht!" Daniel bekam Panik. „Lass mich los!"

„Ich bin ein Kanake und verstehe dich nicht! Ich kann kein Deutsch, wie du siehst!" Firas schubste ihn fester. „Also reden wir meine Sprache. Auf der Straße!"

Daniel stöhnte und ging unwillig weitere Schritte. Ein leises Schluchzen kam aus seinem Mund. Ständig versuchte er, zu Sonja zu sehen, als ob er von ihr Hilfe erwartete.

Sonja sah ihn nur kalt an und folgte ihnen, ohne auf Daniels hilferufende Blicke zu reagieren. Sie sah erschöpft aus, ihr Gesicht war blass und sie stützte sich am Treppengeländer ab.

„Sonja, bitte, sag es ihm!" Das Schluchzen ging in ein Wimmern über. „Er bringt mich um! Sonja!"

„Firo, warte!" Plötzlich lief Sonja vor und stellte sich vor Daniel. Firas runzelte die Stirn, blieb jedoch stehen. Sonjas Blick war fest, als sie sich herunterbeugte, um Daniel ins Gesicht sehen zu können. Firas hatte das Gefühl, als würde seine Anwesenheit ihr Kraft spenden.

„Er gibt dir nur, was du verdient hast", wandte sie sich an ihren Ex-Freund. „Und selbst das ist nicht genug. Ich habe zu spät verstanden, dass du ein Feigling bist. Einer, der auf Schwache losgeht. Ein Weichei!" Ihre Stimme zitterte und sie verpasste Daniel eine Ohrfeige, die ihn aufschreien ließ. „Verschwinde aus meinem Leben und zeig dich nie wieder!", schrie sie ihn an. „Verstanden? Nie! Wieder! Ansonsten rufe ich die Polizei und dann sehen wir mal, was die dazu sagt!"

„Okay, okay." Gedemütigt senkte Daniel den Kopf. Seine Stimme klang weinerlich. „Ich wollte doch nur mit dir reden. Ich bereue alles, was ich damals getan habe, und wollte mich entschuldigen."

Firas lachte spöttisch. „Indem du sie vergewaltigen wolltest?" Wieder zog er Daniels Arm hoch. Dieser stöhnte, ohne eine Antwort zu geben.

Sonja nickte. „Ja, anscheinend ist das seine Methode", sagte sie frostig. Dann wandte sie sich erneut ihrem Ex-Freund zu. „Ich will meine Zeit nicht vergeuden, indem ich mit dir auch ein einziges weiteres Wort wechsele. Hast du mich verstanden?"

„Ja", sagte Daniel und atmete heftig aus. „Du wirst mich nie wieder sehen, versprochen."

„Ich bin fertig mit dir!" Sonja ging zur Seite und machte Platz.

Firas schob Daniel vor und so gingen sie an ihr vorbei.

„Warte ... Was wird das? Sonja, sagst du ihm nichts?" Erneut hob Daniel den Kopf. „Sonja!", brüllte er verzweifelt.

„Ich bin so höflich und bringe dich zur Tür." Firas schubste ihn vor sich, sodass er beinahe runterfiel. „Nicht, dass du dich verläufst. Sonja, bleib, wo du bist. Keine Angst."

„Aber Sonja!" Daniel versuchte sich umzudrehen und Firas drückte seinen Kopf vor. „Jetzt hast du Angst, was?", flüsterte er. „Geh' vor, du Missgeburt!"

Nur noch wenige Stufen und sie waren draußen im Hof. Rasch presste Firas ihn an die Wand und drehte ihn zu sich.

„Weißt du jetzt, wie sie sich jedes Mal gefühlt hat?", zischte er. Dabei legte er seine Hand an Daniels Hals und unterband ihm so weitere Handlungsmöglichkeiten. „Weißt du das?", brüllte er beinahe. „Na?"

„Du …“ Vergeblich unternahm Daniel den letzten Versuch, ihn mit dem Knie zu treten. „Du …“

„Sollen wir uns doch unterhalten?“ Firas schnaubte. Seit Ewigkeiten hatte er nicht nach den Regeln der Straße gespielt und hatte nie gedacht, dass er diese noch mal brauchen würde. „Du verstehst es wohl nicht anders.“

„Nein! Sorry!“ Erschrocken leckte sich Daniel über die Lippen. „Lass mich gehen. Okay? Bitte!“

„Ich lasse dich nur gehen, weil ich keinen Bock habe, mit dir meine Zeit zu verschwenden. Aber ich schwöre bei Gott und das tu ich normalerweise nie, wenn du dich noch mal in Sonjas Nähe traust oder sie anrufst, oder ihr schreibst …“ Firas atmete tief durch. „Dann komme ich wieder zu dir. Und diesmal nicht allein!“

Er ließ Daniel los. Dieser rieb sich am Hals, hustete und verschwand daraufhin zügig in der Dunkelheit.

Firas blieb stehen. Seine Hände waren noch immer zu Fäusten geballt. Sein Herz raste wild. Er selbst konnte nicht glauben, was gerade geschehen war. Dann rieb er sich mit einer Handfläche über die Stirn und hörte plötzlich Sonjas liebevolle Stimme, die nach ihm rief.

„Firo? Bist du da? Wo bist du?“

Schnell drehte er den Kopf zum Eingang des Hauses und sah ihre schlanke Silhouette. Sie war aus dem Haus rausgelaufen und suchte nach ihm. Firas räusperte sich und ging ihr langsam entgegen. Jetzt schlug ihm sein Herz bis zum Hals hoch, sodass er jeden Schlag spürte. Sein Mund wurde trocken und er brachte kein einziges Wort hervor.

Ob er Sonja enttäuscht hatte? Heute hatte er sich von seiner anderen Seite gezeigt und hatte sich in einen

Straßenkämpfer verwandelt. Womöglich hatte er einen Fehler gemacht. Vielleicht hätte er die Polizei rufen sollen, doch Gott weiß, wann sie gekommen wären. Wieder kamen ihm Gedanken daran, was hätte geschehen können, wenn er nicht da gewesen wäre, und sein Magen drehte sich um.

„Firo …" Sonja hatte ihn entdeckt und lief schnell zu ihm. „Firo, bist du okay? Hat er dir etwas angetan?"

Sie machte sich Sorgen um ihn! Fragte nach ihm. Firas konnte sich ein liebevolles Lächeln nicht verkneifen, als er sie vor sich sah. Zierlich, mit zerzaustem Haar und weit geöffneten Augen. Die Frau, die er beschützen wollte. Für die er immer da sein wollte. Für die er sein Leben hingeben würde, wenn es nötig wäre. Nachdem er mit Jenny telefoniert und sie ihm gesagt hatte, dass Daniel Sonja offenbar verfolgte, war er vor Sorge beinahe durchgedreht. Angst hatte von ihm Besitz ergriffen und er war wie ein Irrer zu ihrem Haus gelaufen. Die ganze Zeit hatte er nur gehofft, rechtzeitig anzukommen. Firas wusste zu gut, was solche Arschlöcher wie Daniel einem Schwächeren antun konnten. Außerdem konnte er nicht darauf vertrauen, dass Daniel nicht doch noch auftauchte, auch wenn der Heimweg laut Jenny unauffällig gewesen war.

„Firo, bist du okay?", wiederholte Sonja ihre Frage und sah ihn besorgt an.

Benebelt blickte er auf sie und nickte. „Ja. Dein Ex-Freund hat sich aus dem Staub gemacht. Keine Angst, ich habe ihm nichts getan, außer Angst einzujagen."

Sie kam näher und das schwache Licht der Straßenlaterne beleuchtete ihr zartes Gesicht. „Er interessiert mich nicht. Ich will, dass es dir gut geht. Und Daniel kann richtig fies zuschlagen …“

„Sonja, verzeih mir, dass ich über ihn hergefallen bin“, platzte es aus ihm heraus. „Ich weiß, dass das hier keine Methode ist, nach der gehandelt werden sollte. Aber ich konnte nicht anders. Als ich dich und ihn gesehen habe …“ Firas drehte den Kopf zur Seite und räusperte sich erneut. „Da kochte ich über. Ich weiß, du hast recht. Wir haben verschiedene Wurzeln und sind in einigen Dingen unterschiedlich. Ich habe mich oft verteidigen müssen und dafür hart trainiert, und das kam heute hoch. So hast du mich noch nie gesehen und bestimmt habe ich dich enttäuscht.“

Ihre warme Hand legte sich auf seine Lippen und sie sah ihm tief in die Augen, in deren Ausdruck er sich verlor. Mit ihrem liebevollen Blick, der seine Sinne vernebelte und seinen Bauch kribbeln ließ.

„Hör auf“, flüsterte Sonja. „Du hast mich gerettet. Ich … Ich will nicht daran denken, was dieser Kerl mir angetan hätte, wenn du nicht gekommen wärst.“ Sie schenkte ihm ein Lächeln und Firas lächelte zurück. Dann nahm er ihre Hand, verschränkte die Finger miteinander und gab ihr einen Kuss auf den Handrücken.

„Ich will nicht mal daran denken“, sagte er leise. „Wenn ich das tue, will ich deinen Ex einholen und ihm so richtig eine verpassen. Als ich erfahren habe, dass er dich beobachtet hat, bin ich beinahe ausgeflippt.“

Sonja hob ihre Augenbrauen, ließ jedoch ihre Hand in seiner ruhen. „Woher wusstest du das? Und wie bist du überhaupt ins Haus reingekommen?“

Erneut küsste er ihren Handrücken, dann jeden einzelnen Finger. „Ich wusste von Jan, dass du mit Jenny zum Saarspektakel gehst. Danach wollte ich mit dir reden, habe mich aber nicht getraut, dir zu schreiben." Schuldig senkte Firas den Kopf und fuhr mit der Zunge über seine trocken gewordenen Lippen. Ob Sonja diese Offenbarung gutheißen würde? Er war sich nicht sicher.

Dennoch wollte Firas ehrlich mit ihr sein.

„Und weiter?" Sonja wechselte ihr Standbein und ihr bohrender Blick blieb auf ihm haften.

„Weiter? Jenny schrieb, dass dein Ex dich verfolgt und fragte, ob ich auf dich vor der Haustür warten kann. Sie würde dich gleich nach Hause bringen. Blöderweise war ich mit meinen Kumpels unterwegs, am anderen Ende der Stadt. Also bin ich losgefahren und ein paar Mal im Stau stecken geblieben. Als ich vor deinem Haus stand, habe ich dich angerufen. Doch du bist nicht drangegangen. Dann rief ich Jenny an und sie sagte, du wärst schon zu Hause. Ich rief dich noch einmal an und hatte dabei das Gefühl, dass ich schnell handeln sollte. Also bin ich ins Haus gegangen.

„O Gott, Firo ..." Sonja atmete tief durch. „Du ... Ich weiß nicht, was ich sagen soll."

Ihr Blick füllte sich mit Liebe und Dankbarkeit, und ein heißer Schauer rieselte ihm über den Rücken.

„Natürlich war die Haustür zu", fuhr Firas fort. „Ich bin dann in den Hinterhof gelaufen. Da, wo Fahrräder stehen. Ich weiß, dass dort die Tür fast immer offen steht. Tatsächlich hatte ich Glück und bin ins Haus gelangt."

„Ich weiß nicht, wie ich dir danken soll. Für alles, was du für mich getan hast. Ich ..." Sonjas Hand legte sich auf seine Wange. Zärtlich streichelten ihre Finger darüber. In ihm kribbelte es. Ohne nachzudenken, schloss Firas seine Arme um Sonja und küsste sie sachte, hauchte ihr einen sanften Kuss auf die Lippen. Dabei spürte er, wie sie sich an ihn schmiegte und genoss die Wärme ihres Körpers, die er so vermisst hatte.

Was tat er da? Sie hatten darüber nicht mal miteinander gesprochen!

Vorsichtig löste er sich von Sonja. Sie öffnete ihre Augen und er legte die Hände um ihre Schulter.

„Sonja, ich muss mit dir reden."

Sie strich eine Haarsträhne hinters Ohr und sah sich um. Dann sah sie ihm in die Augen. „Gehen wir doch mal rein. Hier draußen fühle ich mich ein wenig unwohl. Nicht, dass Daniel wiederkommt."

„Er wird sich hier nicht mehr zeigen", unterbrach Firas und nahm sie wieder an der Hand. „Keine Sorge, er wird sich nicht trauen. Aber du hast recht, gehen wir lieber ins Haus. Zudem brauchst du Ruhe und Erholung."

„Möchtest du mit mir einen Tee trinken?"

Sonja legte ihren Kopf schief und sofort umhüllte Wärme sein Herz, ließ in ihm schöne Erinnerungen aufsteigen. An die Zeiten, die er gerne wieder hätte. An ihre gemeinsamen Rituale, die er nicht missen wollte. Es nicht konnte.

„Da fragst du noch?" Firas zwinkerte ihr zu, obwohl in ihm allmählich die Aufregung hochstieg. Er fragte sich, wie ihr Gespräch ausgehen würde. Ob sie wieder zusammenkommen würden. Oder ob Sonja sich doch dagegen entscheiden würde, weil sie andere Vorstellungen und Ziele hatte.

Da *war* er wieder. In Sonjas Wohnung, mit der er die beste Zeit seines Lebens verband. Wo ihn jeder Gegenstand, jeder Duft daran erinnerte.

Der Flur, wo sie sich leidenschaftlich geküsst hatten. Die Tür zum Schlafzimmer, wo sie ihre gemeinsamen Nächte verbracht hatten. Sonjas kleine Tasche neben dem Schuhschrank. Sie hatte sie oft dabei, wenn sie mal ausgegangen waren. Sein Herz zog sich schmerzhaft zusammen und Firas spürte, wie seine Hände kalt wurden.

Er hätte alles in der Welt dafür gegeben, um die Zeit umzudrehen. Wieder diese Tage zu erleben. Doch diesmal ohne Trennung. Diesmal mit Sonja an seiner Seite. Für immer.

„Komm rein!", rief sie ihn sanft und brachte ihn zurück in die Realität. Firas zuckte und zog die Schuhe aus.

„Wie geht's dir?", fragte er sie. Plötzlich hatte es ihm die Sprache verschlagen, sodass er nicht wusste, was er sonst sagen sollte.

Sie nickte. „Besser. Ich habe mich zu Tode erschrocken, doch jetzt ..." Lächelnd sah Sonja zu ihm. „Jetzt geht es mir gut." Sie winkte einladend Richtung Wohnzimmer und Firas folgte ihr.

Sonja schaltete die Stehlampe an und gemütliches warmes Licht füllte das Zimmer. „Setz dich doch. Möchtest du den schwarzen Tee? Mit ganz viel Zucker?" Sie öffnete den Schrank und nahm zwei Tassen mit Untertassen raus. Sodann blickte sie fragend auf ihn.

Er nickte. „Genau."

Sonja hatte ihre Lieblingsrituale nicht vergessen, und seine Lippen verzogen sich erneut zu einem Lächeln. Jeden Abend hatten sie frisch gekochten Tee getrunken. Dazu hatte sie oft leckere Butterkekse gebacken. Oder er war bei seinem bekannten Araber vorbeigegangen und hatte Süßgebäck mitgebracht, hergestellt nach dem Rezept aus seiner Heimat.

„Alles klar!" Sonja grinste und huschte in die Küche.

Firas setzte sich aufs Sofa, stützte die Ellenbogen auf den Knien ab und vergrub die Finger in seinen Haaren. Dann atmete er tief durch und hob den Kopf. Sein Blick streifte über das Wohnzimmer. Nichts hatte sich verändert, außer dass das Bild von Daniel verschwunden war. Und ihm entging nicht das Weinglas, das auf dem Tisch stand und eine leere Weinflasche daneben.

„Der Tee zieht." Sonja stand im Türrahmen und er erhob sich. „Danke."

Sonja lächelte und ging zu ihm. Firas spürte, wie stark sein Herz gegen die Brust hämmerte, legte dann eine Hand darauf. Dabei hörte er nicht auf, auf seiner Lippe herumzukauen. Verflucht, er war aufgeregt wie ein fünfzehnjähriger. Doch mittlerweile war es ihm egal. Er bemühte sich nicht einmal annähernd, seine Gefühle zu verbergen. Denn es ging um etwas, was ihm in dieser Welt mehr als alles andere bedeutete.

Sonja blieb vor ihm stehen und eine Weile blieben ihre Blicke ineinander verankert.

„Über was wolltest du mit mir reden?", fragte Sonja, ohne die Augen von ihm abzuwenden.

Firas senkte den Kopf für einen Moment und nahm all seinen Mut zusammen.

„Ich kann nicht ohne dich. Ich will mit dir zusammen sein, Sonja.“

Sie öffnete ihre Lippen und presste die Hände vor der Brust zusammen. Ihre weit geöffneten Augen füllten sich mit Tränen und ihr Atem stockte.

„Wirklich?“, fragte sie mit gepresster Stimme. Seine Worte schienen sie überrascht zu haben.

„Ja, wirklich.“ Firas atmete tief durch. „Ich konnte es nicht mehr für mich behalten und musste es dir sagen. Deshalb bin ich vorbeigekommen.“

„Aber ...“ Sonja legte eine Hand auf ihre Wange und streichelte darüber. Dann betrachtete sie ihn aufmerksam. „Aber wieso hast du deine Meinung geändert? Hast du etwa dein Jobangebot abgesagt?“ Ihre Stimme klang besorgt.

Firas schüttelte den Kopf. „Ich will jetzt über uns reden. Über das, was mit uns sein soll. Sonja, bitte setz dich. Über meinen Job kann ich mir danach immer noch Gedanken machen.“

Er nahm sie sanft an der Hand und führte sie zum Sofa. Dort setzten sie sich einander gegenüber. Firas hatte das Gefühl, als ob seine Aufregung in den Magen überging, weil sich dort ein mulmiges Gefühl breitmachte. Würde Sonja ihn ablehnen?

Er raffte sich zusammen. Diese Gedanken brachten nichts. Er sollte sich aussprechen. Handeln. Alles tun, um die Frau seines Lebens zurückzugewinnen. Um sich später nichts vorzuwerfen.

Sonjas Blick haftete auf ihm. Gleichzeitig rieb sie sich über die Augen und verschränkte dann ihre Finger fest miteinander. Ihre Nervosität war ihr deutlich anzusehen.

Hätte sie einen Neuen, hätte sie es mir sofort gesagt, schoss durch Firas' Kopf und dieser Gedanke gab ihm Mut, weiterzureden. Er schluckte hart, begann dann endlich zu erzählen. „Ich habe dich viel zu lange hingehalten und auch schnell aufgegeben. Das war ein Fehler. Der größte, den ich je gemacht habe. Ich habe gezögert, weil ich einfach nur Schiss hatte und ohne auf deine möglichen Ängste und Sorgen einzugehen. Ich hätte länger um dich kämpfen sollen. Habe dich allerdings gehen gelassen."

„Firo, du hast keinen Fehler gemacht." Sonja rückte näher zu ihm und legte ihre Hand auf sein Knie. „Bitte denk nicht so!"

„Doch. Habe ich. Schon lange will ich mit dir zusammenkommen. Hatte jedoch nicht die Eier in der Hose, es dir zu erzählen. Je weiter ich kam, desto schlimmer wurde es und anschließend habe ich komplett den Schwanz eingezogen."

„Um Gottes willen." Sonja streichelte über sein Knie. „Wieso machst du dir diese Vorwürfe? Zudem wissen wir nicht, ob das zwischen uns tatsächlich ..."

„Doch! Es würde funktionieren." Firas sah ihr fest in die Augen und Sonja lächelte verlegen, dabei bedeckten sich ihre Wangen mit einer zarten Röte.

„Woher weißt du das?", fragte sie leise.

„Weil ..." Firas befeuchtete seine Lippen mit der Zunge und atmete tief ein. „Weil ich dich liebe!"

Jetzt war es raus. Die drei Worte, die gar nicht einfach zu sagen waren. Die Worte, die ihre Welt auf den Kopf stellten. Die über ihr weiteres Schicksal entscheiden würden.

„Was?" Sonjas Brust hob sich schnell und senkte. „Was?", wiederholte sie.

„Ich liebe dich! Ich habe dieses Gefühl nie gehabt und nicht gekannt. Aber ich weiß es ganz genau. Ich liebe dich!", antwortete Firas feurig. „Ich weiß nicht, ob du mir glaubst. Aber es ist so, wie es ist. Du bist der wichtigste Mensch für mich. Wie lange habe ich versucht, über dich hinwegzukommen, und konnte es nicht. Ständig musste ich an dich denken. Ich konnte nicht schlafen und nicht richtig essen. Meine Gedanken drehten sich nur um dich und ich konnte meine Arbeit nicht mehr richtig machen. Und aus meinem Herzen bist du schon lange nicht mehr wegzudenken. Und dann ..." Er holte Luft und nahm Sonjas Hand, und sofort verschränkten sie ihre Finger miteinander. „Und dann?"

Firas hob ihre Hand und berührte mit den Lippen ihren Handrücken. Dann sah er erneut in Sonjas Augen, mit Tränen und Liebe gefüllt.

„Dann habe ich begriffen, dass ich dich für immer verlieren werde. Dass ich handeln muss." Er spürte ein Brennen in den Augen, dabei drückte ihm ein Kloß den Hals zusammen. „Ich ... Ich habe mir für eine Sekunde vorgestellt, dich nicht mehr bei mir zu haben. Dich für immer zu verlieren. Dir fremd zu werden. Für mich ist es das Schlimmste, Sonja. Ich kann vieles verkraften, aber nicht ohne dich und dein Lächeln aufzuwachen."

„Firo ..." Eine Träne rann Sonjas Wange entlang und er spürte, dass auch er seine Emotionen, die aus ihm herausquollen, nicht mehr lange zurückhalten konnte.

Mit heiserer Stimme presste er heraus. „Wie ist es bei dir, Sonja? Was fühlst du? Willst du mich überhaupt? Sag mir die Wahrheit, bitte!"

„Ich liebe dich auch, Firo! So, wie ich nie jemanden geliebt habe. Dieser Monat war der schlimmste meines Lebens." Sonja presste die Lippen zusammen und senkte kurz den Kopf, woraufhin Firas ein leises Schniefen hörte. Dann wischte sie über ihre Augen. „Mir ging es nicht anders als dir. Die Gefühle gingen nicht weg. Umso mehr kann ich gerade nicht realisieren, dass du wieder da bist. Bei mir. Neben mir ..."

Firas legte die Hände um ihr zartes Gesicht und beugte sich zu ihr. Der süßliche Duft ihres Parfums benebelte ihn und ließ seinen Bauch kribbeln. Endlich hielt er sie wieder in seinen Armen. Sonja umarmte ihn um die Taille und schloss die Augen, während er seine Lippen auf ihre presste und sie in einem leidenschaftlichen Kuss verschloss.

„Komm her." Firas drehte den Kopf zu Sonja und betrachtete sie. Dann streckte er den Arm aus. „Ich habe dich vermisst."

Sie hatte sich aufgesetzt und lächelte, deckte ihren Oberkörper mit der Sommerdecke zu. „Mir ist etwas eingefallen."

„Was denn?" Firas legte sich auf die Seite und stützte sich auf dem Ellenbogen ab.

Sonja kicherte und fuhr mit den Händen über ihr offenes Haar, legte sie über eine Schulter. „Wir haben unseren Tee vergessen."

„Na toll." Breit grinsend setzte Firas sich auf. „Dann haben wir einen Eistee. Auch gut. Erfrischend."

Er konnte sich nicht an ihr sattsehen. So sehr hatte ihm diese Frau gefehlt. Abermals verfluchte er sich, dass er einen ganzen Monat verloren, gezweifelt und gegen seine Gefühle gekämpft hatte, anstatt ihr seine Liebe zu zeigen. Ihr ihre Ängste zu nehmen. Womöglich sie schon früher vor ihrem Ex-Freund zu beschützen. Der Gedanke an Daniel ließ ihn erneut traurig werden. Diese Minuten, die Sonja erleben musste, würde er keinem wünschen.

„Was ist los, Firo?" Sonja rutschte zu ihm und legte ihre Hand auf seine Schulter. Dabei fiel ihr die Decke runter und sie saß mit nacktem Oberkörper vor ihm. Ihrem wunderschönen Körper, den er gerade leidenschaftlich geküsst hatte. Der ihn wahnsinnig erregte. Wohl noch mehr als je zuvor.

Firas runzelte die Stirn. „Ich bin sauer auf mich selbst. Dass ich nicht früher mit dir gesprochen habe. Hätte ich das getan, wäre das heute nie passiert. Ich hätte nie diesen Hund an dich rangelassen."

Sonjas Blick wurde ernst und sie legte den Kopf schief.

„Schatz, hör auf. Ich bin in Ordnung. Du hast nichts falsch gemacht. Wir beide waren voreilig. Und zudem … Zudem wollte ich, dass du deinem Traum folgst." Plötzlich legte sich eine traurige Wolke auf ihr Gesicht. „Du hast mir immer noch nicht gesagt, was du jetzt tun wirst. Bitte, Firo, gib den Job nicht auf. Du hast ihn verdient. Du hast das Beste verdient!"

Schatz. Noch nie hatte Sonja ihn so genannt. Dieses Wort ließ angenehme Wärme in seiner Brust ausbreiten, so zärtlich klang es aus ihrem Mund. Lächelnd sah

Firas zu ihr und stellte erneut fest, dass er noch nie so glücklich gewesen war wie jetzt.

„Ich habe noch nichts abgesagt. Aber lass dieses Thema, Süße. Ich weiß nun, was mir wirklich wichtig ist. Mach dir bitte keine Sorgen. Ich werde nicht unglücklich, wenn ich doch hier in Deutschland bleibe. Bei dir. Ich habe mich nach weiteren Stellen umgeschaut. Hier in der Umgebung. Sie alle würden zu mir passen und ich werde mich die Tage auch dort bewerben …"

Sonja setzte sich auf seinen Schoß und Firas spürte, wie das Blut erneut in seinen Unterleib wanderte. Das entging ihr nicht, denn sie grinste verschmitzt und bedeckte ihre Brüste mit den Händen.

„Firo, ich … Sag nichts ab. Denn vielleicht …" Sie holte tief die Luft. „Vielleicht habe auch ich neue Chancen in den USA. Und wenn du es möchtest, würde ich mit dir mitkommen."

„Was?"

War das ein Traum? Wenn ja, dann wollte er aus diesem Traum nie erwachen. Er war unglaublich schön. Perfekt. Sein Herz schnellte hoch und fragend sah Firas zu ihr. Meinte Sonja es ernst und würde mit ihm mitgehen?

„Ja. Ich habe mich mal aus Neugier erkundigt, was es in den USA gibt. Ich wollte nicht ohne dich hierbleiben. Alles hätte mich an dich erinnert. Deshalb habe ich mich eingelesen, bin diversen Foren beigetreten, habe Leute ausgefragt, die schon ausgewandert sind. Das hat mich ein bisschen abgelenkt. Und weißt du, ich würde es versuchen. Einen Neuanfang wagen. Neue Erfahrungen sammeln. Das würde mich schon reizen. Egal ob mit dir oder allein. Doch mit dir wäre es um Welten schöner."

„Aber du hast hier deine Freunde. Deine Umgebung. Bist du dir da ganz sicher?" Firas konnte es immer noch nicht glauben. Er hatte Angst, aus diesem Traum aufzuwachen. Allein, in seiner Wohnung. Ohne Sonja.

„Ja, aber sie alle verstehen das. Übrigens war Jenny diejenige, die mir empfohlen hat, mich über die USA zu informieren. Und unsere Freunde würden uns ab und zu besuchen. Und wir sie. Wir sind nicht aus der Welt, nur in einem anderen Land. Und wer weiß? Vielleicht kehren wir in ein paar Jahren wieder zurück nach Deutschland, weil die USA uns doch nicht überzeugt hat. Genauso wie ... Wie deine Familie." Sonja senkte den Kopf und fuhr leise fort. „Wenn sie mit unserer Beziehung einverstanden wären ..."

Das war eine Sorge, die er ihr wegnehmen sollte. Wenn Sonja nur wüsste, was ihm Mama über sie gesagt hatte! Ohne aufzuhören, in ihre himmelblauen Augen zu sehen, lächelte Firas und zog sie sanft an sich, gab ihr einen Kuss auf die Lippen.

„Weißt du was? Morgen ist Sonntag und wenn du keine Pläne hast, würde ich dich meiner Familie vorstellen." Er grinste erneut, als er Sonjas verblüfften Blick sah. „Na, was sagst du?"

„Aber ... Aber ist es nicht zu spontan? Was werden sie sagen, wenn ich plötzlich aufkreuze? Zudem habe ich nichts für sie gekauft. Ich möchte nicht mit leeren Händen kommen. Und ich weiß nicht, was ich anziehen soll ..." Etwas hilflos blickte Sonja um sich und Firas lachte, als er ihren Gesichtsausdruck sah.

„Du bist süß. Natürlich musst du lange Kleider tragen, damit niemand deine Arme oder Beine sieht. Schminke ist verboten! Zudem darfst du keinem in die Augen schauen. Ansonsten bist du sofort verflucht", zog er sie auf und zwinkerte. „Nein im Ernst. Geh so, wie du bist. Meine Familie weiß von dir. Sie wissen von meinen Gefühlen, weil sich so etwas nicht lange verbergen lässt. Nicht, wenn man seine Familie kennt und weiß, wenn es ihnen schlecht geht. Und sie alle haben die Bilder von uns auf der Hochzeit gesehen. Du bist unglaublich hübsch, mein Engel. Meine Mutter war genauso traurig wie ich, dass ich dich habe gehen lassen. Morgen kaufen wir etwas. Der arabische Süßigkeitenladen hat auch sonntags offen."

Sonja lächelte und legte die Arme um seine Schultern, presste ihren Oberkörper gegen seinen.

Verdammt, das würde in einer heißen Nummer enden.

„Ich bin schon aufgeregt", gab sie flüsternd zu. „Aber ich freue mich auch, sie kennenzulernen. Nur ... Ist es nicht zu spontan? Haben sie wirklich Zeit?"

„Na also. Warum sollen wir warten? Ich habe nicht vor, dich je wieder loszulassen. Und ja, sie haben Zeit. Wir sind eine sehr spontane Familie und meist treffen wir uns sowieso am Wochenende. Mach dir da keine Sorgen."

Sonja beugte ihr Gesicht zu seinem und mit Genuss spürte Firas ihre warmen Lippen auf seinen. Seine Hände rutschten zu ihrem Po und sein Glied wurde steif.

„Ich bin so richtig hungrig, Süße", murmelte er, während er seine Lippen von ihren löste und sein Gesicht in ihrem Hals vergrub. „Ich weiß nicht, ob du mich heute sattbekommst.“

Kapitel 23:
Eine neue Familie

Sonja

„Bereitest du dich für eine Modeschau vor?"

Sonja erschrak und wirbelte herum. Noch vor einigen Minuten schien Firas tief zu schlafen. Doch jetzt saß er an den Bettrücken angelehnt und beobachtete sie mit einem liebevollen Lächeln.

„Ähh ..." Sie drehte sich zum Spiegel und betrachtete kritisch ihre weiße Bluse, zog danach den Gürtel ihrer Jeans fester. „Was meinst du? Passt dieses Outfit für unser Treffen heute?"

Fragend sah Sonja zu Firas und er grinste breit. „Das sieht sehr hübsch aus, Süße. Aber wir gehen zu keinem Vorstellungsgespräch. Du hast doch dieses hübsche Kleid, das du mal in Rom angezogen hast. Erinnerst du dich? Was hältst du davon?"

Sonja zuckte mit den Schultern und blickte in den Spiegel. Firas hatte recht. In diesem Outfit sah sie streng aus. Als ob sie zu einem offiziellen Vorstellungsgespräch gehen wollte. Weiße Bluse. Dunkelblaue Jeans. Haare, zu einem Dutt gewickelt. Ihr fehlte nur noch der Aktenkoffer in der Hand.

Sonja schmunzelte bei diesem Gedanken und beschloss, sich umzuziehen. „Welches Kleid meinst du denn?"

„Warte." Firas schwang die Beine über die Bettkante, stand auf und Sonja leckte ihre Lippen, als sie seinen durchtrainierten Körper in voller Größe sah. Ihr Bauch kribbelte. Sie konnte von diesem Mann nicht genug bekommen. Wie schade, dass er gerade seine Boxershorts anhatte!

Langsam näherte er sich ihr und legte die Hände um ihr Gesicht. Daraufhin küsste er sie auf die Stirn. Ein schelmisches Lächeln umspielte seine Lippen, als sie ihn an der Taille umarmte und sich an ihn presste.

„Mir persönlich ist es am liebsten, wenn du ganz ohne Klamotten bist." Firas strich mit dem Daumen über Sonjas Wange und sah ihr tief in die Augen. Begehren zeichnete sich in seinem Blick ab, während ihre Lippen nur wenige Millimeter voneinander entfernt waren und sein Atem ihre Lippen berührte.

„Ich kann mich gerne ausziehen", flüsterte Sonja und streichelte mit der Hand über seine Brust.

Sie wusste, wie sehr es ihm gefiel. Sein Körper zitterte leicht, als ihre Finger sanft seine Brustwarze umfassten und an ihr rieben.

Firas vergrub seine Finger in ihrem Haar und drückte seinen Unterleib gegen ihren. Sie legte den Kopf in den Nacken und schloss genussvoll die Augen, als er seine Lippen auf ihre presste und sie dabei seine Erektion spürte.

„Darauf komme ich gleich zurück. Wir haben noch etwas Zeit. Aber zuerst suchen wir ein Outfit für dich aus." Er ließ sie los und öffnete den Schrank. „Hier. Dieses Kleid meinte ich."

In der Hand hielt er ein ärmelloses, bordeauxfarbenes Kleid. Zahlreiche warme Erinnerungen durchströmten Sonjas Kopf. Ja, dieses Teil verband sie mit einer wunderschönen Zeit. Und sie liebte es.

Sie schenkte Firas ein Lächeln und strich über den knielangen Plisseerock. „Meinst du passt das Kleid zu einem Familienkennenlernen?"

Er beugte seinen Kopf zu ihr, sodass ihre Nasen sich berührten. Seine Lippen verzogen sich zu einem Grinsen. „Wieso nicht?"

„Na ja." Sonja kaute auf der Unterlippe. Ob sie ihm sagen sollte, woran sie sich gerade erinnerte?

Firas hängte das Kleid zurück in den Schrank und legte seine Hand auf ihre Wange. „Du denkst an etwas. Erinnerst du dich an eine Episode aus deinem früheren Leben?"

Sonja lächelte verlegen. Firas kannte sie zu gut.

„Weißt du, als Daniel mich seinen Eltern vorgestellt hat, habe ich etwas angezogen, das sie für viel zu kurz empfanden. Dabei war das ein knielanger Rock und eine Bluse. Deshalb …"

„Daniel ist ein Idiot." Firas ließ sie los und knackte mit den Fingern. „Ganz ehrlich, sein Name macht mich aggressiv, wenn ich das mal sagen darf. Seine Eltern haben einen wirklich tollen Sohn erzogen, wie ich gesehen hab. Einen, der auf eine Frau losgeht und sie bedrängt, weil er glaubt, sie hätte niemanden, der ihr helfen kann. Also Süße." Erneut legte er die Hände auf ihre Schultern und sah liebevoll zu ihr. „Das Kleid ist nicht zu kurz. Zieh es ruhig an."

„Okay." Sonja schmiegte sich an ihn und schnupperte an seinem Hals, atmete genussvoll den Duft seiner Haut ein, während Erregung sich in ihrem Körper ausbreitete. „Mache ich."

Firas löste ihren Dutt und vergrub seine Finger in ihren Haaren, massierte ihren Nacken, was noch mehr elektrische Impulse durch ihren Körper jagte. „Gilt das Angebot mit dem Ausziehen noch?", flüsterte er und kniff die Augen zusammen, berührte sachte mit den Lippen ihren Scheitel.

„Ja klar", flüsterte Sonja zurück. „Haben wir Zeit?"

„Wir gehen erst zum Mittagsessen zu ihnen. Um vierzehn Uhr. Wir haben also mehr als genug Zeit." Firas zwinkerte und hob sie hoch, trug sie zum Bett und legte sie vorsichtig auf der Decke ab.

Während er sich über sie beugte, um ihre Bluse aufzuknöpfen, dachte Sonja ein weiteres Mal daran, dass sie nun ein Paar waren. In einer richtigen Beziehung. Ohne Geheimnisse. Mit gemeinsamen Zielen. Gemeinsamer Zukunft. Sie gehörten zusammen. Wärme umhüllte ihr Herz und sie schlang ihre Arme um seine muskulösen Schultern. Ihre Lippen verschmolzen zu einem leidenschaftlichen, endlosen Kuss, während ihre Hände sich auf eine Erkundungstour machten.

Firas hob leicht den Kopf und eine Weile sahen sie sich in die Augen. „Ich liebe dich", flüsterte er.

Sonja fuhr mit den Fingern über seine erregten Lippen.

„Ich dich auch."

Noch nie war sie glücklicher als jetzt.

„Ich bin so aufgeregt." Sonja blieb stehen und atmete tief durch, bevor Firas die Türklingel betätigte.

Er drehte sich zu ihr und strich zärtlich über ihre Wange. Ein Lächeln funkelte in seinen Augen. „Du Süße. Wieso denn?", fragte er sanft.

„Na ja, schließlich ..." Sonja schluckte. „Schließlich hängt irgendwo unsere Zukunft davon ab, ob deine Familie mich mag oder nicht."

Sie hatte Firas versprochen, nichts unausgesprochen zu lassen. Ihm alles zu sagen, was ihr auf dem Herzen lag, auch wenn es ihr schwerfiel. Auch wenn sie meinte, es wäre unwichtig.

„Sie werden dich mögen." Firas' Mundwinkel flohen nach oben. „Ich weiß es. Mach dir keine Sorgen, Schatz."

„Ich ..." Sie atmete durch und beschloss, ihre Sorge auszusprechen. Auch wenn sie es vielleicht schon früher tun sollte. „Diese Sache mit Aliya ... Das alles ... Und du ziehst in die USA ... Vielleicht ..."

Firas schüttelte den Kopf und legte seine Hand auf ihre Wange. „Wir ziehen in die USA", korrigierte er. „Und denkst du, meine Familie wird dich nicht mögen, weil ich mich nicht mit Aliya verlobt habe? Weil ich erwachsen bin und meinen Weg selbst wähle?"

Sonja zuckte mit den Schultern. „Ich ... Ja, etwas Angst habe ich schon."

„Na, dann gehen wir rein und du siehst selbst, was dich erwartet, hm?"

Sonja senkte den Kopf. Meinte er das ernst? Wusste er das bereits? Oder versuchte er, sie zu beruhigen? Vorsichtig hob sie den Blick und sah ihm in die Augen. Nein, Firas schien sich sicher zu sein. Sein Blick verriet es und strahlte Ruhe aus. Und diese Ausstrahlung ließ sie allmählich zur Entspannung kommen.

Sie machte sich selbst verrückt.

Sonja atmete tief durch und nickte ihm zu. „Dann los, gehen wir hoch."

Schweigend umarmte er sie und drückte ihr einen einfühlsamen Kuss auf die Stirn. Sonja barg ihren Kopf an seiner Schulter. Wie schön es mit ihm war! Er wollte sie nicht mit ihren Zweifeln und Sorgen allein lassen, gab ihr ein Gefühl der Sicherheit, das sie zuvor nicht gekannt hatte.

„Sie werden dich nicht beißen, Süße. Zudem habe ich mich für dich entschieden. Und das ist, was zählt."

Welch' schöne Worte! Sonja hob sich auf den Zehenspitzen und gab ihm einen Kuss auf die Wange. „Wir sollten sie nicht warten lassen", sagte sie leise.

Firas nickte zustimmend und drückte erneut die Türklingel.

„Hallo?", ertönte eine junge Frauenstimme.

„Wir sind da", antwortete Firas.

Sofort ertönte ein charakteristisches Summen, woraufhin er die Tür öffnete und diese für Sonja aufhielt. Leise, als ob sie dabei jemanden aufwecken würde, betrat sie das Treppenhaus. Firas zeigte auf den Aufzug, der ziemlich eng wirkte. „Am besten fahren wir mit dem Teil da. Schließlich müssen wir ins siebte Obergeschoss."

Skeptisch sah Sonja zu ihm. „Bleiben wir nicht stecken?"

Firas lachte. „Bisher ist es mir nie passiert. Aber auch wenn ..." Ein schelmisches Lächeln erschien auf seinen Lippen. „Nein, ich höre auf. Sonst werde ich dich abknutschen wollen und habe meinen Kopf woanders." Er räusperte sich.

Sonja konnte ihr Lächeln nicht unterdrücken. Die Vorstellung, noch eine Nummer im alten Aufzug zu schieben, war amüsant und prickelnd zugleich. Vielleicht sollten sie es ein anderes Mal ausprobieren.

Firas rief den Lift und sie beide quetschten sich in die enge Kabine, die von innen mit einem teppichähnlichen Stoff ausgestattet war. Sonjas Herz schlug hart, während der ruckelnde Fahrstuhl sie nach oben fuhr. Die Vorstellung, hier stecken zu bleiben war vielleicht doch nicht so witzig. Sie beide hatten kaum Platz.

Mit einem lauten Quietschen öffneten sich die Türen. Sonja atmete erleichtert auf und rieb über ihre Stirn, tat so, als ob sie ihre offenen Haare zurechtlegen würde. Hinter der halb offenen Wohnungstür hörte sie laute Stimmen, Lachen und eine Sprache, die wohl arabisch sein musste. Es roch nach frischem Gebäck und der köstliche Duft machte sich im ganzen Treppenhaus breit. Sonja hörte, wie jemand mit Geschirr klapperte, dann wurde etwas zur Seite geschoben. Anscheinend wurde gerade der Tisch gedeckt.

Firas trat zur Tür und klopfte am Türrahmen. „Hallo!“, rief er hinein.

„Kommt rein!“, rief eine sanfte Stimme und eine Frau Mitte fünfzig kam aus der Wohnung raus. Herzlich streckte sie ihnen die Arme entgegen. „Da seid ihr ja! Sie müssen Sonja sein?“, fragte Firas’ Mama und schenkte ihr das herzlichste Lächeln, das sie je gesehen hatte.

„Ja, Mama, das ist sie. Die Prinzessin meiner Träume.“ Firas nickte grinsend und Sonja verspürte unbeschreibliche Freude, als die Frau sie fest in ihre Arme schloss. Liebevoll erwiderte sie die Umarmung und in einem Augenblick verflogen ihre restlichen Ängste.

Das süßliche Parfum der Frau gemischt mit dem Duft des Gebäcks ließ Sonja sich sofort zu Hause fühlen. Sie war endlich an dem Ort angekommen, wo sie willkommen war.

Genauso stellte Sonja sich ihr eigenes Heim vor. Eins, dass sie vielleicht zusammen mit Firas aufbauen würde. Eine gemütliche Zuflucht, eine Schutzburg mit dem Geruch des Frischgebäcks, erfüllt mit lebhaften Stimmen und Gesprächen. Ein Ort, wo jedes Mitglied einen Ratschlag finden und Unterstützung bekommen könnte. Wo es kein ich, sondern nur ein wir gab.

„Hallo Sonja, ich heiße Fatima." Die Frau gab ihr einen Kuss auf die Wange. Sie ließ ihre Hände auf Sonjas Schultern und betrachtete sie mit entzücktem Blick. Dann sah Fatima streng zu Firas: „Wurde auch Zeit, dass du uns Sonja vorstellst!"

„Hallo, freut mich sehr", sagte Sonja ehrlich. „Wie geht es Ihnen?"

Fatima schenkte ihr ein herzliches mütterliches Lächeln.

„Du bist da und das ist einer der schönsten Tage meines Lebens!" Fatimas nussbraune Augen strahlten vor Freude, als sie das sagte und erneut legte sich Wärme um Sonjas Herz.

Fatima strich über ihre hellblaue Samtbluse und winkte einladend. „Komm doch rein, Sonja. Und du kannst mich duzen, wenn du möchtest. Für mich gehörst du zur Familie."

„Danke!" Sonja lächelte und sah zu Firas, der ihnen die Tür aufhielt. „Das bedeutet mir sehr viel!"

Nicht einmal ihre eigene Mutter hatte sie so liebevoll empfangen. Sonja seufzte, als sie sich daran erinnerte und spürte im gleichen Moment Firas' Hand auf ihrer Taille. Er nutzte die Gelegenheit, dass seine Mutter in die Wohnung reingegangen war und sie beide für einen Moment allein waren.

„Alles okay?", fragte er besorgt, als ob er ihre Gedanken lesen könnte.

Sonja sah zu ihm und lächelte. „Ja, alles ist wunderbar. Mir geht es gut. Ich mag deine Mama sehr!"

„Du wirst alle mögen. Und du bist hier willkommen", flüsterte Firas ihr zu und drückte sie sanft an sich. „Das sollst du immer wissen."

Er beugte sich zu ihr und gab ihr einen zärtlichen Kuss auf die Stirn, der unglaublich beruhigend wirkte.

„Na ihr Turteltäubchen?" Eine junge Frau mit lebhaften schwarzen Augen und langem dunklen Haar unterbrach ihr Gespräch. Sie kam in den Flur angelaufen und schloss Sonja in ihre innige Umarmung.

„Hallo Liebe!", rief sie erfreut und stellte sich vor. „Ich bin Layla." Danach warf sie einen tadelnden Blick zu Firas. „Das Essen ist fertig. Wir warten auf euch und du lässt deine Freundin vor Hunger sterben?"

„Wir wollten kurz reden", verteidigte sich Firas, doch Layla winkte ab. „Gönn ihr eine Pause! Sonja braucht Kräfte, um deinen Gesprächen zuzuhören. Sonst redest du sie tot!"

Sonja kicherte und gab Layla zur Begrüßung einen Kuss auf die Wange. „Alles gut! Freut mich dich kennenzulernen!"

„Geht mir genauso!" Laylas Augen funkelten vor Freude. „Komm mit, ich stelle dich Papa und meinem Mann vor. Bis dein Schätzchen sich von der Stelle rührt, ist es schon Abend."

„Jetzt sei doch nicht so gemein!" Firas schubste Layla witzelnd zur Seite. „Du bist diejenige, die am längsten braucht! Bis du dich stylst und schminkst, vergehen Stunden!" Er sah zu Sonja. „Sie ist beinahe zu spät zu ihrer eigenen Hochzeit gekommen, weil sie sich zwischen zwei Lippenstiften nicht entscheiden konnte!"

„Pff! Ich sage nichts!" Layla legte ihre Hand auf Sonjas Schulter und schob sie sanft vor. „Hier, Liebe, komm ins Wohnzimmer.

Sonja lächelte und nickte dankend. Leicht, beinahe auf ihre Zehenspitzen trippelnd, betrat sie das helle Wohnzimmer.

„Wow", flüsterte sie, als sie den üppig gedeckten Tisch sah und blieb verlegen stehen.

Ein älterer Mann mit grauen, dichten Haaren kam breit lächelnd zu ihr und gab ihr die Hand. Sonja fiel auf, dass Firas seinen Körperbau und seine Gesichtszüge von seinem Vater hatte. Genauso wie die himmelblauen Augen, wo sich die ganze Welt zu spiegeln schien.

„Mein Papa", sagte Layla und korrigierte den Kragen am karierten Hemd des Mannes.

Dieser nickte. „Ich heiße Omar. Herzlich willkommen, Sonja!", begrüßte er sie warmherzig.

Vom kleinen Ecksofa neben dem Fernseher stand ein jüngerer Mann auf. Er hatte lockige schwarze Haare und eine große Brille, die seinem feinen Gesicht einen nerdigen Look verlieh. Seine Figur war schlank, der Mann selbst mittelgroß, und er trug ein weißes Hemd zu einer beigen Stoffhose.

„Hanie, mein Mann", stellte Layla ihn vor. „Und ein guter Unifreund von meinem Bruder."

„Hi", sagte Hanie und lächelte breit.

Sonja erwiderte die Begrüßung und tadelte sich dafür, sich so viele Sorgen gemacht zu haben. Das war nicht nötig gewesen. Die Familie von Firas schien sie ins Herz geschlossen zu haben. Genauso, wie er es vorhergesagt hatte.

„Selaaam!", ertönte Firas' Stimme. Gerade betrat auch er das Wohnzimmer und umarmte fest seinen Vater und seinen Schwager.

„Selam!" Omar erwiderte seine Umarmung und klopfte Firas auf den Rücken. „Wie geht's dir?"

„Du hast dir aber eine hübsche Braut ausgesucht", sagte Hanie auf Deutsch, ehe Firas antwortete.

Sonja spürte, dass ihre Wangen warm wurden. Als Firas seinen Arm um ihre Schultern legte und mit den Worten „Ja, da hast du recht!" an sich drückte, pochte ihr Herz schneller vor Freude und ein Lächeln flatterte über ihre Lippen.

„So, genug geplaudert. Jetzt wird gegessen!" Fatima kam ins Wohnzimmer mit einem Tablett. „Ich hoffe, ihr alle habt einen Bärenhunger. Sagt man das so?" Fragend blickte sie zu Firas und er nickte grinsend.

„Richtig, Mama!"

Sonja betrachtete den voll beladenen Esstisch und fragte sich, wie viele Fußballmannschaften Fatima beabsichtigte einzuladen. Der Duft von frisch gekochtem Kaffee stieg ihr in die Nase. Freude und ein unbeschreibliches Glücksgefühl nahmen einen festen Platz in ihrem Herzen ein. Ein Lächeln huschte über ihr Gesicht, während sie die fröhlichen Stimmen um sie herum hörte.

Ja, hier fühlte sie sich wohl. In einer kleinen Oase, die nun auch ihr gehörte.

„Ah wie süß!" Schmunzelnd saß Sonja in einem blauen Ohrensessel und schaute sich Kinderfotos von Firas und Layla an.

Fatima lachte. „Ja, damals waren die beiden wirklich süß. Und es war viel einfacher mit ihnen, glaub mir!"

„Mama, reicht das nicht?" Firas rieb sich über den Bart und hob unzufrieden eine Augenbraue. Er hatte sich zu Sonja auf die Armlehne ihres Sessels gesetzt. „Ich sehe furchtbar aus auf diesen Fotos."

„Warum? Ich finde dich sehr süß." Sonja legte ihre Hand auf sein Knie und streichelte darüber.

„Damals war ich alles andere als süß. Ich war einfach nur fett." Schmollend sah Firas zu seiner Mutter. „Mama, wo hast du eigentlich dieses peinliche Album gefunden? Ich kann mich daran überhaupt nicht erinnern."

„Das lag in meiner Nachttischschublade." Mama lächelte. „Und keine Sorge, hier sind nicht nur eure Kinderfotos drin. Das Album zeigt auch unsere Geschichte mit Papa."

„Habt ihr eure Hochzeitsfotos drin?", rief Layla lebhaft aus der Küche, wo sie mit dem Geschirr klapperte. „Die sehe ich mir gerne an!"

„Ja, sie haben wir auch drin. Und noch viele andere." Mamas geheimnisvoller Blick schweifte über die Gesichter aller Anwesenden und blieb anschließend auf Papa haften. Dieser hob seine Mundwinkel.

„Auch Firas hat das gleiche Lächeln. Offen und ehrlich“, dachte Sonja und legte ihre Hand auf Firas’ Handrücken. Sie lächelte, als er ihre Finger miteinander verschränkte und ihre Hand zu seinen Lippen führte.

„Auf jeden Fall. Es enthält einige Geschichten, die ihr
noch nicht kennt“, sagte Omar geheimnisvoll und
stellte seine Kaffeetasse zur Seite.

„Was? Geschichten, die ich noch nicht kenne?“ Das
Klacken hoher Schuhe erklang, Layla stürmte aus der
Küche ins Wohnzimmer herein. „Ich will alles hören!
Bestimmt kenne ich sie, ihr habt es nur vergessen!“, rief
sie und ließ sich theatralisch neben ihrem Mann aufs
Sofa fallen.

Firas zog einen Mundwinkel hoch. „Und was sind das
für Geschichten, die wir nicht kennen? Haben wir irgendwo Ölquellen geerbt oder sonst etwas in der Art?“

„Nein.“ Mama blätterte im Album weiter, bis sie eine
Seite voll mit schwarz-weißen Bildern beklebt, öffnete.
„Hier. Seht genau hin.“

Eine Weile betrachteten Firas und Sonja die Fotos.
Layla setzte sich dazu. Ihr fragender Blick streifte über
die Gesichter ihrer Eltern.

„Wer ist dieser Mann neben Mama? Es ist nicht Papa“,
sagte sie verblüfft. „War das ... eine Verlobung?“ Layla
richtete einen eindringlichen Blick auf ihre Mutter.

Firas sagte nichts, doch auch er hob den Kopf und sah
fragend zu seiner Mutter. Sonja entging nicht das schel-
mische Lächeln seines Vaters, der ihnen gegenübersaß.

„Ihr wisst es noch nicht, aber Mama war früher mit
einem anderen Mann verlobt“, sagte er auf Deutsch. „Er
war ein vornehmer Anwalt. Mamas Familie war gegen
unsere Heirat.“

Firas und Layla sahen zueinander und sagten kein Wort. Offenbar waren sie geschockt.

„Und weiter?", fragte Layla endlich mit aufgeregter Stimme.

„Wir mussten uns entscheiden. Entweder Mama würde den Anwalt heiraten und ich hätte sie nie wieder gesehen. Oder wir würden zusammen durchbrennen und dafür alles, was uns lieb war, hinter uns lassen." Papa überschlug die Beine und umfasste ein Knie mit den Händen. „Was denkt ihr haben wir gewählt?"

Firas lächelte und umarmte Mama. „Das ist ja klar. Sonst wären wir nicht hier. Aber wieso habt ihr dieses Verlobungsfoto von Mama in eurem Familienalbum gelassen?"

Mama zog ihn sanft zu sich. Firas beugte sich zu ihr, und sie gab ihm einen Kuss auf die Wange. „Damit diese Geschichte nie vergessen wird. Euer Vater und ich, wir haben alles auf die Karte unserer Liebe gesetzt und diese Entscheidung nie bereut."

„Deshalb sind wir stolz auf euch, dass ihr zusammengefunden habt", ergänzte Papa lächelnd. „Ihr seid mutig, wenn ihr euren Lebensweg gemeinsam gehen wollt. Und ihr werdet alles erreichen, was ihr euch vornehmt, wenn ihr ein Team seid und bleibt."

„Danke!" In Firas' Augen zeigten sich Tränen. „Das war wohl das Schönste, das ich jemals gehört habe."

„Danke!" Sonja lächelte und sah Firas liebevoll in die Augen. Dieser führte ihre Hand zu seinen Lippen und gab ihr einen Kuss auf den Handrücken. „Danke für alles. Ihr habt mir Mut gemacht", sagte Sonja ehrlich.

„Wofür denn Dank?" Mama klappte das Album zu und legte es zur Seite. „Das ist die Wahrheit. Wir sind unendlich glücklich, dass Firo so ein mutiges Mädchen kennengelernt hat. Du bist toll, Sonja. Denk immer daran."

Mama stand auf und umarmte sie, Sonja konnte ihre gerührten Tränen nicht zurückhalten.

Zum ersten Mal in ihrem Leben fühlte sie sich willkommen und zu Hause. Sie konnte es bis jetzt nicht glauben.

„Hat es dir gefallen?" Firas legte den Kopf zur Seite und kuscheliges Lampenlicht erleuchtete sein Gesicht. Sachte fuhr er über ihr langes Haar und küsste ihre Stirn, während sie ihr Gesicht auf seiner Schulter barg.

„Sehr. Ich fühle mich sehr wohl, Firo", sagte sie leise. Ein müdes Lächeln umspielte ihre Lippen und sie legte ihren Kopf zurück auf seine Schulter. „Es ist so, als ob ich deine Familie seit Jahren kennen würde."

Er streckte den Hals und küsste sie. „So soll es sein. Und ich bin auch unendlich glücklich. Wie ich noch nie war. Ich bin endlos gesegnet, Sonja."

„Ich liebe dich." Sonja hauchte ihm einen Kuss auf die Lippen. „Ich kann es nicht oft genug sagen. Ich würde es mir nie verzeihen, wenn ich dich verloren hätte."

„Ich dich auch. Du bist mein ein und alles." Firas zog die weiße Kuscheldecke Sonja bis zu den Schultern hoch. „Gut so? Ist dir warm? Schlaf ein bisschen, wir fahren bald nach Hause."

„Ich bin im Paradies", murmelte Sonja und schloss die Augen. In der nächsten Sekunde schwebte sie im Land der Träume, begleitet von Geräuschen einer arabischen Serie, die im Fernseher lief.

Kapitel 24: Die Zukunft

Sonja

Sonja lehnte sich im Sessel zurück, streckte die Beine aus und verschränkte die Arme vor der Brust. Nachdenklich sah sie aus dem Fenster. Große Tropfen des Oktoberregens trommelten im schnellen Takt gegen die Fensterscheibe und Wind wirbelte die letzten Blätter auf.

Sie war im Büro und wartete. Auf eine Rückmeldung. Auf eine Zusage. Wie vor fast einem halben Jahr, als sie innerlich zerbrochen hier gesessen und sich wie ein einziges Häufchen Elend gefühlt hatte. Sie konnte sich an jeden Moment dieses Tages erinnern. An ihre kalten Finger und zitternden Knie. An ihre Tränen und ihre Gedanken an die zerbrochene Beziehung. An die bittere Absage für die Stelle, bei der sie sich beruflich weiterentwickeln sollte.

Aufgeregt überschlug Sonja die Beine. Eine Ablehnung würde nichts an ihrem Entschluss ändern, in die USA auszuwandern. Denn nun hatte sie Firas und war nicht mehr allein. Sie hatte ihre große Liebe gefunden, den Mann, der ihr eine starke Schulter bot und sie überall und immer unterstützte. Sie müsste nicht zwingend arbeiten, sein Gehalt würde für sie beide reichen, meinte er. Die Wohnung in den USA würde ihnen sein Arbeitgeber zur Verfügung stellen. Doch Sonja wollte ihre Chancen nutzen und sich weiterentwickeln. Daher hatte sie der Job für internationale Medikamentenzulassungen angesprochen. Kenntnisse der deutschen Sprache waren dabei eine wichtige Voraussetzung. Zudem hatte Sonja alle in der Stellenbeschreibung geforderten Berufserfahrungen.

Angespannt lächelte sie und sah auf ihr Handy. Firas hatte eine Besprechung in der anderen Gruppe, die er zuvor übernommen hatte. Diese Versammlung würde noch eine Weile dauern. Sonja kannte diese anstrengende Gruppe und wusste, dass er es nicht einfach hatte. Umso mehr freute sie sich auf den Feierabend. Am Ende des Tages würden sie nach Hause gehen und sich eine ordentliche Portion Sushi gönnen. Ihre Aufregung weckte einen Bärenhunger, und Sonja legte die Hand auf ihren knurrenden Bauch.

Sie schloss die Augen. Der Gedanke daran, mit Firas endlich den gemeinsamen Weg zu gehen, wärmte ihr Herz. Manchmal konnte sie es nicht glauben, konnte ihr Glück nicht fassen. Nachdem sie zusammengekommen waren, hatten sie ihre Pläne in der Firma bekannt gegeben und ihre Beziehung war selbstverständlich nicht verborgen geblieben. Sonja hatte große Angst gehabt, welchen Reaktionen sie ausgesetzt wären. Umsonst. Die Kollegen hatten diese Nachrichten gelassen aufgenommen und Verständnis gezeigt, was Sonja sehr freute. Schließlich wollte sie friedliche Verhältnisse in ihrer Gruppe.

Das Geräusch der sich öffnenden Tür ließ Sonja die Augen öffnen und sich schnell umdrehen. Als sie Firas im Türrahmen sah, sprang sie auf, lief zu ihm und schenkte ihm eine innige Umarmung.

„Wie war die Besprechung?" Sonja sah Firas in die Augen und fuhr zärtlich mit der Hand über seine Wange. Danach strichen ihre Finger durch sein Haar. Sie lächelte erneut. Wie sehr sie ihn liebte! Nie hätte sie sich vorstellen können, jemals solch tiefe Gefühle für jemanden zu haben.

„Sie hat ... gedauert." Firas grinste und küsste Sonja auf den Mundwinkel. „Ehrlich gesagt, kann ich kaum erwarten, nach Hause zu kommen und mit dir auf unserem gemütlichen Sofa zu kuscheln. Dieses Regenwetter ist perfekt dafür."

„Geht mir genauso." Sonja ließ ihn los, ging zurück zu ihrem Tisch und warf einen Blick auf den Bildschirm. Momentan fiel es ihr schwer, sich auf etwas anderes zu konzentrieren, weil alle ihre Gedanken bei ihrer Bewerbung waren.

Ein blinkender Briefumschlag auf der Taskleiste ihres Computers zog ihre Aufmerksamkeit auf sich. Sie hatte eine neue E-Mail! Das sollte ihre langersehnte Antwort von Bionpharma sein!

Plötzlich spürte Sonja, wie ihre Hände kalt wurden. Ein Klumpen bildete sich in ihrem Magen und ihre Knie zitterten leicht. Die altbekannte Angst kehrte in ihr Herz zurück und eroberte es mit einem Schlag.

War das eine Zusage? Hatten sich ihre Mühen, ihre nächtlichen Vorbereitungen zum Vorstellungsgespräch und die Aufregung ausgezahlt? Oder war diese

E-Mail eine bittere Absage? Ein Versagen? Mut und Gelassenheit verließen Sonja, während sie langsam nach der Maus griff. Sollte sie die E-Mail jetzt öffnen oder lieber morgen? Ihre Hand erstarrte auf der plastischen Oberfläche, und Sonja biss sich auf die Lippe. In ihrem Nacken kribbelte es unangenehm und sie atmete tief durch.

Firas trat dicht an sie heran und legte seine Hand auf ihre. Dann sah er fragend zu Sonja. „Alles okay?"

Sie nickte unschlüssig. „Ich weiß nicht. Ich habe ein wenig Angst, Firo. Gerade dachte ich noch, eine Absage würde mir nichts ausmachen. Aber ..."

Beruhigend führte Firas ihre Hand zu seinen Lippen und hauchte einen Kuss auf den Handrücken. „Du setzt dich wieder zu sehr unter Druck, Süße. Öffne die Mail einfach. Wenn das auch eine Absage ist, ist es kein Weltuntergang. Dann ist es halt so und du wirst etwas Besseres finden." Firas schenkte ihr ein ermutigendes Lächeln, das sie so liebte und sie daran erinnerte, wie glücklich sie war. Und es nahm ihr die Angst.

„Na gut." Noch einmal sah sie zu ihm und öffnete die E-Mail. Sofort wurde ihr flau im Magen. Jetzt würde sie es erfahren. Schnell überflog sie die zahlreichen Textfloskeln, bis ihr ein englischer Satz ins Auge sprang.

„Wir freuen uns, Dich in unserem Team zu begrüßen ...", las Sonja vor. „Bitte komm am ersten Februar zu der Adresse ..."

Eine Zusage! Eine klare Zusage! Ihr nächster Schritt in die Zukunft! Ihr neues Leben mit Firas. Plötzlich fragte sie sich, ob das nur ein Traum war. Ein schöner Traum, aus dem sie nie aufwachen wollen würde. Sonja drehte sich um und sofort schloss Firas sie in die Arme, gab ihr einen Kuss, danach lehnte er seine Stirn gegen ihre, sodass sich ihre Nasenspitzen berührten.

„Siehst du?" Auch er hatte die Nachricht gelesen. „Siehst du?", wiederholte er, und als Sonja ihren Kopf hob, sah er ihr tief in die Augen.

Unbeschreibliche Freude, gemischt mit Begehren, zeigten sich in seinem Blick. Sonja grinste und küsste ihn erneut auf die Oberlippe.

„Ja", flüsterte sie. „Ich kann es kaum glauben. Es hat wirklich geklappt!" Sie legte eine Hand auf ihre Brust, um ihr hämmerndes Herz zu beruhigen.

„Weil du gut bist. Du bist ein Profi, Sonja. Denk immer daran und verkauf dich nie unter deinem Wert." Firas legte seine Hände um ihre Schulter und sah ihr eindringlich in die Augen. „Niemals. Okay, Süße?"

„Ja", sagte Sonja leise, bevor sich ihre Lippen zu einem sinnlichen Kuss schlossen und sie sich in Firas' Blick verlor.

Ein besseres Ende dieses Arbeitstages hätte sie sich nicht vorstellen können.

„Ich freue mich darauf, Jan und Jenny wiederzusehen." Sonja lächelte und gab Firas eine Tasse frisch gemachten Kaffee. Nachdenklich warf sie einen Blick zum Fenster und kuschelte sich in ihren flauschigen Morgenmantel. Das Novemberwetter lud förmlich dazu ein, sich mit einer Packung Chips vor den Fernseher zu setzen, Netflix einzuschalten und eine blöde Serie laufen zu lassen.

„Wir haben sie lange nicht gesehen." Dankbar nickend nahm Firas die Tasse entgegen und setzte sich aufs Sofa. „Ich freue mich darauf. Obwohl ich sonst nicht mal meine Nase aus der Tür strecken würde."

Sonja lachte. „Du sprichst mir aus der Seele.“ Sie setzte sich neben ihm und nippte an ihrem Kaffee. Nachdenklich ließ sie ihren Blick über den Raum schweifen. „Es fühlt sich komisch an, die Wohnung zu verlassen“, sagte sie leise. „Ich habe hier fünf Jahre gewohnt, mich hier eingerichtet. Vieles erlebt. Gutes und Schlechtes. Der Gedanke, nicht mehr hierher zu kommen, beängstigt mich manchmal. Weißt du, was ich meine?“ Sonja senkte den Kopf.

Firas legte seinen Arm um ihre Schulter.

„Ich weiß, was du meinst, und verstehe dich. Deine Ängste sind normal, Sonja. Schließlich gibst du dein gewohntes Leben auf und fängst mit etwas Neuem an. Auch mir geht es so, seit ich mich dazu entschieden habe, wieder in die USA zu gehen. Auch ich wusste, dass ich meine Familie und meinen festen Job für eine Weile hinter mir lassen würde. Doch jetzt gehe ich nicht allein hin und das beruhigt mich.“ Liebevoll beugte er sich zu ihr und küsste sie auf die Wange. „Zwar habe ich jetzt mehr Verantwortung, denn ich bin kein Single mehr, der es in vielerlei Hinsichten einfacher hat. Doch ich weiß, dass ich mich für die richtige Frau entschieden habe. Die Frau, mit der ich gemeinsam alle Hürden meistern werde. Auf die ich zählen kann. Und dieses Wissen gibt mir Zuversicht und Kraft, den Weg weiterzugehen.“

Sonja leerte ihre Tasse und stellte sie zur Seite. Dann legte sie den Kopf auf Firas’ Schulter. Ein leises Seufzen entkam ihrer Kehle. „Danke, dass du mich so ermutigst. Ich freue mich ungemein auf unsere Zukunft! Auf alles, was uns erwartet und was wir gemeinsam erleben werden." Sie legte ihre Hand auf sein Knie und er verschränkte die Finger miteinander. „Und diese Freude ist viel größer als alle meine Ängste, glaub mir. Mein Problem ist einfach ..." Sie schluckte. „Ich vertraue dir, Firo. Nur ..."

„... Nur kannst du dich noch nicht fallen lassen", beendete Firas den Satz und streichelte über Sonjas Haar. „Stimmt's?" Aufmerksam sah er zu ihr. „Geht es dir zu schnell, Liebes?"

Sonja spürte, wie ihre Wangen warm wurden. „Nein, es ist überhaupt nicht schnell." Sie hob den Blick zu ihm. „Ich kann's kaum erwarten, in den USA zu sein. Nur überkommen mich manchmal Ängste, ob ich alles richtig mache. Ob ich gut genug bin. Weißt du, was ich meine? Und du hast recht. Es fällt mir immer noch nicht leicht, mich fallen zu lassen. Einen Teil der Kontrolle abzugeben."

Firas lächelte sein sonniges Lächeln. Dann fuhr er mit einem Finger über Sonjas Wange. „Alles gut, Schatz. Ich weiß, dass du mir vertraust. Aber du wurdest oft und schwer enttäuscht. Dein Leben war nicht einfach. Du hattest alles in deine eigenen Hände nehmen müssen, um das zu erreichen, wer du heute bist. Deine Gefühle und Gedanken sind völlig normal. Du hast dich daran gewöhnt, alles selbst zu meistern, weil du dich bisher auf niemanden verlassen konntest." Seine freie Hand legte sich erneut über ihre miteinander verschlungenen Hände und strich liebevoll darüber. „Mit der Zeit wirst du dich bei mir fallen lassen, und es wird dir besser gehen, das verspreche ich dir. Lass dir so viel Zeit wie du willst."

Sonjas Herz klopfte schneller. Dankbarkeit erfüllte ihr Inneres. Unglaublich, wie gut Firas sie verstand. Er ließ ihr Zeit, setzte sie nicht unter Druck. Er machte ihr keine Vorwürfe wegen ihrer gemischten Gefühle. Er war immer für sie da und würde es bleiben. An ihm konnte sie sich festhalten. Sie konnte sich auf ihn verlassen. Er würde sie nie verraten. Bei ihm durfte sie schwach sein und einige ihrer Lasten abgeben.

Während sie darüber nachdachte, wurde sie so gerührt, dass ihr Tränen in Augen schossen. Plötzlich fühlte sie sich so sicher wie noch nie zuvor.

„Danke", flüsterte sie und sah Firas an. „Danke, dass du so bist, wie du bist. Ich liebe dich!"

„Na, ihr Turteltäubchen?" Breit grinsend schloss Jenny Sonja in die Arme und umarmte dann Firas. „Alles gut bei euch?"

„Bestens." Sonja hatte das Gefühl, pausenlos lächeln zu müssen wegen all der Freude, die ihr Herz erfüllte. „Und wie geht's euch?"

Jenny sah zu ihr. „Auch gut, Süße. Ich freue mich so sehr, dass ihr gekommen seid und dass wir endlich in Ruhe quatschen können! Herzlichen Glückwunsch zu deinem neuen Job! Und ich muss dir etwas anvertrauen." In ihrem Blick zeigte sich etwas Geheimnisvolles, was Sonja sich nicht erklären konnte. Diesen Ausdruck kannte sie bei Jenny noch nicht. Sie bedankte sich für die Glückwünsche und ließ Firas an ihnen vorbeigehen.

„Ist alles okay?", fragte Sonja leise, sobald Firas den Flur betrat und dort von Jan in Empfang genommen wurde.

Jenny nickte lächelnd. „Ja, Maus, alles wunderbar. Warum fragst du?“

Sonja legte die Hand auf Jennys Schulter. „Ich weiß nicht. Was willst du mir erzählen?“

„Das mache ich später. Erst einmal essen wir und danach lassen wir die Jungs Playstation zocken, um für uns beide etwas Zeit zu gewinnen. Keine Sorge, es ist nichts Schlimmes.“

„Wie du sagst, Boss.“ Sonja hängte ihre Jacke ab und zog die Schuhe aus.

Jenny lachte laut. „Gehorche mir. So soll das sein. Gehen wir ins Wohnzimmer. Der Tisch ist schon gedeckt.“

„Kann ich dir helfen?“

„Nein, wir werden Chinesisch bestellen, wenn auch ihr drauf Lust habt. Bei unserem Lieblingsasiaten. Kannst du dich an ihn erinnern?“

Speichel lief in Sonjas Mund zusammen. „Und wie! Ich wusste nicht, dass er immer noch offen hat.“

„Er hat eine Weile renoviert und war tatsächlich geschlossen“, sagte Jan, der zusammen mit Firas aus der Küche kam. Sie brachten Getränkte und stellten sie auf den Tisch. „Jetzt hat er wieder geöffnet und bei ihm schmeckt es sogar besser als davor!“

„Meinst du den Khan Palast?“ Firas’ Augen funkelten. „Oh Gott, dieser Laden hat öfters unsere Lernabende gerettet!“ Er klopfte Jan auf die Schulter. „Eine unvergessliche Zeit.“

Jan setzte sich, lehnte sich auf dem Stuhl zurück und lachte. „Genau den. Erinnere mich bitte nicht an dieses Studium. Wärst du nicht da, hätte ich den Mist längst abgebrochen. Ich habe mir ständig Frühlingsrollen und

Ente in Kokosnusssoße bestellt und mich aus Frust vollgestopft!"

„Ja Junge, du warst dauerhaft frustriert." Firas stellte sich hinter Jan und begann, ihm die Schultern zu massieren. „Einmal hast du drei Entengerichte in Kokosnusssoße verputzt. Das werde ich nie vergessen."

Jan legte den Kopf in den Nacken und schloss genussvoll die Augen. „Mach weiter, anstatt Mist zu reden", sagte er scherzend.

„Ihr seid wirklich füreinander bestimmt", sagte Sonja und lachte ebenfalls. Die Vorstellung, dass der schmale Jan drei Portionen Pekingente verschlingen konnte, wollte nicht in ihren Kopf hinein.

Jenny verzog ihre Mundwinkel und griff nach den Salzstangen, die auf dem Tisch standen. „Das stimmt. Ich bin wirklich froh, dass die beiden einander haben", sagte sie und schob sich mehrere Salzstangen in den Mund.

Die Bestellung war zügig geliefert worden, und nun saßen sie zusammen am Tisch, aßen und unterhielten sich gefühlt über Gott und die Welt.

„Herzlichen Glückwunsch auch von mir zu deinem Job, Sonja", sagte Jan. „Das ist ein toller Schritt. Mit Sicherheit wirst viele neue Erfahrungen sammeln können."

„Danke!" Sonja schnitt noch ein Stück von ihrer Ente ab. „Ich bin total aufgeregt und gleichzeitig überglücklich, mehr von der Welt zu sehen."

„Die USA waren mal dein Traum und diese Chance hier ist einmalig. Genauso ist es bei dir, Firas. Ihr seid mutig, weil ihr euch dafür entschieden habt. Hut ab!

Wie werdet ihr das nun mit eurem Umzug machen?“, wollte Jenny wissen.

Firas rieb mit einer Serviette über seine Lippen. „Ich werde im Januar in die USA fliegen, den Job antreten und dort unsere Wohnung übernehmen. Die Firma stellt sie uns zur Verfügung. Ich muss sehen, dass dort alles in Ordnung ist und gegebenenfalls Reparaturen anfordern. Sonja kommt im Februar zu mir.“

„Oje, dann seht ihr euch einen ganzen Monat lang nicht!“ Theatralisch legte Jenny ihre Hand auf die Lippen und Sonja lächelte.

„Das schaffen wir schon. Aber du hast recht, das wird nicht einfach. Allein wegen des Zeitunterschieds.“

Firas legte das Besteck auf seinen Teller und nahm einen Schluck von seiner Cola. „Ich bin so froh, dass wir nur für vier Wochen getrennt sind und nicht für eine längere Zeit! Mir graut es jetzt schon davor, ohne Sonja aufzuwachen.“

„Diese Tage vergehen wie im Flug“, ermutigte ihn Jan. „Neue Wohnung, neuer Job, neue Leute. Das alles wird dich genug ablenken.“

„Wir werden skypen“, grinste Sonja schelmisch. „Und ich werde zusehen, dass ihm nicht langweilig wird. Auch dass er nicht zu viel abgelenkt ist!“

„Und was machst du mit deinen Möbeln, Sonja?“, wollte Jenny wissen und schob sich ein großes Stück Ente mit Reis in den Mund.

„Ich verkaufe es nach und nach“, antwortete Sonja schließlich. Ihre Augen folgten Jenny. Während sie hier am Tisch saßen, entging ihr nicht der ungeheure Appetit ihrer Freundin, die normalerweise nur wenig aß. Abgesehen davon hatte Jenny sich verändert. Ihr Gesicht war blass, sie wirkte müde und ihr Körper war leicht aufgebläht. So, als ob sich dort Wasser eingelagert hatte.

„Es ist bestimmt nicht einfach für dich." Jenny sah auf Jans Teller und griff nach seinen Cashewkernen. „Du hast deine Wohnung jahrelang liebevoll eingerichtet und schon eine Weile dort gewohnt."

„Macht nichts. Möbel kann man immer kaufen. Zudem kann ich nur wenige Teile mitnehmen. Allein meine Bücher und einige Erinnerungsstücke brauchen einen eigenen Koffer."

Lächelnd legte Sonja ihren Kopf auf Firas' Schulter und Jan schmunzelte. „Ihr zwei seid so unglaublich süß!"

Firas legte den Arm auf Sonjas Stuhlrücken. Sein Blick blieb in ihrem verankert, während sich ihre Lippen zu einem flüchtigen Kuss trafen.

Jan und Jenny sahen lächelnd zueinander. „Wirklich schön, dass ihr nun endlich zusammen seid!", sagte Jenny. „Unsere Herzen freuen sich, euch so zu sehen. Und ihr werdet uns fehlen."

Plötzlich füllten sich ihre Augen mit Tränen und sie schniefte laut. Ihr Gesicht wurde rot und ihr Körper zuckte. Anscheinend kämpfte Jenny mit dem Drang, loszuweinen.

„Entschuldigt", sagte sie leise und rieb ihre Augen mit einer Serviette ab. „Ich bin heute etwas emotional."

„Das bist du schon seit einer Woche, Liebling." Besorgt sah Jan zu ihr und legte seine Hand auf ihren Handrücken. „Was ist passiert? Hast du ein Problem? Stress auf der Arbeit? Sag mir doch endlich, was los ist, Schatz!"

„Alles in Ordnung.“ Jenny legte ihr Besteck auf den Teller und stand auf. „Sonja-Maus, hilfst du mir kurz in der Küche?“

Sonja nickte und stapelte das Geschirr. Danach brachte sie es in die Küche. Ihre Freundin folgte ihr mit leeren Gläsern und schloss hinter sich die Tür.

„So, Süße.“ Sonja stellte die Teller im Spülbecken ab und trat zu Jenny. „Irgendetwas stimmt nicht mit dir und ich will wissen, was. Du bist anders geworden. Geht es dir gut?“

Allmählich machte sie sich große Sorgen um Jenny, die lässig über ihre Lippen leckte und zum Kühlschrank ging.

„Warte, ich nehme mir noch etwas zum Naschen“, gab sie zur Antwort und nahm sich eine Dose salziger Gurken.

Sonja wendete ihren Blick nicht von Jenny ab. Langsam leuchtete es ihr ein, was ihre Freundin verändert hatte. Was die Ursache dafür war.

„Du bist …“, begann sie und schnappte nach Luft. „Bist du wirklich …“

Strahlend vor Glück grinste Jenny. „Ich bin schwanger!“

„Oh Gott!“ Sonja schlug sich die Hände vor den Mund und ihr Herz machte einen Hüpfer. „Herzlichen Glückwunsch!“ Sie kam zu Jenny und schloss sie in die Arme. „Weiß Jan es schon?“

„Noch nicht.“ Jenny vergrub ihre Nase in Sonjas Haaren und schnupperte daran. „Entschuldige, aber du hast einen tollen Duft. Er hilft mir gerade gegen meine Übelkeit.“

Lachend drückte Sonja ihre Freundin fester an sich. „Dann riech daran. So lange du willst. Ist es schlimm mit der Übelkeit?"

„Eigentlich nicht. Außer starkem Heißhunger hatte ich nichts. Weil ich die letzten Monate sehr viel Stress auf der Arbeit habe, habe ich den Hunger als eine Folge davon gesehen. Seit gestern muss ich öfters ins Bad und kotze mir die Seele aus dem Leib. Zuerst dachte ich, ich hätte mir eine Lebensmittelvergiftung oder sonst etwas eingebrockt. Eine Vergiftung fühlt sich anders an. Hatte ich auch schon mal. Und dann ... Dann fiel mir ein, dass meine Periode fast zehn Tage überfällig ist." Jenny ließ Sonja los und rieb über ihre wieder feucht gewordenen Augen. „Nach dem Feierabend habe ich mir einen Schwangerschaftstest besorgt und dann ..." Eine Träne kullerte ihre Wange entlang. „Dann sah ich zwei Striche. Sonja, nach fast drei Jahren hat es geklappt! Nach drei erfolglosen Jahren! Als wir unsere Hoffnungen aufgegeben haben, hat es geklappt! Wir werden Eltern, Sonja!"

„Wolltest du es nicht zuerst Jan sagen?"

„Wollte ich." Jenny legte den Kopf in den Nacken und atmete tief durch. „Aber ich bin so aufgeregt, Maus! So, dass ich mich zuerst unbedingt bei dir aussprechen wollte. Schließlich hast du alles von Anfang an mitbekommen, du weißt alles, was wir erlebt haben. Was ich durchgemacht habe."

Sonja schloss Jenny erneut in ihre Arme und spürte, wie sich das Brennen in ihren Augen breitmachte, Tränen ihren Wangen entlangliefen und wie unbändige Freude ihr Herz eroberte. Sie erinnerte sich an alles, was sie bei ihrer Freundin miterlebt hatte. Jan und

Jenny wollten schon immer Kinder. Noch vor ihrer Hochzeit. Sie hatten es bereits versucht, als Sonja mit Daniel zusammengekommen war. Dann hatte es bei ihnen zum ersten Mal geklappt und die beiden hatten sich verlobt.

Doch dann ...

Sonja senkte den Kopf auf Jennys Schulter und biss ihre Lippen zusammen, während sie sich an den Abend erinnerte, als Jan seine Verlobte mit starken Blutungen ins Krankenhaus gebracht hatte. Eine Fehlgeburt. Ein harter Schlag für die beiden und eine Krise in ihrer Beziehung. Daraufhin war die Trennung gefolgt. Jenny war nicht zu wiederzuerkennen gewesen. Sie hatte alles verarbeiten müssen. Sonjas Trennung von Daniel war einige Wochen später gekommen.

Doch jetzt war alles anders und ein wärmendes Glücksgefühl überströmte Sonjas Herz. Wie sehr freute sie sich für ihre Freundin! Jetzt trat der Regenbogen anstelle von Regen auf und fegte alle dunklen Wolken zur Seite. Ihre Leben änderten sich zum Guten. Ihre Mühen hatten sich ausgezahlt. Da war sich Sonja sicher.

Sie spürte, wie Jennys Schultern zitterten. Ihre Freundin weinte vor Freude. Und wohl wegen wilder Hormonturbulenzen. Danach hob Jenny ihr Gesicht und griff nach einer Serviette.

„Entschuldige Sonja. Ich ... Ich weiß gar nicht, was mit mir los ist.“

„Du glaubst nicht, wie glücklich ich bin!“, rief Sonja und wischte sich ebenfalls über die Augen. „Du wirst Mama! Das ist so toll!“

„Na ja, ich kann mich nicht entspannen, bis die ersten drei Monate rum sind." Vorsichtig strich Jenny über ihren noch flachen Bauch. „Du weißt ja, wieso …"

„Ich weiß Süße. Aber diesmal wird es ganz sicher klappen. Hast du schon deinen ersten Arzttermin?"

„Ja, am Dienstag nächste Woche." Jenny grinste und nahm sich noch eine Gurke. „Ich glaube, ich werde öfters in der Praxis aufkreuzen. Du kennst mich: Ich mache mir immer viele Sorgen."

Plötzlich klopfte es an der Tür und Jan streckte den Kopf in die Küche.

„Können wir euch helfen?", fing er an zu reden und sah wohl ihre verweinten Gesichter, denn ihm stockten die Worte im Mund. „Was ist hier passiert? Jenny? Sonja? Warum weint ihr?"

Schnell sprang er zu Jenny und legte seine Hände auf ihre Schulter. „Schatz, was ist passiert? Los mit der Sprache, ich will endlich wissen, was dich die letzten Tage beschäftigt!"

„Deine Frau muss dir etwas Tolles mitteilen." Glücklich lächelnd nahm Sonja die Kuchenteller und Gabeln und begab sich Richtung Tür. „Dafür lasse ich euch am besten allein."

Verblüfft sah Jan sie an, und Jenny drehte ihn sanft zu sich um. Sonja ging ins Wohnzimmer und schloss hinter sich die Tür. Als Nächstes hörte sie ein lautes „Was??", das Jan gerufen hatte, woraufhin ein „Oh mein Gott!" folgte.

Firas saß am Tisch und sein überraschter Blick traf sich mit Sonjas. „Was geht hier vor sich?", fragte er und hob eine Augenbraue. „Warum verhaltet ihr euch so seltsam? Ist alles in Ordnung?“ Dann stand er schnell auf und eilte zu Sonja. „Hast du geweint?“

Auch ihm waren Sonjas roten Augen nicht entgangen und sie grinste beim Gedanken daran, wie liebevoll Firas und Jan mit ihren Frauen umgingen, wie rührend sie sich um ihr Wohl sorgten.

„Alles bestens“, antwortete sie mit von der Aufregung gepresster Stimme. „Weißt du, wenn man um seine Ziele kämpft, werden sie eines Tages in Erfüllung gehen. Gerade habe ich dafür noch eine Bestätigung bekommen.“

Firas schien immer noch verblüfft zu sein. „Ich verstehe nicht, was du meinst“, sagte er schulterzuckend. „Du sprichst in Rätseln. Was ist denn passiert?“

Sonja gab ihm einen Kuss auf die Wange. „Am besten erzählen Jan und Jenny es selbst.“

Epilog

Firas

Firas legte sich aufs breite Sofa und öffnete eine kleine rote Ringschatulle. Daraus nahm er einen glitzernden Ring.

Nachdenklich drehte er ihn zwischen den Fingern. Sein Herz pochte wie wild. Denn für heute hatte er etwas Besonderes geplant. Sonja hatte Geburtstag und Firas beschloss, für sie eine Party zu organisieren und ihr dort einen Heiratsantrag zu machen.

Er wollte Sonja die wichtigste Frage seines Lebens vor seiner Familie und Freunde stellen. Ihm war wichtig, sie alle dabei zu haben. Mit ihnen diesen Moment zu teilen, auch wenn sein Herz wegen der Aufregung aus der Brust zu springen drohte. Firas holte tief Luft und atmete durch. Zwar wusste er, dass Sonja ihn liebte. Doch wie würde sie auf seine Frage reagieren, ob sie für immer ihr Leben mit seinem verbinden würde? Wäre sie damit überfordert? Oder wäre sie überglücklich? Nachdenklich kaute Firas auf der Unterlippe herum und legte den Ring zurück in die Schachtel.

„Alles okay, Bro?" Jan kam ins Zimmer und ließ sich neben ihn fallen. Während Sonja zusammen mit Layla und Jenny in der Stadt shoppte, war Jan zu ihm nach Hause gekommen. Sie wollten die Gelegenheit nutzen und gemeinsam alles für die Überraschungsparty durchgehen. Firas hatte seine Freunde und Familie in seine Pläne eingeweiht und von ihnen viel Unterstützung bekommen. Seine Idee war zu einem gemeinsamen Projekt geworden und blieb bisher ein gut gehütetes Geheimnis.

Eine Woche davor hatte Firas mit Papa, Jan und seinen Kumpels die gemietete Halle dekoriert, Lichterketten angebracht und das Musikequipment aufgestellt. Mama und Layla hatten sich bereit erklärt, das Essen zuzubereiten. Eine Unmenge an Arbeit, die sie brillant gemeistert hatten. Dank seiner Familie und Freunde, auf die er sich immer verlassen konnte. Jenny hatte die Tische geschmückt. Firas dachte daran, dass bald Tausende Kilometer zwischen ihnen liegen würden, und ein leichter Stich durchfuhr sein Herz.

„Alles gut", antwortete er schließlich und lehnte sich an den Kissenberg. „Aber ich bin aufgeregt. Wie nimmt Sonja das auf? Vielleicht wird diese Frage sie unter Druck setzen?"

Jan verschränkte die Hände hinterm Kopf. „Stelle dir nicht so viele Fragen. Tu es einfach. Sonja wollte schon immer eine Familie und sie liebt dich. Du kannst da nichts falsch machen."

Firas rieb über seinen Bart und sah zu Jan. „Du hast recht. In letzter Zeit bin ich sehr aufgeregt. Nachts kann ich kaum schlafen und weiß nicht, wieso. Tausende Gedanken gehen mir durch den Kopf. Ich hatte das noch nie, Bruder. Früher wäre ich einfach in die USA gegangen und hätte alles auf mich zukommen lassen. Aber jetzt kann ich das nicht mehr. Weißt du, was ich meine?"

„Klar. Das ist normal. Du bist dabei, eine Familie zu gründen." Jan lächelte und sah in die Ferne. „Damit übernimmst du ganz andere Verpflichtungen. Dein Leben wird anders als zuvor. Jetzt musst du etwas mehrmals abwiegen, bevor du eine Entscheidung triffst. Denn schließlich bist du nicht mehr nur für dich verantwortlich."

Firas atmete tief durch. Ein Wärmegefühl umhüllte sein Herz. Er dachte an Sonja an seiner Seite. An die eigene Familie mit ihr. An alles, was sie einander geben würden. An ihren gemeinsamen Weg, den sie als ein perfektes Team meistern würden. Er erinnerte sich an diesen einen Sommerabend vor einem halben Jahr, nachdem er aus den USA zurückgekehrt war und die Zusage für seine Teamleiterstelle bekommen hatte. Er war nach Saarbrücken gekommen, um mit Karim eine Wasserpfeife zu rauchen, und während er durch die Fußgängerzone Richtung Shisha-Bar gelaufen war, war ihm eine junge Frau aufgefallen. Langsam war sie ihm entgegengegangen, ohne etwas um sich herum zu bemerken. Sie hatte telefoniert und obwohl ihre Stimme fröhlich geklungen hatte, hatte in ihren Augen tiefe Traurigkeit gelegen.

Aus einigen Worten, die Firas mitbekommen hatte, hatte er verstanden, dass sie für sich ein Partykleid suchte. Für eine Hochzeit. Deshalb war sie in die Stadt zum Late Night Shopping gekommen.

Anstatt seinen Weg fortzusetzen, war Firas der Unbekannten gefolgt in der Hoffnung, sie anzusprechen und dabei nicht bescheuert oder gar aufdringlich zu wirken. Doch er hatte es sich nicht getraut. Die junge Frau war in einem Laden verschwunden und er hatte beschlossen, seinen Weg fortzusetzen.

Nie hätte er damals geglaubt, Sonja wiederzusehen. Und nie hätte er sich vorstellen können, dass sie sich auf der Hochzeit ihrer gemeinsamen Freunde begegnen würden.

Firas lächelte. Mittlerweile glaubte er tatsächlich ein wenig ans Schicksal. Oder etwas Ähnliches. Er glaubte daran, dass Menschen, die zusammengehören, auch zueinanderfinden würden. Dass die vielen Zufälle in Wahrheit keine waren. Dass all diese Dinge einfach geschehen sollten.

„Dann komm", sagte er zu Jan und erhob sich vom Sofa. „Lass uns zur Halle fahren. Wir haben nicht mehr viel Zeit."

Ihre Blicke blieben beharrlich ineinander verankert. Wie beim Tanz auf der Hochzeit ihrer Freunde vor fast einem halben Jahr. Auch damals hatte Firas seine Augen nicht von Sonja abwenden können und ihr Blick ließ seinen Bauch kribbeln. Damals hatte er mit sich gehadert, sie nicht mit nach Hause zu nehmen, weil er gespürt hatte, dass diese Begegnung keine einmalige Geschichte hatte sein dürfen. Dass Sonja für immer in seinem Herzen bleiben würde. Und Firas hatte davor Angst gehabt. Angst vor unbekannten Gefühlen, die ihn in ihrer Anwesenheit überströmten und die er nicht gekannt hatte. Angst, eine Frau ins Herz zu schließen. Sich möglicherweise in sie zu verlieben.

Heute war es anders. Er hatte der Liebe freien Lauf gegeben und nun überströmte sie sein Herz, erfüllte es mit Freude und Zuversicht. Sonjas Hand lag in seiner, während er die Frau seines Lebens in kreisenden Bewegungen in einem arabischen Tanz auf dem Parkett führte. Dem Tanz, den sie zuvor geübt hatten und den Sonja nun perfekt beherrschte. Firas bewunderte ihre Bewegungen. Graziös schwang sie im Takt der Musik ihre Arme und ging mit leichten Schritten auf der Tanzfläche, sodass sie darüber zu schweben schien. Nicht mal Layla konnte diesen Tanz so perfekt ausführen.

Sein Blick glitt über die Anwesenden. Ihre Freunde und seine Familie applaudierten. Sie alle lächelten, waren glücklich, hatten ihn und Sonja in ihren harten Zeiten unterstützt und sie auf den richtigen Weg gebracht. Sie alle hatten mit ihnen gelacht und geweint. Sie alle hielten zusammen. So, wie es sein sollte.

Der Tanz ging zu Ende und Sonja nickte ihm zu, korrigierte dabei ihr langes blaues Abendkleid, um sich zu ihrem Platz zu begeben.

Doch der Menschenkreis blieb stehen und verblüfft sah sie um sich.

„Warte", bat Firas und gab ihr einen zarten Kuss auf die Stirn. Immer noch verblüfft, verschränkte Sonja ihre Finger miteinander, während er einen Schritt zurücktrat und auf ein Knie sank. Die Musik hörte auf zu spielen und Stille kehrte im Saal ein.

Sonja legte die Hände auf ihre Lippen und ihre Augen weiteten sich.

„Was …", begann sie mit zitternder Stimme. „Firo, was …"

„Sonja", sagte er und plötzlich wurde sein Mund trocken, als ob er einen Schwamm verschluckt hätte. „Als ich vor einem halben Jahr zusammen mit dir durch Saarbrücken bummelte, war das einer der schönsten

Abende meines Lebens. Schon damals habe ich eine unheimliche Anziehung zu dir gespürt. Und jetzt habe ich in dir die Frau gefunden, mit der ich mein Leben verbringen will." Firas räusperte sich und streckte das geöffneten Ringkästchen aus, das er zuvor in seiner Jackentasche versteckt hatte. „Sonja, willst du mich heiraten?"

Sie stand vor ihm und Tränen zeigten sich in ihren Augen. Langsam trat sie näher. Sein Herz raste wie verrückt, sodass Firas Angst hatte, es würde aus der Brust ausbrechen.

„Firo ..." Sonja rang nach Luft und atmete dann tief durch. „Ja! Ja, ich will!", entkam rasch ihren Lippen und sie wischte sich die Freudentränen weg.

Vor Glück konnte Firas kein Wort mehr sagen. Nur ein überwältigendes Gefühl, gemischt mit Liebe und Freude erfüllte sein ganzes Inneres. Er stand auf und Sonja streckte ihm ihre Hand entgegen. Sorgfältig steckte er ihr den silbernen Ring mit einem kleinen funkelnden Diamanten an und schloss Sonja in die Arme.

Gedämpft hörte Firas Applaus und Glückwunschrufe, die von allen Seiten kamen. Er drückte Sonja fester an sich. Dieser Moment sollte für immer in ihren Herzen bleiben.

Schließlich sahen sie einander in die Augen. Ihre Blicke trafen sich und ihre Lippen verschmolzen zu einem sinnlichen Kuss.

ENDE

Danksagung

Nun ist es vollbracht – mein Debüt-Roman ist erschienen!

Für die großartige Unterstützung, die ich von so vielen wunderbaren Menschen bekommen habe, möchte ich mich an dieser Stelle herzlich bedanken. Denn ohne euch wäre dieser Traum, neben meinem Vollzeitjob und anderen Pflichten, nie in Erfüllung gegangen.

Ich möchte mich als erstes bei meinem Mann dafür bedanken, dass er zuhause vieles übernommen und mir täglich den Freiraum geschaffen hat, den ich gebraucht habe.

Danke an meine Schwiegermutter, dass sie uns in allerlei Hinsichten geholfen und uns mit leckerem arabischem Essen versorgt hat, während ich mich am Schreibtisch verausgabt habe.

Bei der wunderbaren Liebesromanautorin Sandra Schmitt für das Korrekturlesen und ihre Ploteinwände. Sie hat mich geduldig von Anfang an bei dem Entstehungsprozess dieses Buches begleitet und Dank ihr habe ich sehr vieles gelernt. Ihre Bücher voll tiefen Gefühlen, die einem das Herz höherschlagen lassen und für immer im Gedächtnis bleiben, kann ich herzlichst empfehlen.

Bei der fantastischen Dystopie-Autorin Danielle Weidig bedanke ich mich ebenfalls für das Korrekturlesen und ihre eiserne Logik. Auch ihre Bücher kann ich allen Dystopie-Fans ans Herz legen.

Beim dp Verlag, dass sie an meine Geschichte geglaubt haben.

Bei Manuela Tengler fürs Lektorat und Korrektorat. Es gibt nicht genügend Worte, um meine Dankbarkeit auszudrücken!

Ihr alle seid großartig.